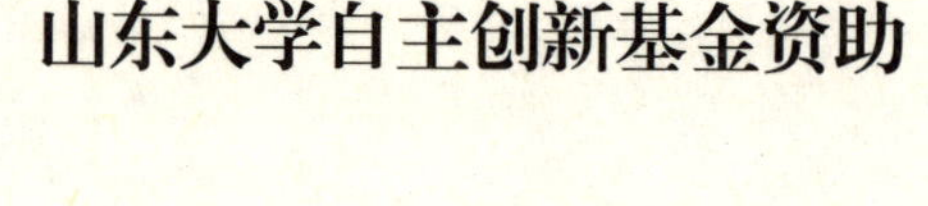
山东大学自主创新基金资助

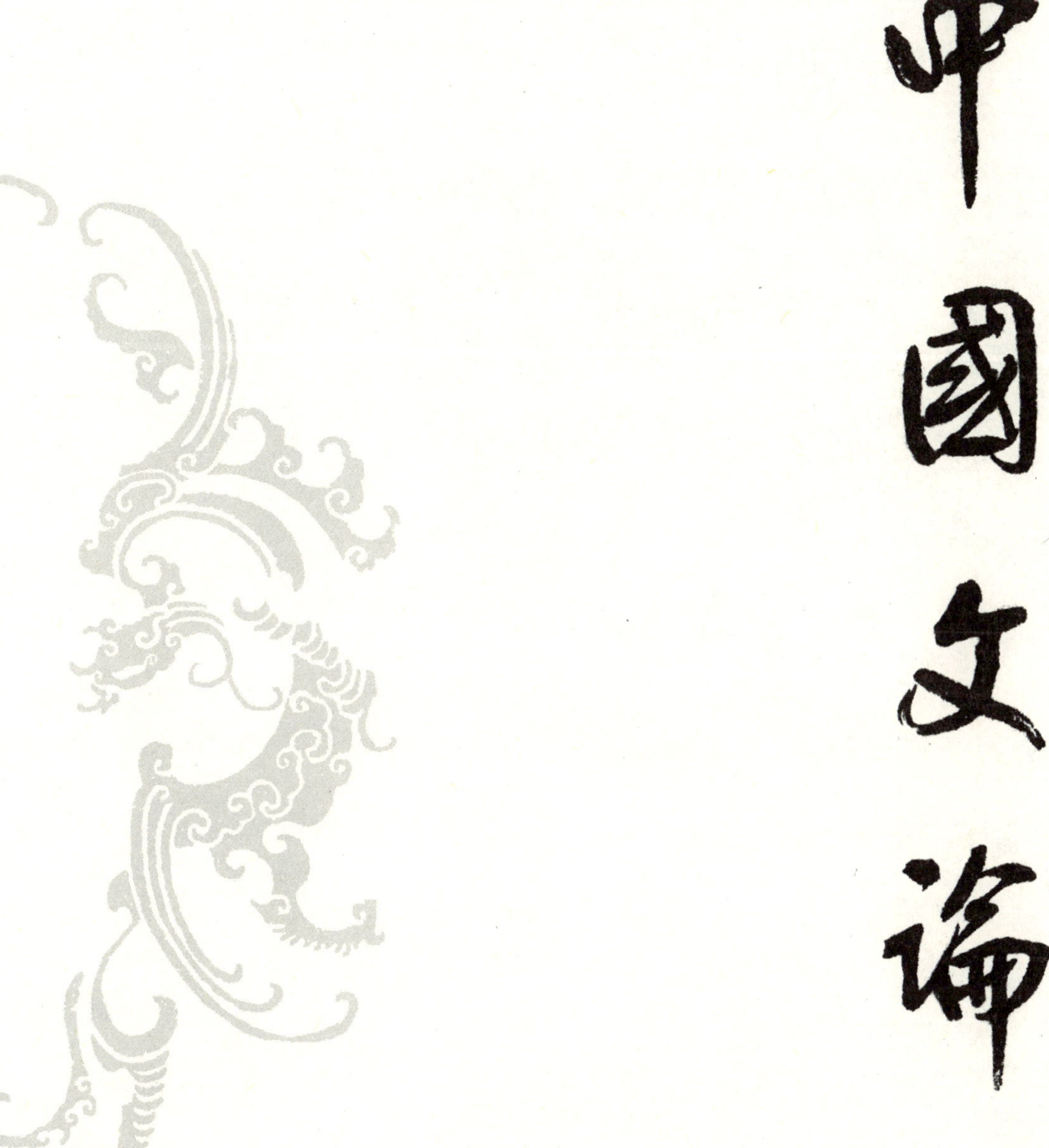

中國文論

第一辑

戚良德 主编

目　录

● 学科纵横

● 文场笔苑

超越·回归·还原

戚良德

中国文论资源十分丰富，是中华文化重要而独特的组成部分，有着自己完整的理论体系和话语系统，并涉及中华文化的方方面面。然自近代以来，随着西学传入以及文学观念的转变，中国文论对中华文章和文化的有效性、适应性被严重忽视或忽略，中国文论的完整性和独特性遭受削足适履的伤害。尽管我们近数十年来对中国文论的重视是空前的，研究成果也颇为丰富，但研究理路、阐释方式以及价值尺度主要还是西学的，中国文论的本来面目和独特价值仍然有待进一步彰显。

中国文论不等于今天的“文学概论”或者“文艺学”，而是有着独特的话语方式和理论体系，有着多样的内容和形式，并具有独特的意义，这一切均基于多姿多彩的中国文化和文章。正因如此，中国古代文论的价值实际上远远超越今天的“文学理论”，从而直通21世纪的文化建设，乃至政治、经济和社会生活。其所以然之理，乃在于这里的“文论”不等于今天所谓“文学理论”，因为这个“文”，不等于今天所谓“文学”。

中国古代的“文”或“文章”，并非与现代所谓“文学”相对的“文章”，而是形诸书面的所有“文字”，中国古代的“文学”，则是指“文”之“学”，即对“文”或“文章”的研究，也就是章太炎先生所说：“文学者，以有文字著于竹帛，故谓之文；论其法式，谓之文学。”[①]自古以来，我们的“文学”一词的主要含义指的就是关于“文”的学问。因此，在《文心雕龙》和中国古代文论中，“文学”一词与现代文艺学的“文学”完全不同，而“文章”才大约相当于我们今天所谓“文学作品”。

在中国古代文论中，“文章”与“文学”、“文”与“学”是分得很清楚的。唐代姚思廉撰《梁书》，“今缀到沆等文兼学者，至太清中人，为《文学传》云”[②]，显然，其之所以叫“文学传”，乃以其所录为“文兼学者”，“文”就是“文章”，“学”则是对“文”之研究，亦即“文”之“学”——关于文章的学问。正因如此，刘勰、钟嵘等文论家就都被列入了“文学传”，他们可谓真正的“文兼学者”，也就是文学家，这是毫不含糊的。

---

① 章太炎：《国故论衡·文学总略》，《章太炎学术史论集》，北京：中国社会科学出版社，1997年，第43页。

② ［唐］姚思廉：《梁书》，北京：中华书局，1983年，第686页。

中国古代文论有着漫长的历史,“文学”、“文章”的内涵和外延也并非一成不变的,而是有着不少变通的用法,应该说情况是颇为复杂的。但万变不离其宗,可以说,在整个中国古代文论史上,上述关于“文学”、“文章”的基本含义,乃是一以贯之的。只是到了20世纪初,英文的“literature”一词被翻译为“文学”,用以指语言的艺术;“五四”运动以后,这一翻译被广泛接受并流行至今。对此,现代文艺学早已习焉不察了。但从中国古代文论的角度而言,这实在是一个历史的误会;因为这一误会,使得现代汉语中的“文学”一词面临诸多尴尬的境地。比如,研究历史的人是历史学家,研究物理的人是物理学家,研究文学、尤其是研究古代文学的人,却无“家”可归,因为文学家一般是指那些从事文学创作的人,如莫言先生。钱锺书先生可以被叫做文学家,那是因为他有《围城》,而不是因为他有《谈艺录》或者《宋诗选注》。再如,我们的中文系都有“文艺学概论”之类的课程,但这里的“文艺”一般不包括绘画、音乐等的艺术,而只是指文学;所谓“文艺学”,严格说来是“文学学”,只是这个“文学学”实在太拗口了,只好用不包括艺术的“文艺学”来代替。又如,现在很多大学都有文学院,但实际上文学院的人很少从事文学创作,应该说只有我们的鲁迅文学院才是名副其实的。所以,大学里的文学院其实是指“文学学院”。还如,著名的《文史哲》杂志,这个“史”当然是史学,这个“哲”当然是哲学,可是这个“文”是文学吗?《文史哲》杂志显然不刊登所谓“文学作品”,这个“文”是指对文学的研究;对文学的研究只能叫“文学学”,所以“文史哲”并非“文学、史学、哲学”的简称,而是“文学学、史学、哲学”的简称。那么,同样一个“学”字,在同样的使用环境中,却面临如此的尴尬。为什么会有这样的尴尬呢?就因为我们把“literature”一词翻译成了“文学”。这一翻译首先是无视汉语的基本规范,试想,这里的“学”如果不是指学术、学问、学科,又能指什么呢?可是英文的“literature”似乎并没有“学”的这些含义。也许正因如此,现代文艺学所谓“文学”之“学”,其实是不知所指、没有意义的,所谓“文学作品”的习惯说法,实际上根本就是不伦不类的。因此,笔者以为,把“literature”一词翻译为“文学”,乃是一个历史的误会,因为它不仅无视汉语的基本规范,而且无视中国古代文论的传统,割断了中国古代文论的传统。

更重要的当然不仅仅是“文学”这一词语翻译问题的历史误会,而是由于对这一词语的翻译、运用、理解而抛弃了中国古代之“文”、“文章”和“文学”的基本内涵,从而也就放弃了其基本的文论话语体系,转而以西方文艺学的理念来认识整个中国古代的“文”和“文章”,进而形成了近世所谓的“中国文学史”,这个近百年来成果颇丰的学科,实际上割裂了中国之“文”和“文章”,对中国文章进行了削足适履的取舍,强行纳入了西方文学理论的话语体系之中,自然也就抛弃了中国文论对中华文章的解读范式。不仅如此,还进而以西方文学理论和批评的观念及其体系,来规范和解读丰富的中国文论资料,从而形成了近世所谓“中国文学批评史”、“中国文学理论史”以及“中国文学理论批评史”等名目不一而实则相同或相近的学科,毫无疑问,这仍然是削足适履、凿枘方圆的。

那么,还原中国古代文论的话语,是否就能摆脱这一尴尬的境地呢?应该说,这是一个极为复杂的问题，不是简单的肯定或者否定可以回答的。但就“文学”、“文章”之词而言，笔者认为是可以解决的。按照中国古代文论中关于“文学”、“文章”的基本话语，研究“文”(文章)的人自然就是文学家了，所谓《文史哲》，当然是“文学、史学、哲学”的简称，原本是名副其实的。然则，“literature”一词便不能翻译为“文学”，而应该翻译为“文章”；而作为“文章之学”(Literary study)的“文学”，当有另外的专指一门学科的词语来翻译。不过，问题在于，当“文学”一词在现有意义上被普遍运用了一个世纪之后，它已经不仅仅是一个单一的词汇了，而是与众多词汇、文句乃至文化现象相关联，而且又直接影响到人们对“文章”一词的理解和使用。所以，居今而言，把“literature”翻译为“文章”，恐怕还难以被接受，所谓文论话语的还原也就决非一蹴而就的了。

显然，无论是我们今天所谓“文学”的概念，还是我们在此概念下所进行的一系列研究，都已经有了百年的历史，它已经进入社会生活的方方面面，这个历史的误会不可能一下子消除，我们也不可能一下子回到所谓“中国文论”的语境和原意。即便有意都很难完全扭转这个局面，何况在很多学者的文章中，根本还没有意识到这个问题。正如曹顺庆先生所说：“百年的文化痼疾当然不能凭几个人的努力就可以一下子解决，需要文化界、文论界的同仁一起来理性地反思过去，或宏观或微观地从各个方面来进行这样的文化工作，指出过去的失误并为未来中国的文化文论的健全走向贡献自己的一点力量。”[①]

季羡林先生早就指出：“我们中国文论家必须改弦更张，先彻底摆脱西方文论的枷锁，回归自我，仔细检查、阐释我们几千年来使用的传统的术语，在这个基础上建构我们自己的话语体系，然后回头来面对西方文论，不管是古代的，还是现代的，加以分析，取其精华，为我所用。”[②]对此，笔者深以为然，并曾指出：“我想，‘仔细检查、阐释’工作的重要性，研究者们大多已认识到了；但这个检查和阐释要‘彻底摆脱西方文论的枷锁’而‘回归自我’，则是一个相当艰苦的过程。”[③]这里，笔者想要补充的是，无论这一回归过程如何艰苦，要想摆脱现代文艺学中诸如“文学”等词语的诸多尴尬，我们都必须认真面对并最终踏上中国文论话语的回归和还原之路。

因此，超越从西方引进的所谓“文学”观念，回归中国文论的语境，还原中国文论的话语体系，从而原原本本地阐释中国文章、文学以至文化，发掘其独特的价值和意义，乃是《中国文论》(丛刊)的办刊目的和初衷。当然，在此基础上，放眼全球文化和文学，找到中国文论自己的位置，则是我们的归宿。

中国文论来自对中华文章的解读、概括和认识，因此本刊不仅着眼中国文论本身，也注重与中国各类文章的联系和互动，注重中华文脉的承继和发扬，把对中华文章本身的探索也视同中国文论的一部分。以对中国文论的把握和阐释为中心，关照并联系中国文论赖以产生的经济、政治、思想、文化根源以及文章、文学风貌，甚至鼓励尝试古诗文辞的练

---

① 曹顺庆：《〈价值理性与中国文论〉序》，刘文勇：《价值理性与中国文论》，成都：巴蜀书社，2006年，序，第4页。
② 季羡林：《门外中外文论絮语》，《季羡林人生漫笔》，北京：同心出版社，2000年，第422页。
③ 戚良德：《文论巨典——〈文心雕龙〉与中国文化》，开封：河南大学出版社，2005年，第394页。

笔和创作,以体现“文心雕龙”的真意,都将是本刊的追求和特色。

本刊欢迎各位龙学家、中国文论和文章、文化研究者赐稿,既诚恳邀请各位卓有成就的专家学者俯赐鸿篇大作,也格外欢迎热爱中国传统文化、文论的年轻学人惠寄自己的心得体会。我们将认真对待每一篇来稿,不放过任何一篇学有心得的长文短制,并衷心希望读者诸君视《中国文论》(丛刊)为自己的家园,一同耕耘,一起收获,为中华文化的复兴略尽绵薄。

● 文心雕龙

意境论研究的中外融通之路

——《意境论的现代文化阐释》导论

张长青*

摘　要: 近代的意境说研究,王国维具有开创之功。他企图把中西融汇起来,使中国传统的意境论走上现代化道路,但是他只注意中西文化之同,还没有深入到两种异质文化、本体论、价值论之异。用西方"主客二分"的两元论的认识论来研究中国古典的"天人合一"生命论的意境论,这不但没有把中西真正融合起来,而且使其"境界"说的理论体系内部充满矛盾,致后人争论不休。在中国现代美学史上,研究"意境"贡献最大的是宗白华,他在学术领域内完成了从西方"主客二分"的认识和思维模式到中国传统的"天人合一"生命论的转变,给中国古典美学和诗学的现代化指明了方向和途径。20世纪80年代末到21世纪初,意境研究获得了空前的发展。但明显的不足是,在研究观念和方法上都没有超出西方近代二元论哲学,不是"以西律中"就是"以今律古",均未探到意境的本质特征和民族特色。因此,意境论研究必须进行中外古今的会通和融合,从中西文化、哲学、美学对比的高度,在古典诗词艺术实践和前人意境理论研究的基础上,对"意境"作"历时性"和"共时性"的现代文化阐释,然后指出"意境"的文化、哲学、人学渊源及其现代意义和价值。

关键词: 意境论;王国维;宗白华;中外融通;文化阐释

意境是中国传统美学和艺术最具民族特色和现代意义的核心范畴。早在20世纪初,王国维就以意境范畴为中心,开创了融汇中西美学的先例,开启了中国传统美学和艺术走向现代化的历程。我们回顾总结这一曲折的路程,对研究意境说,解读一个生命论诗学范

* 作者简介:张长青,湖南师范大学中文系教授。

畴和现代化转型，是很有启示作用的。

一

从1840年鸦片战争开始，中国历史进入了近代。近代的意境说研究，是在中学和西学、新学和旧学、古今中外文化急剧交锋的语境中进行的，处于意境说现代化的初期。中国近代美学家，研究"意境"影响最大的是梁启超、王国维。梁启超提倡"诗界革命"和"新意境"，这是传统的意境论走向现代化的开端。王国维的"境界说"，以及他的《人间词话》、《红楼梦评论》、《宋元戏曲考》等著作，则是用康德和叔本华的哲学和美学来研究中国传统的美学和意境论，从而进行中西融合的产物。

王国维《人间词话》里的"境界说"，既植根于中国传统的美学理论，又融合西方美学的精神。但这种融合还只停留在中西美学的表层、观点上的相似，还未涉及中西异质文化哲学、美学、本质和本体论的差异。王攸欣在《境界说研究》中说："人们已习惯于把王国维《人间词话》当作一个整体。实则不然，其中包含倾向不同的两种理论，其一为境界说，另一理论姑名之为自然说。自然说在《宋元戏曲考》中有进一步发展，而境界说在《人间词话》里已最后定型。这两种理论在某些方面具有相似性，但有根本的差异。"[①]自然说主要承传统诗论中不事雕饰的审美观念而来，它是一种"天人合一"的生命论；而境界说的理论内涵和来源，则是叔本华的超功利的审美观、纯粹直观和理念；它是西方主客二分的认识论和思维模式。这两种异质文化、哲学、美学凑合在一起，产生了两种结果。其一，使境界说体系的内部产生种种矛盾，而遭后人的种种误读而争论不休；其二，这种拿别人酒杯浇自己块垒的做法，使得有一种"古已有之"的自满自得，而由西化派转为国粹派。这是中西文化融合初级阶段的一种表现，也是王国维在《人间词话》里的境界说，后来转变到《宋元戏曲考》里传统的意境说的真正原因。

王国维《人间词话》第一则就开宗明义说："词以境界为最上。有境界则自成高格，自有名句。五代北宋之词所以独绝者在此。"[②]第九则，对境界做总结，把境界说放在传统诗论背景中估价其意义："然沧浪所谓兴趣，阮亭所谓神韵，犹不过道其面目；不若鄙人拈出'境界'二字，为探其本也。"[③]又说："有境界，本也。气质、神韵，末也。"[④]后来在《宋元戏曲考》中，扩大境界说的范围说："文章之妙，亦一言以蔽之，曰：有意境而已矣。"[⑤]这些论述说明了王国维用西方文化、哲学、美学的本体论思想，创造性地改造中国传统的意境说思想，把境界说提高到一个标志艺术本体和特质的核心审美范畴，使传统分散、零碎的意境

① 王攸欣：《选择·接受与疏离》，北京：三联书店，1999年，第91页。
② 姚淦铭、王燕编：《王国维文集》第一卷，北京：中国文史出版社，1997年，第141页。
③ 姚淦铭、王燕编：《王国维文集》第一卷，第143页。
④ 姚淦铭、王燕编：《王国维文集》第一卷，第160页。
⑤ 姚淦铭、王燕编：《王国维文集》第一卷，第389页。

理论体系化、理论化、系统化，开创了意境现代化的新路向。虽然境界说采用中国传统的材料和概念，但实质上与中国传统理念是截然不同的，王国维意境论的开创之功，是功不可灭的。但是，境界说并未探求到中西两种异质文化、哲学、美学的本体论之异，而且也未交代境界与叔本华美学的关系。所以，境界说的实质和渊源，从来没有得到准确地阐释，而产生很多歧义。

其实，境界说的本末之辩的哲学和美学基础是叔本华超功利的纯粹直观和理念。"王国维认为境界是理念对应物，是直接关系客体自身的纯粹形式之美，足以唤起先验地存在于人心中的美感，这是文学之美的根本；而气质、神韵、兴趣、都是关于诗人在传达理念时所产生的美，是后先验的，需要诗人和读者的修养，是次要的，是'末'。"①从今天的观点来看，这离传统意境论的实质和渊源还差很远，在两种异质文化融合的初期只顾两者之同，还未深入到两者之异，他以西方文化本体论的两元论套用在中国文化一元论的头上，犯了"以西律中"的错误。

王国维在《人间词话》中，还以"境界"为核心，论述境界创造中的一系列问题，现择其要者加以评析。

第一，"有我之境"和"无我之境"。

这是《人间词话》中引起误读，而又长期争论的问题。朱光潜根据他所接受的移情说，来解释有我之境和无我之境，分别称为同物之境、超物之境②。又有人认为，从艺术创作的本质来说，一切艺术境界都是主客观统一，没有什么"无我之境"，这种提法是违反创作规律的。王国维在《删稿》中也说："昔人论诗词，有景语、情语之别。不知一切景语，皆情语也。"③这是前后矛盾。这些说法，实质是弄错了理论来源的缘故。

王国维在《叔本华之哲学及其教育学说》中对优美和壮美进行了分别，说："故美之知识，实念之知识也。而美之中，又有优美与壮美之别。今有一物，令人忘利害之关系，而玩之而不厌者，谓之优美之感情。若其物直接不利于吾人之意志，而意志为之破裂，唯由知识冥想其理念者，谓之曰壮美之感情。"④从这里我们可以清楚地看出：王国维是把境界看成理念的对应物，在境界形成过程中的差别和引起不同的美感分"有我之境"和"无我之境"。这里的"优美"指"无我之境"，"壮美"指"有我之境"。《人间词话》中也说："无我之境，人惟于静中得之。有我之境，于由动之静时得之。故一优美，一宏壮也。"⑤这里的"无我之境"，实际上指忘掉了利害关系的我，在审美静观中创造的一种境界。这种境界与老庄哲学中抛弃利害关系的我，忘掉了功利的我，把我融合在万物之中，达到"以天合天"的境界有相似之点，但其本体论是不同的。例如"采菊东篱下，悠然见南山"，这种"无我之

① 王攸欣：《选择·接受与疏离》，第116页。
② 朱光潜：《诗论》，《朱光潜全集》第三卷，合肥：安徽教育出版社，1987年，第60页。
③ 姚淦铭、王燕编：《王国维文集》第一卷，第159页。
④ 姚淦铭、王燕编：《王国维文集》第三卷，北京：中国文史出版社，1997年，第321页。
⑤ 姚淦铭、王燕编：《王国维文集》第一卷，第142页。

境”,并不是诗中没有我在,没夹杂诗人的主观感情,而是诗人忘掉了利害之关系,把我和自然合一,而形成的一种优美娴静的境界,所谓“以物观物”中的前一个物,是指与自然合一的主体的物,并不是指客体的物。

“有我之境”是指外物不利于我,而又非我所能抗拒,只能于惊慑震动之余,直观其对象,作者把这种由动之静时的情绪收集起来,而构成的境界,亦即壮美之境。他举出冯延巳的《鹊踏枝》和秦观的《踏莎行》中的句子加以说明。秦观贬官郴州,在词中表达的怨恨和孤寂的心情是很明显的,这种凄婉的感情里,包含着对自己的不幸处境和对当时社会现实不满的悲剧因素。诗人所描写的是一种“以我观物,故物皆着我之色彩”①的“有我之境”,而不是“物我两忘”的“无我之境”。

所以“有我之境”和“无我之境”,不是以诗中是否有“我”,诗中是否夹杂主观感情来分的,而是从物我关系、我观物的方式不同而区分的两种审美范畴。这里王国维用叔本华的纯直观和理念的美学观点,总结中国古典文艺中的两种不同的境界。“有我之境”主要指突出表现抒情主人公感情色彩的境界说的;“无我之境”主要指抒情主人公的主观感情融化在自然景物之中的山水、自然诗的境界说的。这两种不同审美特征的诗歌,在中国古典诗中都是存在的,从而发展了中国古典的审美理论,这是应该肯定的。但是,王国维接受叔本华超功利的唯心主义美学思想则未必是正确的。

王国维还说:“古人为词,写有我之境者为多,然未始不能写无我之境,此在豪杰之士能自树立耳。”②有人据此说只有真豪杰才能写“无我之境”,因此“无我之境”高于“有我之境”。这也是一种误读。应该看到王国维这些论述,也是受叔本华思想影响的结果。叔本华认为人都有欲念,只有灭绝欲念才是最高的解脱。一般人做不到,只有豪杰之士才能做到,这是他的唯心主义天才观点。至于王国维引来说明艺术境界,他并没有把两者强分高下,这点可从王国维同样欣赏《红楼梦》、李后主词这些“有我之境”的作品,得到证明。

第二,“造境”和“写境”。

《人间词话》第二则说:“有造境,有写境,此理想与写实二派之所由分。然两者颇难分别。因大诗人所造之境,必合乎自然,所写之境,亦必邻于理想故也。”③第五则又说:“自然中之物,互相关系,互相限制。然其写之于文学及美术中也,必遗其关系、限制之处。故虽写实家,亦理想家也。又虽如何虚构之境,其材料必求之于自然,而其构造,亦必从自然之法则。故虽理想家,亦写实家也。”④这些论述,与我们今天所说的理想与现实、现实主义和浪漫主义又有某些方面的联系,但是,绝不能把他们等同起来。

所谓“造境”,就是构造之境;所谓“写境”,就是写实之境。理想家按照理想,用幻想、想象、夸张的艺术表现手法创造意境;写实家忠于现实描写,用再现的手法创造意境。由

① 姚淦铭、王燕编:《王国维文集》第一卷,第142页。
② 姚淦铭、王燕编:《王国维文集》第一卷,第142页。
③ 姚淦铭、王燕编:《王国维文集》第一卷,第141页。
④ 姚淦铭、王燕编:《王国维文集》第一卷,第142页。

于它们侧重面和表现方法的不同，因此产生了文学上理想与写实的两个流派。但是，这两派在文艺创作中是很难分别的。因为“大诗人所造之境，必合乎自然，所写之境，亦必邻于理想故也”。理想家虽然创造虚构之境抒发理想，但他的虚构必然建立在自然的基础上，服从“自然之法则”，“故虽理想家亦写实家也”。写实家虽然以直接摹写自然为主，但他从“互相联系、互相限制”的自然整体中选取材料时必然有自己的理想作指导，“故写实家亦理想家也”。王国维这些论述，的确接触到现实主义和浪漫主义的一些特征和它们之间的关系，是运用西方的文学和美学理论，总结我国古典文学和美学传统的结果。我国古典文学存在着理想家和写实家两派，古典文学作品也有实录写真和奇幻夸诞之不同。在古典美学中也有“幻中有真”、“天上”与“人间”结合的主张。但是，我国古典美学没有从理论上作出完整系统分析。梁启超第一个把欧洲现实主义和浪漫主义创作方法介绍到中国，把小说分为“写实派”和“理想派”[①]。王国维继之，对它们做了论述，这对我国文艺和美学现代化发展转型是有重大贡献的。

但是，我们不能把“写境”和“造境”，“写实家”和“理想家”与现实主义和浪漫主义完全等同起来。因为，王国维的“造境”和“写境”的理论来源和立论的哲学基础，仍然是叔本华主观唯心主义的美学观。叔本华的时代是浪漫主义兴起的时代，文学的表现理论有取代再现理论发展之趋势。但是叔本华美学观念本质上是再现的，其目的在于认识世界，他认为艺术只不过是唤起人静观理念的手段，而理念是客观的。这本质上是古典主义的再现理论，而不能解释近代的抒情诗的表现论。这样，叔本华的抒情诗论和他的文学认识本质论产生了一种内在矛盾。王国维在《人间词话》里继承了叔本华这矛盾的两个方面：一方面发展为境界说，其实质是再现论；另一方面与中国传统美学崇尚自然的倾向结合，发展为自然说，其实质是表现论。而又在境界本质——再现理念显示意志中统一起来。

这两条的直接哲学根据，在于叔本华的理念既具有真实性，又具有理想性，既来源于自然，又超乎自然。因此，这两条中的“理想”，不是我们今天理解的建立在现实基础上的理想，而是一种“美的预想”，实际上是一种“先验的美的理念”。这里的“自然”，也不是我们今天理解的客观存在的自然，而是“意志”的客体化。我们必须把它辨析清楚。王国维拿西方的近代文论来解释中国的古代文论，于是产生了“以西律中”和“以今律古”的错误。

第三，“隔”与“不隔”。

这也是《人间词话》里关于境界的根本问题，第三十六、三十九、四十、四十一条都涉及这一个问题。

朱光潜把隔与不隔分别当作隐和显[②]，不关王氏的本旨。叶嘉莹把“不隔”归之于“真切之感受”和“真切之表达”[③]，这也倒因为果，没有找出这问题的根源。郭沫若把“不隔”

---

① 梁启超：《论小说与群治之关系》，王运熙主编：《中国文论选》近代卷(下)，上海：上海文艺出版社，1996年，第292页。

② 朱光潜：《诗论》，《朱光潜全集》第三卷，第57—58页。

③ 叶嘉莹：《王国维及其文学批评》，《嘉陵文集》第二卷，石家庄：河北教育出版社，1997年，第220页。

的理论,概括为"直观自然,不假修辞"①,也未触及问题的关键。隔与不隔的关键在于能不能静观到理念。叔本华的理念本身是非常清晰,只能是直观的,当诗人直观到理念便是清晰的,便是不隔;诗人没有直观到理念时,不能显示事物本质和神理,写出的情景必定模糊不清,便是隔。这是隔与不隔的哲学基础。

从四则词话对实例点评来看,隔与不隔主要表现在景物描写、情感表达和语言运用三个方面。写景明晰清真,抒情深切动人,便是不隔。如果写景如雾里看花,抒情矫揉造作,便是隔了。在语言表达上,要"语语都在目前",形象生动,清新明快。反对"代字"、"游词"、"隶事"。所谓"代字"即"替代字"。例如"桂华流瓦",用"桂华"代月。"游词"即"浮游之辞",也就是言不由衷,词不达意。"隶事"即用典,因为这些都是破坏境界生动性和明晰性的。总之,诗词的境界要做到"其言情也必沁人心脾,其写景也必豁人耳目。其辞脱口而出,无矫揉装束之态。以其所见者真,所知者深"②,这样的作品便是不隔,相反,便是隔了。

王国维的隔与不隔的观点,表面上看是就语言风格和艺术技巧而提出的,但实质上是追求境界的真实和自然,是王国维运用叔本华的直观理念和美学观点,总结我国传统的意境论,而提出的一项重要审美标准和理想。我国古代意境论的特点之一,就是追求境界塑造的真实自然之美,是道家追求的审美理想,庄子所说的"天籁",其特点即在此。到了六朝发展为"清水芙蓉"说。刘勰《文心雕龙》中提出了"自然"说,钟嵘《诗品》中提出了"自然英旨","观古今胜语,多非补假,皆由直寻"③的美学理想。唐宋以后,这种观点不胜枚举。王国维的隔与不隔的理论,就是对这种传统观点的继承和发展,是境界说的组成部分。但是自然说和理念说是相矛盾的,这在中西美学中是一种凑合,而非融合。

第四,"入乎其内"和"出乎其外"。

《人间词话》第六十则说:"诗人对宇宙人生,须入乎其内,又须出乎其外。入乎其内,故能写之;出乎其外,故能观之。入乎其内,故有生气;出乎其外,故有高致。美成能入而不出。白石以降,于此二事皆未梦见。"④第六十一则又说:"诗人必有轻视外物之意,故能以奴仆命风月。又必有重视外物之意,故能与花鸟共忧乐。"⑤这两条,就是王国维的"出入"说。一般研读《人间词话》的人,多关注他的"境界"说,而忽视他的"出入"说。其实王国维的"出入"说,在他的诗学体系中占有重要的地位。如果说"境界"说构成他诗学审美本体论,那么,"出入"说便是其诗学的审美活动论。诗歌的审美本体是诗人的审美活动中建立起的,从这个意义上说,不了解"出入"说,就不可能全面、透彻地把握王国维的"境界"说及其整体诗学理论体系,从而估价他在中国诗学现代化上的贡献。

---

① 郭沫若:《鲁迅与王国维》,《郭沫若全集》文学编第 20 卷,北京:人民文学出版社,1992 年,第 307 页。
② 姚淦铭、王燕编:《王国维文集》第一卷,第 154 页。
③ 钟嵘:《诗品序》,陈延杰注:《诗品注》,北京:人民文学出版社,1980 年,第 4 页。
④ 姚淦铭、王燕编:《王国维文集》第一卷,第 155 页。
⑤ 姚淦铭、王燕编:《王国维文集》第一卷,第 155—156 页。

依据第六十条和六十一条的解说，"入乎其内"意味"重视外物"，要求诗人全身心投入对象世界，"与花鸟共忧乐"，给予真切的表达（"能写之"），这才能使写出的作品具有活生生情趣（"有生气"）；"出乎其外"则意味着"轻视外物"，即以超越的态度对待所描写的事象，"以奴仆命风月"，通过凝神观照（"能观之"）即审美静观，以求得对宇宙人生意蕴更深一层的领会（"有高致"）。这两者都是审美活动中审美主体和审美客体之间的关系，而且作了辩证的分析。不过"入乎其内"注重生命的内在体验，"出乎其外"着眼于精神超越性的观照，这就有了先"入"后"出"的分别，而又共同构成审美活动中的不可缺少的两方面。

长期以来，人们对王国维的境界说限于片面认识：或仅抓住其"真景物"与"真感情"这一方面，用"真切的感受"来概括其对诗歌境界的全部要求；或紧扣叔本华哲学、美学思想对王氏的影响，以超越实际利害关系和解脱人生欲求的宁静观照来设定"境界"的涵义。应该说，这些解说都是有根据的，但不全面。从构成王氏诗学基础的"出入"说来看，审美活动应是"出"和"入"两方面的辩证统一，既有生命内在体验的一面，也有精神超越性观照的一面。由"出"和"入"构成完整的审美活动。由此看来，人的审美活动是一个由生命内在体验向自我超越不断发展升华的过程。在这一过程建构的境界，便也有多重复杂的规定性。它发端于"真景物"、"真感情"，以包含真切的人生体验为先决条件，但又不限于一己身世之感，终于在审美的自我观照中实现自我超越，而进入具有普遍性的人生理念的境域，透过有限的生命时空以寻求更为丰富无限的人生意蕴的追寻，这就是境界说的完整内涵。

二

从"出入"说出发，我们可以把王氏的诗学体系贯通起来。例如，"有我之境"和"无我之境"、"优美"和"壮美"、"动"和"静"、"造境"和"写境"、"诗人之境界"和"常人之境界"、"主观之诗人"和"客观之诗人"、"诗人之眼"和"政治家之眼"。这些都是以西方二元论的哲学和美学建立起来的审美范畴，用这些范畴来分析总结中国一元论传统美学和意境，不但产生了"以西律中"的错误，而且也产生了"以今律古"的错误，不能把古今中外真正融合起来。

但是，"境界"说和"出入"说的提出，在中国诗学由传统向现代的演化过程中，亦有其深远意义，这要从"境界"说和"出入"说的理论渊源说起。

有的研究者把"出入"的理论渊源追溯到《韩诗外传》中的一段话："朝廷之士为禄，故入而不能出；山林之士为名，故往而不能返。入而亦能出，往而亦能返，通移有常，圣也。"[①]或者说成龚自珍在《尊史》一文中也曾谈到"善入"与"善出"的问题[②]。前者谈的是

① 许维遹校释：《韩诗外传集释》，北京：中华书局，1980年，第200页。
② 龚自珍：《龚自珍全集》，上海：上海人民出版社，1975年，第80—81页。

封建社会的知识分子的生活态度。后者是治史的认识问题，都无关审美活动，只是词语上的“貌同而心异”。

王国维的审美活动的“出入”说，在“入”的方面真正的理论来源，是中国古老的诗学传统“物感”说，或者说是“因物兴感”说，这个说法发端于《礼记·乐记》，兴盛于六朝，它将诗人的情感活动说成由外物的感发，并在审美活动中达到物我交融，所谓“人禀七情，应物斯感。感物吟志，莫非自然。”[①]情既已兴，便又投向外物。刘勰把它叫做“神与物游”，于是“登山则情满于山，观海则意溢于海”[②]，这样一种“心物交融”的境界，不是王氏《词话》中讲的“与花鸟共忧乐”吗？直到唐人“心入于境，神会于物，因心而得”[③]的提法，已是很接近《词话》的“入乎其内”了。

不过我们还要注意关键的一点，就是王国维的尚“真”，所谓“真景物”、“真感情”，就是把真切的体验和感受，作为诗人直面宇宙人生的基本要求和“入乎其内”的主要条件，这个条件尽管溯源甚久，而直接影响却是晚明以降的个性解放的思潮，诸如李贽的“童心”与“真心”[④]，徐渭的“真我面目”[⑤]和“出于己之所自得”[⑥]，汤显祖崇尚的“情之至”、“情之所必有”[⑦]，以及公安派标举的“独抒性灵，不拘格套”[⑧]，皆可以在王氏诗学中找到或多或少的烙印。这正是后者的主情观念不同于传统伦理本位的“情性”说的缘由所在。要而言之，古代“物感”说的“心物交融”，唐人“取镜”说的“心入于境”和晚明个性解放思潮中的重真情、贵自得，三者的交融，构成了《词话》“入乎于内”说的理论依据，也是王氏诗歌美学的重要的民族根基。

再就“出”的方面来看，在民族传统中亦有其渊源。唐皎然所谓“采奇于象外”[⑨]、刘禹锡所谓“境生于象外”[⑩]，都已初步接触到诗歌创作中的超越性问题。后来司空图、严羽、王士禛循此超越方向前进，构建起他们各自的理论主张，在《人间词话》中也得到了明确的反映。具体落实到“出乎其外”的提法，则《二十四诗品·雄浑》中的“超以象外，得其环中”[⑪]一语，显系其脱胎所自。超越于事物迹象之外，始能掌握“道”的枢机，这同王氏意图凭借超越性观照，以提升到人生理念层面，其思路是很接近的。这说明不论是“入”还是“出”，王氏的审美活动论与中国古代诗学传统，皆有很深的血缘关系。

在文化构成层面中，审美意识最稳固、最保守的层面，若仅仅只看到“境界”说所表现的西方文化意向和美学精神，就简单地割断它与中国古典诗学传统的联系，这是极大的错

① 刘勰：《文心雕龙·明诗》，范文澜：《文心雕龙注》，北京：人民文学出版社，1962年，第65页。
② 刘勰：《文心雕龙·神思》，范文澜：《文心雕龙注》，第493—494页。
③ 王昌龄：《诗格》，郭绍虞主编：《中国历代文论选》第二册，上海：上海古籍出版社，2001年，第89页。
④ 李贽：《童心说》，郭绍虞主编：《中国历代文论选》第三册，上海：上海古籍出版社，2001年，第117页。
⑤ 徐渭：《文长论书》，潘运告编著：《明代书论》，长沙：湖南美术出版社，2002年，第267页。
⑥ 徐渭：《叶子肃诗序》，郭绍虞主编：《中国历代文论选》第三册，第91页。
⑦ 汤显祖：《牡丹亭记题词》，郭绍虞主编：《中国历代文论选》第三册，第152页。
⑧ 袁宏道：《序小修诗》，郭绍虞主编：《中国历代文论选》第三册，第211页。
⑨ 皎然：《评论》，郭绍虞主编：《中国历代文论选》第二册，第88页。
⑩ 刘禹锡：《董氏武陵集记》，郭绍虞主编：《中国历代文论选》第二册，第90页。
⑪ 郭绍虞主编：《中国历代文论选》第二册，第203页。

误。有的论者把“境界”说看作是与叔本华“理念”论平行的审美范畴，认为“王国维的意境范畴与古典美学并不相关”[①]，这种看法是不能成立的。“境界”说起码在三个方面显示与叔本华美学实质差异，而表现出对传统审美意识的延续和继承。

首先，“境界”说重情感表现，这不同于叔本华的认知美学。叔本华说：“艺术复制着由纯粹观审而掌握的永恒理念，复制着世界一切现象中本质和常住的东西……艺术的惟一源泉就是对理念的认识，它惟一的目标就是传达这一认识。”[②]在叔本华那里，审美只是对理念的宁静直观，是他意志哲学一个认识环节，是排斥情感的，对情感在艺术审美中的作用未予以重视。虽然王国维“境界说”在一定程度上受了叔本华的影响，他在《叔本华之哲学及其教育学说》中说：“诗歌之所写者，人生之实念（即理念），故吾人于诗歌中，可得人生完全之知识。”[③]这里所谓“实念”，实指叔本华“理念”。他还把“能观”作为意境产生的首要条件，包含着对叔本华“理念”的直观与认识方式的某些认同。所谓“有我之境”与“无我之境”的区分，也与叔本华美学中对理念的两种认识和观照方式有关。但是，王国维的“境界”说在精神实质上与叔本华重认知、轻感情的美学是不同的。他说：“诗歌者，感情的产物也。”[④]“激烈之感情，亦得为直观之对象、文学之材料。”[⑤]“境非独谓景物也，喜怒哀乐，亦人心中之一境界。”[⑥]这些包含在“境界”说中的看法，显然超出叔本华理念认识说，特别强调了感情的重要。王国维谈“境界”，从情景关系又分为两种，一是“以境寓情”之境，一是“专作情语”之境。但不管哪种境界，情感因素都是首要的。“感情真者，其观物亦真”[⑦]、“一切景语皆情语”[⑧]。王国维在《屈子文学之精神》中说：“诗歌者，感情的产物也。虽其中之想象的原质（即知力的原质）亦须有肫挚之感情为之素地，而后此原质乃显。”[⑨]这是王国维谈“境界”的一个基本原则。叶嘉莹曾比较“境界说”与严羽“兴趣”说、王士禛“神韵说”，认为三者共同点都是强调情感体验，强调诗的兴发感动特点。区分在于，“兴趣”“似偏重在感受作用本身之感发的活动”，“神韵”“似偏重在由感兴所引起的言外之情趣”，“境界”“则似偏重在所引发的感受在作品中具体之呈现”。[⑩] 叶嘉莹的分析表明“境界”说在重情感、重心物感发方面与中国传统诗学是一脉相承的。

其次，“境界”说重主体精神的人格力量，叔本华美学却是从根本上排斥主体的人格意志。叔本华所谓审美是一种对理念的无利害的静观，是纯客观对象的反映，这种审美过程的完成是与天才的特殊禀赋相联系的，彻底排斥主体人格、意志在审美中的作用。王国维

---

① 潘知常：《王国维“意境说”与中国古典美学》，《中州学刊》1988 年第 1 期。
② 叔本华：《作为意志和表象的世界》，北京：商务印书馆，1982 年，第 258 页。
③ 姚淦铭、王燕编：《王国维文集》第三卷，第 330 页。
④ 王国维：《屈子文学之精神》，姚淦铭、王燕编：《王国维文集》第一卷，第 33 页。
⑤ 王国维：《文学小言》，姚淦铭、王燕编：《王国维文集》第一卷，第 25—26 页。
⑥ 王国维：《人间词话》，姚淦铭、王燕编：《王国维文集》第一卷，第 142 页。
⑦ 王国维：《文学小言》，姚淦铭、王燕编：《王国维文集》第一卷，第 27 页。
⑧ 王国维：《人间词话》，姚淦铭、王燕编：《王国维文集》第一卷，第 159 页。
⑨ 姚淦铭、王燕编：《王国维文集》第一卷，第 33 页。
⑩ 叶嘉莹：《王国维及其文学批评》，《嘉陵文集》第二卷，石家庄：河北教育出版社，1997 年，第 298 页。

虽然受叔本华思想的影响,也强调天才的观照和意志的解脱,但他没有忽视主体人格和意志在审美中的作用。在《文学小言》中,他把人格置于创作之首,认为“无高尚伟大之人格,而有高尚伟大文章者,殆未之有也”[①]。在《屈子文学之精神》中,他还大力发扬屈原的人格精神,以“廉贞”二字加以概括,谓其充分体现了北方人士的“坚忍之志,强毅之气,持其改作之理想,以与当时之社会争”,虽一疏再放,“而终不能易其志”[②]。王国维的人格说所积淀的中国传统伦理精神,又驱使他接近传统,把最高境界作为最高人格的显示。

再次,王国维的审美超越是建筑在生命体验基础之上的,是人生体验的升华,而叔本华的审美超越是对人生的“解脱”和否定,这是两者在归结点上的分歧。

在叔本华那里,超越起着“解脱”的作用,即驱除人的情意活动,泯灭人的生存意志,让人在静观中忘掉一切,进入“涅槃”的境界,而王氏虽然承袭着叔本华“解脱”话头,却又不由自主地对“解脱”表示怀疑,受传统中“入世”精神的影响,站在肯定人的生命活动和生命体验的基点上,赞同古代“不平则鸣”之说,以为“诗词者,物之不得其平而鸣者也。故欢愉之辞难工,愁苦之言易巧”。[③] 再看《人间词话》中举到的审美超越的境界,无论是“忧生”、“忧世”,或“众芳芜秽”、“美人迟暮”之感,乃至“有释迦、基督担荷人类罪恶之意”[④],都充满着一种“忧患意识”,与其说是“遗世独立”的旨趣,毋宁说是“悲天悯人”的情怀,这又哪里谈得上“解脱”呢?所以,王氏的审美超越,充其量是超越小我,以进“大我”,即由一己身世之戚放大为“人类全体之感情”,是生命体验的升华而非其扬弃,这也是两者不同的重要一点。

但是,王国维的“境界”说和“出入”说,也有另一种成分在,即来自西方文化、哲学和美学,主要是叔本华思想的有力影响所表现的新的文化意向和美学精神。《人间词话》一书的理论价值之不同于传统的诗话、词话,主要因素也就在于这类西方文化、哲学和美学的引进,从而表现出中西古今文化、哲学和美学的复杂交汇和深刻的影响。那么,王国维的“境界”说和“出入”说中有哪些新的文化意向和美学精神呢?

第一,王国维的“境界”说引入叔本华超功利的审美观照理论,把“能观”作为意境的首要条件,要求审美主体“胸中洞然无物,而后其观物也深,而其体物也切”[⑤]。摆脱意志的束缚,摒弃个体功利考虑,自由地进入审美观照中。其实质就在于宣扬审美和艺术超功利的独立价值,以反对传统的政教功利的审美观,赋予“境界”说以现代审美意义。所以,《人间词话》成为现代美学之肇端。

第二,王国维的“境界”说,引进叔本华的理性精神,对中国民族诗学传统起了某些改造的作用。中国古典的意境美学基本上属于一种体验美学,它以心物之间的感通为审美

① 姚淦铭、王燕编:《王国维文集》第一卷,第 26 页。
② 姚淦铭、王燕编:《王国维文集》第一卷,第 31、33 页。
③ 王国维:《人间词话》,姚淦铭、王燕编:《王国维文集》第一卷,第 159 页。
④ 王国维:《人间词话》,姚淦铭、王燕编:《王国维文集》第一卷,第 145 页。
⑤ 王国维:《文学小言》,姚淦铭、王燕编:《王国维文集》第一卷,第 25 页。

活动的基础,以抒写生活的感受为文学表现内核,以情景交会为诗歌意象生成、进而达成意境而感动和感化人心为艺术功能的极致。总体来说,它没有脱离生命活动感性层面,相对地讲,也就缺少一点理性的反思。传统诗学中亦有注重超越性的一面,如前引"境生于象外"或"言有尽而意无穷"等说法,但那多半是一种情趣和意象上的超越,即所谓情感空间与想象空间的拓展,并不必蕴含有理性的内涵。宋人爱讲"理趣",也多半属于道德层面的提升,其理性反思的意义终竟有限。而王氏引入西方哲学,将审美的超越理解为对个人生命体验的重新观照和品味,并藉助这一反思式的观照以实现其由一己身世之感向"人生理念"或"人类全体之感情"的飞跃,这就有了传统诗学所不具的近代人的意识,体现了理性的科学精神。

第三,"境界"说中对个体情感、真情的重视。他强调写"真景物"、"真感情",反对粉饰、哺啜文学,推崇李煜等人的词,提倡"赤子之心"、"自然之眼"等,都包含着西方近代文化精神和人本内容。另外,"境界"说言"有我之境"与"无我之境"、"诗人境界"与"常人境界"、"境界"的"出"与"入"、"隔"与"不隔",所表现出的重主体、重直观感受的倾向,也带有西方近代文化的理性和个性解放色彩。

从以上分析,我们可以得出结论:王国维在近代中西古今激烈交锋的语境中研究"意境"论,向西方学习,企图把中西融汇起来,使中国传统的意境论走上现代化道路,他的开创之功是功不可无的,但是他只注意中西文化之同,还没有深入到两种异质文化、本体论、价值论之异。用西方"主客二分"的两元论的认识论来研究中国古典的"天人合一"的生命论的意境论,这不但没有把中西真正融合起来,而且产生了两种不良后果。一是使他的"境界"说的理论体系内部充满矛盾,致后人争论不休。二是使他自己在《人间词话》里的"境界"说的西化派,向传统回归,转变为《宋元戏曲考》的"意境"论。所以"意境"研究,还有待深入。

三

1919 年的"五四"运动,标志着中国历史进入了现代。在中国现代美学史上,研究"意境"影响最大,贡献最大的是朱光潜和宗白华两位美学家。他们沿着近代王国维开创的古典意境论现代化的道路,寻求中西美学的融合。同时他们两位代表着"意境"研究从西方美学"主客二分"认识论思维模式走向中国"天人合一"生命论思维模式的深入发展的趋势。他们在中西融合上又前进了一大步。

朱光潜在英法等国留学多年,精通好几种西方语言,中文修养又极高,因此,他在介绍西方美学的同时,又寻求中西美学的融合。这表现在朱光潜留学法国期间草成纲要、出版于 1942 年的著作《诗论》。他在 1984 年三联书店再版的后记中说明了这一意图。他说:"在我过去的写作中,自认为用功较多,比较有点独到见解的,还是这本《诗论》。我在这里试用西方诗论来解释中国古典诗歌,用中国诗论来印证西方诗论;对中国诗的韵律,为什么后来走上韵律的道路,也作了探索和分析。"[①]朱光潜起念写作该书就是希望从中西诗论和诗歌经验,尤其是对中国诗歌形式演化史的研究,为中国现代新诗的发展提供可资借鉴的资源,把中西诗论融合起来。他以中西诗论互相印证,互相阐发。粗糙看来,似乎还是以克罗齐美学观念为核心,克罗齐的直觉表现论是他反复印证的观点,似乎成为诗境论的主要理论支柱。在《诗论》中,他虽然仍借用克罗齐、尼采等人的美学思想和概念,但传统诗学成了他的实质性的思想内涵,特别是王夫之诗学。《诗论》的核心内容是诗境论,一切都围绕着意境论展开的。他说:"情景相生而且契合无间,情恰能称景,景也恰能传情,这便是诗的境界。每个诗的境界都必有'情趣'(feeling)和'意象'(image)两个要素。'情趣'简称'情','意象'即是'景'。"[②]从诗境说的定义中我们可明显看出,这表面上的思想和概念来自西方诗学,而概念中的内容实质上是中国传统诗论的情景交融的意境论。他的美学从总体上说还是西方传统的认识论和主客二分的思维模式,但分析具体问题,又常常突破主客二分的思维模式,而趋向"天人合一"的思维模式,而常用"物我两忘"、"物我同一",以及"情景契合"、"情景相生"等等。当然朱光潜并没有最终实现从"主客二分"的模式到"天人合一"模式的转变。"主客二分"是人和世界的最本原的关系,他没有从西方近代哲学的视野彻底转移到以人生存于世界之中并与世界相融这样一种现代哲学的"天人合一"的视野。一直到后期他对美下的定义中,"美是客观方面某些事物、性质和形状适合主观方面意识形态,可以交融在一起而成为一个完整形象的那种特质"[③],仍然可以看到他是西方传统哲学"主客二分"的视野。不过在同一篇文章中,他对把美学看成一种认识论和反映论的观点,表示了怀疑。他说:"我们应该提出一个对美学是根本性的问题:应不应该把美学看成只是一种认识论?从 1750 年德国学者鲍姆嘉通把美学(Aesthetik)作为一种专门学问起,经过康德、黑格尔、克罗齐诸人一直到现在,都把美学看成只是一种认识论。一般只从反映论观点看文艺的美学家们也还是只把美学当作一种认识论。这不能说不是唯心美学所遗留下来的一个须经重新审定的概念。"[④]由于 50 年代当时的学术环境,他最终没有突破这种概念。

宗白华同朱光潜一样,对中西美学都有精深的理解和研究,但他的美学思想和意境论研究立足于中国哲学,所以他在意境研究中取得了很大的成绩。

任何美学理论都有自己的文化、哲学本体论的根基。意境作为中国传统美学的核心范畴,更不能例外。宗白华的美学理论和意境论研究,特别重视这一点。他在 1936 年写的《论中西画法的渊源与基础》中指出:"中国画所表现的境界特征,可以说是根基于中国民族的基本哲学,即《易经》的宇宙观:阴阳二气化生万物,万物皆禀天地之气以生,一切物体可以说是一种'气积'。(庄子:天,积气也)这生生不已的阴阳二气织成一种有节奏

① 《朱光潜全集》第三卷,合肥:安徽教育出版社,1987 年,第 331 页。

② 《朱光潜全集》第三卷,第 54 页。

③ 朱光潜:《论美是客观和主观的统一》,《朱光潜全集》第五卷,第 79 页。

④ 朱光潜:《论美是客观和主观的统一》,《朱光潜全集》第五卷,第 70 页。

的生命。中国画的主题'气韵生动',就是'生命节奏'或'有节奏的生命'。"[①]他在《形上学——中西哲学之比较》中,认为中西的形上学分属两大体系：西洋是唯理论体系,中国是生命论体系。唯理论体系是要了解和认识世界的基本结构、秩序理数,所以是宇宙论、认识论、范畴论;生命论体系则是要了解、体验世界的意趣(意味)、价值,所以是本体论、生命论、价值论。[②] 从中国古代这一"天人合一"的生命论文化、哲学观念出发,他提出了美在"意象"的观点,并超越"意象"而进入"意境"。所以,他在1943年写的《中国艺术意境之诞生》中,给意境下的定义是"一切美的光是来自心灵的源泉：没有心灵的映射,是无所谓美的。瑞士思想家阿米尔(Amiel)说：'一片自然风景是一个心灵的境界。'中国大画家石涛也说：'山川使予代山川而言也。……山川与予神遇而迹化也。'艺术家以心灵映射万象,代山川而立言,他所表现的是主观的生命情调与客观的自然景象交融互渗,成就一个鸢飞鱼跃,活泼玲珑,渊然而深的灵境;这灵境就是构成艺术之所以为艺术的'意境'。"又说："意境是'情'与'景'(意象)的结晶品。"[③]"在一个艺术表现里情和景交融互渗,因而发掘出最深的情,一层比一层更深的情,同时也透入了最深的景,一层比一层更晶莹的景;景中全是情,情具象而为景,因而涌现了一个独特的宇宙,崭新的意象,为人类增加了丰富的想象,替世界开辟了新境,正如恽南田所说：'皆灵想之所独辟,总非人间所有!'这是我的所谓'意境'。'外师造化,中得心源'。唐代画家张璪这两句训示,是这意境创现的基本条件。"[④]

本来,意境根源于中国人传统的"天人合一"的生命意识,是传统的"天人合一"文化宇宙观的结晶。但是令人遗憾的是,古典意境说的这一精髓,在近代的王国维和朱光潜的意境研究中却被忽视了。他们用西方认识论哲学和"主客二分"的思维模式,把意境归结为"意"与"境"、"主观与客观"的统一,这就切断了意境论的民族根源,对意境理论的任何揭示,其意义都有限了。宗白华研究意境,极少用主客统一的字眼,他理解的意境是意中之境,是艺术家主体心灵和宇宙诗心的体现,是"艺术家凭借他深静的心襟,发现宇宙间深沉的境地"[⑤],是艺术家主体生命与客体对象生命的交融互渗。这些说法根源于中国古代"天人合一"的宇宙生命意识。宗白华的意境研究是深刻地感悟到传统文化、哲学、美学这一精神内涵的。

宗白华也和王国维、朱光潜一样,一直倡导和追求中西美学的融合。早在五四时期,他说："将来世界新文化一定是融合两种文化的优点而加之以新创造的。这融合东西文化的事业以中国人最相宜,因为中国人吸收西方新文化以融合东方比欧洲人采撷东方旧文化以融合西方,较为容易。以中国文字语言艰难的缘故,中国人天资本极聪颖,中国学者

① 宗白华：《美学与意境》,北京：人民出版社,1987年,第159页。
②《宗白华全集》第一卷,合肥：安徽教育出版社,1996年,第583—632页。
③ 宗白华：《美学与意境》,第210页。
④ 宗白华：《美学与意境》,第211—212页。
⑤ 宗白华：《美学与意境》,第213页。

心胸思想本极宏大。若再养成积极创造的精神,不流入消极悲观,一定有伟大的将来,于世界文化上一定有绝大的贡献。"[①]宗白华这段话不仅提出了东西文化融合而成世界新文化的伟大理想,而且指明了中国学者融合中西文化的立足点和具体途径,至今对我们仍有教益和启发。

总之,宗白华在学术领域内完成了从西方"主客二分"的认识和思维模式到中国传统的"天人合一"的生命论的转变,给中国古典美学和诗学的现代化指明了方向和途径。遗憾的是宗先生的意境研究成果,没有引起当代的充分重视。

四

1949年中华人民共和国的成立,标志着中国历史进入当代。中国当代美学的发展,最突出的景象,是出现了两次美学热潮。意境论研究随着美学热潮也呈现出两个阶段。不过与美学不同的是前一个阶段是倒退停滞阶段,后一个阶段是全方位复兴发展阶段。

意境研究在20世纪50年代至70年代处于低谷阶段,这一方面是受"左倾"政治路线和思想路线的影响,另一方面在哲学、美学、文学上照搬前苏联那一套东西。尤其是1966年到1977年,由于"文化大革命"的浩劫,导致文化、学术的空前衰落,意境研究出现了"断层"。

在意境的本体论研究上,同美学研究一样出现了倒退现象,从"天人合一"的生命意识又回到了"主客二分"的认识论,用西方"主客二分"的思维模式来研究中国传统的意境论。最典型的代表就是李泽厚发表于1957年的《意境杂谈》。该文将中国传统的"意境"和西方传统的"典型"作为"平行相等"的两个范畴作机械的对比,认为"意境"是"典型化"的"情、理、形、神"四者和谐统一的艺术形象,一时间极为流行,影响极大。其他学者跟着把西方叙事文学的形象、典型与中国抒情文学中形成的"意境"等同起来,这种教条主义地运用马列主义的认识论和反映论来观察分析一切文艺现象的做法是不可取的。这种研究,既不符合中国的实际,也不符合西方的实际,更没涉及中西美学从传统到现代、古今发展的趋势,只是将两种事物作机械的类比。既犯了"以西律中"的错误,也犯了"以今律古"的错误。

美学理论的真正进展,是在第二次美学热退潮之后,即20世纪80年代末到21世纪之初,有相当多的美学研究者认识到,为了真正推进美学理论建设,不但要冲破"主客二分"的认识论模式,也要突破认识论进一步发展的实践论模式;美的本质与探讨,还要进一步深化。

在这种美学研究的背景下,意境研究获得了空前的发展。据不完全统计,这个时期发表意境研究的论文1570余篇,平均每年发表80来篇。出版的意境研究专著有十来部,分

---

① 宗白华:《中国青年的奋斗生活与创造生活》,《宗白华全集》第一卷,第102页。

别是刘九洲的《艺术意境概论》(1987)、林衡勋的《中国艺术意境论》(1993)、蒲震元的《中国艺术意境论》(1995)、韩德林的《境生象外》(1995)、夏昭炎的《意境——中国古代文艺美学范畴研究》(1995)、蓝华增的《意境论》(1996)、薛富兴的《东方神韵——意境论》(2000)、古风的《意境探微》(2001)、陈伯海的《中国诗学之现代观》(2006)等。

在这些著作和文章中,近现代人谈意境的涵义,举其大概,无非是这样一些观点:王国维的境界说,朱光潜的"情趣与意象的融合"——情景交融说,宗白华的"灵境层深创构"说,李泽厚的"典型"说。其他如"真情实感"说、"艺术形象"说、"想象空间"说以及"读者参与"说等。上面诸说,除宗白华的意境说是以"天人合一"的生命论为其哲学基础外,其余各种学说,虽然触及意境的某一方面的本质,但显出明显的不足,在研究观念和方法上都没有超出西方近代二元论哲学,不是"以西律中"就是"以今律古",均未探到意境的本质特征和民族特色,尤其未指出意境的文化、哲学、人学根源。所以在全球化的今天,研究意境特别要注意转变研究观念和方法,要注意中外文化、哲学、美学的民族特色和本质差异,站在中外古今的高度进行中外文化、哲学、美学的对比,用辩证思维的方法找出中西文化、哲学、美学的长处和短处,然后把中西文化的长处融合起来,达到中西文化、哲学、美学的融通。

要解决这一问题,还得从中国传统文化特有的宇宙观入手。张岱年先生在《文化与哲学》一书中指出:"在中国的古代哲学中,宇宙生成哲学与宇宙本体论学说,往往是相互统一,相互结合的。"如果说古希腊后期哲学是从"有"(存在)契入宇宙论领域的,是宇宙结构论;那么,可以说中国传统哲学是从"生"(形成)契入宇宙论领域的。准确地说,中国古代哲学家建构的不是宇宙结构论,而是宇宙生成论。在中国古代哲学家的眼里,宇宙绝不是静止存在的状态,而是动态的运行过程,所以《易传·系辞下》提出的命题是"天地之大德曰生"①。所以中国人的文化宇宙观是"天人合一"的生命论,与西方的近代文化宇宙观主客二分的认识论是截然不同的。不过,在西方现当代的哲学中,特别是海德格尔的哲学中,又回到了更高一级的"天人合一"的生存生命论。

在中国哲学术语中,"宇宙"二字本来就内含着"变易"的意思。关于宇宙的明确界说,初见于《尸子》一书:"天地四方曰宇,往古来今曰宙。"②"宇"是空间观念,"宙"是时间观念。空间和时间都具有间断性和不间断性,这两方面的统一就是运动、流行、生化或变易。了解了中国哲学宇宙观这一特点,我们就明白了司马迁的"究天人之际,通古今之变"③的史学方法论意义。后来,西方二十世纪结构主义诗学提出"共时性研究"和"历时性研究",具有同样的意义。因为处于空间的事物,既有普遍性,也有特殊性;处不同的时间中同一事物,既有继承性,也有变异性。所以,我们研究任何事物既要作空间的共时性研究,也要作时间的历时性研究,既要作纵的研究,也要作横的研究,找出事物的特殊性来。

---

① 高亨:《周易大传今注》,济南:齐鲁书社,1987年,第558页。
② 汪继培辑、黄曙辉点校:《尸子》,上海:华东师范大学出版社,2009年,第37页。
③ 司马迁:《报任安书》,郭绍虞主编:《中国历代文论选》第一册,上海:上海古籍出版社,2001年,第88页。

所以,我们研究"意境",在中西美学对比的基础上,在古今时间上,通过"意境"源流的考察和理解,原始以要终,向事物原初状态,即"意境"的原意还原。在中外的空间上,通过对比,找出"意境"理论体系的民族特色,找出中西文化、哲学、美学的特殊性,然后进行中外古今的会通和融合。

《意境论的现代文化阐释》即欲从中西文化、哲学、美学对比的高度,在古典诗词艺术实践和前人意境理论研究的基础上,对"意境"作"历时性"和"共时性"的现代文化阐释,然后指出"意境"的文化、哲学、人学渊源及其现代意义和价值。

《文心雕龙》与汉译《诗镜》之相通性初探

陈允锋*

摘　要：刘勰《文心雕龙》与古印度檀丁《诗镜》在写作年代上虽前后相距约两个世纪，但就文坛背景及理论宗旨而论，两者之间颇有相通处：其一，《文心雕龙》出现于"文学自觉"观念愈益明确之时代，《诗镜》则产生于古印度文学与宗教相分离、古典梵语文学鼎盛发展阶段，两者都具有总结既往文学创作经验及当代文坛演变趋势之作用；其二，《文心》与《诗镜》皆推崇藻饰之美，但又充分注意过度修饰之弊端，追求有"情味"之"修饰"；其三，两者皆能正视百家飚骇、议论腾跃、"人相掎摭"之文坛现状，洞悉诸家观点利弊，明确提出了审美理想境界。此外，虽然目前尚无直接史料说明《诗镜》在中国古代的汉文翻译及其对汉文典籍之影响，但《诗镜》在中国藏族地区的流播情况则信实有征，影响至为深远。即此而论，《文心》与《诗镜》之比较，亦有助于探讨汉、藏民族文学思想之异同。

关键词：《文心雕龙》；《诗镜》；相通性；文坛背景；审美理想

引　言

鲁迅曾经指出："篇章既富，评骘遂生，东则有刘彦和之《文心》，西则有亚里士多德之《诗学》，解析神质，包举洪纤，开源发流，为世楷式。"[①]这一论断，一方面高度评价了东方古典名著《文心雕龙》在世界文论史上的重要地位与价值，另一方面则导夫先路，启发人们以比较的方法，探讨《文心雕龙》与西方文论之异同，并逐渐成为《文心雕龙》重要研究领域之一。值得注意的是，在《文心雕龙》"比较研究"中，多瞩目于两个层面：一是《文心雕龙》与域外文论，尤其是西方文论的"平行"研究；一是《文心雕龙》与中国古代文论

* 作者简介：陈允锋，中央民族大学文学与新闻传播学院教授。

① 鲁迅：《集外集拾遗补编》，《鲁迅全集》第八卷，北京：人民文学出版社，1981年，第332页。

之间的"影响研究"。而专力于《文心雕龙》与中国古代少数民族文论之比较者,则寥若晨星①。

从另外一个角度说,《文心雕龙》作为中国古代汉民族文论之典范,虽然早在隋唐时期即已"远离中土,在西域敦煌落地生根,在东方日本大放异彩"②,但是,到目前为止,《文心雕龙》在中国古代少数民族地区传播之研究,尚属极为薄弱之环节③。个中原因,显然是复杂的。比如相关史料匮乏问题、不同民族语言之间的翻译问题、少数民族文论资料的发掘与整理问题、不同民族之间文章体式及其审美观念差异问题,等等。当然,这也提醒我们,在《文心雕龙》与中国少数民族古代文论关系研究方面,还需多加留意,投注心力。

除此以外,本文之写作,也有感于二十余年前季羡林先生说过的一段话:"中国地处东方,同印度作了几千年的邻居。文学方面,同其他方面一样,相互影响,至深且巨。按理说,印度文学应该受到中国各方面的重视。可是多少年来,有一股欧洲中心论的邪气洋溢在中国社会中,总认为印度文学以及其他东方国家的文学不行,月亮是欧美的圆。这是非常有害的。"④同样,在《文心雕龙》研究中,虽然学界颇为关注刘勰文论与佛教思想、佛典汉译理论之关系,但《文心雕龙》与佛教发祥地古印度文艺理论之间的比较研究,则尚不多见,其主要原因之一,或即缘于"欧洲中心论"之观念。

基于以上这些考虑,本文拟选择《诗镜》与《文心雕龙》为比较对象。《诗镜》是印度现存最古老的文论著作之一。其撰著之年代,约晚于刘勰《文心雕龙》两个世纪,大致完成于7世纪末古印度纳拉辛哈跋摩二世时代。其作者为帕那瓦王朝宫廷诗人檀丁(Dandin,即旦志,别名执杖者)⑤。关于《诗镜》在中国古代的汉文翻译及其对汉文典籍之影响,目前尚无直接史料能够说明这一点,相关研究亦几乎付之阙如⑥。但是,《诗镜》在中国藏族地

---

① 这一方面的研究成果,就笔者目力所及,已公开发表者四篇:向中银《举奢哲与刘勰史学理论之比较》,《贵州文史丛刊》1998年第2期;东人达《阿买妮"诗骨"论与刘勰"风骨"论比较》,《中央民族大学学报》2007年第5期;徐书林《比较视野中不同风格的诗学特征——萨班·贡嘎坚赞的诗态论和刘勰的体性论》,《牡丹江大学学报》2010年第1期;朱安女《白族二爨碑文体与〈文心雕龙〉诔碑理论范式》,《大理学院学报》2010年第9期。另有一篇硕士学位论文:旦增格桑《藏译〈诗镜〉与〈文心雕龙〉比较初探》,西藏大学,2011年。

② 王更生:《隋唐时期的"龙学"》,《文心雕龙研究》第1辑,北京:北京大学出版社,1995年,第25页。

③ 据笔者初步了解的情况看,日本著名汉学家冈村繁之《〈文心雕龙〉在唐初钞本〈文选某氏注〉残篇中的投影》一文曾涉及这一问题。作者以"敦煌出土的《文选某氏注》钞本(1965年东京细川氏永青文库影印)残篇"为例,指出其中对于"檄"体之"语义及其历史起源"的解释"本于《文心雕龙·檄移篇》"。据作者推论,这一《文选某氏注》钞本"原来很可能是私塾老师用的讲课备忘录","极有可能出自华北地区少数民族一介村夫之手";因此"可以说,初唐年间,《文心雕龙》便不仅仅为一流学者所看重,而且超越汉人学者范围,传至周边民族的知识人手中,从而拥有意外广大的读者层"。参见张少康等撰《文心雕龙研究史》,北京:北京大学出版社,2001年,第312页。

④ 季羡林主编:《印度古代文学史·前言》,北京:北京大学出版社,1991年,第2页。

⑤ 参见赵康《〈诗镜〉及其在藏族诗学中的影响》,《西藏研究》1983年第3期。

⑥ 据笔者所知,只有海外学者维克多·H·玛尔、梅祖麟《梵语对近体诗形成之影响》一文涉及于此,且仅属推测:"Kāvyādarśa(《诗镜》)中的doṣa(诗病)与《文镜秘府论》中的'病'两者间一系列的相似之处,中国散文诗作者或许由此意识到檀丁的作品Kāvyādarśa(《诗镜》)。Kāvyādarśa(《诗镜》)有充分的时间流传到中国——不论是通过水路还是通过陆路。"遍照金刚撰,卢盛江校考:《文镜秘府论汇校汇考》第一册,北京:中华书局,2006年,第4—5页。此外,金克木说:《诗镜》"很早就传入我国,在西藏还有过相当影响,有其历史意义"。所谓"很早就传入我国",大概就是指《诗镜》在西藏的传播与影响。金克木《梵语文学史》,南昌:江西教育出版社,1999年,第404页。

区的流播情况则信实有征，且影响至为深远。赵康先生指出："《诗镜》全文未译为藏文之前，通晓梵文的藏族学者已经对《诗镜》有所了解。如萨班大师在他的《智者入门》一书中就已部分地介绍了《诗镜》的一些段落和修饰，而且已经把这些段落以韵文体形式译为藏文。这些并为后来匈译师的译文所采纳。在萨班著名的《萨迦格言》中，也可领略到有不少诗例与《诗镜》所阐述的修饰如出一辙。"[①]公元13世纪后期，西藏萨迦王朝之时，在八思巴法王的指示下，由藏族译师匈·多吉坚赞和印度学者拉卡弥迦罗在萨迦寺将《诗镜》译为藏文[②]。同时，匈·多吉坚赞"还翻译了印度的著名佛经文学作品《如意藤》、《龙喜记》、《百赞》等，并且撰写了《诗镜》注释《妙音颈饰》。他的门徒邦译师·洛卓丹巴(1276—1342)撰写了《诗镜广注正文明示》，史称《邦注》，广教弟子，有力地促进了诗学的研究与发展"[③]。此后，藏族学者研究《诗镜》之论著层出不穷，其重要之注释作品有：仁邦巴·阿旺计扎《诗学广注无畏狮子族之吼声》、五世达赖·阿旺罗桑嘉措《诗镜释难妙音欢歌》、米滂·格列南木杰《诗镜本释旦志意饰》、康珠·丹增却吉尼玛《妙音语之游戏海》、久米滂·南木杰嘉措《妙音欢喜之游戏海》以及当代学者东噶·洛桑赤列等人所撰《诗镜》注释等等[④]。由于藏族学者在研究《诗镜》过程中，善于结合藏民族自身文化及文学创作特点，使印度古典文论著作《诗镜》逐渐"本土化"，成为藏族古典诗学和修辞学的基础理论著作，并被收入藏文《大藏经》，是《丹珠尔》"声明"部的重要组成部分。因此，在当代藏学家看来，《诗镜》虽然是一部古印度梵语文论，但经过数代藏族学者的"翻译、注释、研究、应用、发挥和充实，已完全与藏族传统文化相融合，实际上已经成为具有浓厚的藏族民族特色的文学审美标准"[⑤]。从这个意义上说，《文心雕龙》与《诗镜》之比较，实际上也有助于探讨汉、藏两个民族文学思想之异同。

与《诗镜》藏译本相比，《诗镜》之汉译，颇为晚出。金克木先生于1965年选译了若干种印度古代文艺理论著作，其中包括《诗镜》第一、三章，发表于人民文学出版社1965年出版的《古典文艺理论译丛》第10辑。这应该是最早的《诗镜》汉文节译本。1980年人民文学出版社组织出版"外国文艺理论丛书"，有金克木译《古代印度文艺理论文选》单行本，《诗镜》汉文节译亦收其中。时至1989年，四川民族出版社出版了《中国少数民族古代美学思想资料初编》，其中包括赵康先生译注之《诗镜》汉译全本。由于笔者既不懂藏语，更不识梵语，故本文所作尝试性之比较，《诗镜》文字主要以赵康汉译全本为依据，并酌情参照金克木之选译。

---

① 赵康：《〈诗镜〉及其在藏族诗学中的影响》，《西藏研究》1983年第3期。

② 参见中国少数民族古代美学思想资料初编编写组《中国少数民族古代美学思想资料初编》，成都：四川民族出版社，1989年，第247页。以下引用该书文字资料时，仅注书名及页码。

③ 丹珠昂奔、周润年、莫福山等主编：《藏族大辞典》"诗学"条，兰州：甘肃人民出版社，2003年，第699页。

④ 参见丹珠昂奔、周润年、莫福山等主编《藏族大辞典》"诗学"条，第699页。

⑤《中国古代少数民族美学思想资料初编》第374页《诗镜》之《附记》。另可参看赵康《〈诗镜〉及其在藏族诗学中的影响》，《西藏研究》1983年第3期；丹珠昂奔、周润年、莫福山等主编《藏族大辞典》"诗镜"条；赵国忠，卓玛吉，才让卓玛等著《藏文古籍图录》"诗镜论"条，兰州：甘肃人民美术出版社，2010年。

一、"文"之相对独立繁荣发展与文论著作之出现

刘勰《文心雕龙》之产生，乃得益于汉末魏晋以还日渐明晰的"文之自觉"这一历史文化土壤之滋养，约成书于南朝齐明帝建武三、四年(496—497)[①]。从曹丕《典论·论文》提出"文章"乃"经国之大业，不朽之盛事"，到刘宋文帝元嘉年间设"文学"，与"儒学、玄学、史学"并列[②]，以及明帝在藩国时"撰《江左以来文章志》"[③]，再到范晔《后汉书》于《儒林传》外另辟《文苑传》，辞章之学日兴，文集创作日盛。章学诚谓："自东京以降，讫乎建安、黄初之间，文章繁矣。然范、陈二史，所次文士诸传，识其文笔，皆云所著诗、赋、碑、箴、颂、诔若干篇，而不云文集若干卷，则文集之实已具，而文集之名犹未立也。自挚虞创为《文章流别》，学者便之，于是别聚古人之作，标为别集，则文集之名，实仿于晋代。"[④]王瑶《文论的发展》一文以为，"南朝的文学和文论，虽都自有特点，但都可以认为是魏晋的发展……首先是文学的地位和独立性，是越增加了。宋文帝立儒、玄、文、史四馆，宋明帝立总明观，以集学士，亦分儒、道、文、史、阴阳五科；使文学与儒史分离并立，成为学术中的一个重要部门，是以前所没有的事情。"[⑤]

《诗镜》之撰著，有一点与《文心雕龙》颇为类似，皆基于对既往文学创作经验之总结及当代文坛繁盛风气之熏染。刘勰《文心雕龙》重要内容之一，在于"品列成文"，所谓"按辔文雅之场，环络藻绘之府"[⑥]者是也；而其时之文坛，据《时序》篇所言，亦属文事"鼎盛"之世："今圣历方兴，文思光被，海岳降神，才英秀发。驭飞龙于天衢，驾麒麟于万里，经典礼章，跨周轹汉，唐虞之文，其鼎盛乎!"檀丁《诗镜》撰成之时代，恰值印度古代史上最为繁盛时期，不仅在经济、贸易、商业、建筑、天文学和宗教等方面获得很大发展，其文学艺术创作也进入了一个兴盛时期[⑦]；尤其是在公元4—6世纪，号称"盛世"的笈多王朝，出现了古典梵语文学的"黄金时代"，最杰出的古典梵语诗人和戏剧家迦梨陀娑就生活于这一时期[⑧]。文艺理论方面，则出现了婆摩诃《诗庄严论》、伐摩那《诗庄严经》、优婆吒《摄庄严论》等论

---

① 参见范文澜《文心雕龙注》下册，《序志》篇第[六]条注释，北京：人民文学出版社，1958年，第731页。

②《宋书》雷次宗本传：宋文帝"元嘉十五年，征次宗至京师，开馆于鸡笼山，聚徒教授，置生百余人。会稽朱膺之、颍川庾蔚之并以儒学，监总诸生。时国子学未立，上留心艺术，使丹阳尹何尚之立玄学，太子率更令何承天立史学，司徒参军谢元立文学，凡四学并建。"《宋书》卷九十三，北京：中华书局，1974年，第2293—2294页。

③《宋书》明帝本纪泰豫元年载：明帝"少和而令，风姿端雅"，"好读书，爱文义，在藩时，撰《江左以来文章志》，又续卫瓘所注《论语》二卷，行于世。"《宋书》卷八，北京：中华书局，1974年，第169—170页。

④ 章学诚著，叶瑛校注：《文史通义校注》"文集"篇，北京：中华书局，1985年，第296页。

⑤ 王瑶：《中古文学史论》，北京：北京大学出版社，1986年，第78页。

⑥［梁］刘勰著，周振甫注释《文心雕龙注释》《序志》篇，北京：人民文学出版社，1981年，第536页。本文所引《文心雕龙》文字，皆据周注本，下不出注。如有从别本者，则另加说明。

⑦ 参见赵康《〈诗镜〉及其在藏族诗学中的影响》，《西藏研究》1983年第3期。

⑧ 季羡林主编：《印度古代文学史》，北京：北京大学出版社，1991年，第165页。

著[①];《诗镜》也是这样一个梵语文学蓬勃发展阶段的产物,是对梵语文学极盛时期文学创作实践经验的理论总结,所以《诗镜》第一章就说:“综合了前人的论著,考察了实际的运用,我们尽自己的能力,撰述了[这部论]诗的特征[的书]。”[②]

在印度文学史上,公元1—12世纪是梵语古典文学之时代,在文学表现内容、艺术方法和文学体式等方面都发生了显著的发展变化。同时,这又是一个文学获得独立发展的时代——文学逐渐脱离政治、道德的束缚,自觉寻求文艺自身的规律。金克木认为:印度“古典文学中有一种显然以前没有的情况。这就是文学有了独立性,由此又产生了形式主义。前一时代的作品都是公然宣传一定的内容的……文学只是一种宣传工具……可是到了古典文学发展起来以后,文学可以和其他分家了,诗歌、戏剧、小说独立出现了。这时有一批文人的作品并不公然宣传什么思想,或则只是以娱乐为主要目的,有的更只是在语言形式上讲求精雕细琢。”[③]季羡林也指出:“从这一时期开始,印度文学步入了自觉的时代。梵语文学已不必依附宗教,梵语文学家开始以个人的名义独立创作……从总体上说,古典梵语文学已与宗教文献相分离,成为独立发展的意识形态……正因为如此,古典梵语文学才成为印度古代文学中最成熟、最富有艺术性的文学,它在戏剧、抒情诗、叙事诗、故事和小说等领域都取得了辉煌的成就,在古代文明世界中大放异彩。”[④]这一点,与中国古代魏晋以迄南朝“摈落六艺,吟咏情性”[⑤]之文学环境何其相似——随着汉末“涤荡放情志,何为自结束”呼声的出现,建安以降,儒家伦理道德实在难以束缚活泼丰沛之性灵,文学开始摆脱儒学之樊笼,逐步转向抒写性灵、讲究藻饰,获得了相对独立之发展。王瑶在讨论魏晋文学和文论发展进程时,已注意到“儒学衰微”如何“影响文学发展”问题,认为早在汉代,扬雄、桓谭、王充等人因不满“传统经学”,“由此而逐渐引导至重视著作和重文的趋势”[⑥]。又,日本汉学家冈村繁撰《〈文心雕龙〉中的五经和文章美》一文,从创作实践和文学理论发展角度入手,认为汉魏六朝时的诗文文体“大多是在与儒学的五经无缘的创作环境中产生、发展起来的”,而《典论·论文》、《文赋》、《文选序》中有关文体理论也是“把诗文与圣人、经典完全分离开来,纯粹从创作美学观点出发来进行的”[⑦]。此一观点虽有绝对化倾向[⑧],但魏晋以来“文学之自觉”,也确实跟逐渐远离儒门规范有直接关系,萧纲所谓“文章且须放荡”[⑨]之论调,颇足以说明这一点。

---

① 金克木:《梵语文学史》,南昌:江西教育出版社,1999年,第397页。

② 金克木译:《诗镜》,《古代印度文艺理论文选》,北京:人民文学出版社,1980年,第22页。

③ 金克木:《梵语文学史》,第192页。

④ 季羡林主编:《印度古代文学史》,第168页。

⑤ 裴子野《雕虫论》,郁沅、张明高编选:《魏晋南北朝文论选》,北京:人民文学出版社,1996年,第325页。

⑥ 参见王瑶《文论的发展》,《中古文学史论》,第57页。

⑦ 参见张少康等撰《文心雕龙研究史》,北京:北京大学出版社,2001年,第311页。

⑧ 参见洪顺隆《由〈文心雕龙·宗经〉篇论经学与文学的关系》,中国《文心雕龙》学会编:《文心雕龙研究》第2辑,北京:北京大学出版社,1996年。

⑨ 萧纲《诫当阳公大心书》,郁沅、张明高编选:《魏晋南北朝文论选》,第354页。

二、文坛藻饰之风日盛与文论家针砭时弊之用心

《文心雕龙》与《诗镜》产生之背景,还有一点亦相近似,即藻饰之风日炽而文坛百病丛生。刘勰虽然盛称他所生活的年代"文思光被"、"才英秀发",同时又极清醒地认识到,随着魏晋以来文事之盛兴,固然涌现了一大批优秀的文章作手及杰出篇章,而弃本逐末、好奇矫情之恶习,亦与日俱增。《明诗》篇已经注意到这种倾向:"宋初文咏,体有因革,庄老告退,而山水方滋;俪采百字之偶,争价一句之奇,情必极貌以写物,辞必穷力而追新:此近世之所竞也。"《定势》篇则明确指出:"自近代辞人,率好诡巧,原其为体,讹势所变,厌黩旧式,故穿凿取新……效奇之法,必颠倒文句,上字而抑下,中辞而出外,回互不常,则新色耳……新学之锐,则逐奇而失正:势流不反,则文体遂弊。"刘勰以为,文坛"逐奇失正"之缘由,不外有二:一是因为"去圣久远,文体解散",具体表现是"辞人爱奇,言贵浮诡,饰羽尚画,文绣鞶帨"(《序志》);二是由于"为文而造情",其后果是:"采滥忽真,远弃风雅,近师辞赋;故体情之制日疏,逐文之篇愈盛。"(《情采》)刘勰生活于文采勃兴的齐梁时代,预其流而崇尚雕缛之美,故有"古来文章,以雕缛成体"(《序志》)之论,且从"自然之道"的高度,主张"无识之物,郁然有彩,有心之器,其无文欤"?(《原道》)《情采》篇除标举"圣贤书辞,总称文章,非采而何"外,更援引众说,以为"绮丽以艳说,藻饰以辩雕,文辞之变,于斯极矣"。然其难能可贵处,在于既顺应崇尚藻饰之文坛大势,复超越时流,深知随波逐流之大弊,力倡"衔华佩实"之文境。

如前所论,刘勰的时代既是文事日兴之时,也是华丽文风变本加厉之世。王瑶《隶事·声律·宫体——论齐梁诗》一文,即借用刘勰《明诗》篇"采缛于正始,力柔于建安"二语,以为:"从西晋起,诗的作风便是向着这个方向的直线型的发展;除东晋经过了一阵玄言诗的淡乎寡味的诗体外,一般地说,诗是逐渐由稍入轻绮而深入轻绮了;'采'是一天天地缛下去,'力'是柔得几乎没有了。追求采缛的结果便发展凝聚到声律的协调,这就是永明体;力柔的结果便由慷慨苍凉的调子,逐渐软化到男女私情的宫体诗。"[①]同样,《诗镜》作者檀丁所处的公元7世纪,也是印度"古典文学由盛极一时而开始衰退的转变时代"[②]。

就其"开始衰退"一端而论,则檀丁《诗镜》写作之时代,文学创作同样存在着刘勰所批评的"饰羽尚画,文绣鞶帨"之风气。金克木指出:《诗镜》的出现,"证明当时文人重视形式的推敲已胜过内容的独创,而且已经有丰富的经验需要总结"[③]。"古典文学发达起来,追求修辞技巧的形式主义倾向几乎就随着兴起。马鸣的诗中已经可以看到注重谐音(双声叠韵),词句往往粗糙而不自然;迦梨陀娑修辞美妙,还不显堆砌;后来的作家就越来越

① 王瑶:《中古文学史论》,第261页。
② 金克木:《梵语文学史》,第353页。
③ 金克木:《梵语文学史》,第307页。

重辞藻以及诗和剧的格式规定，陈词滥调日多。这种倾向发展下去，终于形成一种风气和逆流，淹没了脱离现实生活的作家。”[①]季羡林也认为：“606 年，戒日王登位……他也是一位奖掖文学和学术活动的帝王，本人也创作梵语诗歌和戏剧。著名的古典梵语小说家波那曾经蒙受他的恩宠。但从戒日王时代开始，古典梵语文学主潮中出现雕琢浮华的形式主义倾向，将古典梵语文学引上日趋僵化和陈腐的狭路。”[②]这种文坛思潮，与刘勰所讥评的“离本弥甚，将遂讹滥”之风，几乎别无二致。

檀丁与刘勰一样，身处修饰之风盛行的时代，在持论上既肯定语言藻绘之美，又明确指出应当避免的主要弊端。《诗镜》中说：

世上大贤们的学说，
以及其余人的著作，
正是由于它们的恩德，
人们才有处世的准则。[③]

所谓“世上大贤们的学说”，指的是“按照文法家波尔尼等人所制定的文法规则而写的梵文著作”，而“其余人的著作”，则指“后来用俗语写成的各种著作”[④]。在这些“学说”与“著作”中，很重要的一项内容，就是关于修辞诗学的。因此，檀丁接着说：

为此智者考虑到，
要使人们通诗学，
订出风格多样的
作品写作的规则。

他们明确指出了，
诗的形体和修饰。
形体即按写作愿望，
表意的词的连缀。[⑤]

关于通晓“诗的形体”之重要性，檀丁以为“此学是意欲进入深邃诗海者的船只”[⑥]；至于“修饰”在文学创作中的功用，则是《诗镜》论述的重点之一，以为在文学创作中，修饰不可

① 金克木：《梵语文学史》，第 311 页。
② 季羡林主编：《印度古代文学史》，第 166 页。
③《中国少数民族古代美学思想资料初编》，第 115 页。
④《中国少数民族古代美学思想资料初编》，第 248 页。
⑤《中国少数民族古代美学思想资料初编》，第 116—117 页。
⑥《中国少数民族古代美学思想资料初编》，第 117 页。

或缺,要"为之装点,不简略",只有这样,才能使作品"处处充满情和味"[1]。檀丁《诗镜》又说:

典雅不仅在语言上,
内容方面也有味,
就象蜜蜂贪花蜜,
它使智者得陶醉。

听到任何一类音,
感到与某音同类。
它的字形等近似,
有此引类方有味。[2]

檀丁如此看待"修饰"与文学作品艺术效果"味"之关系,颇类似于刘勰《神思》篇论修饰润色之效用:"杼轴献功,焕然乃珍。"在《文心雕龙》中,论文章之"味",一方面与"情"有关,如《体性》篇:"子云沈寂,故志隐而味深。"另一方面,也与修辞艺术相关联,如《宗经》篇赞美儒家五经具有"根柢盘深,枝叶峻茂,辞约而旨丰,事近而喻远"之特点,故"余味日新";《丽辞》篇赞曰:"体植必两,辞动有配。左提右挈,精味兼载。"《隐秀》篇赞语:"深文隐蔚,余味曲包。"《物色》篇则情、味并举,以为在修辞上要遵循"即势以会奇,善于适要"原则,处理好"物色"之"繁"与"析辞"之"简"的关系,以期达到"味飘飘而轻举,情晔晔而更新"的文章佳境[3]。刘勰认为"英华弥缛,万代永耽"(《明诗》);"一朝综文,千年凝锦"(《才略》),优秀的诗歌作品,情采兼备,足可流芳千古。这种观念,在《诗镜》中亦有表述:"诗篇若具妙修饰,永远流传到劫尽。"[4]在他们心目中,"英华"之美,"修饰"之义,与文学艺术魅力息息相关。

正如刘勰既推崇藻饰之美又充分注意过度修饰之弊端一样,檀丁《诗镜》在详尽论列各种修辞手法之后,也明确指出了文学创作中应当注意避免的十种"诗病":

意义混乱、内容矛盾、词义重复、

---

① 《中国少数民族古代美学思想资料初编》,第 118 页。

② 《中国少数民族古代美学思想资料初编》,第 125 页。这两节文字,金克木译作:"甜蜜就是有味,在语言中以及在内容方面都有味存在。由于这[味],智者迷醉,好像蜜蜂由花蜜[而醉]。""听到从某一[发音部位的]发音就感觉到[与另一音的发音部位]相同,这种形式的词的联系,有着谐声,就产生了味。"《古代印度文艺理论文选》,第 30 页。

③ 《史传》篇赞美班固《汉书》"十志该富,赞序弘丽",原因也在于其"儒雅彬彬,信有遗味"。《附会》篇赞语亦云:"原始要终,疏条布叶。道味相附,悬绪自接。如乐之和,心声克协。"角度虽然不同,然"味"之创造,皆与艺术表现手法相关。

④ 《中国少数民族古代美学思想资料初编》,第 118 页。

含有歧义和语句次序颠倒、
用词不当和失去停顿、
韵律失调和缺少连声、
违反地、时、艺、世间、
以及违反正理、经典，
这十种诗的毛病，
诗人们应当避免。①

由于《诗镜》所讨论的是梵语文学，而《文心雕龙》所面对的是汉语文坛，因此，此间所列十种诗病，在类型及其具体内涵上，与刘勰所论文章之“讹滥”，未必完全等同。但是，就一些基本规则而言，两者之间又未尝没有相通之处。比如关于“意义混乱”问题，刘勰《文心雕龙》亦曾论及。《神思》篇论文章写作之“二患”，其中之一就是“辞溺者伤乱”——词语芜杂、漫无依归，必然导致意义混乱。《熔裁》则意在解决“词义重复”问题：“规范本体谓之熔，剪截浮词谓之裁……一意两出，义之骈枝也；同辞重句，文之赘疣也。”《章句》篇又论及“语句次序颠倒”之病：“若辞失其朋，则羁旅而无友；事乖其次，则飘寓而不安。是以搜句忌于颠倒，裁章贵于顺序，斯固情趣之指归，文笔之同致也。”而《指瑕》篇列举文人写作容易出现之瑕疵，有些问题也与《诗镜》所关注者相近，如批评曹植“武帝诔云，‘尊灵永蛰’，明帝颂云，‘圣体浮轻’”，属于用词不当之例；又说“近代辞人，率多猜忌，至乃比语求蚩，反音取瑕”，则属语音犯忌之例。至于“违反正理、经典”一类的重要问题，《文心雕龙》亦屡屡论及，无须枚举。所可言者在于：《诗镜》与《文心雕龙》如此重视文学创作、文章写作中的种种弊端，很重要的原因，在于两者皆致意于文章完美之境。故《诗镜》有言：“为此诗有小毛病，决不可无动于衷，即使身躯甚美丽，斑疹一点毁容颜。”②刘勰亦标举“篇体光华”之作，对于文章之小疵，以为亦应注意避免，如《文心雕龙·指瑕》篇谓：“凡巧言易标，拙辞难隐，斯言之玷，实深白圭。”由此可见两者对尽善尽美之境界的共同追求。

又，刘勰《总术》篇综论各种修辞术之总体原则，以为“才之能通，必资晓术”，只有这样，才能“控引情源，制胜文苑”；倘若“弃术任心，如博塞之邀遇。故博塞之文，借巧傥来，虽前驱有功，而后援难继”。可见“文术”之重要。檀丁之《诗镜》第三章论“音庄严”与“诗病”③，其基本立意，亦在帮助作者掌握修饰艺术，获取创作上的成功，故一则曰：“字音和意义的修饰很丰富，写作方法也各有难易之分，还有诗德和诗病，这些都作了概括地说明。”再则谓：“通过上述途径通晓了诗德和诗病，人们获得了顺心的语言伙伴和名声，就像醉眼女和小伙子结为情人，获得了幸福愉快和众人的称颂。”④而在两者看来，修辞艺术运

① 《中国少数民族古代美学思想资料初编》，第 234 页。
② 《中国少数民族古代美学思想资料初编》，第 116 页。
③ 季羡林主编：《印度古代文学史》，第 353 页。
④ 《中国少数民族古代美学思想资料初编》，第 246 页。

用的目的之一,就在于创造有“意味”的作品,故刘勰《总术》篇以为“执术”得当,“数逢其极,机入其巧,则义味腾跃而生,辞气丛杂而至”;檀丁说:“诚然一切修饰上,均已赋予了意味。”①

三、论家飙起与折衷之思

《文心雕龙》与《诗镜》撰述背景之相近处,还在于文坛论家飙起,众说纷纭。文事的兴盛,自然带动了文论的发展,其间之关系,恰如王瑶所言:“中国先秦两汉,文学的作品虽然很多,但专门论文的篇章却是到魏晋才有的……但文论为甚么会特别在这个时期兴起和发展呢?这我们可以分‘文’和‘论’两方面来说明:一方面是‘文’底发展影响了和引起了‘论’底发展;一方面是‘论’底发展之所以要以‘文’来为它底议论的题材和对象。”②其时论文之卓著者,《文心雕龙·序志》篇多已提及:“详观近代之论文者多矣:至于魏文述典,陈思序书,应瑒文论,陆机文赋,仲洽流别,宏范翰林。”而刘勰《文心雕龙》与钟嵘之《诗品》,则堪称公元5、6世纪南朝齐梁时期文论之双璧③。王瑶以为“就文论本身说,南朝所作数量之多,已经够令人惊异了”,“实系中国文学批评史上的一个灿烂时期”④。

印度古代梵语文学“黄金时代”除了在创作实践上“盛极一时”以外,还有一点很重要的体现,就是公元5—7世纪印度古代文学理论的独立发展。“古典文学理论”是一个独立的文学部门,称为“庄严论”,属于一种广义的修辞学,是一门关于文学技巧的专门学问。其起源可能很早,但像中国古代文论《文心雕龙》、《诗品》那样勒为专书者,则大致出现于公元5世纪以后,而印度现存的典籍中,则以檀丁《诗镜》和婆摩诃《诗庄严论》为最古老的两部论著,其写作年代约在公元7世纪。而随着“庄严论”成为一种专业性的学问,出现了一些观点不同的流派,“在形式的分析、推敲和解说上争论不已”⑤。这种情况,《诗镜》第二章开头一节是明确提到了:“美化诗的各种手法,就被称之为修饰;分类至今犹纷纭,有谁能说清它们!”⑥按,刘知几谓:“词人属文,其体非一,譬甘辛殊味,丹素异彩,后来祖述,识昧圆通,家有诋诃,人相掎摭,故刘勰《文心》生焉。”⑦两相比较,此与《诗镜》所处的“争论不已”之文论环境,其相似性固不待言。

值得注意的是,刘勰、檀丁面对当时文坛论家纷纭、“人相掎摭”之现状,一方面能够周照圆览,注意诸家观点之利弊,另一方面又能融会贯通、自铸伟辞,描绘了自己心目中理想

---

①《中国少数民族古代美学思想资料初编》,第127页。

② 王瑶:《文论的发展》,《中古文学史论》,第56页。

③ 章学诚曰:“《诗品》之于论诗,视《文心雕龙》之于论文,皆专门名家,勒为成书之初祖也。《文心》体大而虑周,《诗品》思深而意远;盖《文心》笼罩群言,而《诗品》深从六艺溯流别也。”章学诚著,叶瑛校注:《文史通义校注·诗话》篇,第559页。

④ 王瑶:《中古文学史论》,第79页。

⑤ 参见金克木《梵语文学史》,第365页。

⑥《中国少数民族古代美学思想资料初编》,第136页。

⑦ 刘知几撰,黄寿成校点:《史通·自叙》,沈阳:辽宁教育出版社,1997年,第87页。

的审美境界。

刘勰《文心雕龙·序志》篇评骘魏晋以来各论家之优劣："魏典密而不周，陈书辩而无当，应论华而疏略，陆赋巧而碎乱，流别精而少功，翰林浅而寡要。又君山公干之徒，吉甫士龙之辈，泛议文意，往往间出，并未能振叶以寻根，观澜而索源。不述先哲之诰，无益后生之虑。"在论述具体问题时，刘勰既吸收了前辈时贤的合理主张，也对其中有悖文章写作内在规律之观点，给予必要的辨析与驳斥。这就是《序志》篇说的一条论文方法原则："及其品列成文，有同乎旧谈者，非雷同也，势自不可异也；有异乎前论者，非苟异也，理自不可同也。同之与异，不屑古今，擘肌分理，唯务折衷。"

这种"擘肌分理，唯务折衷"之思想方法，在檀丁《诗镜》中也有体现。按，"诗镜"亦译作《诗镜论》，藏语称"年阿买隆"，或译作"美文镜"或"文镜"①；但此"镜"之具体内涵究竟应当如何理解？学界意见并不一致。其中有一种观点认为：所谓"镜"者，是指"因其在书中吸纳的前人关于诗学方面的研究成果像明镜一般映现在书中，故取名《诗镜》"②。从《诗镜》的实际情况看，如此理解有一定道理。因为在《诗镜》中，作者确实"吸纳"了不少他人的诗学观点。印度学者帕德玛·苏蒂指出："就诗歌中的美而言，迦梨陀娑给了除婆罗多外的所有诗人们以灵感，他们在自己的诗歌中无处不引用他的文学作品。他似乎还用自己的权威性作品给了所有理论流派以灵感。"③而在这些从迦梨陀娑诗美观获得灵感的理论家中，檀丁就是突出的一位："檀丁非常熟悉作为'拉撒'（味）的'卡马特卡拉'（身心解放）一词。他接受了八种情趣及其永恒情趣的存在，以及融为一个叫做'拉撒拉特·阿拉姆卡拉'（有味的诗歌修辞学或诗歌美）的种类之观点。"④这种情况，在《诗镜》中颇为常见，如谓："用于诗的诸语种，学者们说可分为：雅语、俗语和土语以及杂语等四类。"⑤又如："牧牛人等说的话，诗中称之为土语，学术论著中认为，雅语之外皆土语。"⑥这里所提到的"学者们"，金克木以为就是指"圣贤"⑦；而"学术论著"，据赵康译注，则指文法著作⑧。当然，对于一些既有观点，檀丁也有自己的判断，比如《诗镜》中说："诗人遂心做标记，别处也不算缺点，为达愿望创开篇，学者怎可受局限！"⑨金克木指出："据说这是反驳与檀丁同时或稍前的文艺理论家婆摩诃的主张。"⑩又如《诗镜》：

---

① 张庆有：《"贡桑廓洛"——藏族回文图案诗》，《中国西藏（中文版）》2005年第4期。

② 丹珠昂奔、周润年、莫福山等主编：《藏族大辞典》，兰州：甘肃人民出版社，2003年，第698页。又，《中国少数民族古代美学思想资料初编》第374页《诗镜》之《附记》则认为："该书作者认为，书中所讲的理论，像一面镜子，是艺术之明鉴，为创作之准绳，故题名《诗镜》。"

③ [印] 帕德玛·苏蒂著，欧建平译：《印度美学理论》，北京：中国人民大学出版社，1992年，第251页。

④ [印] 帕德玛·苏蒂著，欧建平译：《印度美学理论》，第259—260页。

⑤《中国少数民族古代美学思想资料初编》，第121页。

⑥《中国少数民族古代美学思想资料初编》，第122页。

⑦ 金克木译：《古代印度文艺理论文选》，第27页。

⑧《中国少数民族古代美学思想资料初编》，第251页第[48]条注释。

⑨《中国少数民族古代美学思想资料初编》，第121页。

⑩ 金克木译：《古代印度文艺理论文选》，第26页第[5]条注释。

不分诗句的长行，
便称做是散文体。
又分小说和故事，
其中小说据说是

只能领袖来叙述；
故事尚可他人叙。
由于赞颂甚贴切，
宣扬己德不为弊。

然而并不成定理，
小说亦有他人叙，
他人或则自己叙，
有何区分之根据！①

此中所“据说”者，指的是婆摩诃《诗庄严论》关于散文体的小说与故事之划分，檀丁既转述其观点，也提出了自己的不同意见②，故曰：“然而并不成定理”、“有何区分之根据”。

刘勰《文心雕龙》、檀丁《诗镜》之所以能成为各自国度古代文论之名著，很重要的一点原因，在于两者之立论思维，皆善于协调各种不同创作和理论倾向。比如，在《诗镜》第一章中，檀丁将风格(mārga)分为两种类型：一种是维达巴风格，另一种是高达风格③。前者是南方派，后者属于东方派④。从理论倾向上看，檀丁更偏重于南方派之维达巴风格，因此，他所详细列举的十种诗德，皆为南方派所特有者：“和谐、显豁和同一，典雅以及甚柔和，易于理解和高尚，壮丽、美好和比拟。”他认为“这十种诗的美德，是南方派的命脉”。对于东方派，则一语带过：“与此相反的，是东方派的文采。”⑤对于这一问题，金克木先生指出：“作者偏向南方派而不喜东方派，解说诗‘德’时以南方派为主，而对东方派时有微词；因此在‘显豁’下面引了东方派的晦涩的诗句来对比。例句中的词和词义大都冷僻古怪，诗句读起来音调也很别扭。”⑥

但是，就总体情况而论，檀丁还是充分认识到文学风格的多样性，并没有一味否定东方派。他说：“语言风格有多种，彼此稍微有差别。”⑦因此，更多的时候，他一方面客观地

① 《中国少数民族古代美学思想资料初编》，第119—120页。
② 参见《中国少数民族古代美学思想资料初编》，第250页注释第[30]条。
③ 参见季羡林主编《印度古代文学史》，第351页。
④ 此二派之名称，金克木译作“毗陀婆派(南方派)”、“乔罗派(东方派)”。《古代印度文艺理论文选》，第28页。
⑤ 《中国少数民族古代美学思想资料初编》，第123页。
⑥ 金克木译：《古代印度文艺理论文选》，第29页第[3]条注释。
⑦ 《中国少数民族古代美学思想资料初编》，第123页。

比较南方派和东方派风格上的区别，另一方面，则撮举两派之共同审美追求。比如《诗镜》第一章论十种诗德之一"和谐"：

和谐多用软音字，
却不感到有松散，
例如"贪婪的蜂儿，
聚在豆蔻花丛间。"

由于用了同音引类，
得到了东方派的喜欢，
南方派则更喜爱：
"豆蔻丛中蜂盘旋。"①

从其表述中，看不出有何轩轾抑扬之意。又如关于"引类"（谐声）问题，《诗镜》曰："听到任何一类音，感到与某音同类。它的字形等近似，有此引类方有味。"②这种类型的谐声，为南方派所推崇，而"东方派不欣赏它，而喜爱同音引类，南方派则欣赏它，甚过于常见引类"③。按照金克木的解释，南方派所欣赏之谐声，指的是"同一部位的发音"及其所构成的呼应关系，而东方派所推崇的，则是"同音重复"之谐声④。这里也不存在对不同观念的高下判断。

当然，在《诗镜》中，檀丁谈得最多的，还是两派之共性。赵康先生指出，《诗镜》"选择、比较、分析和研究了梵语文学作品的大量诗例，一共提出了三百零九种修饰。其中南方派与东方派不同风格的十种；两派相同风格中，意义修饰分为三十五类包括二百零三种，字音修饰分为三类包括八十种，隐语修饰十六种。"⑤可见檀丁虽偏爱南方派，但论述南方派、东方派修饰共同者毕竟占绝对多数，而南方所独有之风格，仅占十种。这也足以说明在文学风格、修辞美学方面，檀丁并未局限于一己之见，而是善于会通。即使在他所论的两派十种"不同风格"中，也是如此。比如关于"易于理解"、"高尚"风格问题，檀丁《诗镜》即南方、东方两派并提："两派对于此风格，都觉理解不容易，它违反了组词法，此法多不被采取。""句中说了若干话，高尚品德得领悟，这种诗风叫高尚，两派以此为怙主。"⑥"壮丽"

---

①《中国少数民族古代美学思想资料初编》，第123页。按，这两小节中提到的"和谐"，金克木译作"紧密"；"同音引类"则译作"谐声"，"指同音重复"，"'谐声'如我国的双声叠韵"。《古代印度文艺理论文选》，第28页、第29页第[1]条注释。

②《中国少数民族古代美学思想资料初编》，第125页。

③《中国少数民族古代美学思想资料初编》，第125页。

④ 金克木译：《古代印度文艺理论文选》，第39页。赵康译注指出："同音引类，藏注中称东方派的引类为同音引类，称南方派的为音感相同的引类。"《中国少数民族古代美学思想资料初编》，第253页第[67]条注释。

⑤ 赵康：《〈诗镜〉及其在藏族诗学中的影响》，《西藏研究》1983年第3期。

⑥《中国少数民族古代美学思想资料初编》，第130页。

风格也是南方派推崇的“诗德”之一，而《诗镜》论述该体时，亦连带而及东方派：“壮丽中多省略字，这是散文体的生命。东方派特别强调，它是韵文体的要领。”[①]“东方派还用于韵体，如上述用了壮丽语；另派认为不杂乱、句子华美是壮丽。”[②]因此，季羡林先生指出：“檀丁本人偏爱维达巴风格。风格由诗德（prāna）决定，构成维达巴风格的十种诗德是：紧密、显豁……虽然檀丁偏爱维达巴风格，但他并不否定高达风格，因为不同的风格各有自己的魅力。”[③]按，檀丁《诗镜》第一章要点在“辨风格”，其基本立意在于肯定各种风格的差异性，包括南方派、东方派风格的不同特点。为便于理解，兹节引金克木译文如次：

> 这样，[依据诗德]描述了它们[两派]的特性，[可见南方与东方]两派的不同。至于每一个诗人所有的相异之点就不能细说了。
>
> 甘蔗、牛奶、糖浆等等的甜味有很大的差别；然而即使是辩才天女也不能把它说出来。[④]

这是《诗镜》第一章末尾具有一定总结性质的两小节，明确表达了作者的圆通观点，肯定了风格多样性与差异性。即此而论，以为“《诗镜》的发表统一了两派的观点”[⑤]，确为有据之论。

由檀丁《诗镜》“甘蔗、牛奶、糖浆”之取譬，很容易令人联想到刘勰《文心雕龙·通变》篇类似的比拟思维：“故论文之方，譬诸草木，根干丽土而同性，臭味晞阳而异品矣。”此以草木为喻，讲人类文章写作，有“同性”的一面——“凡诗赋书记，名理相因，此有常之体也”；又有“异品”的一面——“文辞气力，通变则久，此无方之数也”。无论是“同性”还是“异品”，其实都与风格问题直接相关。而刘勰对待文章之风格，同檀丁一样，也是衡以圆通之思，并未偏执一隅。

在《文心雕龙》中，《定势》篇侧重从理论上阐明不同文体之内在规定性，讲了诸文体之“势”，也就是文体风格问题：“夫情致异区，文变殊术，莫不因情立体，即体成势也。势者，乘利而为制也。如机发矢直，涧曲湍回，自然之趣也。圆者规体，其势也自转；方者矩形，其势也自安：文章体势，如斯而已。”刘勰首先讲到“情致”之“异”、“文术”之“殊”，以为这决定了作者选择不同的文体，而不同之文体，其“势”也自别。如此立论，既看到了文体之“势”与作者之“情”的关联性，也突出了文体之“势”存在的客观性及其多样性。因此，《定

---

① 《中国少数民族古代美学思想资料初编》，第131页。金克木译文为：“壮丽是复合词的丰富。这是散文体的生命。可是非南方派（东方派）在韵文体中也以此为一个首要目标。”着一“也”字，有助于更好地理解原文之语义。下文“东方派还用于韵体”，金克木亦如此处理，着一“也”字：“这样，在韵文体中，东方派也编织壮丽的语言。”《古代印度文艺理论文选》，第35—36页。

② 《中国少数民族古代美学思想资料初编》，第131页。

③ 季羡林主编：《印度古代文学史》，第353页。

④ 金克木译：《古代印度文艺理论文选》，第39页。赵康译文为：“考察了它们的特性，划分了这两种风格。诗人们看法有差别，相异之处不能细说。”“甘蔗、乳汁、红糖等，甜味有很大差别。即使是妙音天女，也不能说清一切。”《中国少数民族古代美学思想资料初编》，第135页。

⑤ 赵康：《〈诗镜〉及其在藏族诗学中的影响》，《西藏研究》1983年第3期。

势》篇谓："是以囊括杂体，功在铨别，宫商朱紫，随势各配。章表奏议，则准的乎典雅；赋颂歌诗，则羽仪乎清丽；符檄书移，则楷式于明断；史论序注，则师范于核要；箴铭碑诔，则体制于弘深；连珠七辞，则从事于巧艳：此循体而成势，随变而立功者也……然文之任势，势有刚柔，不必壮言慷慨，乃称势也。"

在《文心雕龙》中，又有《体性》一篇，专论与作者主观因素相关的个性风格问题："辞理庸俊，莫能翻其才；风趣刚柔，宁或改其气；事义浅深，未闻乖其学；体式雅正，鲜有反其习：各师成心，其异如面。"强调了人之才、气、学、习四大因素之异，及其由此而形成的文章体貌风格之别。《体性》篇"总其归涂"，列出"典雅、远奥、精约、显附、繁缛、壮丽、新奇、轻靡"等八种风格类型，以为"文辞根叶，苑囿其中矣"，且"八体虽殊，会通合数，得其环中，则辐辏相成"。

《体性》、《定势》皆从文章写作角度，谈论风格之异品、多样，其理论宗旨，则与专论鉴赏批评之道的《知音》篇遥相呼应：

> 夫篇章杂沓，质文交加，知多偏好，人莫圆该。慷慨者逆声而击节，蕴藉者见密而高蹈，浮慧者观绮而跃心，爱奇者闻诡而惊听。会己则嗟讽，异我则沮弃，各执一隅之解，欲拟万端之变。所谓"东向而望，不见西墙"也。凡操千曲而后晓声，观千剑而后识器；故圆照之象，务先博观。

这种反对以"一隅之解"而"拟万端之变"的明确态度，以及强调"圆照"与"博观"的方法，在立论思维上，皆与檀丁之论风格，差相仿佛。

不仅如此，檀丁《诗镜》兼论南方、东方二派之理论，其中南方派"较注重思想感情内容"，而东方派更"重语言排比堆砌"，檀丁则运以圆通之思，将两者统一起来，这在"注重辞藻已成风气之时"①，其针砭文坛时弊、标举文学正道之意义，是显而易见的②。同理，在《文心雕龙》中，虽然并未明确标出"流派"之争，但据刘畅教授研究，可知刘勰所确立的理想文风，实际上暗含着"尚北宗南"、致力于"融合南北文学两长"的"折衷"之意，以为唐初魏徵《隋书·文学传序》所倡导的合南朝江左"清绮宫商"与北朝河朔"贞刚气质"之长的主张，在刘勰《文心雕龙》中已有所体现。比如《风骨》篇"虽未明言南朝尚'清绮'、北方重'气质'及其融合两者的必要，却形象地提出了风骨与文采、形式与内容的对立统一问题，实际上已触及了魏征等人所言的问题"③；又如，刘勰"文质兼顾，采取一种较为圆融周洽的态

① 参见金克木《梵语文学史》，第366页。

② 从创作实践角度说，檀丁之作品亦能较好地处理内容与藻饰的关系，如檀丁长篇小说"《十王子传》也注重藻饰和修辞。檀丁的语言造诣是很高的，有时也卖弄一点文字技巧……但檀丁并没有过分依赖文字和修辞技巧。他的文体华丽而不雕琢，与苏般度和波那相比，他更注重情节的生动性和故事的趣味性。"季羡林主编：《印度古代文学史》，第346页。

③ 刘畅：《论刘勰首倡融合南北文学两长》，《文学遗产》1999年第6期。

度：思想气质上尚北，而审美取向上宗南"①。这一特点，与檀丁《诗镜》亦有相合之处。

结　语

以上结合相关既有成果，重点从刘勰《文心雕龙》、檀丁《诗镜》撰著背景的角度，阐述了两者之间的相通性问题。兹简要归纳总结如次。

其一，《文心雕龙》、《诗镜》在写作年代上虽前后相距约两个世纪，但都与各自民族历史文化之繁盛发展密切相关。具体而论，《文心雕龙》出现于"文学自觉"观念愈益明确之时代，文章之学摆脱了两汉经学之束缚，改变了隶属儒学之格局，获得了独立地位且蓬勃发展；《诗镜》则产生于印度古典梵语文学之黄金时代，文学与宗教相分离，成为一个独立部门。因此，两者都具有总结既往文学创作经验及当代文坛发展新趋势之功效与意义。

其二，中国古代南朝时期，文事日兴，藻饰愈盛，名篇佳作固自弗乏，而文坛浮诡爱奇之习尚，亦如影随形，将遂讹滥。故《文心雕龙》标举郁然有采，不待外饰"自然之道"，重文采而斥侈艳，尚清真而远朴陋。在崇尚"情采"之同时，又以儒家经典为轨范，以"衔华佩实"为美文极境，针砭文坛时弊，痛贬弃本逐末、为文造情之徒。《诗镜》之作，恰逢印度古代梵语文学盛极而衰之转关阶段，虽名家辈出，然雕琢浮华之风亦日益滋长，辞藻愈加精致，陈词滥调亦与日俱增。因此，檀丁之诗学，与刘勰之文论一样，既推崇藻饰之美，又充分注意过度修饰之弊端，其并重十种"诗德"与十种"诗病"，立意即在于此。即此而论，《文心雕龙》与《诗镜》无疑都具有拯治百病丛生之文坛的现实意义，追求有"情味"之"修饰"，自然也成了两者共同之目标。

其三，刘勰与檀丁所面对之文坛，另有一共同点，即文事兴盛所带来的文论之发展，百家飚骇，议论腾跃。《文心雕龙》出现于中国文学理论批评史之灿烂时期，《诗镜》完成于印度古典文学理论独立发展阶段，绝非偶然之事。因此，两者之理论贡献在于：正视论家纷纭，"人相掎摭"之现状，取其精华而去其糟粕，洞悉诸家观点之利弊，博观圆照，融会贯通，明确提出了理想的文学审美境界，促进了各自民族美学思想之发展。

美国普林斯顿大学厄尔·迈纳教授说："在不同的文学和不同的社会里，彼此不同的某些成分，由于具有相同的功能，因而互相间是可以进行比较的。"②以上所作类比性初探，侧重于《文心雕龙》与《诗镜》之相通性，而且仅仅是两者相通性中的一个具体方面。至于两者在修辞理论方面的共同点以及两者之间的不同特征，则未遑涉及。不过，这一管中窥豹式的初步检视，对我们进一步思考一些相关问题，或许不无裨益。比如，虽然檀丁《诗镜》较《文心雕龙》晚出，但其思想渊源有自，且在思想方法上与佛教典籍一样，长于分析，体现了"着重分析和计数以及类推比喻作说理的证明"③这一古代印度的传统习惯，由此

---

① 刘畅：《〈文心雕龙〉：尚北宗南与唯务折衷》，《扬州大学学报》2000 年第 1 期。

② 转引自汪洪章《〈文心雕龙〉与二十世纪西方文论》，上海：复旦大学出版社，2005 年，第 3 页第[1]条注释。

③ 金克木：《梵语文学史》，第 402 页。

返观《文心雕龙》，则有助于更深入探讨刘勰论文方法与佛教思维方式之关系。又如，魏晋南朝时期，虽然注重藻饰蔚然成风，但专力总结修辞方法与理论者，唯长期受佛门熏染之刘勰一人而已，因而，《文心雕龙》又被视为一部修辞学著作[1]，这与《诗镜》中所反映出来的古印度以修辞学为专门学问之传统，是否存在一定的关联性？也未尝不可作为一个重要论题予以深入系统之考察，而不仅仅局限于备受关注的"声律"问题。再如，《诗镜》既已在中国藏族诗学史上发挥过重要奠基之作用，且转化为藏族古代诗学的重要组成部分，则以《诗镜》为参照，梳理其影响轨迹，并与汉族文论比照而论，求其同而存其异，对更全面地寻求中华民族共有之美学精神、各民族独特之审美旨趣，均有重要参考价值。

---

① 此类专著及专题学位论文所在多有，兹略举数例：黄亦真《文心雕龙比喻技巧研究》，台北学海出版社，1991年；沈谦《文心雕龙与现代修辞学》，台北文史哲出版社，1992年；韩尧森《刘勰修辞论研究》，珠海书院中国文学研究所硕士论文，1976年；李相馥《文心雕龙修辞论研究》，台湾中国文化大学中文研究所博士论文，1996年；胡仲权《文心雕龙之修辞与实践》，台湾东吴大学中国文学系博士论文，1998年；李玮娟《文心雕龙修辞理论研究》，台湾中山大学中国文学系硕士论文，2000年。

器物之喻与中国文学批评*

——以《文心雕龙》为中心

闫月珍**

摘　要：在中国文学批评史上，有以器物及其制作经验喻文的现象。它基于器物制作与文章写作之间在营构和巧饰上的相通之处，是礼乐文明的产物。器物之喻演变为一种文学批评范式，体现了艺术创作对法度的追求和对典范的认可。由器物制作经验建立的术语逐渐固化在语言中，生成了中国文学批评的一些基本概念和范畴。器物之喻打通了文学与雕塑、音乐、建筑和铸造等之间的界限，使得它们的经验可以相互借鉴和延伸。因而，器物制作超越了手艺层面的意义，具有了强大的言说能力。器物之喻是一种普遍性的文学经验，为中西诗学提供了可供沟通的话语，对于反思当前文学艺术所存在的问题依然具有借鉴意义。

关键词：文心雕龙；器物；法度；典范；隐喻

关于中国文学批评的象喻传统，目前学术界的探索主要有三端：一是以自然物喻文；二是以人喻文，钱锺书曾对中国文学批评之"人化传统"有过开创性的论述，吴承学进而将之命名为"生命之喻"；[①]三是以锦喻文，古风将之命名为"锦绣之喻"。[②] 事实上，除前两者外，以器物及其制作经验喻文也是中国文学批评非常普遍的现象。本文将以《文心雕龙》为入口，探讨中国文学批评中的器物之喻，发现中国文学批评与器物及其制作经验的直接关联，以期为中国文学批评方式的形成找到更为深层的原因。

---

* 基金项目：中央高校基本科研业务费专项资金"暨南远航计划"(12JNYH007)资助。

** 作者简介：闫月珍，女，暨南大学文学院教授。

① 钱锺书：《中国固有的文学批评的一个特点》，《文学杂志》第1卷第4期，1937年。20世纪30年代，钱锺书就曾关注过中国文学批评"把文章通盘的人化或生命化"现象。吴承学称人化批评为"生命之喻"，即用人体及其生命运动比喻文艺作品，以说明作品是一个有生命力的整体。(吴承学：《生命之喻——论古代中国关于文学艺术人化的批评》，《文学评论》1994年第1期)

② 古风所谓"以锦喻文"，即指以锦绣之美比喻文学之美。以"锦绣"作为审美参照物来批评文学，是一种经典的具有中国特色的文学审美批评。(古风：《"以锦喻文"现象与中国文学审美批评》，《中国社会科学》2009年第1期)其实，"以锦喻文"是将织物制作经验运用到文学领域，从这个意义上讲，以丝织锦绣喻文也是"器物之喻"之一种。

一、中国文学批评中的"工匠"

匠，木工，亦泛指工匠。《说文解字》言："匠，木工也。从匚，从斤。斤，所以作器也。"段玉裁注曰："工者，巧饬也。百工皆称工称匠，独举木工者，其字从斤也。以木工之偁，引申为凡工之偁也。"上古典籍中有着关于工匠的丰富记叙。《庄子》中梓庆削木为鐻、轮扁凿轮、工倕旋矩、画工解衣般礴、匠人锤钩、北宫奢铸钟等故事展示了技艺出神入化的境界。孔子说："工欲善其事，必先利其器。居是邦也，事其大夫之贤者，友其士之仁者。"(《论语·卫灵公》)这里以工匠为喻，说明治国需要贤良仁义之士作为施行仁政的工具。孟子说："离娄之明、公输子之巧，不以规矩，不能成方圆；师旷之聪，不以六律，不能正五音；尧舜之道，不以仁政，不能平治天下。"(《孟子·离娄上》)也以工匠为喻，说明施行仁政对治理国家的必要性。古代以工匠为喻说明治国思想、伦理思想和艺术观念是一个突出的现象，这说明器物制作经验是一个具有很强涵盖力的语言系统。在这一历史语境中，以工匠为喻说明文学规律，也是非常普遍的现象。

由工匠引申出了中国文学批评具有审美意义的术语。一是以"匠"喻作者。"匠"不仅精专一艺，更兼造化之奇，如李白《登金陵冶城西北谢安墩》诗云："哲匠感颓运，云鹏忽飞翻。"其中"哲匠"即指艺术家。二是以"匠心"喻文学艺术中创造性的构思。唐代王士源《〈孟浩然集〉序》言："文不按古，匠心独妙。"匠以专攻术业为前提，文学艺术创作也以精巧的构思取胜，这正是以匠喻文学艺术创作的原因之一。而缺乏艺术特色则谓之"匠气"，如王夫之《姜斋诗话》卷下："征故实，写色泽，广比譬，虽极镂绘之工，皆匠气也。"三是以"匠"喻文学艺术的锤炼。如《二十四诗品·洗炼》"如矿出金，如铅出银，超心炼冶，绝爱淄磷"，以冶工喻诗歌写作之去芜存精；唐代孙过庭《书谱》"必能傍通点画之情，博究始终之理，镕铸虫篆，陶钧草隶"，以冶工喻学习书法经博采众长而后独成一家的过程，"匠心"来自锤炼和融汇的功夫。

以《文心雕龙》为例，其中出现了"规矩"2 处、檃括 3 处、"定墨"1 处、矫揉 1 处、"雕琢"3 处、"刻镂"2 处、"镕铸"1 处、"镕钧"1 处、"陶钧"1 处、"陶铸"1 处、"陶染"1 处、"杼轴"2 处、"斧藻"1 处。① 以器物及其制作经验论文，以刻工、乐工、染工、木工、织工、轮工、漆工和镕工等工匠为喻，是《文心雕龙》通篇行文的鲜明特点。这一方面秉承了古代典籍关于技艺的语汇，另一方面启发了后世关于文学技艺论的思考。《文心雕龙》以器物及其制作经验为喻，将创作纳入了一个广阔的言说空间，这一言说空间为其论文提供了参照性的话语。

以"雕龙"喻写作，刘勰继承了古已有之的"雕"和"龙"的观念，自认为写作《文心雕龙》是一件神圣的事业。《序志》篇首即说："夫文心者，言为文之用心也。昔涓子琴心，王孙巧

① 陈书良：《文心雕龙释名》，长沙：湖南人民出版社，2007 年，第 108—111 页。

心,心哉美矣,故用之焉。古来文章,以雕缛成体,岂取邹奭之群言雕龙也。"[①]刘勰特别指明《文心雕龙》是一部"言为文之用心"的书,他认为文章的形成是"雕缛成体"的结果,承认"雕"是文章成体的重要环节和手段。"雕"指在竹、木、玉、石、金等器物上刻镂花纹和图案,此处喻为修饰文辞。以"雕"喻写作,扬雄早有论述。《法言·吾子》说:"或问:'吾子少而好赋?'曰:'然。童子雕虫篆刻。'俄而曰:'壮夫不为也。'"扬雄把赋当作雕刻虫书和篆书的工艺小技,这与儒家修身、齐家、治国、平天下之追求不可相提并论。显然,刘勰的用意与扬雄不同,他非常重视"雕"成器、成文的意义。《礼记·学记》言:"玉不琢,不成器;人不学,不知道。"可见,儒家强调后天教化对人的改变。刘勰正是循此意命名其书,以"雕"喻写作的人文意义。龙在古代语境中为神圣之物,《周易·乾》曰:"云从龙。"又曰:"飞龙在天。"《庄子·逍遥游》言:"藐姑射之山,有神人居焉……乘云气,御飞龙,而游乎四海之外。"《楚辞·九歌》言:"驾飞龙兮北征,邅吾道兮洞庭。""龙"之宛转飞动不同于凡物,刘勰以"龙"喻"文",为"文"赋予了沟通天人的意义,这与他"道沿圣以垂文,圣因文以明道"的看法一致。在上述互文性文本中,《文心雕龙》以"雕"喻作文成篇,以"龙"之飞腾喻文章之沟通天人,把文章的地位提升到了树德建言的高度。

如果把作文喻为作物,那么两者共同的经验是什么?刘勰所关注的第一个问题是材与巧的关系。《征圣》中说:"然则志足而言文,情信而辞巧,乃含章之玉牒,秉文之金科矣。"《说文解字》有言:"巧,技也";"技,巧也,从手,支声。"刘勰将"巧"严格限定在"志足""情信"的基础之上,反对空洞地追求文辞技巧,这与器物制作求"材美工巧"的经验相吻合。《尚书·泰誓下》有"作奇技淫巧以悦妇人"的说法,刘勰发挥了这一观点,《体性》曰:"雅丽黼黻,淫巧朱紫。"巧丽过分,便会造成淫靡纤巧的后果。《征圣》曰:"然则圣文之雅丽,固衔华而佩实者也。"可见,刘勰是以雅正来驾驭和统率技巧的。对"巧"的警惕来自对器物功用的重视,刘勰以木工为喻说明这一问题,《程器》曰:"《周书》论士,方之梓材,盖贵器用而兼文采也。是以朴斲成而丹雘施,垣墉立而雕杇附。"[②]《周书》议论士人,用木工选材、制器、染色来作喻,既重实用,又重文采。为文之道,亦如梓人治材,应兼顾实用与文采。木料成器而后涂漆,墙壁砌成而后粉饰。无论是工匠之技,还是文章之法,都与儒家注重事物功用相关。一旦技巧太过,与器物的功用不符,再高超的技巧都成不了"美巧",反而堕入了"淫巧"的地步。

刘勰所关注的第二个问题是写作之"文"与"笔"的关系。在他看来,"文"与"笔"的关系正如雕刻之"纹"与"刀"的关系。一方面,《文心雕龙》以器物之"纹"比文章之"文"。《原道》言:"夫以无识之物,郁然有彩;有心之器,其无文欤!"《情采》言:"若乃综述性灵,敷写器象,镂心鸟迹之中,织辞鱼网之上,其为彪炳,缛采名矣。"性情之灵由抒写而成,器物之

① 范文澜:《文心雕龙注》,北京:人民文学出版社,2006年,第725页。下引《文心雕龙》均出自此书。

② 与此相对,《道德经》有"朴散为器"之说,意为木料被制作为器物。在"朴散为器"过程中,产生了"规(圆规)、矩(方尺)、准(测量水平的准器)、绳(测量垂直的墨线)",道家反对这些人为巧构。庄子也言"毁绝钩绳而弃规矩,攦工倕之指,而天下始人含其巧矣"(《庄子·胠箧》)。

象由刻镂而成，这与仓颉造字、蔡伦造纸，用以写作文辞一样，它们都因“人为”而文采焕发，这正是“人文”的意义。另一方面，《文心雕龙》还以雕刻之“刀”比喻写作之笔。《养气》言：“逍遥以针劳，谈笑以药倦，常弄闲于才锋，贾馀于文勇，使刃发如新，凑理无滞，虽非胎息之万术，斯亦卫气之一方也。”养气则笔如利刃，所谓“刃发如新”。《文镜秘府论·论体》言：“心或蔽通，思时钝利，来不可遏，去不可留。”也是以刀之钝利喻构思之钝利。陆机《文赋》言：“至于操斧伐柯，虽取则不远；若夫随手之变，良难以辞逮。”此处以伐木者操斧喻写作者遣言。以“刀”这一工匠最为常见的工具喻作文之笔，即是将作者比喻为工匠，《文赋》言：“体有万殊，物无一量。纷纭挥霍，形难为状。辞程才以效伎，意司契而为匠。”[①]“司契”即掌管法规，方廷珪解释这一句说：“文之修辞，如工之程才，才可用者存之。文之立意，如匠之书契，理不谬者主之。”[②]陆机以工匠为喻，从选材和立意两方面对文章写作进行了描述。

具体而言，《文心雕龙》以各类工匠的制作活动为喻说明创作规律，包括文质关系、文章构思、材料组织和篇章布局等内部问题，以及文学与时代、文学与社会之关系等外部问题。

如以刻工刻纹和乐工作乐为喻，说明语言修辞的重要。一是求文采之精。《文心雕龙》言为文之用心，精细有如工匠雕刻龙纹，并以材质饰以花纹喻言辞饰以文采。文章描述事物穷形尽相之妙，则如《物色》所谓“巧言切状，如印之印泥，不加雕削，而曲写毫芥”。二是求声律之谐。《神思》曰：“刻镂声律，萌芽比兴。”刘勰还用乐工奏乐来喻文章写作，以说明音韵和谐对文章的重要性，《声律》曰：“若夫宫商大和，譬诸吹籥；翻回取均，颇似调瑟。瑟资移柱，故有时而乖贰；籥含定管，故无往而不壹。”文章音韵贴切，其体才会圆转自如。《文心雕龙》还以乐工为喻，说明勤学苦练对写作的重要性，《知音》曰：“凡操千曲而后晓声，观千剑而后识器。故圆照之象，务先博观。”先要博采众长，然后才能精于术业，这正是由博至专的途径。

以漆工涂漆和染工染色为喻，说明文采之必要及其与质地的辩证关系。《情采》言：“夫水性虚而沦漪结，木体实而花萼振，文附质也。虎豹无文，则鞟同犬羊；犀兕有皮，而色资丹漆，质待文也。”文依附于质，质依赖于文，这在天然之物和人工之物方面均有体现。《情采》又言：“夫能设模以位理，拟地以置心，心定而后结音，理正而后摛藻，使文不灭质，博不溺心，正采耀乎朱蓝，间色屏于红紫，乃可谓雕琢其章，彬彬君子矣。”以质地为根本，以文采为外饰，质地的品相得以提升，文采的修饰有所依附，相得益彰，这是刘勰通过分析

① 以刀喻笔，在中国文学批评中并不鲜见。如《筱园诗话》卷一言：“诗家之用笔，须如庖丁之用刀，官止神行，以无厚入有间，循其天然之节，于骨肉理凑肯綮处，锐入横出，则批却导窾，游刃恢恢有余，无不迎锋而解矣。人所难言，累百言而不能了者，我须一刀见血，直刺题心，以数精湛语了之，则人难我易，倍觉生色。人所易言，娓娓而道之处，彼不经意，而平铺直叙，我转难言之，惨淡经营，加以凝炼，平者侧行逆出使之奇，直者波折回环使之曲，单者夹写迸层使之厚，浅者剥进翻入使之深，则人易我难，无一败笔，自臻精妙完美之诣。”（郭绍虞：《清诗话续编》第4册，上海：上海古籍出版社，1983年，第2339页。）

② 方廷珪：《昭明文选集成》第20卷，清乾隆三十二年，培英堂藏版。

自然和人文两个世界的现象对文质关系进行的归纳。

以陶工制陶和木工定墨为喻,论构思之心理状态和写作之行文过程。《神思》言:“是以陶钧文思,贵在虚静,疏瀹五藏,澡雪精神,积学以储宝,酌理以富才,研阅以穷照,驯致以怿辞,然后使玄解之宰,寻声律而定墨;独照之匠,窥意象而运斤:此盖驭文之首术,谋篇之大端。”文思之静如制作陶器时转轮一样,须虚静清洁,陶器之体才得以成立;声律之锤炼则如木匠根据绳墨的界限,砍去多余的木料,剩下理想的形象。工匠根据设计意图,在选好的材料上,经过砍凿,去掉多余的部分而形成作品。这一做“减法”的过程,与言辞之提炼过程,是一致的。

以纺工织布为喻,论文章之经营组织。杼、轴,指织布机上的两个部件,即用来持纬线的梭子和用来承经线的筘。《神思》言:“视布于麻,虽云未费,杼轴献功,焕然乃珍。”陆机《文赋》也曰:“虽杼轴于予怀,怵佗人之我先。”李善注为:“杼轴,以织喻也。”杼轴被用来比喻诗文的组织和构思。王元化一反以往诸家如黄侃将“杼轴献功”解释为“文贵修饰”之说,而认为“杼轴”具有经营组织的意思,他说:“‘布’并不贵于‘麻’,但经过纺织加工以后,就变成‘焕然乃珍’的成品了。”[①]这一解释更为清晰和准确。

又以木工筑室和裁缝作衣为喻,论文章各部分作为有机整体之连贯。《附会》曰:“何谓附会?谓总文理,统首尾,定与夺,合涯际,弥纶一篇,使杂而不越者也。若筑室之须基构,裁衣之待缝缉矣。”文章写作与木工筑室和裁缝做衣一样,需处理好部分与部分之间的联系,以实现整体平衡。刘勰还以裁缝为喻论文字连缀的作用,《章句》曰:“巧者回运,弥缝文体,将令数句之外,得一字之助矣。外字难谬,况章句欤。”刘勰从整体着眼,通盘考虑文章的写作。大到篇章,小到字句,其连贯与呼应直接关系着文章体制的形成。他还以木匠制轴之术比喻统领文章之术,《总术》曰:“所以列在一篇,备总情变,譬三十之辐,共成一毂,虽未足观,亦鄙夫之见也。”轮毂集中了轮辐,体积虽小却是车轮的核心,这正如《总术》一篇是创作论的指导。《事类》言:“故事得其要,虽小成绩,譬寸辖制轮,尺枢运关也。”事类得体,则如车轴管制车轮,门枢转动大门。以轮和枢为喻,刘勰旨在说明文章体制应圆通流转。文章的篇章字句互为关联,其中任何一部分都要服从于通篇的意旨,这样才能使文章成为一个有机的整体。

还以染工染丝为喻,阐明外界环境对作家和作品的影响。染,原意用染料着色,引申为熏染、影响。《周礼·天官》说:“染人,掌染丝帛。”“染”是礼乐制度的体现,地位的等级决定了衣着的色彩。《礼记·玉藻》说:“士不衣织。”汉代郑玄注:“织,染丝织之,士衣染缯也。”染的作用是使材质变得有色彩,以产生异于原质的文饰效果。《文心雕龙》以染工为喻,一是说明后天熏陶、染化对人的塑形作用,如《体性》曰:“夫才有天资,学慎始习,斲梓染丝,功在初化,器成采定,难可翻移。”童子学习之始应慎重,这正像木工制轮、染工染丝,一旦器物成形而采饰确定,则无法再变更。二是说明文学与社会变迁的关系。《时序》曰:

① 王元化:《文心雕龙讲疏》,上海:上海古籍出版社,1984年,第133页。

“故知文变染乎世情，兴废系乎时序。”文学与时代风气、时代变迁这些外部因素有关联。此外，“染”还用以说明语言修辞之功效，《隐秀》曰：“润色取美，譬缯帛之染朱绿。”语言修辞犹如织物染色，它们都通过彰显质地的美感而企望达到文质彬彬的审美理想。

文明是从制造器物开始的。燧人氏、有巢氏、神农氏，因其造物之伟大而成为中华文明的始祖。《礼记・礼运》言：“昔者先王未有宫室，冬则居营窟，夏则居橧巢。未有火化，食草木之实、鸟兽之肉，饮其血，茹其毛。未有麻丝，衣其羽皮。后圣有作，然后修火之利，范金，合土，以为台榭、宫室、牖户；以炮，以燔，以亨，以炙，以为醴酪。治其麻丝以为布帛，以养生送死，以事鬼神上帝：皆从其朔。”正是纺织麻丝、冶炼金属、建造房屋等器物的制作，将人从茹毛饮血的自然状态引领到不同以往的文明境地。《考工记》载：“百工之事，皆圣人之作也。”[①]制陶、镕铸、纺织、雕刻、建筑和缝纫等，是最早的器物制作活动，它们奠定了中华文明的基石。

与上述器物制作一样，文章写作也是人文的重要组成部分。器物制作与文学写作的共同之处在于，它们都是与自然现象相对的人文活动，文学与器物的这一同类关系、文字表达与器物制作的相通之处，使得器物及其制作经验成为文学参照的对象。

概而言之，《文心雕龙》的器物之喻主要包括三个方面：一是相关工匠，如雕工、镕工、裁缝、木工、陶匠、轮匠、梓人、轮人、函人和矢人等；[②]二是相关制作方式，如雕、镂、陶、染、矫、揉、裁、镕和铸等；三是相关器物，包括作为参照准则的器物和作为成品的器物。作为参照准则的器物如规矩、绳墨、辐毂、檃括、模范、型和钧等；作为成品的器物如锦绣、陶器、兵器和青铜器等。四是器物的形态，如隐秀、繁缛、雅丽和圆通等。文章的写作与器物的制造在营构、成形和对法度的遵守上有相通之处，如《正纬》之“盖纬之成经，其犹织综，丝麻不杂，布帛乃成”，用纺织成布表达组织成文。又如《论说》之“是以论如析薪，贵能破理。斤利者，越理而横断；辞辨者，反义而取通”，用斧头伐木之利比喻论说破理之辨。总之，刘勰的《文心雕龙》以工匠制作器具比喻作者写作文章，打通了器物制作与文学写作之间的壁垒，将两者在共同经验的层面上统一起来。

二、器物制作与法度、典范观念

中国古代的器物制作在漫长的历史发展中积累了丰富的经验。新石器时代出现了原始陶器，这一发明利用了黏土柔软而可塑性强的特性；商周时期则处于青铜器时代，青铜器的制作分制模、制范和浇注三个步骤，浇注完整的器形即铸。青铜器主要作为礼器，其作用在于明贵贱、辨等列、纪功烈、昭明德，体现了强烈的伦理意识和严格的等级观念。除

① 闻人军：《考工记译注》，上海：上海古籍出版社，2008年，第1页。下引《考工记》均出自此书。

② 雕工，刻治骨角的工匠；镕工，冶金的人。梓人，《考工记》载木工有七，其一为梓人，掌造饮器、食器、射侯、乐器等器物；陶匠，制造陶器的人；轮人，制造车轮的人；函人，制甲的人；矢人，造箭的人。关于古代的工匠分类，《考工记》列有30种；《礼记・曲礼下》则言：“天子之六工，曰土工、金工、石工、木工、兽工、草工，典制六材。”

了青铜器,当时车的制造也取得了杰出成就,且分工细致,如“轮人”专门制造车轮,“舆人”专门制造车厢,“辀人”专门制造车杠。汉代漆器十分发达,成为了日常实用器物。器物制作是材料被构形的过程,材料是器物的物质基础,构形则是材料的具象化。从陶器发展到青铜器和漆器,材料和工艺从简单到复杂,体现了器物的制作与材料的发现是同步发展的。

百工制作器物,必须遵循一定的法度和准则。《考工记》专门记载了这些法度和准则,阐明了以“礼”为核心的器物制作规范,其所说百工涵盖车辆、铜器、兵器、礼乐饮射、建筑水利、陶器六个系统。《文心雕龙》的器物之喻即来源于此类器物制作经验。《考工记》曰:“天有时,地有气,材有美,工有巧,合此四者,然后可以为良。”对材料的取舍是制作的首要考量。《文心雕龙·事类》也曰:“夫山木为良匠所度,经书为文士所择;木美而定于斧斤,事美而制于刀笔。研思之士,无惭匠石矣。”可见,《文心雕龙》接受了《考工记》“材美工巧”的思想,《书记》则明确以工匠制作器物比喻写作:“制者,裁也。上行于下,如匠之制器也。”认为文章之写作与器物之制造一样,都要经历材质的构形这一过程。①

以器物经验为喻,许多作为参照准则的器物,在中国文学批评中被用来比喻文章写作所应遵守的法度。

如规、矩,分别是校正圆形、方形的两种工具;绳、墨,木匠以细线濡墨打直线的工具,也是用来指正曲直的。规矩、绳墨往往被喻为法度、准则。“工”在甲骨文中是“矩”的象形,矩是木工必备的工具,“工”后来成为工匠的通称。《礼记·经解》言:“故衡诚悬,不可欺以轻重;绳墨诚陈,不可欺以曲直;规矩诚设,不可欺以方圆。”衡石、绳墨和规矩是准确掌握事物重量、曲直和方圆的必要工具。《征圣》言:“文成规矩,思合符契。”《神思》言:“规矩虚位,刻镂无形。”刘勰认为无论是有形之文还是无形之体,均需用规矩加以限制和约束。《镕裁》篇曰:“规范本体谓之镕,剪截浮词谓之裁。裁则芜秽不生,镕则纲领昭畅,譬绳墨之审分,斧斤之斲削矣。”刘勰将镕匠、裁缝与木工的功夫相比,认为它们对文章体制的限定和语言的精炼起着决定性的作用。这些参照物不仅是制物和作文之依据,而且还被喻为修身之准则,如《孟子·告子上》所言“羿之教人射,必志于彀;学者亦必志于彀。大匠诲人必以规矩,学者亦必以规矩”,即指明对法度和准则的遵守是成器和成事的关键。

辐,连结车辋和车毂的直条;毂,车轮的中心部位,边与车辐相接,中用以插轴。车轮由轴承、辐条、内缘、轮圈,即毂、辐、辅、辋四部分组成,其中,辐与毂体现了多与一相辅相成的关系,如《考工记》言:“毂也者,以为利转也。辐也者,以为直指也。”《文心雕龙·事类》言:“众美辐辏,表里发挥。”辐辏,指车轮的辐条内端聚集于毂上,这里比喻学习应博采众长,以使才能和学问得以有效发挥。《体性》言:“故童子雕琢,必先雅制,沿根讨叶,思转自圆。八体虽殊,会通合数,得其环中,则辐辏相成。”童子学习写作,须全面学习八种风

① 刘若愚曾概括出中国文学理论之“技巧理论”,他说“根据文学的技巧概念,文学是一种技艺,正像他种技艺,例如木工,唯一不同的是,它是以语言,而不是以物质为材料。”[美]刘若愚:《中国文学理论》,杜国清译,南京:江苏教育出版社,2006年,第133页。

格，融会贯通，使之相辅相成。刘勰以辐毂喻文章写作中多与一的关系，认为以雅正为范，则找到了文章体制的根本。

檃括，矫正竹木弯曲或使之成形的器具，揉曲叫檃，正方称括。矫揉，使曲的变直为矫，使直的变曲为揉。檃括、矫揉引申为情理和文辞上的矫正、整理。《通变》言："斯斟酌乎质文之间，而檃括乎雅俗之际，可与言通变矣。"《镕裁》说："蹊要所司，职在镕裁，檃括情理，矫揉文采也。"檃括、矫揉，是材料成形、成器的前期功夫，这里喻为将文章的情理和文辞进行限定，最终形成体制和文辞两方面都典雅纯正的作品。

钧，制陶器所用的转轮。陶人作瓦器，需法其下圆转者。以陶工作器为喻，刘勰将情和采限定在了"宗经"这一范围之内，若偏离了这个范围，则会流于形式而缺乏雅正的风格。刘勰强调"六经"是一切文章的典范，《原道》言："至夫子继圣，独秀前哲，镕钧六经，必金声而玉振；雕琢情性，组织辞令，木铎起而千里应，席珍流而万世响，写天地之辉光，晓生民之耳目矣。"《征圣》言："夫作者曰圣，述者曰明。陶铸性情，功在上哲。夫子文章，可得而闻，则圣人之情，见乎文辞矣。"钟嵘《诗品》言："咏怀之作，可以陶性灵，发幽思。言在耳目之内，情寄八荒之表。"《神思》有"陶钧文思"之说，也以制作陶器喻修养文思。制作陶器需以"钧"作参照，而修养情思则需以六经作参照，将纷乱的思绪引向静而纯的境地。

上述规、矩，绳、墨，辐、毂，檃、括和钧，是以材制器最为基本的参照物。写作文章需遵循必要的法度，这正如工匠制作器物需必要的参照物。从材料的选择到形构的完成，参照物起到了决定性的作用。

明代鲁观熰将这类工具和参照物归纳为一体，以说明法度对诗歌创作的重要性：

> 铸有型，陶有钧，梓匠之于绳墨，绘事之于粉本，机锦之于花样，皆式也。良工神艺，舍之无以成其能，故曰有物有则。[①]

将型、钧、绳墨、粉本、花样这些参照物并列而论，是对它们所体现的法度意义的认可。中国古代特别是元代以来有大量的诗法著作，将诗看成可以制作的对象，正源于对有迹可循的法式的追求和遵守。

因此，由器物制作的参照物引申出中国文学批评的法度概念。《管子·七法》言："尺寸也，绳墨也，规矩也，衡石也，斗斛也，角量也，谓之法。"法指效法、遵守。《墨子·法仪》言："天下从事者，不可以无法仪。无法仪而其事能成者，无有也。虽至士之为将相者，皆有法；虽至百工从事者，亦皆有法。百工为方以矩，为圆以规，直以绳，正以悬，无巧工不巧工，皆以此五者为法。……故百工从事，皆有法所度。今大者治天下，其次治大国，而无法所度，此不若百工辩也。"《淮南子·时则训》将权、衡、准、绳、规、矩统称为"六度"，即六种法度。上述参照物不仅指手工意义上的实物，也隐喻社会制度和文学体制方面的法度。

---

① ［明］鲁观熰：《冰川诗式序》，［明］梁桥：《冰川诗式》，万历间翻刻本。此本见哈佛大学燕京图书馆藏胶片。

在使用各种材料制作器物的过程中,产生了许多朴素的经验和法则,这些朴素的经验和法则是器物制作所必须遵从和依赖的。在这个层面上,一切器物制作过程,无论运用何种材料或方式,都与由言成文的法度和规则有相通之处。

由器物制作的参照物引申而来的法度概念,在诗、文、戏曲和小说理论中均有体现。

如元代《诗法家数》有《作诗准绳》一部分,分别从立意、炼句、琢对、写景、写意、书事、用事、押韵和下字九个方面就作诗的法则进行了说明。又如明代何景明主张学古由“领会神情”入手,他批评李梦阳未能“自创一堂室,开一户牖,成一家之言”①,对此,李梦阳反驳道:“规矩者,方圆之自也。即欲舍之,乌乎舍?子试筑一堂、开一户,措规矩而能之乎?措规矩而能之,必并方圆而遗之可矣,何有于法?何有于规矩?”②李梦阳以工匠倕和班为喻,认为文法之不可废弃,如工匠之于规矩。在他看来,法则是天生的:“文必有法式,然后中谐音度。如方圆之于规矩,古人用之,非自作之,实天生之也。”③李梦阳提倡学古,其理论主张正取自于器物之喻。

清代李渔则以缝纫和建筑为喻,说明戏曲创作规律。他论戏曲结构“密针线”一节以缝纫为喻,说:“编戏有如缝衣,其初则以完全者剪碎,其后又以剪碎者凑成。剪碎易,凑成难。凑成之工,全在针线紧密,一节偶疏,全篇之破绽出矣。每编一折,必须前顾数折,后顾数折。”④李渔论戏曲之主题,以建筑为喻,说明主题明确,即所谓“立主脑”,而主题不明确,“则为断线之珠,无梁之屋”。⑤ 建筑营构正如戏曲写作,他说:“至于结构二字,则在引商刻羽之先,拈韵抽毫之始。如造物之赋形:当其精血初凝,胞胎未就,先为制定全形,使点血而具五官百骸之势。倘先无成局,而由顶及踵,逐段滋生,则人之一身当有无数断续之痕,而血气为之中阻矣。工师之建宅亦然:基址初平,间架未立,先筹何处建厅?何方开户?栋需何木?梁用何材?必俟成局了然,始可挥斤运斧。倘造成一架而后再筹一架,则便于前者,不便于后。”⑥“间架”一词乃建筑术语,指房屋建筑的结构:梁与梁之间称为“间”,桁与桁之间称为“架”,李渔以之比喻戏曲创作要从整体营构上考虑,而不能只限于局部。

清代主张“肌理”说的翁方纲强调诗法,其《诗法论》云:“文成而法立。法之立也,有立乎其先、立乎其中者,此法之正本探原也;有立乎其节目、立乎其肌理界缝者,此法之穷形尽变也。”⑦桐城派的代表人物刘大櫆也以工匠为喻倡文法:“故义理、书卷、经济者,行文

① [明] 何景明:《与李空同论诗书》,郭绍虞主编:《中国历代文论选》第3册,上海:上海古籍出版社,1983年,第38页。

② [明] 李梦阳:《驳何氏论文书》,郭绍虞主编:《中国历代文论选》第3册,第46页。

③ [明] 李梦阳:《答周子书》,郭绍虞主编:《中国历代文论选》第3册,第52页。

④ [清] 李渔:《闲情偶寄·词曲部》,《续修四库全书》,上海:上海古籍出版社,2002年,第500页。

⑤ [清] 李渔:《闲情偶寄·词曲部》,《续修四库全书》,第499页。

⑥ [清] 李渔:《闲情偶寄·词曲部》,《续修四库全书》,第496页。此处,李渔也以人体为喻,说明戏曲结构的形成方式。人的体格与建筑的结构都是有系统的整体,以此说明文章体制,正是从“制作”层面而言的。自然造物与人工造物在这一层面是统一的。

⑦ [清] 翁方纲:《诗法论》,郭绍虞主编:《中国历代文论选》第3册,第519页。

之实;若行文自另是一事。譬如大匠操斤,无土木材料,纵有成风尽垩手段,何处设施?然即土木材料,而不善设施者甚多,终不可为大匠。故文人者,大匠也;神气、音节者,匠人之能事也;义理、书卷经济者,匠人之材料也。"[①]格调派的张谦宜兼以建筑、音乐、纺织、雕刻喻文章的格局、音调、语句、文字,并说明它们都求整体和局部的考究:

> 格如屋之有间架,欲其高竦端正;调如乐之有曲,欲其圆亮清粹,和平流丽。句欲炼如熟丝,方可上机;字欲琢如嵌宝器皿,其珠玉珊翠之属,恰与欵窍相当。机所以运字句,气所以贯格调。若神之一字,不离四者,亦不滞于四者,发于不自觉,成于经营布置外,但可养不可求,可会其妙,不可言其所以然。读诗而偶遇之,当时存胸中;咏哦以竟其趣,久久自悟已。[②]

张谦宜将多种器物制作经验引申到文学领域,认识到文章锤炼的完美功夫,是基于法度而达到所谓"发于不自觉,成于经营布置"的境地。

由器物制作的原料和工具又引申出中国文学批评的典范概念,法度中体现着典范,典范与法度是相辅相成的。

如模、范,是铸造器物的工具。模指的是用泥塑成的器物,在表面涂蜡之后,再雕刻精密的花纹;在模的基础上制作出的东西称为范,用这个范才能倒铸青铜器物,即模是用来翻制范的。镕,铸器的模具。模、范、镕引申为效法、取法。《定势》曰:"镕范所拟,各有司匠。"詹锳义证:"镕范,此处指学习对象。"[③]铸,按甲骨文字形,上面是双手拿"鬲",下面是"皿"。鬲、皿表示熔化金属的锅炉,铸指锤炼和雕琢金属,浇制成器。镕、铸引申为出乎规范而造就成物。"镕"又作"熔",张立斋解释《镕裁》篇曰:"镕主化,化所以炼意;裁主删,删所以修文。表里相应,内外相成,而后章显文达。"[④]镕而正,裁而适,它们起到了规范体制和删剪浮辞的作用。

型,浇铸器物用的模子。《荀子·强国》曰:"刑范正,金锡美,工冶巧,火齐得,剖刑而莫邪已。"杨倞注曰:"刑与形同;范,法也。刑范,铸剑规模之器也。"《说文解字》释"型"曰:"铸器之法也。从土,刑声。"铸造器物,一需材料经得起锤炼;二需"模""范"周正。这一观念引申到文学领域,一是求取材上效法经典,二是求风格上崇尚典雅。"模范"、"规模"均有这两层含意,如宋代李如篪《东园丛说·韩愈诗文》曰:"愚观愈之书,其文章纯粹典雅,司马迁、扬雄殆无以过,其行己亦中正,可为后人模范。"又如宋代吴曾《能改斋漫录·议论》曰:"然不易其意而造其语,谓之换骨法;规模其意形容之,谓之夺胎法。"文章写作与器物制作一样,都须有法可依、有式可循,从而达到正与奇的辩证统一。

① [清] 刘大櫆:《论文偶记》,郭绍虞主编:《中国历代文论选》第3册,第434页。
② [清] 张谦宜:《絸斋诗谈》卷三,郭绍虞编选:《清诗话续编》第2册,上海:上海古籍出版社,1983年,第810页。
③ 詹锳:《文心雕龙义证》,上海:上海古籍出版社,1989年,第1119页。
④ 张立斋:《文心雕龙注订》,北京:国家图书馆出版社,2010年,第284页。

《文心雕龙》以镕铸为喻，说明“经”对文学的规范性意义。镕铸即化金以铸器，其中如何选择合适可塑的金属是关键，这样才能确保模子中的物质在冷却后能够成器。论及经书的规范性作用时，《宗经》说：“若禀经以制式，酌雅以富言，是仰山而铸铜，煮海而为盐也。”“经”是文章体式的依据，《尔雅》是文章文辞的宝藏，“禀经制式”即依据六经与《尔雅》达到典范与法则的统一。刘勰虽强调“经”之典范意义，但也强调形式独创之重要，《辨骚》曰：“ 观其骨鲠所树，肌肤所附，虽取镕经意，亦自铸伟辞。”《宗经》曰：“性灵镕匠，文章奥府。”锻炼性情也像冶工冶炼金属一样去芜存精，最后有所成器。刘勰并未将性灵铺张开来，而是将其限制在取法经典的前提之下，这正是《宗经》的意旨。

在刘勰看来，学习经典与创新并不矛盾，它反而会提升文章的生命力。《原道》言：“镕钧六经，必金声而玉振”，“镕钧”以镕铸金属和制作陶器为喻，“镕钧”六经即取材和取法于六经，从而陶铸成文。《风骨》言：“若夫镕铸经典之范，翔集子史之术，洞晓情变，曲昭文体，然后能孚甲新意，雕画奇辞。”通过工具“模”“范”和手段“镕”“铸”，一是将“经”作为取材和效法的对象，二是将“经”置于典范和雅正的地位。将文章作为对经典的模仿，赋予了“经”以正典的地位。针对齐梁过分追求文字雕饰和韵律齐整的形式主义文风，刘勰提出了以经典为范和以自然为道的观点。所谓“宗经”，正是为了明确六经的典范地位。

以“经”为正统，中国文学批评追求法度与典范的统一。《体性》言：“典雅者，镕式经诰，方轨儒门者也。”《定势》曰：“模经为式者，自入典雅之懿。”取法于经典，自有儒家典雅之美。可见，刘勰期望以六经作为效法的典范，以实现雅正的美学范式。《明诗》曰：“观其结体散文，直而不野，婉转附物，怊怅切情，实五言之冠冕也。”詹锳认为：“刘勰所谓‘直而不野’是说《古诗十九首》虽然纯任自然，还是有一定的文采，并没有到‘质胜文则野’的程度。”[①]萧统《答湘东王求文集及诗苑英华书》曰：“夫文典则累野，丽亦伤浮。能丽而不浮，典而不野，文质彬彬，有君子之致。吾尝欲为之，但恨未逮耳。”“典而不野”和“直而不野”，均指典雅纯正，文质相符。《二十四诗品》有“典雅”一品，《〈诗品〉臆说》解释道：“典，非典故，乃典重也。彝鼎图书自典重。雅，即风雅，雅饬之雅。”[②]“典雅”意为文辞工整，语出典籍，法诸六经，从而不失规范。

虽然法度和典范使得文章合乎体制，但文章写作的变数难以尽言，即《神思》所谓“伊挚不能言鼎，轮扁不能语斤”。陆机《文赋》亦云：“若夫丰约之裁，俯仰之形，因宜适变，曲有微情。……是盖轮扁所不得言，故亦非华说之所能精。”神理之数，须工匠在实践中领会，神而明之，存乎其人。这正如《孟子·尽心下》所言“梓匠轮舆能与人规矩，不能使人巧”，规矩可以言传，高明之处则需要心领神会。《庄子·天道》称造轮的工人“有数存焉”，其微妙“得之于手而应于心，口不能言”。可见，中国古人不仅重视器物之“技”，更重视器物之“道”。以手艺的规范解释文学中的常，以手艺的入神解释文学中的变，正源于对器物

① 詹锳：《文心雕龙义证》，第193页。
② 孙联奎：《诗品臆说》，道光三十年，延庆堂藏版。

之功用性和艺术性的领悟。

三、器物之喻的天文和人文意义

器物是人文的载体。中国古人的世界观，一言以蔽之，可概括为天、地、人三才之道，又有所谓天文、人文之别，如《周易·贲》所言："观乎天文，以察时变；观乎人文，以化成天下。"天、地、人三才中，人是沟通天、地的中介，因而人所制作的器物就具有了沟通天、人的意义。在实体意义上，人文集中体现为器物；天文则集中体现为自然。《周易·系辞上》言："形而上者谓之道，形而下者谓之器。"道指天道，器指器物。《周易》将道器并举，由器溯道，由器显道，"器"最终落实到了形质的层面。器物制作与文章写作一样，是材料形式化的过程，它们都是通向"道"的途径。因此，《文心雕龙》的器物之喻不仅具有制作层面的意义，更具有观念层面的意义。以器物之喻论文章写作，正源于两者在人文层面的共同性。

由天、地、人的分别和联系，产生了中国文学批评最为重要的象喻传统。一是自然之喻，大凡天之日、月、星、辰、风、云、雷、电和地之山、水、植物、动物，都成为文学的比拟对象。以生机盎然的自然物象比喻文章之体态面貌，是非常普遍的现象。二是器物之喻，即以器物制作的参照物、制作方式和器物成品为喻，说明创作规律和创作风格。三是生命之喻。天文和人文两端，即自然现象和社会现象的区分，决定了中国文学批评的象喻方式，不仅以天文之自然喻文，还以人文之器物喻文。首先，由于器物之成型过程与文章之写作过程有着一致之处，虽然前者的材料是自然界的木、石、金等，后者是文字，但两者都要实现材料与形式、审美和功用的统一。因而，以器物之喻阐述文学规律最为直接、形象。其次，由于人文被认为是仿效天文而来，所以中国文学最终仍可归于天文，这意味着文学不仅在风格上求自然，在节奏上更求与天地同体。《周易·系辞下》曰："是故易者，象也。"根据胡适的考证，"象"通"相"，象是原本的模型，物是仿效这模型而成的："先有一种法象，然后有仿效这法象而成的物类。"[①]所以，"象"不仅是形象，更是法象。《周易·系辞上》曰："法象莫大乎天地。"天地在观物取象中具有最为重要的意义。人文乃仿效天文而来，这是中国文学批评最终究人文于天文之因。再者，《周易》将天、地、人三者并立，并将人放在中心地位。"身"亦是一个小天地，如清代钱泳《履园丛话·臆论》说："人禀天地之气以为生，故人身似一小天地，阴阳五行，四时八节，一身之中，皆能运会。"中国哲学中有天人之间的取象类比，即以身体为一个小天地。以身体为喻，虽是从身体的微观角度将文学拟人化，但实际上是将文学与天地精神相关联。因此，在自然之道的层面，中国文学批评将自然之喻、生命之喻和器物之喻统一了起来。

无论是以自然喻文，还是以器物喻文，其所阐明的意义往往在于法度与自由、人工与

① 胡适：《中国哲学史大纲》，上海：上海古籍出版社，1997年，第61页。

天然之间的辩证关系。如果没有法度和规则,艺术将失去依附的躯壳;如果仅囿于法度和规则,艺术则将失去自由的灵魂。庄子笔下有许多技术娴熟的匠人,他们不仅技艺超群,而且常常突破技术性的限制,"官知止而神欲行"(《庄子·养生主》),依照心灵感受,超越技术的运用,达于自由之境。儒家和道家看待工匠有着鲜明的差别,前者重视雕琢成器,以求文质彬彬;后者否定人工巧构,认为工匠所作是所谓"残朴以为器"(《庄子·马蹄》),是对事物自然本性的戕害。《庄子·天地》云:"吾闻之吾师,有机械者必有机事,有机事者必有机心。""技"的应用往往破坏了人的纯朴,这与自然无为的境地是背道而驰的。为了克服"技"的限制,庄子提出了由技进道,追求不受规矩限制,随心所欲的自然境界。

《文心雕龙》论自然与人文之关系,其意本于《周易》。《原道》开宗明义,溯源文章之道曰:"心生而言立,言立而文明,自然之道也。"《文心雕龙》认为,人文与天文平行,都是自然之道。其所论之文章,具有人文礼乐的性质。《情采》言:

> 故立文之道,其理有三:一曰形文,五色是也;二曰声文,五音是也;三曰情文,五性是也。五色杂而成黼黻,五音比而成韶夏,五情发而为辞章,神理之数也。

其中黼黻、韶夏、辞章实为锦绣、音乐和文学,皆为人文之内容。形文、声文和情文并举,以言其共同的特点是由人工制作而来。钱锺书言:"《文心雕龙·情采》篇云:立文之道有三:曰形文,曰声文,曰情文。人之嗜好各有所偏,好咏歌者,则论诗当如乐;好雕绘者,则论诗当如画;好理趣者,则论诗当见道;好性灵者,则论诗当言志;好于象外得悬解者,则谓诗当如羚羊挂角,香象渡河。而及夫自运谋篇,倘成佳构,无不格调、词藻、情意、风神,兼具各备。"[①]钟嵘《诗品》序评曹植言:"陈思之于文章也,譬人伦之有周、孔,鳞羽之有龙凤,音乐之有琴笙,女工之有黼黻。"都是从形文、声文和情文的观念来进行批评,以说明文学之于情感的感荡,与织物之于视觉、音乐之于听觉的感触一样,它们所引起的感官经验是相通的。

刘勰以器物制作喻文章写作,其实质在于"礼"。《序志》言:"予生七龄,乃梦彩云若锦,则攀而采之。齿在逾立,则尝夜梦执丹漆之礼器,随仲尼而南行。"梦中执漆器而行,意味着刘勰将文章落实到器物,又将器物最终落实到"礼"的层面。文章的原义是错杂的色彩或花纹,又引申为礼乐制度,如《论语·泰伯》言:"巍巍乎其有成功也,焕乎其有文章。"礼所以经国家,定社稷,利人民;乐所以移风易俗,荡人之邪。礼乐作为人文,是文明的产物,这是它不同于自然的地方。章太炎说:"古之言文章者,不专在竹帛讽咏之间。孔子称尧舜'焕乎其有文章',盖君臣朝廷尊卑贵贱之序,车舆衣服宫室饮食嫁娶丧祭之分,谓之'文';八风从律,百度得数,谓之'章'。文章者,礼乐之殊称矣。其后转移,施于篇什。"[②]

① 钱锺书:《谈艺录》,北京:中华书局,1984年,第42页。
② 章太炎:《文学总略》,庞俊、郭诚永疏证:《国故论衡疏证》,北京:中华书局,2008年,第248页。

礼乐包括器物和制度两个系统的规则和等级。以器物及其制作经验喻文，正源于文学和器物都归属于作为人文的礼乐。它们的完形都是人为的结果，它们在制作方面，都要实现材质与形构的统一，形构和规则的协调。由此，《文心雕龙》中渗透着关于文学的礼乐观念。

中国文学批评的象喻传统既指向自然，也指向器物，其实质不仅在于天文和人文的分端，更在于天文与自然、人文与器物之间的对应和从属关系。自然之喻和器物之喻的分野，正如《隐秀》所言：

> 故自然会妙，譬卉木之耀英华；润色取美，譬缯帛之染朱绿。朱绿染缯，深而繁鲜；英华曜树，浅而炜烨。隐篇所以照文苑，秀句所以侈翰林，盖以此也。

秀之用与隐之体，正如朱绿绚烂于织物，英华光耀于草木，它们一婉曲一明显，符合自然之道。卉木之自生自灭与缯帛之人工巧构不同，虽然两者在由质显文的层面上是一致的。《原道》曰："傍及万品，动植皆文：龙凤以藻绘呈瑞，虎豹以炳蔚凝姿；云霞雕色，有逾画工之妙；草木贲华，无待锦匠之奇。夫岂外饰？盖自然耳。"刘勰认为龙凤、虎豹、云霞和草木之纹理和色彩，是造化的杰作，这也暗示了以自然为美的观念。

大体而言，器具制作包含两层意义：一是人工器物；二是人为制作。这与天然之物和自然生长相对。对器物的引用和类比隐含了两个观念：一是物我两忘、物我合一的自然境界；二是物有其序、物有其用的技艺境界。因此，由器物之喻又引申出自然与人工两个范畴，中国文学批评往往借助这一对范畴表达作品创作和风格的差异。钟嵘《诗品》载："汤惠休曰：'谢诗如芙蓉出水，颜诗如错采镂金。'颜终身病之。"李白则赋予这一典故以新的意义，他说："清水出芙蓉，天然去雕饰。"[①]一方面要遵守法度，另一方面又追求自然之境，这是中国艺术在自然与人工间的迂回。而能否达到自然与人工的双重维度，在更高层面实现艺术的化境，实在是一个难题。《尚书·皋陶谟》言："无旷庶官，天工人其代之。"天的职司可由人代替执行。黄庭坚也提出了"天工"与"人工"的对举："天工戏剪百花房，夺尽人工更有香。"[②]他评价陶渊明道："至于渊明，则所谓不烦绳削而自合者。"[③]黄庭坚以教人学习古人旧作而为人诟病，但他事实上还是以自然为旨归。因此，由器物及其制作经验引申出自然与人工两端，主人工而追求入于自然，主自然而又落实于人工，执两端而不偏，把写作最终置于有迹可循的轨道。而在艺术创作中，对法度的遵循与对法度的超越融为一体，工匠和艺术家、技术与艺术的界限被超越，日常生活与精神生活的界限被消解，这即所谓化境。

---

① 李白：《经乱离后天恩流夜郎忆旧游书怀赠江夏韦太守良宰》，《全唐诗》(增订本)卷170，北京：中华书局，1999年，第1756页。

② 黄庭坚：《腊梅》，《山谷诗注》第1册，卷5，上海：商务印书馆，1937年，第90页。

③ 黄庭坚：《题意可诗后》，《豫章黄先生文集》卷26，四部丛刊本。

由器物及其制作经验引申而来的自然与人工的分别,被中国现代美学所传承,成为一条明确的线索,即对自然美与人工美的区分。梁启超在分别歌谣与诗时,就是以自然美与人工美为两个方向。他认为"好歌谣纯属自然美,好诗便要加上人功的美",歌谣和诗的分野在于前者由自然歌咏而来,后者由人工创作而来。梁启超并没有以天籁废人工,他说:"但我们不能因此说只要歌谣不要诗,因为人类的好美性决不能以天然的自满足。对于自然美加上些人工,又是别一种风味的美。譬如美的璞玉,经琢磨雕饰而更美;美的花卉,经栽植布置而更美。原样的璞玉、花卉,无论美到怎么样,总是单调的,没有多少变化发展。人工的琢磨雕饰、栽植布置,可以各式各样,月异而岁不同。诗的命运比歌谣悠长,境土比歌谣广阔,都为此故。"[①]梁启超既肯定原始歌谣的天然性,又肯定诗歌的雕饰美,对这两端各有所赏。

宗白华认为魏晋六朝时出现两种美感:一是"芙蓉出水"的平淡素净美;一是"错彩镂金"的华丽繁富美。[②] 前者以清新、自然为特色,被历代文学家所崇尚,在文学史上有一条延伸不断的发展线索。宗白华曾分析《周易·贲》的美学思想,即文与质的关系问题。"贲"即饰,用线条勾勒突出的形象,是"斑纹华采,绚烂的美";"白贲"则是"绚烂又复归于平淡"。他引荀爽"极饰反素也"一语,结合中国艺术的发展,指出:"有色达到无色,例如山水花卉画最后都发展到水墨画,才是艺术的最高境界。"[③]他综合建筑、绘画和文学这些艺术门类,将自然提升为中国美学的终极追求:

> 所以中国人的建筑,在正屋之旁,要有自然可爱的园林;中国人的画,要从金碧山水,发展到水墨山水;中国人作诗作文,要讲究"绚烂之极,归于平淡"。所有这些,都是为了追求一种较高的艺术境界,即白贲的境界。白贲,从欣赏美到超脱美,所以是一种扬弃的境界。[④]

器物及其制作经验揭示了中国文学批评一系列命题和范畴的秘密,规定了中国美学形态的分别。以器物为入口,从发生学的角度检讨中国文学批评,我们会发现,它是超越文学领域的。

结语:器物之喻作为普遍的文学经验

中国文学批评以工匠的器物制作经验为喻说明创作规律,杼、轴,规、矩,绳、墨,辐、毂,模、范和钧等器物,隐喻着中国文学批评关于法度的观念;模、范等器物和镕、铸等制作

---

① 梁启超:《中国之美文及其历史》,《饮冰室合集》第10册,北京:中华书局,1989年,第1页。
② 宗白华:《中国美学史中重要问题的初步探索》,《美学散步》,上海:上海人民出版社,1999年,第35页。
③ 宗白华:《中国美学史中重要问题的初步探索》,《美学散步》,第45页。
④ 宗白华:《中国美学史中重要问题的初步探索》,《美学散步》,第45—46页。

活动，又引申出中国文学批评关于典范的观念。器物作为人文意义上的实体，同时又是形而上之道的显现，故器物之喻具有天文和人文的双重意义。中国文学批评的器物之喻并非偶发的现象，它是一种普遍性的文学经验。

首先，由器物及其制作经验生成了中国文学批评的一些基本理论和基本范畴。器物经验是人类最为普遍的原初经验，在这个意义上可以说，器物经验为文学经验奠定了基础。器物制作与文章写作之间存在一种亲和关系，它们虽采用不同材质，但在构思之考究、制作之精细和法度之规范方面是一致的。由器物制作经验形成一个强大的言说系统，使得器物制作超越了其实物意义，具有了语言学、文化学和哲学意义。因而，引导我们进行参照和表达的语汇，并非直接源于辞典或古籍，由器物制作积累而来的经验成为建构文学思想的重要来源。

中国文学批评范畴的形成与器物制作经验密切相关，这主要是受到“近取诸身，远取诸物”（《周易·系辞上》）的隐喻思维的影响。当代的隐喻认知学认为，隐喻不仅是修辞，更是一种思维机制和认知力量，对思想观念的形成起着一种引导性的作用。所以，“一种文化的最基本价值，将与此文化中的最基本概念的隐喻结构紧密关联”[①]。人们需要用隐喻描述关于世界的经验，通过意象的类比实现表达的明晰，因此，隐喻被看作是语言的本质。在中国古人的表述中，器物超脱了其产生的原始语境，成为这样的隐喻。由器物制作经验所建立起来的术语逐渐固化在语言中，影响了文学艺术范畴和命题的表述方式。由此，器物之喻打通了文学与雕塑、音乐、绘画、建筑、纺织、制陶、缝纫和铸造等之间的界限，使得它们之间的经验可以相互借鉴和延伸。

其次，器物及其制作经验极大地丰富了中国文学批评的言说空间，并为中西诗学提供了可供沟通的话语。器具制作经验是一种普遍性的认知经验，以器物作为艺术的参照物，这在东西方文论中均有体现。[②] 韦勒克说：“最古老的答案之一是把诗当作一种‘人工制品’，具有像一件雕刻或一幅画一样的性质，和它们一样是一个客体。”[③]古希腊人用“制作”一词来表达他们对艺术的理解。柏拉图把工匠的制作活动和诗文、绘画的创作活动都视为运用技艺的活动。他认识到诗是由制作而来的，而工匠的活动与艺术创作活动的不同之处在于其参照物，前者参照理念，后者参照实物。[④] 在他看来，理念之于器物，正如器物之于诗。亚里士多德则把诗歌、绘画、雕塑、演奏等艺术活动和医疗、航海、战争等专门职业的活动都归入工匠的制作活动。古希腊人从自然与人工的角度思考诗的起源，“事实

① George Lakoff and Mark Johnsen, *Metaphors we live by*, London: The university of Chicago press, 2003, p. 22.

② 黑西俄得曾把作诗比作编织（rhapsantes aoidēn）。阿尔卡伊俄斯和品达也把作诗比作组合或“词的合成”（thesis）。阿里斯托芬直截了当地指出，诗（指悲剧）是一种技艺。巴库里得斯和品达不仅把诗人比作编织者和组合者，还把他们喻为工匠、建筑师和雕塑家。亚里斯多德：《诗学》，陈中梅译，北京：商务印书馆，1996 年，第 284—285 页。

③ [美] 勒内·韦勒克、奥斯汀·沃伦：《文学理论》，刘象愚等译，南京：江苏教育出版社，2005 年，第 158 页。

④ 柏拉图的《斐莱布篇》中，苏格拉底认为木工是技艺中较高的知识类型，他说：“建造这门技艺大量使用尺度和工具，追求精确性，这样一来就使得建造比其他大多数种类的知识更科学。”（柏拉图：《斐莱布篇》，56B）如前所述，汉语亦将原意为木工的“匠”引申为工匠。可见，木匠往往被看作制作活动的典范。

上,在古希腊人看来,任何受人控制的有目的的生成、维系、改良和促进活动都是包含Technē的'行动'"[①]。正是通过Technē的隐喻,柏拉图和亚里士多德将器物、诗学和哲学纳入了同一话语领域以进行探讨,通过器物和诗在制作层面的共同性,巧妙地表达了他们对文艺的看法。[②] 因此,希腊人对诗的理解同样受器物经验的支配,即通过形式和材料这对范畴思考器物与诗在制作上的相通之处。

基于对古希腊"技艺"观念的理解和对现代技术的反思,海德格尔开始了他对艺术作品本源的思考。一方面,他从器物的层面出发考察艺术作品的本源,在他看来,"长期以来,在对存在者的解释中,器具存在一直占据着一种独特的优先地位"。[③] 艺术创作与器物制作之间存在一种亲缘关系,"伟大的艺术家最为推崇手工艺才能了。他们首先要求娴熟技巧的细心照料的才能。最重要的是,他们努力追求手工艺中那种永葆青春的训练有素。"[④]另一方面,海德格尔又以器物为基点反思现代技术的弊病。他推崇古希腊包括艺术在内的技艺之经验,他说:"在西方命运的发端处,各种艺术在希腊登上了被允诺给它们的解蔽的最高峰。它们使诸神的现身当前,把神性的命运与人类命运的对话灼灼生辉。而且,艺术仅仅被叫做 τέχυη。"[⑤]现代技术破坏了人与自然的亲缘关系,企图通过对自然的耗费和利用,以达到控制自然的目的,这与古希腊的技艺观念背道而驰。海德格尔以器物为喻,其用意即在于以古希腊对技艺的看法为参照,反思现代技术给人与自然带来的弊端。

在古典文明时代,器物制作与质朴的艺术创作尚未分离,两者均从与自然之道的关联中获得意义。而在工业时代和电子时代,现代技术滋生了大批量的艺术复制品,电视、电脑等电子媒介又使屏幕成为这个时代的主导,由此决定着艺术的生产和传播。在这个技术主导一切的时代,古典意义上的器物制作日益远离了人们的生产活动和生活感受,古老的器物制作经验日益成为历史尘嚣覆盖之下的秘密。技术的过度发展造成了艺术规范性的缺失,也使得艺术缺乏深层的精神维度和人文价值。

以器物之喻考察中国文学思想的言说方式,为我们解开中国文学批评方式之秘密提供了视角,也为我们解读西方诗学之逻辑提供了线索,更为我们分析当前文学艺术的态势提供了借鉴。器物之喻是一种穿透力极强的言说方式,因而成为了一种普遍的文学经验。

---

① 陈中梅:《试论古希腊思辨体系中的Technē》,《哲学研究》1995年第2期。Technē来自印欧语词根tekhn,后者意为"木器"或"木工"。

② 技艺(Technē)作为隐喻,对古希腊哲学思想的形成具有决定性的意义。古希腊哲学思想是按照技艺的逻辑展开的。对柏拉图而言,技艺是最初的和具体的理解事情的模型。技艺是一切知识理论的自然出发点,相关文献见John Wild: *Plato's Theory of Texnh: a Phenomenological Interpretation*, Philosophy and Phenomenological Research, Volume 1, Number 3, March 1941, pp. 255 - 293.

③ [德] 马丁·海德格尔:《艺术作品的本源》,《林中路》,孙周兴译,上海:上海译文出版社,2004年,第23页。

④ [德] 马丁·海德格尔:《艺术作品的本源》,第46页。

⑤ [德] 马丁·海德格尔:《技术的追问》,《海德格尔选集》,孙周兴译,上海:上海三联书店,1996年,第952页。

六朝文体内涵重释与刘勰、钟嵘论“奇”关系再辨

——兼评中日学者关于《文心雕龙》与《诗品》文学观的论争

姚爱斌*

摘　要：比较《文心雕龙》与《诗品》的文学观，不能根据一个抽离语境的概念“奇”的内涵和价值倾向推论出两书文学观的对立，也不宜从形上笼统的儒家文学观直接推导出具体观点的同异，单个概念和基本文学观的比较都应以对《文心》和《诗品》理论内涵和概念关系的整体把握为前提。从核心观念看，《文心》与《诗品》都是以六朝文体观为理论平台（六朝文体观是对文章自身整体存在及其内在结构和特征的自觉），属于六朝文体批评的不同维度：《文心》为解决“文体解散”之弊，借助五经文体典范重构一般文体规范，突出的是文体的历时性正变与共时性结构之维，故《文心》之“奇”与一般规范文体或典范文体之“正”相对，指的是异于规范文体并能够破坏文体内在完整统一的新奇、浮诡、险仄的因素和特征。《诗品》要解决的则是诗作太多而不辨文体优劣的问题，突出的是作者文体间的品第之维，故《诗品》之“奇”与常见作者文体的“平”“庸”相对，指的是在一般文体规范基础上能充分体现文体的“自然”品质与作者“才气”的独创性和生命力的优秀文体品质。两书之“奇”评价的是不同维度的文体关系，因此两者之间是差异互补，而非相互对立。

关键词：《文心雕龙》；《诗品》；奇；文体维度；差异互补

引　论

在《文心雕龙》和《诗品》的现代研究史上，中日学者间曾有过一场延续20多年、参与人数较多的学术论争。论争的对象是刘勰《文心》与钟嵘《诗品》文学观的异同，焦点则是

* 作者简介：姚爱斌，北京师范大学文学院、文艺学研究中心副教授。

《文心》与《诗品》中"奇"一词所表达的文学观是否对立。论争始于1982年第2期《文艺理论研究》发表的日本中国古典学者兴膳宏的论文《〈文心雕龙〉与〈诗品〉在文学观上的对立》(彭恩华译,以下称《对立》)①。其后若干年有萧华荣、邬国平、谭帆、张明非、王运熙、吴林伯、蒋祖怡、贾树新、禹克坤、梁临川等中国学者,先后著文对兴膳氏的观点作了或直接或间接的回应,同时对《文心》与《诗品》的文学观异同作了更广泛深入的比较②。除谭文和梁文外,大部分文章都对兴膳氏的"对立"说持否定态度,而倾向于认为刘、钟文学观基本相同或大同小异。1993年日本学者清水凯夫氏又撰《中国1980年以后钟嵘〈诗品〉研究概观——以〈诗品〉、〈文心雕龙〉文学观异同之争论为中心》(周文海译,日本《中国文学报》第45册)一文,对中日学者围绕刘、钟文学观是否对立的论争作了详细介绍和评点,其赞同兴膳氏"对立"说的立场非常明确,而评析中国学者观点和论述时则不乏直率和尖锐。清水氏自道其用心,是担心"日中之间好不容易引起的争论将要半途而废",希望以这种"突出"的方式激发论争者对这一问题继续探讨交流的热情。但清水氏"激将法"的效果并不明显,中国学界并未对他这篇挑战意味甚浓的文章作直接回应。2000年此文的主要部分又以《与兴膳宏之钟嵘刘勰文学观对立说论争概观》(张继之译)为题再次发表在当年第1期的《许昌师专学报》。作者显然心有不甘,认为这一问题并未尘埃落定,还有继续论争的必要。2000年后至今,比较《文心》与《诗品》异同并涉及刘、钟论"奇"的文章仍时有发表,如石家宜、王承斌等人的相关论文③,其中对兴膳氏"对立"说也有肯否之别,如石文将二人论"奇"的对立视为两者诗学观整体差异的重要体现,王文则从整体层面证明刘、钟包括"奇"论在内的诗学观的性质应该基本相同。

综观三十余年来直接或间接参与这场论争的双方的文章④,笔者虽不赞同清水氏的基本论断和"裁决",但和他一样认为这场论争确有接续的必要。尽管整体上看论争双方尤其是回应方的中国学者已经从宏观到微观对《文心》与《诗品》作了较兴膳氏所论更广泛、细致的比较,但与此相关的一些甚为关键的学理问题并未在论争中得到关注和探讨,以致论争双方虽然看起来都有各自的文本根据和论证逻辑,却又难以从学理上说服对方。

撇开具体观点的是是非非,单从论述逻辑层面来看,双方文章整体上都存在一些明显的粗疏之处。如兴膳氏文直接根据《文心》和《诗品》中"奇"这一具体概念所表达的评价态

① 原载《吉川博士退休纪念中国文学论集》,1968年3月。另由台湾学者陈鸿森在1985年译成中文发表于《幼狮学志》第18卷。

② 萧华荣《刘勰与钟嵘文学思想的差异》(《中州学刊》1983年第6期),邬国平《刘勰与钟嵘文学观对立说商榷》(《文艺理论研究》1984年第3期),谭帆《刘勰和钟嵘文学批评方法的比较》(《学术月刊》1985年4月),张明非《从〈文心雕龙〉、〈诗品〉的局限性看时代风气对文学批评的影响》(《广西师范大学学报》1986年第3期),王运熙《钟嵘〈诗品〉论"奇"》(《光明日报·文学遗产》,1986年7月29日)与《钟嵘诗论与刘勰诗论的比较》(《文学评论》1988年第4期),蒋祖怡《试析刘勰与钟嵘的诗论》(《文心雕龙学刊》第4辑,1986年12月),贾树新《〈诗品〉的"奇"》(《松辽学刊》1988年第3期),禹克坤《〈文心雕龙〉与〈诗品〉》(北京:人民文学出版社,1989年11月),梁临川《〈文心雕龙〉与〈诗品〉的分歧》(《上海大学学报》1991年第2期)等。

③ 石家宜《〈文心雕龙〉与〈诗品〉比较》(《南京师范大学文学院学报》2007年第1期),王承斌《〈诗品〉与〈文心雕龙〉诗学观之比较》(《思茅师范高等专科学校学报》2007年第4期)。

④ 本文初稿第一节是对论争过程和论争双方主要文章观点内容的详细梳理,论文提交时删去。

度的差异，推导出两书基本文学观念的“对立”，而对“奇”和其他具体概念与两书理论体系、基本观念、概念关系之间的密切联系却未详察细辨。这实质上是以部分作为整体的逻辑前提，以单个概念内涵的表面差异作为体系对立的主要根据。在持“相同”说或“大同小异”说的诸多中国学者的文章中，则有着与兴膳氏文相反的逻辑缺陷，即习惯于先确立两书形上层面文学观念（如认为两书同属于儒家文学观）的相同之处，或者将两书产生时代的共同的“文学风气”作为理论前提（即清水氏所批评的“简单套用公式性的观点”），再分析“相同之处”的具体表现，以此反证兴膳氏的“对立”说不能成立，同时又多在“相同处”后列举若干“不同之处”，以示全面而不绝对。但这种论述方式的问题是，儒家文学观是包括《文心》和《诗品》在内绝大多数传统文论著作的基本观念，如果在比较某些具体文论的文学观念和概念内涵时都直接以这一形上观念为大前提进行推论，就很容易将具体研究对象同质化、普泛化，不能准确把握这些文论著作的特殊内涵，也无法呈现其理论体系和概念关系的内在逻辑，结果往往只能停留于看似全面实则浮浅的平面式罗列以及看似辩证实则简单的“一分为二”式划分。另有一类中国学者的回应文章，直接就兴膳氏文的主要论据“奇”一词在两书中的意义关系作重新阐释，对“奇”的不同涵义作了更具体审慎的辨析，对两书“奇”义的异同关系及可比性也作了更具体的说明，但其论述思路仍然主要是就“奇”一词本身而论，而未能自觉将“奇”纳入两书的理论体系和概念关系中进行定位、定义和定性，因此也同样难以避免兴膳氏文的简单与片面。

只有从文论（含诗论）自身的理论体系和概念关系出发，确立其理论基点和主线，将形上观念和具体概念等不同层次的思想内容融会贯通，才能准确理解不同文论的特殊内涵，并据此对不同文论进行比较，确认彼此是否存在相同、差异或对立。因此，欲知《文心》、《诗品》之“奇”有何涵义、能否比较及是否对立，则须知“奇”在两书理论体系和概念关系中的位置；欲知《文心》与《诗品》文学观的异同，则须知两著的基本理论内涵和主要概念关系。

一、《文心雕龙》与六朝“文体”概念的基本内涵

若问《文心雕龙》是一部什么性质的著作，在当前“龙学”语境中人们可能更倾向于认为是一部“文章学”著作，即是一部论述文章写作之道，指导文章写作的文论著作①。但是“文章学”这一笼统的说法只是给《文心》的理论性质划定了一个范围，并未反映其特殊内涵。

① 持此看法者甚多，如王运熙《文心雕龙探索》（上海：上海古籍出版社，1986 年）、罗宗强《魏晋南北朝文学思想史》之“刘勰的文学思想（上、中、下）”（北京：中华书局，1996 年）、黄春贵《文心雕龙之创作论》（硕士学位论文，1978 年）、杨柳桥《〈文心雕龙〉文章理论的唯心主义本质》（《文史哲》1986 年第 1 期）、赵兴明《〈文心雕龙〉是一部文章学概论》（《殷都学刊》1989 年第 4 期）、蒋寅《关于中国古代文章学理论体系——从〈文心雕龙〉谈起》（《文学遗产》1986 年第 6 期）、卢永璘《美文的写作原理——也谈〈文心雕龙〉的性质》（《文心雕龙研讨会论文集》，湖南大学，1998 年）、赵昌平《文章学的回归——兼谈〈文心雕龙〉的文章学架构》（《文学遗产》2003 年第 6 期）等。

一种理论的特殊内涵是由其欲解决的主要问题和解决问题的方法决定的。从理论所关注的问题入手较从理论的逻辑前提开始,能够直接切入理论核心,揭示理论的本质。《文心》想要解决的问题是什么?《序志》篇说得很明白:"去圣久远,文体解散,辞人爱奇,言贵浮诡,饰羽尚画,文绣鞶帨,离本弥甚,将遂讹滥。"[①]其核心是"文体解散"一语,这是刘勰对楚汉以降文章之弊的高度概括,是他"搦笔和翰"撰著《文心》要解决的主要问题。"去圣久远"是"文体解散"的历史根源,"辞人爱奇"是"文体解散"的现实原因,"言贵浮诡,饰羽尚画,文绣鞶帨,离本弥甚,将遂讹滥"是"文体解散"的具体表现。"文体解散"也因此成为理解《文心》理论内涵的关键。

进而言之,"文体解散"不惟指出了问题所在,还同时明确了问题所在的具体层面——"文体"。尽管《文心》整体上是一部"文章学"著作,讨论的是怎样写好文章及如何克服长期累积、近世弥盛的文弊,但在讨论文弊的产生、表现和解决等具体问题时,则会落实、集中到"文体"层面,在"文体"层面说明问题的种种表现,分析问题产生的各种原因,提出解决问题的原则和方法。从《文心》中的概念关系看,"文体"也是诸多概念的中心:或作为"文体"的上位概念,如"道"、"神理"、"文"、"文章"等,以说明"文体"产生的逻辑前提和存在的现实根据;或作为"文体"的下位概念,如"情—辞"、"情—采"、"雅—丽"、"文—质"、"实—华"、"正—奇"等,是对"文体"规范、构成和特征的描述与评价。至于"奇"与"文体"的概念关系,刘勰在这段话里实已作了一个很基本的提示,即"奇"是导致"文体解散"的主要因素,是"文体"之弊的主要表现,其内涵和性质都与"文体"密切相关。

接下来的问题自然是:为什么是"文体"?刘勰为什么把文章写作的问题集中到"文体"层面来谈?这可以从"文体"自身的内在规定(即"文体是什么")及刘勰所处的文章观念和文论话语的历史语境两个方面来理解。

说到"文体是什么",我们很容易想起学界对古代"文体"一词的种种解释。最常见的是"体裁"与"风格"二义说,其次是徐复观提出并被很多学者接受的"体制"("体裁")、"体要"与"体貌"三义说,余者还有"四义"说[②]、"六义"说[③],甚至十多义说者[④]。从"文体"释义的形式看,研究者似乎有一种以多为贵的心理,以为释义愈多就愈能表明研究的细致和全

① 本文所引《文心雕龙》文句均见范文澜《文心雕龙注》,北京:人民文学出版社,1958年。个别字词参考其他校注本修改。

② 郭英德:《中国古代文体形态论略》,《求索》2001年第5期。收入《中国文体学论稿》,北京:北京大学出版社,2006年。文章认为文体包涵体制、语体、体式和体性四个层次,这四个层次同时也是"文体"概念的四种内涵。

③ 陆侃如、牟世金《〈文心雕龙〉术语初探》(见《刘勰论创作》,合肥:安徽人民出版社,1963年。初题《文心雕龙术语用法举例》,《文学评论》1962年第2期。)释"文体"涵义:(1)作品的体裁;(2)作品的风格;(3)引申指某种写作手法;(4)在普遍意义上指主体、要点;(5)体现;(6)区分、分解。王金凌《文心雕龙文论术语析论》(华正书局,1981年。)释"文体"涵义:甲、篇幅;乙、内容;丙、形式;丁、体要;戊、泛指文章;己、体势,指风格。每类之下又有细分为若干。吴承学、沙红兵《中国古代文体学学科论纲》(《文学遗产》2005年第1期。):(1)体裁或文体类别;(2)具体的语言特征和语言系统;(3)章法结构与表现形式;(4)体要或大体;(5)体性、体貌、风格;(6)文章或文学之本体。

④ 陈兆秀《文心雕龙术语研究》(台湾文化学院硕士论文,1976年,潘重规教授指导):(1)文章体裁;(2)文章体制;(3)文章体例;(4)文章体式;(5)文章风格;(6)文章之结构;(7)文辞与结构;(8)文章之整体全局(体统);(9)作品之基本思想(本体);(10)作品之内容;(11)意赅文之本身本体者;(12)由体裁、风格引申作为写作手法;(13)引申作为写作之要领、原则(大体、体要);(14)引申谓作品之辞约旨丰者(体要)。

面，也愈能体现“文体”概念的多义性和复杂性——而且这也似乎符合一直以来人们对中国古代文论术语缺乏统一界定、涵义模糊多变的整体印象。但实际上这些“文体”释义及其思维方式中的误区和误解甚多，笔者对此有详细辨析和指正：其中既有近现代以来所受到的西方文类学与语体学（Stylistics）两论并列模式的长期曲折的隐性影响，也有释义者对古代文体论观念内涵和话语特征的隔膜①。破除陈见的最好办法就是直接面对原始文献，根据文论自身的内外关系，运用理性常识和一般逻辑规则进行分析、归纳和推理。

文体究竟是什么？《文心》实已提供了足够的线索。上引“文体解散”一语甚为关键，不妨仍由此处入手。所谓“文体解散”，其直接的字面意思是说文体已遭分解、破碎，不再完整、统一；但这句话同时也提示了文体的另外一面，即正常的文体应该是完整的、统一的，完整与统一应该是文体最基本的内在规定。刘勰关于文体的这一基本观念在《文心》全书中有非常自觉和充分的体现：

首先，《文心》屡以人和动植的有机生命整体直接譬喻文体的完整与统一。其中尤以《附会》篇的表述最为集中鲜明，如谓“夫才童学文，宜正体制：必以情志为神明，事义为骨髓，辞采为肌肤，宫商为声气”。其中“体制”为“文体构成”之义。这是从具体结构层面将文体与人的有机生命整体类比。又谓“首尾周密，表里一体”，这是从首尾和表里关系强调文体的完整和统一；“若统绪失宗，辞味必乱；义脉不流，则偏枯文体”，这是强调文义的统一和贯通对保持文体有机完整的重要性。其他篇中也有类似表述，如《章句》篇谓“外文绮交，内义脉注，跗萼相衔，首尾一体”，这是以内外首尾的统一喻文体的有机统一。

其次，通过直接描述文体的具体构成呈现文体的完整与统一。如《宗经》篇云：“故文能宗经，体有六义：一则情深而不诡，二则风清而不杂，三则事信而不诞，四则义贞而不回，五则体约而不芜，六则文丽而不淫。”“体有六义”，意为以五经文章为典范的文体应符合六个普遍要求。其中“情”与“风”为一组，“风”为“情”之用，是发挥感染教化作用时的“情”（参《风骨》篇）；“事”与“义”为一组，可合称“事义”，指为文章征信的事类及其所涵义理；“体”与“文”为一组，主要指文体的表现形式和语言修饰。（“体约而不芜”之“体”偏指文章的整体直观，相对于人之“形体”，而与“体有六义”之“体”有异，后者取“整体”之义。）如果再进一步概括，这“六义”三组又可分为两类，前四“义”为文意内容，后二“义”偏指语言形式。显而易见，这“六义”、“三组”、“两类”正是一篇完整文章的基本构成要素，统一起来即为完整之文章。

第三，从《宗经》篇“体有六义”一段还可看出，“文体”之完整统一实为“文章”之完整统一的体现，“文章”之完整统一乃是“文体”之完整统一的基础。前引《附会》篇一段即已显示，构成完整统一之“文体”的基本要素如“情志”、“事义”、“辞采”、“宫商”（即声律），也即一篇完整统一之“文章”的基本要素。由此关系可见，作为“文体”之基本内在规定的完整统一并非仅属“文体”的某种特殊之物，也不是某种特殊的概念内涵，其实质是“文章”内在

① 参看拙著《中国古代文体论思辨》，北京：北京大学出版社，2012 年。

基本要求的另一种表现形式。刘勰反对“文体解散”,实因“文章”不能“解散”。作为人之心灵的创造物,“文章”不仅具有如一般人工制品那样的完整结构,更有如其创造者一样的生命有机性。因此,有机的完整统一本来即是一篇合格“文章”的基本要求,刘勰论文也自当以这一基本要求为基础。受传统及六朝流行的文章观念影响,刘勰在具体论文时习惯于将完整文章的基本构成要素二分为“意”与“言”、“情”与“辞”、“义”与“辞”、“情”与“采”等,以此为框架描述不同类型或不同作者文章的特征,总结一般文章写作的普遍规范或不同类型文章写作的特殊要求。比较而言,《文心》下篇综论文术主要在一般层面体现了刘勰对二分式文章整体结构的理解,如“意翻空而易奇,言征实而难巧也”(《神思》),“拙辞或孕于巧义,庸事或萌于新意”(《神思》),“夫情动而言形,理发而文见;盖沿隐以至显,因内而符外者也”(《体性》),“怊怅述情,必始乎风;沉吟铺辞,莫先于骨”(《风骨》),“结言端直,则文骨成焉;意气骏爽,则文风清焉”(《风骨》),“情者文之经,辞者理之纬”(《情采》),“经正而后纬成,理定而后辞畅,此立文之本源也”(《情采》),“理资配主,辞忌失朋”(《章句》),“或义华而声悴,或理拙而文泽”(《总术》),“情以物迁,辞以情发”(《物色》),“(子云)故能理赡而辞坚矣”(《才略》),“夫缀文者情动而辞发,观文者披文以入情”(《知音》)等。上篇“论文叙笔”则主要体现了刘勰在分论各类文章时所贯穿的二分式构成意识。如《诠赋》篇论赋体:“情以物兴,故义必明雅;物以情观,故词必巧丽。丽词雅义,符采相胜,如组织之品朱紫,画绘之著玄黄。”《颂赞》篇论赞体:“约举以尽情,昭灼以送文,此其体也。”《杂文》篇论连珠体:“足使义明而词净,事圆而音泽,磊磊自转,可称珠耳。”《论说》篇谈论体:“故其义贵圆通,辞忌枝碎。必使心与理合,弥缝莫见其隙;辞共心密,敌人不知所乘:斯其要也。”[1]要言之,刘勰对“文体”的内在整体构成的认识与其对“文章”的内在整体构成的认识是相互统一的;从“文章”的内在整体构成层面来看,更有助于深化对“文体”之完整统一性的体会和理解。

第四,“文体”与“文章”间的这层紧密联系,应该是我们理解“文体”概念基本内涵的一个关键依据。从概念产生的过程与机制来看,是先有“文章”(或称“文”)而后有“文体”,“文体”概念是对“文章”概念的进一步规定,是“文章”概念内涵的进一步自觉展开和体现。据古文字学界考辨,甲骨文“ ”很可能是“体”之原字,最初指“卦体”之“体”[2]。字的整个外形像一块带有血点的牛肩胛骨,中间的符号可能是卦象。会其本义,既象卦象符号之形,又象其物质载体之形,合起来即是对“卦”之整体存在的象形。殷人占卜频繁,所用骨料和所得卦象极多,“卦体”(或“体”)一词不仅能反映人们对每个卦象及其载体的直观整体认识,还体现出不同“卦体”间的自然区别之义。直观义、整体义与区别义是内在关联的:卦象与载体作为整体存在需要直观才能把握,而作为被直观整体把握的对象总是相互有别的个体存在。由于“体”的这种表义特点,古人很早即将“体”引申用于表达对不同

① 邓仕樑:《能研诸虑,何远之有哉——〈文心雕龙·风骨〉九虑》,《中国文哲研究集刊》第十二期,中央研究院中国文哲研究所,1998年3月。

② 宋华强:《释甲骨文“戾”和“體”》,《语言学论丛》第43辑,北京:商务印书馆,2011年9月。

类型或个体事物整体存在的直观认识，出现了“国体”、“君体”、“臣体”、“政体”、“治体”、“兵体”等词①。不过，当“体”开始用于说明人自身时，却主要是指与“心”相对的物质性的身体②。这一差异的产生应该与人的认识活动的特点有关：当“体”表示人的认识对象时，这些认识对象是与认识主体——人——相对的独立存在，自然有其自身的完整性；而当人们用“体”表示人对自身的认识时，人这一本来完整的主体便自然有了内部区分，“心”成为认识主体，而“体”成为“心”的认识对象，形成了“心—体”二分对待的认识关系，“体”也因此偏向于指肉身之体。汉末许慎《说文》释“體”为“总十二属也”，仍然有偏重形下构成的倾向③。不过，这种“心—体”对待关系在东汉末至三国时期发生了重要转变。随着汉末偏重个体才性、气质、风度而有异于汉代前期偏重道德儒学的人物鉴识之风的盛行，个体之人越来越自觉地作为独特的整体存在被评鉴者认识和把握；也就是说，作为完整存在的个体之人也已经与其他完整存在的事物一样成为人们的认识对象。至此，“体”也就自然被用来表示个体之人的独特而完整的存在。代表文献如刘劭《人物志》之《九征》篇和《体别》篇，其所别之“体”并不限于肉身之体，而是德性才识与筋骨体质统一的不同类型的“个体”。（按：今人常称具体个别之人为“个体”，此中之“体”即是就个人整体而言。）④只有当“体”义完成从人自身内部的“心—体”相对到不同个人整体存在的彼此相对的转变，刘勰才能在《文心雕龙·附会》篇中直接建构起“文体”与“人体”在整体存在意义上的同构关系（即“情志为神明，事义为骨髓，辞采为肌肤，宫商为声气”）。

如果说“卦体”、“国体”、“君体”、“臣体”、“政体”、“治体”、“兵体”等概念反映了人们对

---

① 如贾谊《新书·俗激》：“使管子而少知治体，则是岂不可为寒心？”班固《汉书》之《成帝纪》“阳朔二年诏”：“儒林之官，四海渊原，宜皆明于古今，温故知新，通达国体，故谓之博士。”《晁错传》：“上书言兵体三章。”《王尊传》：“卑君尊臣，非所宜称，失大臣体。”《薛宣传》：“其法律任廷尉有余，经术文雅足以谋王体，断国论。”荀悦《申鉴·政体》：“承天惟允，正身惟常，任贤惟固，恤民惟勤，明制惟典，立业惟敦，是谓政体也。”

② 如《礼记·缁衣》：“子曰：‘民以君为心，君以民为体。心庄则体舒，心肃则容敬。”《管子·君臣下》：“君之在国都也，若心之在身体也。”《礼记·大学》：“富润屋，德润身。心广，体胖。故君子必诚其意。”

③ 段玉裁注“总十二属”：“十二属，许未详言。今以人体及许书核之。首之属有三：曰顶，曰面，曰颐；身之属有三：曰肩，曰脊，曰尻；手之属有三：曰肱，曰臂，曰手；足之属有三：曰股，曰胫，曰足。”又刘熙《释名》卷二《释形体第八》：“体，第也；骨肉、毛血、表里、大小、相次第也。”也偏重从肉身结构理解。

④《人物志·九征》篇云：“若量其材质，稽诸五物，五物之征，亦各着于厥体矣。其在体也，木骨、金筋、火气、土肌、水血，五物之象也。五物之实，各有所济。是故：骨植而柔者，谓之弘毅；弘毅也者，仁之质也。气清而朗者，谓之文理；文理也者，礼之本也。体端而实者，谓之贞固；贞固也者，信之基也。筋劲而精者，谓之勇敢；勇敢也者，义之决也。色平而畅者，谓之通微；通微也者，智之原也。五质恒性，故谓之五常矣。五常之别，列为五德。是故：温直而扰毅，木之德也。刚塞而弘毅，金之德也。愿恭而理敬，水之德也。宽栗而柔立，土之德也。简畅而明砭，火之德也。虽体变无穷，犹依乎五质。”这是对作为鉴识对象的“体”之多层次构成的具体描述。其中木、金、火、土、水等“五物”是基本构架，也是人们认识、描述自然、社会和人自身的基本图示。依据这个“五行”（“五物”）构架，刘劭将“体”分为“五物之象”和“五物之实”两个基本层次。“五物之象”包括“木骨、金筋、火气、土肌、水血”，“五物之实”（也即“五质”和“五常”）包含“弘毅”之“仁”、“文理”之“礼”、“贞固”之“信”、“勇敢”之“义”和“通微”之“智”。以“五常”为质，又形成“五德”，即“温直而扰毅”之“木德”、“刚塞而弘毅”之“金德”、“愿恭而理敬”之“水德”、“宽栗而柔立”之“土德”和“简畅而明砭”之“火德”，因此，“五德”和“五常”（“五质”）同属于“五物之质”。所谓“九征”，即从神、精、筋、骨、气、色、仪、容、言等九个层面考察人的内在品质和状态：“平陂之质在于神，明暗之实在于精，勇怯之势在于筋，强弱之植在于骨，躁静之决在于气，惨怿之情在于色，衰正之形在于仪，态度之动在于容，缓急之状在于言。其为人也：质素平澹，中叡外朗，筋劲植固，声清色怿，仪正容直，则九征皆至，则纯粹之德也。九征有违，则偏杂之材也。”《体别》篇在此基础上建立了一个系统的人之“体”的“类型论”，根据才性的长短优劣将人之“体”区别为两两相对的六组十二种。原文引自李崇智《〈人物志〉校笺》，成都：巴蜀书社，2001年。

身外不同事物整体存在的直观认识和自觉,《人物志》之“九征”论和“体别”论总结了东汉后期以来对个人之独特存在的整体认识和自觉,那么,以“体”论文及“文体”概念和文体论的产生,则反映了人们对文章自身有别于其他事物的整体存在以及不同类型文章自身整体存在的自觉。纵观古代文论的发展历史,正是在东汉萌芽、魏晋成熟、南朝集大成的“文体论”出现之际,古代文论进入了彬彬大盛的时期。而最值得注意的是,正是在文体论的视野中,论文者的关注中心在整体上从文章的教化功能和润色功能等外部关系转向了文章自身的内部关系,转向了对“文体”类型特征辨析、“文体”内在构成、“文体”写作规范和方法、“文体”自身发展规律的认识。要之,“文体”已经成为六朝人认识文章和文章实践的观念平台。因为文体论的产生,人们对文章自身的整体构成的认识空前具体,在传统的言意、神形、文质、辞情、词义、事义、辞采等概念之外,气韵、神韵、风韵、情韵、风骨、风力、气力、骨力、骨鲠、气质、形似等取譬于人之生命整体的文论概念大为流行,而且以“文体”概念为核心直接衍生了一系列表示文体构成的概念,如体制、体裁、体式、体要、体义、体气、体韵、体势、体统等。因为文体论的出现,文章分类进入文体分类(“辨体”)阶段,人们对不同类型文章及其特征的辨析日益精细。由于“文体”(即文章自身的整体存在)成为关注的中心,人们认识“文体”的角度摆脱了传统的约定俗成的“文类”区分(诗、赋、奏、议等分类)的限制,获得了全方位的开放与自在,可以根据认识的需要从任何一个角度和层面区分“文体”:内部与外部、宏观与微观、文类(相对客观)与作者(相对主观)、个人与时代、文义与文辞、题材与结构、概括与具体……随着文体分类的多样化,文章自身的特征也得到多方面、多层次的呈现、概括和描述。如曹丕《典论·论文》将奏议、铭诔、书论、诗赋四类文体的特征分别概括为雅、实、理、丽;陆机《文赋》“诗缘情而绮靡,赋体物而浏亮……”一段辨析更为具体;而在《文心雕龙》的《明诗》至《书记》20篇中,每篇都有对一种至若干种文体特征的精当总结。这种在“文体”名义下对各类文章特征的规定与东汉刘熙《释名》之《释书契》和《释典艺》两卷(其时“文体论”尚未成熟)对近四十种文类的解释形成鲜明对比:前者关注的是各类文章自身的特征,而后者说明的则是各类文章的功用[①]。此外,人们还开始区分不同作家、不同时代的文体,如萧子显《南齐书·文学传论》将当时作者文体分为三类,并分别描述其特征[②];《南齐书·武陵昭王晔传》有“谢灵运体”之说[③];《宋书·谢灵运传论》提出自汉至魏的四百余年间“文体三变”,并举有每种文体的代表作家[④];刘勰《文心雕龙·体性》篇所归纳的贾生之“文洁而体清”、长卿之“理侈而辞溢”、子云之“志

① 如:“檄,激也,下官所以激迎其上之文书也。”“策书,教令于上,所以驱策诸下也。”“铭,名也,述其功美,使可称名也。”“诔,累也,累列其事而称之也。”

② 萧子显《南齐书·文学传论》:“今之文章,作者虽众,总而为论,略有三体。一则启心闲绎,托辞华旷,虽存巧绮,终至迂回……此体之源,出灵运而成也。次则缉事比类,非对不发……唯睹事例,顿失清采。此则傅咸五经,应璩指事,虽不全似,可以类从。次则发唱惊挺,操调险急,雕藻淫艳,倾炫心魂。……斯鲍照之遗烈也。”

③ 萧子显《南齐书·武陵昭王晔传》:“晔与诸王共作短句诗,学谢灵运体以呈,上曰:见汝二十字,诸儿作中,最为优者。但康乐放荡,作体不辨有首尾。安仁、士衡,深可宗尚,颜延之抑其次也。”

④ 沈约《宋书·谢灵运传论》:“自汉至魏四百余年,辞人才子,文体三变。相如巧为形似之言,班固长于情理之说,子建、仲宣以气质为体。”

隐而味深"、子政之"趣昭而事博"、孟坚之"裁密而思靡"、平子之"虑周而藻密"、仲宣"颖出而才果"、公干之"言壮而情骇"、嗣宗之"响逸而调远"、叔夜之"兴高而采烈"、安仁之"锋发而韵流"、士衡之"情繁而辞隐"等，更显示时人对作者文体的鉴识、区分之全面和精确。(这些关乎作者、时代等的"文体"概念，学界多释为"风格"，不确。应同样指文章之整体存在。下文论《诗品》之"文体"概念内涵时详解。)

通过"文体"观念与"文章"观念的这种比较，我们可以对"文体"概念形成这样一个认识："文体"概念是"文章"概念的发展，是对"文章"之现实存在的进一步自觉，"文体"突出、彰显了"文章"自身的整体存在，由此将文章自身的各种内外关系、整体与构成、类型与特征等充分呈现出来①。"文体"概念的基本内涵可理解为：呈现了丰富构成与特征的文章整体存在。其中"整体存在"是基础，"构成"和"特征"是对"整体存在"的内部关系的具体认识。

二、《文心》之"奇"与刘勰文体重构的规范之维

刘勰《文心雕龙》正是在"文章整体存在"这个基本层面确立其全部论述的。整体性是文章写作的基本要义，文体的完整统一自然也是刘勰确立文章写作规范、衡评文章写作利弊的基本标准。围绕这一基本标准，刘勰在《文心》中主要做了两个方面的工作：一是说明内在完整统一的文体应该是什么样的，怎样才能写出完整统一的文体？二是说明"文体解散"是如何导致的，有什么具体表现？应该如何克服？"完整统一之文体"与"解散破碎之文体"是刘勰论文的两端，很多具体问题即在这两端之间展开。

文体的完整统一在《文心》中并非笼统的规定，而是有多层次内涵和丰富的具体形态。从文体的基本结构来看，"完整"最基本的要求是言与意、情与辞的统一，这也是刘勰论文一以贯之的思路和理念(见前)。但在具体文章中，言与意或情与辞的统一又有其具体的呈现方式。从文章类型看，可分为五经文体的内在统一与一般文体的内在统一两个层次。关于五经文体内在统一的表述集中在《征圣》、《宗经》两篇，如谓"志足而言文，情信而辞巧，乃含章之玉牒，秉文之金科矣"(《征圣》)，"体要与微辞偕通，正言共精义并用；圣人之文章，亦可见也"(《征圣》)，"义既埏乎性情，辞亦匠于文理"(《宗经》)，"辞约而旨丰，事近而喻远"(《宗经》)，"故文能宗经，体有六义：一则情深而不诡，二则风清而不杂，三则事信

① 比较《文心雕龙·附会》篇与《颜氏家训·文章》篇两段话，可对"文章"与"文体"的联系与区别有更直接体会。《文心雕龙·附会》篇云："夫才童学文，宜正体制：必以情志为神明，事义为骨髓，辞采为肌肤，宫商为声气。"《颜氏家训·文章》篇云："文章当以理致为心肾，气调为筋骨，事义为皮肤，华丽为冠冕。今世相承，趋末弃本，率多浮艳。辞与理竞，辞胜而理伏；事与才争，事繁而才损。放逸者流宕而忘归，穿凿者补缀而不足。"颜氏论文章结构与今世文弊皆与刘勰颇为近似，也可见"文体"与"文章"的内涵与外延基本相通。但不宜忽略的是，颜氏虽同样以人体譬喻文章，却舍去了一个最内在的"神明"，另加上了一个纯外饰的"冠冕"。尽管这一调整可能是有意避免与刘氏雷同，但却在无意中透露了"文章"观与"文体"观的一个重要区别，即"文体"观较"文章"观更自觉强调文章作为生命整体的有机统一性，即使是修饰性的"辞采"，也应该是文体的有机组成部分(如人之肌肤，鸣凤之羽)，而非一个可以随时脱开的外饰。

而不诞，四则义贞而不回，五则体约而不芜，六则文丽而不淫”(《宗经》)等。至于对一般文章的完整统一的要求，在“论文叙笔”各篇的“敷理以举统”部分有集中总结和明确规定(见前引)。但在刘勰的观念中，与经典文体的完整统一相比，对一般文体的内在统一关系的总结带有明显的理想性质——与其说是对现实文章特征的总结，不如说是刘勰针对现实问题提出的理想标准和要求。因为至少在刘勰看来，现实情况是，自楚汉以后，各体文章(以辞赋最为典型)都不同程度上出现了“文体解散”的弊病。这是刘勰论文的靶的，只要有机会就会对此痛砭一番。如《诠赋》篇：“然逐末之俦，蔑弃其本，虽读千赋，愈惑体要；遂使繁华损枝，膏腴害骨，无贵风轨，莫益劝戒：此扬子所以追悔于雕虫，贻诮于雾縠者也。”《定势》篇：“自近代辞人，率好诡巧，原其为体，讹势所变，厌黩旧式，故穿凿取新；察其讹意，似难而实无他术也，反正而已。”“夫通衢夷坦，而多行捷径者，趋近故也；正文明白，而常务反言者，适俗故也。然密会者以意新得巧，苟异者以失体成怪。旧练之才，则执正以驭奇；新学之锐，则逐奇而失正：势流不反，则文体遂弊。”《情采》篇：“昔诗人什篇，为情而造文；辞人赋颂，为文而造情。何以明其然？盖风雅之兴，志思蓄愤，而吟咏情性，以讽其上，此为情而造文也；诸子之徒，心非郁陶，苟驰夸饰，鬻声钓世，此为文而造情也。故为情者要约而写真，为文者淫丽而烦滥。而后之作者，采滥忽真，远弃风雅，近师辞赋，故体情之制日疏，逐文之篇愈盛。故有志深轩冕，而泛咏皋壤；心缠几务，而虚述人外：真宰弗存，翩其反矣。”

刘勰的这些论述，对文体的完整统一和“文体解散”的具体状况作了相当清楚的说明。刘勰以五经文体为完整统一之文体的极则，其特点可概括为：其一，完整统一文体的内在基本结构关系是“意”(或志、义、情、理、旨等)与“言”(或辞)的统一。其二，完整统一的文体对“意”与“言”有一定的要求，要求文义真实可信，真挚深刻，合乎道德，充实精要，要求文辞端直精约，表达准确，条理清晰，修饰恰当。简言之曰“正言体要”，即用端正规范、准确精炼且修饰恰当的言辞表达真挚的情志和精深的事义。“文体解散”的现象在楚汉以后的辞赋中最为常见，其表现可概括为：其一，“文体解散”同样与“言”和“意”两个文体基本要素有关，是两者统一关系的偏离和破坏。其二，“文体解散”的问题在“言”和“意”两个方面各有表现：一方面是“逐末”，一方面是“弃本”；一方面是“采滥”，一方面是“忽真”；一方面是“心非郁陶”，一方面是“苟驰夸饰”……简言之，即一方面缺乏真情实感，无深刻事义，不合乎道德教化；一方面过分追求辞采，滥施雕饰，夸大其词，炫耀技巧。

就这样，通过正反对比，刘勰将文章演变过程中产生的问题集中到文体的内在关系中来讨论，将文章的纵向衍变转换成文体的横向结构，在意与言、情与辞的相互关系中展开具体论述，根据意与言、情与辞关系的不同状态评价其价值的正反，表达自己的臧否。

由此也可知，刘勰要解决的“文体解散”问题乃是文章写作中一个最基本、最普遍的问题，他要总结的是一篇“好文章”的基本规范，他所提出的是一篇“好文章”的基本要求。他根据文章(文体)的内在要求，为所有的“好文章”划出了一条底线，即文体不能“解散”，文体至少要完整统一。这条“底线”也为我们理解《文心》中的诸多评价性概念的关系、涵义和性质提供了明确的基准,也是我们理解“奇”一词性质与涵义的基准。

兴膳氏《对立》一文曾说“奇”一词在《文心》中的涵义“具有循环小数那样不可分割的特征”,以喻《文心》中“奇”义的复杂性与不确定性。大略看去,似乎的确如此。但倘若以刘勰论文的“底线”(即文体不可解散,文体内部应该完整统一)来衡量,会发现在“奇”的看似模糊难辨的用法中自有区分其涵义性质的内在根据。这就是:如果“奇”的因素和倾向被控制一定程度,并未破坏文体的完整统一而导致“文体解散”,那么这一类“奇”就至少不含有负面价值。如“凭轼以倚《雅》、《颂》,悬辔以驭楚篇,酌奇而不失其正,玩华而不坠其实”(《辨骚》),“昭体,故意新而不乱,晓变,故辞奇而不黩”(《风骨》)等例中之“奇”。反之,如果“奇”的因素和倾向突破了文体完整统一的“底线”而致“文体解散”,那么这一类“奇”就具有明显的反面价值。如“新奇者,摈古竞今,危趣侧诡者也”(《体性》),“岂空结奇字,纰缪而成经矣”(《风骨》),“故知炜烨之奇意,出乎纵横之诡俗也”(《时序》),“浮慧者观绮而跃心,爱奇者闻诡而惊听”(《知音》),“辞人爱奇,言贵浮诡”(《序志》)等。

在刘勰的文章观念中,作为众体之源的五经文体是最初的“正体”,所谓“经正纬奇”、“四言正体”等,而后世那些以五经文体为楷式的一般文体也会被纳入“正体”之列,如谓“至石渠论艺,白虎通讲,述圣通经,论家之正体也”(《论议》)。五经“正体”的特点是义与言、情与辞的高度统一。刘勰对此有两种描述方式:其一是结构性描述,如谓“志足而言文,情信而辞巧”,“体要与微辞偕通,正言共精义并用”等;其二是评价性描述,如谓“商周丽而雅”,“圣文之雅丽,固衔华而佩实”等。“正体”不唯有真实、端正、精深的文义,亦且有恰当精美的修饰,但这些修饰都是必要的,是“文章”自身规定性的正常体现,所谓“圣贤书辞,总称文章,非采而何”(《情采》)。与之相对,“奇”是被刘勰视为五经“正体”的异数而出现的。“奇”本义为“异”(《说文》),故在《文心》中,凡异于“正体”的因素和倾向,基本都可以归入“奇”之类。纬异于经,故曰“经正纬奇”;《楚辞》异于五经,故称《楚辞》的出现为“奇文郁起”。相对而言,《楚辞》对后世文章的影响较纬书大得多,为后世辞赋之祖,辞人之渊薮,故《楚辞》之“奇”也成为后世文体之“奇”的重要渊源。“奇”的出现,对以高度完整统一为要求的“正体”文章观形成了挑战甚至威胁,并造成了实际上的破坏。不过,刘勰论文一直采取“唯务折衷”的谨慎态度,使得他并未对“奇”这个“正体”的异数一概否定。刘勰倡导文章“宗经”,以经体为正,但其目的不在复古,而在纠偏;刘勰不满因“辞人爱奇”造成的浮诡、穿凿、怪诞文风,但他并不因此逢“奇”必反,而意在戒其淫滥,导之入正。

这样,根据“奇”与“正体”的不同关系,《文心》中的“奇”在意义和价值上被区分为两类:一类“奇”可为“正体”驾驭和控制,在不破坏文体完整统一的前提下,还可增加文体的内在张力,增强文体的表现力和生命力。另一类“奇”则已走得太远,违背了文体的基本规范和要求,破坏了文体的基本结构。因此,依据刘勰确立的文体底线,不仅可以恰当区分《文心》之“奇”的不同价值与涵义,且可以从文体的内在结构关系的变化揭示“奇”之不同价值和涵义的产生机制。以此再反观兴膳氏的“不可分解”说,就能够看出其含糊所在。另外,兴膳氏对《文心》中“奇”义两用的解释是:“立足于正统性的基础之上,‘奇’能转化为崭新与独创性;在偏离正统性时,就会沦于反常一途。"乍看似乎很明白,但何谓"立足于正统性基础"? 又何谓"偏离正统性"? 仍语焉不详,因未从"正体"的内在关系说明"正统性"及"偏离正统性"的具体机制。又,"偏离正统性"为"反常",但"崭新与独创性"也同样是"反常",为何两者价值又有正反之分? 据前文所论,《文心》"奇"义两用的实质不是"立足于正统性"与"偏离正统性"的对立,而是"偏离正统性"的程度有别:能为"正体"(即正统性文体)吸纳、驾驭之"偏离"为利,而不能为"正体"所控制,反而破坏文体完整统一之"偏离"为弊。

分析"奇"作为一般用词的语义特点和规律,更有助于理解《文心》"奇"一词的用法和涵义。《说文》释"奇"有二义,一为"异",一为"不耦"。两义之间有一定关联,但兴膳氏及后来论争者所讨论的"奇"主要与"异"这一意义相关。所谓"异",即不同于一般事物、情况和特征。如《淮南子·主术》篇:"夫释职事而听非誉,弃公劳而用朋党,则奇材佻长而干次。"高琇注"奇材"之"奇"曰"非常为奇"。因此"奇"本身即包含了比较的性质,相对性、比较性是"奇"一词的基本规定。不过,"奇"之异于一般、正常或平常之事物、状态和特征,只是一种中性的规定,其本身无所谓褒贬。"异"这一中性涵义使得"奇"在具体使用中能借助语境或与其他概念的关系,生成很多有具体规定和确定价值倾向的涵义。如《老子》第57章:"以正治国,以奇用兵。"《孙子·势篇》:"凡战者,以正合,以奇胜。"司马迁《报任少卿书》:"然仆观其为人,自守奇士。"《汉书·王褒传》:"诏使褒等皆之太子宫虞侍太子,朝夕诵读奇文及所自造作。"此类例中奇兵、奇战、"奇士"、"奇文"以及前引《淮南子》"奇材"之"奇",显然都表示不同一般、有异平常且值得肯定的事物品质。在此语境中,"奇"之"异"具体化为手法超常、不拘陈规、卓越杰出之"异"。又如《礼记·曲礼上》:"国君不乘奇车。"《管子·任法》:"植固而不动,奇邪乃恐。"《国语·晋语》:"奇生怪。"这几例中的"奇车"、"奇邪"、"奇怪"之"奇",则具有明显的贬义,所指为有异正常的应予否定的性质。

"奇"一词表义的这种相对性与其词性直接相关。"奇"解作"异"时,其基本词性应为现代所说的形容词。从其所说明的事物来说,"奇"是对该事物性质的一种形容;从其使用者来说,"奇"反映使用者对该事物的评价和情感态度。因此,"奇"一词究竟是褒义还是贬义,取决于"奇"所评价的事物自身的内在关系和使用者对该事物内在关系的认识和评价(一体两面,实不可分)。这是确定"奇"一词在具体语境中所体现的价值倾向的关键。如前引《孙子·势篇》之"凡战者,以正合,以奇胜",若仅看到"奇"与"正"对,尚无法确定"奇"的性质是褒是贬,甚至可能认为"奇"有贬义。但如果注意到"奇"与"正"都是对战法性质的形容,而战法的内在要求是以"胜"为佳,那么能致胜的战法之"奇"自然是值得肯定的。其他如"奇士"、"奇材"、"奇文"等词中之"奇",是对超出常人才能或超出一般文章品质的形容和评价,故亦为褒义。而《礼记·曲礼上》之"国君不乘奇车",此"奇"所以为贬义,究其根本是因为不合乎国君之车的正常礼制。下面两例能让我们看得更显明。《周礼·天官·阍人》:"奇服怪人不入宫。"《九章·涉江》:"余幼好此奇服兮,年既老而不衰。"同为"奇服",但前贬而后褒,其根由在于前例"奇服"之"奇"为不合乎正常服饰规范和礼制之

“异”,后例“奇服”之“奇”体现的是较一般服饰更显主人公情志美好高洁之“异”。

因此,欲区分和确定“奇”之褒贬,既要看使用者的态度和倾向,还要看“奇”与所形容、评价之事物的内在关系。从认识“奇”的角度来说,使用者的态度和倾向可作为确定“奇”义褒贬的直接依据,而“奇”所评价之事物的内在关系和要求则是决定“奇”义正反的根据。而且,理解了“奇”所评价之事物的内在关系,不仅有助于区分“奇”义褒贬,更重要是能够让我们理解为什么此处之“奇”为正面评价,而彼处之“奇”为反面评价。

为了使本义为中性之“异”的“奇”在具体语境获得确定的具体内涵和价值倾向,使用者除了以其所评价的事物内在关系为根本依据外,还经常会通过中性之“奇”与其他情感和价值色彩明显的概念相结合来表现。如《礼记·祭义》:“合此五者,以治天下之礼也,虽有奇邪而不治者,则微矣。”《史记·留侯世家》评张良:“余以为其人计魁梧奇伟,至见其面,状貌如妇人好女。”王充《论衡·对作》篇两例:“故论衡者所以铨轻重之言,立真伪之平,非苟调文饰辞,为奇伟之观也。”又云:“世俗之性,好奇怪之语。”“奇”与“伟”合词,“伟”是褒义,故“奇”与“奇伟”也为褒义[①];“奇”与“邪”、“怪”相合成词,则明显为贬义。借助《文心》中的概念关系,也可以更直接判断“奇”的涵义和价值倾向。《文心》论文体之“奇”主要有如下数例:

自《风》、《雅》寝声,莫或抽绪,奇文郁起,其《离骚》哉!(《辨骚》)

是以枚贾追风以入丽,马扬沿波而得奇,其衣被词人,非一代也。(《辨骚》)

凭轼以倚《雅》、《颂》,悬辔以驭楚篇,酌奇而不失其贞(按:同“正”),玩华而不坠其实。(《辨骚》)

新奇者,摈古竞今,危趣侧诡者也。(《体性》)

昭体,故意新而不乱;晓变,故辞奇而不黩。(《风骨》)

岂空结奇字,纰缪而成经矣。(《风骨》)

然渊乎文者,并总群势:奇正虽反,必兼解以俱通;刚柔虽殊,必随时而适用。(《定势》)

自近代辞人,率好诡巧,原其为体,讹势所变,厌黩旧式,故穿凿取新;察其讹意,似难而实无他术也,反正而已。故文反正为乏,辞反正为奇。效奇之法,必颠倒文句,上字而抑下,中辞而出外,回互不常,则新色耳。(《定势》)

夫通衢夷坦,而多行捷径者,趋近故也;正文明白,而常务反言者,适俗故也。然密会者以意新得巧,苟异者以失体成怪。旧练之才,则执正以驭奇;新学之锐,则逐奇而失正;势流不反,则文体遂弊。秉兹情术,可无思耶!(《定势》)

故知炜烨之奇意,出乎纵横之诡俗也。(《时序》)

---

① 句中“调文饰辞”一语为王充本人评价,而“奇伟之观”一语则是间接道他人心中的自我评价,而从他人的评价动机看,“奇伟”仍为褒词。

> 浮慧者观绮而跃心,爱奇者闻诡而惊听。(《知音》)
>
> 魏晋浅而绮,宋初讹而新。(《通变》)
>
> 夫吃文为患,生于好诡。逐新追异,故喉唇纠纷。(《声律》)
>
> 去圣久远,文体解散。辞人爱奇,言贵浮诡。饰羽尚画,文绣鞶帨。(《序志》)

前引兴膳氏、邬氏、贾氏、王氏等人文章都认为《文心》中"奇"一词有褒贬两义和正反两种价值,但细味上引数例,除第一例"奇文郁起"之"奇"为明显赞赏之义外(此例之"奇"与其他数例之"奇"属不同维度,后文析《诗品》之"奇"时详论),其他数例之"奇"与其说有正反性质的对立,不如说是中性与反面的程度之别。如:双方多认为"酌奇而不失其正"、"执正以驭奇"中的"奇"有肯定之正面价值,但既为正面价值,为什么还需"酌"之、"驭"之?至于"马扬沿波而得奇",根据上下文意,此"奇"应该也属于"酌奇"之"奇"。倘若再比较双方多认可的《文心》反面之"奇"的使用特点,可以进一步证实这里的怀疑。在上引数例中,这些具有明显贬义色彩的"奇"在使用时有一个普遍特点,即多与其他贬义色彩更加明显的概念并举;或者不如说,这些"奇"的贬义色彩并非由其自身显示,而是来自其他贬义概念的限定。如"新奇"之"奇"定性于"危趣侧诡","奇字"之"奇"定性于"纰缪","效奇"之"奇"定性于"颠倒","奇意"之"奇"定性于"诡俗","爱奇"之"奇"定性于"浮诡"等。因此,的确很难直接说《文心》之"奇"有明显的正反之分和褒贬之别。

但如果回到前文总结的"奇"义的一般特点和规律,即"奇"本义为"异",为价值中性概念,其具体涵义和价值倾向由语境决定,也许就能对《文心》之"奇"的表义特点有一个更切合《文心》语境的理解。在《文心》中,"奇"首先是作为有异于"正"的因素出现的,也就是说,《文心》之"奇"最基本的规定是"异于正"。刘勰将五经文体和能"宗经"的一般文体立为"正"体,即已经明确了关于文章正面价值的归属。刘勰既以"正"体为正面价值所在,则对于那些异于"正"体的文章因素和属性,自然需要用其他概念来概括。从这一内在逻辑来看,刘勰没有必要再使用与"正"相对的、有异的"奇"一词来表示文章的正面价值。理清了这一关系,便可以对"奇"在《文心》中表义特点作一个整体概括:

第一,"奇"以本义"异"为基础,在《文心》中表示有异于"正"体的文章因素、性质和倾向,因此"奇"在《文心》中不具有明确的正面价值。第二,"异"于"正"体的"奇"在《文心》中也并不内在地、自然地具有反面价值,因为差异不等于对立。第三,细味刘勰的表述与修辞,"奇"价值倾向的正反最终取决于作家对"奇"这一异于"正"体的文体因素和性质的态度[①]:如果是"爱奇"、"苟异"或"逐新",即将"奇"作为喜好和追求的对象,"奇"就会具体表现为"诡"、"怪"、"乱"、"黩"、"讹"、"诡巧"、"诡俗"、"浮诡"、"颠倒"、"纰缪"等,成为"正"的否定因素,体现为反面价值。此即"逐奇而失正","苟异者以失体成怪"。如果能"酌奇而

① 认为"奇"所评价的事物内部关系是确定其正反价值的根据,与认为作家是"奇"之价值倾向的决定力量,两说并不矛盾。前者就"奇"之价值的判断而言,后者就"奇"价值的产生而言。

不失其正”，“执正以驭奇”，坚守“正”体的规范和要求，对“奇”的因素和性质作审慎辨别和选择，在不破坏“正”体的内在结构的前提下，适当融入一些“奇”、“异”、“新”的因素，如《楚辞》的“伟辞”、“朗丽”、“耀艳”、“深华”等，实现古与今、旧与新、正与变之间的平衡，这样的“奇”就是被允许的，是可以接受的。但从价值倾向来看，这种“奇”与其说是正面的，不如说是中性的。第四，《文心》中“奇”一方面常常与负面价值内涵明显的概念相关联，并由这些概念规定其具体的语境内涵，一方面又需接受“正”的约束和驾驭，但却几乎不与那些具有明确的正面价值内涵的概念相结合，没有出现诸如“奇伟”、“魁奇”、“奇杰”等一类有正面价值倾向的双音节词。由此一端也可看出《文心》之“奇”概念整体上不表示正面文体价值。试将《文心》中“正”与“奇”的价值关系图示如下：

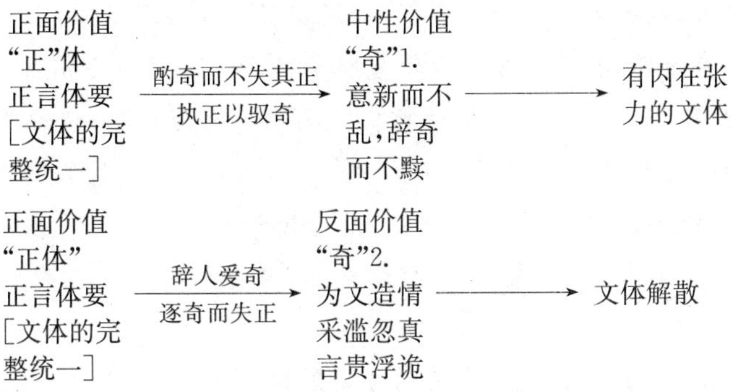

相较于多数将《文心》之“奇”的价值内涵分为正反两种的观点，石家宜先生对“奇”义性质的区分和整体把握似更有分寸。他认为，刘勰所谓“奇”的第一层意思是指源于屈赋的不同于“经”的创作倾向和特色，对此他虽未否定但又处处防范；第二层意思指的是“等而下之的辞人之‘奇’，即形式主义淫靡文风的末流”，是刘勰全面否定的。但总的来看，“‘奇与正反’，正是一条与传统文学路线相悖的另类路线”，与六朝淫靡文风有密切联系，因此刘氏始终主张“以‘正’驭奇、以‘正’统奇、以‘正’制奇”。但石家宜先生紧接着又根据《诗品》对“奇”“赞不绝口”，得出刘、钟文学观有守成与创新之异的结论，则又显得有些仓促。

如石家宜先生所说：“刘勰写作《文心雕龙》的目的本为遏制每况愈下的形式主义新变文风……以‘经’为体，以‘变’为用，构成了他观察和规范文变的根本。”但还需指出的是，刘勰始终是从文体内部的结构关系这一层面来观察和规范文变的，因此他将文变带来的负面问题归结为“文体解散”，将文变的主观原因归结为“辞人爱奇”，将用以规范文变的经典文体的特征描述成“正言体要”，而将能够做到“昭体”与“晓变”统一的文体特征描述为“意新而不乱”与“辞奇而不黩”。历时的经典之“正”与文变之“奇”被内化为文体共时结构的不同状况，并根据文体结构关系的状况判断“奇”相对于“正”的性质和内涵。说得再形象一点，刘勰藉此所呈现的是一个由纵横二维组成的文体评价系统，这个文体评价系统的主要作用在于通过历时的正奇通变与共时的正奇合离，标示出一篇“堪称典范的文章”、一篇“符合规范的文章”以及一篇“失体失范的文章”分别对应的“函数变量”——“奇”——的

"取值范围"及各自呈现的"函数图像"。

三、《诗品》之"奇"与钟嵘文体品第的高下之维

《诗品》中"奇"一词的内涵与性质也自当根据《诗品》的理论体系和概念关系来理解，而《诗品》中理论体系和概念关系的特殊性也同样是由《诗品》所解决的主要问题和解决问题的方法所决定的。观《诗品序》全文，钟嵘批评的问题很多，大小不一，但核心问题应该在《诗品序》第一部分即全书总序的这段话中①：

> 故词人作者，罔不爱好。今之士俗，斯风炽矣。才能胜衣，甫就小学，必甘心而驰骛焉。于是庸音杂体，各各为容。至使膏腴子弟，耻文不逮，终朝点缀，分夜呻吟。独观谓为警策，众睹终沦平钝。次有轻薄之徒，笑曹、刘为古拙，谓鲍照羲皇上人，谢朓今古独步。而师鲍照，终不及"日中市朝满"，学谢朓，劣得"黄鸟度青枝"。徒自弃于高明，无涉于文流矣。嵘观王公缙绅之士，每博论之馀，何尝不以诗为口实，随其嗜欲，商推不同，淄、渑并泛，朱紫相夺，喧议竞起，准的无依。②

这段话出自《诗品》总序，于文于义应该是对作者所欲解决的主要问题的评述。钟嵘所批评的问题有：五言诗爱好者众多，但良莠不齐；五言诗创作数量极大，但文体平庸杂乱者为多；单独看不乏精彩，但整体看多数平平；学诗者喜新厌古，不辨高下，弃高明而择下乘；评诗者一任喜好，不辨优劣，随口臧否而不立标准。概言之，即当时五言诗的学习、创作和鉴赏中都存在着良莠不辨、优劣不分的问题，致使五言诗创作的整体水平低劣平庸。

序文接下来一段从评述前代文论得失角度进一步明确了《诗品》的论文(诗)宗旨：

> 陆机《文赋》，通而无贬；李充《翰林》，疏而不切；王微《鸿宝》，密而无裁；颜延论文，精而难晓；挚虞《文志》，详而博赡，颇曰知言：观斯数家，皆就谈文体，而不显优

---

① 《诗品》序文的分合及位置，不同版本有异。自《历代诗话》本《诗品》并三文为一序置于书首，亦多有从之者。但旧本《诗品》皆分置三品之首，上品序起于"气之动物"迄于"均之于笑谈耳"，中品序起于"一品之中，略依世代为先后"迄于"至斯三品升降，差非定制，方申变裁，请寄知者尔"，下品序起于"昔曹、刘殆文章之圣"迄于"文彩之邓林"。考《梁书》本传所载序文，所录也是自"气之动物"至"均之于笑谈耳"，可证旧本序文分置三品渊源有自。但据逯钦立先生提供的文献，旧本的序文分置似也有疑问。如旧本中品序末有"方申变裁，请寄知者尔"一句，本为魏晋后序文结语之常例。如《出三藏记集》十卷慧远《大智论抄序》结句云："如其未允，请俟来哲。"同书同卷谯敬法师《后出杂心序》末句云："至于折中，以俟来哲。"又沈约《宋书·谢灵运传论》结语云："世之知音者，有以得之。……如曰不然，请待来哲。"(《钟嵘〈诗品〉丛考》，文见《逯钦立文存》，中华书局，2010年)。若依此例，总序当合旧本上品序与中品序为一篇。但这样做又使得中品缺少序文。曹旭先生的意见近乎折中，他认为旧本上品序文为全书总序，仍宜置于上品之前，而旧本之中品序文和下品序文的内容原是三品后附论，应分为三个部分附于上中下三品之后，即"一品之中"至"请寄知者尔"为上品之附论，"昔曹、刘殆文章之圣"至"蜂腰、鹤膝，闾里已具"为中品之附论，"陈思赠弟"至"文彩之邓林"为下品后全书之附论。笔者认为，无论依序文结语体例还是据文义，将旧本上中两品序文合为全书总序看起来都更为完整。至于另外两节，可依曹旭先生的意见，以为中品后之附论和下品后全书之附论。

② 本文所引《诗品》文句均见曹旭《诗品集注》(增订本)，上海：上海古籍出版社，2011年。

劣。至于谢客集诗，逢诗辄取；张骘《文士》，逢文即书：诸英志录，并义在文，曾无品第。

前段文字直接批评现实中的五言诗写作问题，不妨详述；这段文字则由点评前人论文得失间接提示，更为扼要。一方面是现实作者优劣不辨，朱紫莫分；而另一方面是前代论者“皆就谈文体，而不显优劣”，“并义在文，曾无品第”。作者“不辨优劣”，多不能也；论者“不显优劣”，多不为也。两相映照，《诗品》主旨甚明：品第五言诗优劣，确立五言诗优劣的标准，通过论者“显优劣”帮助作者“辨优劣”，以取法“高明”，预于“宗流”。

“皆就谈文体，而不显优劣”一句不仅指明现实问题所在及《诗品》要解决的主要问题，且间接表明《诗品》与前代论文著作之不同。虽然比较对象中没有提及《文心雕龙》——原因可能有多种：或尚未接触《文心》，或已知晓《文心》但对同时在世者有意回避，但根据《文心》的主要内容(《梁书·刘勰传》即言《文心》“论古今文体”)，也当归入钟嵘所说的“就谈文体”著作一类，因此这句评语实际上也适用于《诗品》与《文心》的关系。据此，这句话不仅是理解《诗品》理论内涵的关键，亦且是理解《诗品》与《文心》异同的关键。循此入手，能够在比较中更鲜明地呈现《诗品》的理论体系和概念关系。

学界常引章学诚《文史通义》内篇五《诗话》中的一段说明《诗品》与《文心》之别：“《诗品》之于论诗，视《文心》之于论文，皆专门名家，勒为成书之初祖也。《文心》体大而虑周，《诗品》思深而意远，盖《文心》笼罩群言，而《诗品》深从六艺溯流别也。”①“体大而虑周”与“思深而意远”、“笼罩群言”与“深从六艺溯流别”云云，概括确有见地，但在概括时也不可避免地将两者的差异抽象化了，可能会因此掩盖掉一些更能体现两者关系本质特征的关键表述。另外，这种概括性评价也可能会偏离对象的理论中心，造成以次为主的误读。如章氏突出《诗品》的独特性在于“深从六艺溯流别”，此说虽不为无据，但从《诗品序》无一语道及来看，宜并非钟嵘著《诗品》的命意所在，而更适合理解为对传统论文惯例的沿用和对“品第优劣”的强化——既能明其优劣之所在，又能知其优劣所从来。且“从六艺溯流别”之例实际只见用于小部分诗人诗作，而非真正一以例之。因此，从钟嵘本意和《诗品》的内在体系来看，似不应特别突出“溯流别”在《诗品》中的重要性。但另一方面，无论是根据《诗品序》的自明宗旨，还是从《诗品》的实际内容看，“品第优劣”都是《诗品》论诗的主旨、主线和主体。

明确了理解《诗品》理论特质的关键在“皆就谈文体，而不显优劣”一句，下面的问题即是该如何理解其意。这句话容易给人一种误解，即前代文论主要是谈文体而不是显优劣，而《诗品》主要是辨五言诗优劣而不是谈文体。观钟嵘所提及的前代论文著作之见在者，如陆机《文赋》、挚虞《文章流别论》(残)、李充《翰林论》(残)、颜延之《庭诰》论文之篇(残)等，确实是以论诗、赋、铭、诔、章、表、奏、议等一般文体为主，而所论也主要关乎各类文体

① 章学诚：《文史通义》第二册，北京：中华书局，1988年，第75页。

的一般特征和写作要求，未尝属意于各家文章优劣。但反观钟嵘《诗品》，虽以品第各家五言诗优劣为要，但实际上“文体”(或“体”)一词使用极为频繁，其品第优劣与“文体”概念关系颇为密切。如下例：

虽诗体未全，然是五言之滥觞也。逮汉李陵，始著五言之目矣。“古诗”眇邈，人世难详。推其文体，固是炎汉之制，非衰周之倡也。(《诗品序》)

先是郭景纯用隽上之才，变创其体；刘越石仗清刚之气，赞成厥美。(《诗品序》)

于是庸音杂体，各各为容。(《诗品序》)

其体源出于《国风》。(上品“古诗”评)

骨气奇高，词彩华茂。情兼雅怨，体被文质。粲溢今古，卓尔不群。(上品曹植诗评)

发愀怆之词，文秀而质羸。在曹、刘间别构一体。(上品王粲诗评)

才高辞赡，举体华美。气少于公干，文劣于仲宣。尚规矩，不贵绮错，有伤直致之奇。(上品陆机诗评)

文体华净，少病累。(上品张协诗评)

其源出于陈思，杂有景阳之体。故尚巧似，而逸荡过之，颇以繁芜为累。(上品谢灵运诗评)

其源出于李陵，颇有仲宣之体则。(中品曹丕诗评)

其体华艳，兴讬多(不)奇。巧用文字，务为妍冶。……谢康乐云：“张公虽复千篇，犹一体耳。”(中品张华诗评)

宪章潘岳，文体相晖，彪炳可玩。始变中原平淡之体，故称中兴第一。(中品郭璞诗评)

彦伯《咏史》，虽文体未遒，而鲜明紧健，去凡俗远矣。(中品袁宏诗评)

文体省净，殆无长语。笃意真古，辞兴婉惬。(中品陶潜诗评)

故尚巧似，体裁绮密。然情喻渊深，动无虚散；一句一字，皆致意焉。(中品颜延之诗评)

文通诗体总杂，善于摹拟，筋力于王微，成就于谢朓。(中品江淹诗评)

观休文众制，五言最优。详其文体，察其馀论，固知宪章鲍明远也。所以不闲于经纶，而长于清怨。(中品沈约诗评)

元瑜、坚石七君诗，并平典不失古体，大检似。(下品阮瑀、欧阳建诗评)

张景云虽谢文体，颇有古意。(下品张永诗评)

思光缓诞放纵，有乖文体，然亦捷疾丰饶，差不局促。(下品张融诗品)

王中、二卞诗，并爱奇崭绝。慕袁彦伯之风。虽不弘绰，而文体剿净，去平美远矣。(下品王中、卞彬、卞录诗评)

也就是说，直接就内容和概念来看，钟嵘批评前人论文只谈“文体”而不显优劣，他本人则实际上既谈“文体”,也辨优劣。但这一说法可能会马上招致否定,否定者可能认为,《诗品》品第优劣时所用的“文体”一词与陆机《文赋》、李充《翰林论》、挚虞《文章流别论》等前人文论所用的“文体”一词并非一个概念,前者所说“文体”的意思是“风格”,而后者所说“文体”的意思是“体裁”;《诗品》整体上属于“诗歌风格论”,而前代文论多属于“文章体裁论”。

辨析至此,已触及理解《诗品》理论内涵和概念关系的一个更具体的关键问题,即如何理解《诗品》中“文体”概念与前代文论中“文体”概念间的关系。不过,本文并不赞同流行的“风格”与“体裁”之分,这里仍然坚持前文已经提出并作过多方论证的观点,即中国古代文论中的“文体”概念的基本内涵是指具有内在完整构成与丰富特征的文章整体存在,而且这一基本内涵无关乎人们对“文体”的分类——诗赋之“体”的基本内涵如此,作家之“体”、时代之“体”的基本内涵也是如此。此处还想针对《诗品》的具体情况补充几点论证:

第一,直接从用词看,《诗品》中的“文体”与“诗体”乃是同一概念之别名。书中屡屡言及的某某“文体如何”,其中“文体”并非另有所指,仍然是指某诗人所作五言诗之体,如评“古诗”,前曰“诗体未全”,后曰“推其文体”,又如评江淹“诗体总杂,善于摹拟”,直接用“诗体”而不用“文体”,可见在《诗品》中二词基本内涵相通。

第二,从逻辑层面看,因为“文体”表示“文章自身的整体存在”,自然会与题材、意义、结构、语言等各种文章内部因素以及作者、时代、流派、读者等各种文章外部因素有关,批评者也就自然可以从内外各种角度对“文体”进行分类,因此也就有了从文类角度区分的诗体、赋体等,从作者角度区分的曹刘体、谢灵运体、鲍照体等,从时代角度区分的正始体、南朝体等,从流派角度区分的元白体、西昆体等。但在各种分类中,作为分类对象的“文体”(简称“体”)仍然是指“文章(诗歌)自身的整体存在”。《诗品》中对诸多诗人“文体”的品第,即是从作者角度对“文体”(专指五言诗之文体)的区分。

第三,《诗品》中“文体”概念的内涵与其他文论著作中“文体”概念的内涵,都带有古人用词“用中见义”的特点,即主要不是通过自觉的逻辑化、形式化的定义来说明,而是在具体使用、分析和描述中自然见出,因此需要今人进入语境,用心体会,再以现代逻辑话语加以表述。前述《文心》如此,此处《诗品》也是如此。如评曹植诗云“骨气奇高,词彩华茂,情兼雅怨,体被文质”,曹植之诗既“体被文质”,也“体”涵“辞”“情”。评陆机诗曰“才高辞赡,举体华美”,则直接以“举体”一词强调了“体”即诗之整体。另外,《南齐书·武陵昭王晔传》评“谢灵运体”一节也可列为旁证:“晔与诸王共作短句诗,学谢灵运体以呈。上曰:见汝二十字,诸儿作中,最为优者。但康乐放荡,作体不辨有首尾。”论者认为“谢灵运体”的缺点是“作体不辨有首尾”,也自然是将“谢灵运体”(谢灵运所作五言诗之文体)当作整体来看的。

第四,学者多将《诗品》中“文体”概念理解为“风格”,还应该与一个逻辑误判有关,即误将钟嵘所描述的“文体”之特征(如“文体华净”之“华净”、“平淡之体”之“平淡”等),作为理解“文体”概念内涵的主要根据,混淆了“文体”与文体特征的区分。其“逻辑”为:因“华净”、“平淡”等表示诗歌“风格”，故“文体华净”、“平淡之体”即意为“风格华净”、“平淡之风格”，所以“文体”即是指“风格”。但正如不应将“文章华净”中的“文章”理解“风格”，也不可将“文体华净”中的“文体”理解为“风格”。类似这种对“文体”概念内涵的误解还出现在很多地方[①]。

辨明了《诗品》中“文体”一词与钟嵘所批评的前代文论中的“文体”一词实为同一个概念，就可以对《诗品序》中的“皆就谈文体，而不显优劣”这一关键判断有一个更完整、辩证的理解。观六朝论文篇章著作可知，“文体”概念应该是六朝文论中除“文章”(或“文”)概念外的一个最基本、最关键的文论概念。如果说六朝文论的研究对象是“文章”，那么就可以说“文体”是六朝文论研究文章的“平台”，尤其是理解文章自身关系的平台。钟嵘评诗不可能离开、也没必要舍弃“文体”这个理论平台。因此分析“皆就谈文体，而不显优劣”一句的内涵，需要根据前代文论和钟嵘《诗品》的实际内容以及这句话的句意和语气综合理解。言前人“皆就谈文体，而不显优劣”，并不意味着《诗品》“不谈文体，只显优劣”，更合理的理解是：《诗品》区分的是文体的优劣(而非“风格”的优劣)。

理清了这句话的表里两层内涵，《诗品》与《文心》的理论特征及其关系就大体呈现出来了：包括刘勰《文心》在内的前代文论主要研究的是文体的一般结构、特征、规范和写作要求，其主要内容是区分一般文体(即文类文体，如诗、赋等)类型，辨析不同类型文体的特征，总结不同类型文体的写作规范，与此同时也呈现文体的基本结构。钟嵘称其“皆就谈文体”，即言其主要就“文体自身”而论，只谈“一般之文体”与“文体之一般”。前代文论对文体也有评价，如挚虞《文章流别论》对赋体弊病的批评，《文心》对“文体解散”现象的针砭，但这种评价不是其论文的主要目的，其主要目的是通过批评与肯定，彰显文体的内在完整统一，维护文体的基本写作规范。

比较而言，《诗品》论述“文体”的角度和方式有其明显的自身特征，其主旨不在于指导学诗者掌握诗体写作的基本规范，而在于品第不同作者五言诗体的高下，帮助学诗者识别诗体的优秀与平庸。不过，《诗品》的实际内容要比这种比较式概括所突出的特征要复杂一些：作者文体的优劣品第固然是其主要内容，而五言诗体的一般规范和特征也同样有详细论述(与前代“就谈文体”的文论著作大体相同)。这是因为，按正常道理，在品第作者诗体优劣之前，自应先掌握五言诗体的基本规范和要求，明白五言诗的典范文体有何特

① 再补充两例。其一如《文心雕龙·体性》篇论“八体”：“若总其归途，则数穷八体：一曰典雅，二曰远奥，三曰精约，四曰显附，五曰繁缛，六曰壮丽，七曰新奇，八曰轻靡。”此处之“体”，学界多释为“风格”或“体貌”，认为“八体”即具体指“典雅”、“远奥”、“精约”、“显附”、“繁缛”、“壮丽”、“新奇”、“轻靡”这八种文章特征。但这实际上是将文体特征等同于文体自身的。另外这段话的完整表述应是“一曰典雅体，二曰远奥体，……”但因为用骈语，有所省略。唐崔融《新定诗体》即有“形似体”、“质气体”、“情理体”、“直置体”、“雕藻体”等完整说法。此处之“体”所涵“文章整体存在”之义还可从刘勰对“八体”特征的具体描述见出，如称“远奥”体“馥采曲文，经理玄宗”，称“精约”体“核字省句，剖析毫厘”，称“显附”体“辞直义畅，切理厌心”等。其二如皎然《诗式·辨体有一十九字》：“评曰：夫诗人之思初发，取境偏高，则一首举体便高；取境偏逸，则一首举体便逸。才性等字亦然。体有所长，故各归功一字。偏高偏逸之例，直于诗体；篇目风貌，不妨一字之下，风律外彰，体德内蕴，如车之有毂，众美归焉。”皎然说得很清楚：所谓“一首举体便高”、“一首举体便逸”，表明其所辨之“体”为一首诗之“举体”，也即一首诗的整体。“体有所长，故各归功一字”则说明“高”、“逸”、“贞”、“忠”、“节”、“志”、“气”等“一十九字”并非“体”本身，而是“体”之“所长”，即诗之整体的某种突出因素或特征。

征，而平庸低劣之作又有何缺点。从这个角度来说，无论是如《文心》那样着重“谈文体”，还是如《诗品》这样侧重“显优劣”，都需要确立文体之底线（完整统一），树立文体之高标（文质兼美）及指出种种文体之下乘。实际上，《诗品》从序文到正文，都或显或隐地体现着关于五言诗体的规范、典范和失范的意识，而且《诗品》对五言诗体基本特征和典范品质的认识与《文心》并无明显不同。其一，《诗品序》云：“干之以风力，润之以丹彩，使味之者无极，闻之者动心，是诗之至也。”将“风力”与“丹采”的统一目为五言诗体的理想，此与《文心·风骨》篇主张内在风骨与外在文采统一以使“风清骨峻，篇体光华”的文体理想近乎完全一致。区别只在于刘勰因泛论文笔，抒情、纪事、论理各体兼综，故“风”“骨”并提，将情感之真挚感人与语言之端直有力同视为文体之本；而钟嵘所论五言为典型的吟咏情性之体，故以“风力”（即以情动人之力）为文体之本。其二，钟嵘在具体品评中也自觉体现了这一文体理想。如评作为五言诗体典范的曹植诗体云：“骨气奇高，词采华茂，情兼雅怨，体被文质。”再如评刘桢诗体云：“真骨凌霜，高风跨俗。但气过其文，雕润恨少。”以其有“风”有“骨”为高，而以其缺乏文采雕饰为憾，其意与《文心雕龙·风骨》篇“鹰隼乏采”、“骨劲而气猛”之论相类。其他如评班昭诗之“怨深文绮”，评王粲诗之“文秀而质羸”[①]，评陆机诗之“才高辞赡，举体华美”，评郭璞诗之“文体相晖，彪炳可玩”，评袁宏诗之“鲜明紧健”等，都是这一理想文体标准的体现。其三，有违这一文体理想的诗病，也被钟嵘一再批评[②]。如评谢灵运诗：“故尚巧似，而逸荡过之，颇以繁芜为累。”评曹丕诗：“所计百许篇，率皆鄙质如偶语。”评嵇康诗：“过为峻切，讦直露才，伤渊雅之致。”评张华诗：“巧用文字，务为妍冶。”评鲍照诗：“贵尚巧似，不避危仄。”评宋武帝诗：“雕文织彩，过为精密，为二藩希慕，见称轻巧矣。”评惠休诗曰“淫靡”，评张融诗曰“缓诞放纵，有乖文体”等。第四，对“雅”这一文体品质一贯肯定。如谓“情兼雅怨”（评曹植诗），“过为峻切，讦直露才，伤渊雅之致”（评嵇康诗），“指事殷勤，雅意深笃，得诗人激刺之旨”（评应璩诗），“喜用古事，弥见拘束，虽乖秀逸，是经纶文雅才”（评颜延之诗），“善铨事理，拓体渊雅，得国士之风”（评任昉诗），“气候清雅”（评谢庄诗）等。同时将“雅”与“俗”对举，类同《文心》以宗经之“雅正”与趋俗之“新奇”对立。如评鲍照诗：“然贵尚巧似，不避危仄，颇伤清雅之调。故言险俗者，多以附照。”评张欣泰、范缜诗：“欣泰、子真，并希古胜文，鄙薄俗制，赏心流亮，不失雅宗。”

综上可见，文体的规范和典范既是《文心》论一般文体规范与否、雅丽与否的标准，也

---

① 吴林伯《〈文心雕龙〉与〈诗品〉》（《文心雕龙学刊》第4辑，1986年12月）认为：“‘文秀’的‘文’……是文学作品，兼形式与内容。‘质羸’的‘质’，不是内容。曹魏张揖《广雅》：‘质，躯也。’‘质羸’就是体羸，羸者，弱也。曹丕《与吴质书》：‘仲宣续自善于辞赋，惜其体弱，不足起其文。’……‘文秀’与‘质羸’，本为二事。‘文秀’者，王粲之作卓出也。”此解有以旁证代替语境之嫌。“文”“质”对举本是六朝人也是钟嵘论文评诗的习径。但吴文之论可解释王粲之诗“文秀而质羸”的主体原因：因其体弱，故其诗文气不健，以致有“质羸”之病。不过此“质羸”应是其诗之病，而非其身之病。

② 邬国平《刘勰与钟嵘文学观对立说商榷》（《文艺理论研究》1984年第3期）一文有具体分析：“刘勰否定义的‘奇’也是钟嵘批评的对象。这突出地反映在他对鲍照、惠休、张融等人的评语中。钟嵘批评他‘贵尚巧似，不避危仄，颇伤清雅之调。’认为后世产生的诗歌弊病与此相关，‘故言险俗者，多以附照。’钟嵘批评惠休说‘惠休淫靡，情过其才，世遂匹之鲍照，恐商、周矣。’钟嵘批评张融‘纡缓放诞，有乖文体’。钟嵘反对‘险俗’、‘淫靡’、‘有乖文体’，这些均构成《文心雕龙》否定义的‘奇’的具体内容，这足以说明刘勰与钟嵘批评指向的一致。”

是《诗品》品评作者文体优劣高下的标准。这是一个最基本的品第标准，也是一个相对客观的品第标准，其具体内涵是在漫长的文体实践中经无数创作反复探索、调整、积累、完善而成，具有普遍性、规范性和稳定性。无论是要“拨乱反正”，重建文体规范，还是要辨彰清浊，品第文体优劣，这都是一个离不开的标准。这个标准也是品第者与世人对话、交流、论争的一个公共尺度。就此而言，《诗品》与《文心》的确在文体观念层面是相通的，两者共享着大体相同的文体批评标准，因此两者的相同之处绝不止于“儒家文学观”这个笼统形上的层面，而是有着丰富的具体内涵。

不过，当《诗品》以五言诗的文体规范和文体典范为标准品第作者文体优劣时，实际上又拓展、建立了一个不同于《文心》的文体批评维度。如果说《文心》建构的是一个以“逐奇而失正”所导致的文体解散的历时衰变之维与以“执正以驭奇”所致力恢复的文体完整统一的共时结构之维构成的二维批评体系，那么《诗品》是在其基础之上又增加了一个度量和标示作者文体优劣高下的第三维度。也就是说，《文心》与《诗品》文体批评维度呈现的是一种互补关系，这种互补关系综合反映了六朝文论家对文体认识的广度(各类型文体的历史)、深度(文体的内在规定)和精度(作者文体的品鉴)。在建立六朝文体批评的“第三维度”过程中，《诗品》也合乎情理地与《文心》一同使用了一个属于“六朝习径”①的文体标准，即要求情采符胜，质文统一，雅丽兼备。

正因为不同批评维度采用的是基本相同的文体评价标准，所以在上文具体分析中可以看到《文心》和《诗品》之间存在的这一现象：刘勰所肯定的文体因素或特征，也基本上为钟嵘所褒扬；而刘勰所否定的文体因素或特征，也多为钟嵘所贬低。表现在概念层面，刘、钟用来表示肯定和否定的具体概念也基本一致。但是，另一个问题是：为什么在《文心》中少数为中性而更多为贬义甚至作为不合文体规范的因素和特征之总名的“奇”一词，却在《诗品》中无一例外地被用作一个表示正面价值的概念？论争中有学者正是根据这一现象认为刘、钟文学观对立或部分对立。而在已经明确《文心》与《诗品》在六朝文体批评中的关系的基础上(即两者的理论体系属于六朝文体批评的不同维度)，应该可以对“奇”这个一开始就成为论争焦点的问题有一个合乎逻辑的理解：

> 故大明、泰始中，文章殆同书抄。近任昉、王元长等，词不贵奇，竞须新事，尔来作者，浸以成俗，遂乃句无虚语，语无虚字，拘挛补衲，蠹文已甚。但自然英旨，罕值其人。词既失高，则宜加事义。虽谢天才，且表学问，亦一理乎！(《诗品序》)
>
> 骨气奇高，词采华茂。情兼雅怨，体被文质。粲溢今古，卓尔不群。(上品曹植诗评)
>
> 仗气爱奇，动多振绝。真骨凌霜，高风跨俗。但气过其文，雕润恨少。然自陈思已下，桢称独步。(上品刘桢诗评)

① 语见纪昀评《文心雕龙·明诗》篇“若夫四言正体，则雅润为本；五言流调，则清丽居宗”：“此论却局于六朝习径，未得本源。夫雅润清丽，岂诗之极则哉？”纪氏之评显然是以后世更加精致的意境论、韵味论、格调论等为参照，这多少妨碍了他对六朝文章批评标准的历史意义的充分认识。

才高辞赡，举体华美。气少于公干，文劣于仲宣。尚规矩，不贵绮错，有伤直致之奇。然其咀嚼英华，厌饫膏泽，文章之渊泉也。（上品陆机诗评）

其源出于王粲。其体华艳，兴讬多奇。巧用文字，务为妍冶。（中品张华诗评）

一章之中，自有玉石。然奇章秀句，往往警遒。足使叔源失步，明远变色。（中品谢朓诗评）

昉既博物，动辄用事，所以诗不得奇。（中品任昉诗评）

才难，信矣！以康乐与羊、何若此，而二人之辞，殆不足奇。乃不称其才，亦为鲜举矣。（下品何长瑜、羊曜璠、范晔诗评）

王中、二卞诗，并爱奇崭绝。慕袁彦伯之风。虽不弘绰，而文体剿净，去平美远矣。（下品王中、卞彬、卞录诗评）

首先，正如多篇文章（如邬文、王文等）所指出，在《文心》中“奇”是与“正”相对的一个概念，而在《诗品》中“奇”是与“平”相对的一个概念。这是显示“奇”在两书中不同价值倾向的最直接的概念关系：“正”的正面性质从对立面规定了“奇”的非正面价值（中性或反面），而“平”的消极意义则从对立面规定了“奇”的正面价值。究其原因，这首先与“奇”本义“异”的相对性有关。作为“异”，“奇”本身并没有明确的价值倾向，而由其相对关系和具体语境规定。但无论实际价值倾向如何，“奇”作为“异”，总是属于非“常”事物、性质或状态，总是有别于一般常见的事物、性质或状态。简言之，“奇”之为“奇”，是因为它有异于“常”——可以是“正常”之“常”，也可以是“平常”之“常”。因此，“奇”的基本性质和价值倾向取决于以何者为“常”。

具体到《文心雕龙》，因为刘勰处理的是文体规范与文体解散（失范）之间的冲突，所以自然是将符合规范的文体（包括一般规范文体和典范文体）作为“常”，而将有异于破坏规范的因素和特征作为“奇”。而从价值层面来看，这样的“常”自然具有肯定性的正面价值，因为符合规范的文体不仅应该是文体的常态，且也应该是文体的“正常”状态；而这样的“奇”自然具有否定性的反面价值，因为导致“文体解散”的滥采、乱意、黩辞等不仅是一类非“常”因素，也是一类非“正常”因素。也就是说，《文心》中的“正—奇”相对关系和价值倾向是由刘勰所要分析和解决的规范文体与文体解散之间的矛盾决定的。而在《诗品》中，因为钟嵘的任务是要从大量的平庸之作中挑选出一些为数不多的优秀作品，所以相对来说那些大量存在、屡见不鲜甚至很多作者都“习以为常”的平庸之作构成了当时诗坛的“一般状况”，自然就成为“常”的一面，而作为有异于这种“平常”的“奇”自然就成了少数优秀之作的品质。换言之，《诗品》中的“平—奇”相对关系和价值倾向也是由钟嵘所要解决的问题（品第优劣）决定的。

因此，“奇”在《诗品》中被视为一种很突出的正面文体品质，是一个很高的文体评价标准。首先，从文体自身的内在关系看，是否符合五言诗体的规范也是区分“奇”与“平”的一个“底线”，虽然符合五言诗体规范的作品未必可以称“奇”，但是有悖五言诗体内在要求的作品就只能归入平庸。从《诗品》的具体批评看,那些不能称“奇”或品质庸劣的诗作都会在某些方面与五言诗体的规范有违,其中尤以喜用、多用甚至滥用“事义”(即事类、典故)最为普遍。而在钟嵘关于诗体的基本观念是:“吟咏情性,亦何贵于用事?”这应该是诗体区别于奏议书论等其他实用文体的基本特征,因此他对创作中以“用事”为能的现象一再批评。如《序》中批评任昉、王融等人“词不贵奇,竞须新事”[①],以至“句无虚语,语无虚字,拘挛补衲,蠹文已甚”,将诗体弄得支离破碎,生气全无,而这样做不过是以增加“事义”的方法掩盖其诗作水平的“失高”。在中品,钟嵘又再次批评任昉诗“昉既博物,动辄用事,所以诗不得奇”。《诗品》中还多次指出诗体的“平”与用典、谈理等“贵于用事”的做法之间的直接关系,如:“爰及江表,微波尚传。孙绰、许询、桓、庾诸公诗,皆平典似《道德论》,建安风力尽矣。”(《诗品序》)“宪章潘岳,文体相晖,彪炳可玩。始变中原平淡之体,故称中兴第一。”(中品郭璞诗评)“元瑜、坚石七君诗,并平典不失古体。”(中品阮瑀、欧阳建诗评)

一方面违反五言诗体基本要求的“动辄用事”之诗“不得奇”,而另一方面谨守一般诗体规范之作也于“奇”有碍。如上品批评陆机诗云:“尚规矩,不贵绮错,有伤直致之奇。”所谓“尚规矩”,即谨守五言诗体的一般规范,其立意遣词、结构条理、辞采声律等都中规中矩。这样写出来的诗固然挑不出明显的缺点,但也很难从大量诗作中脱颖而出,表现出一种超拔卓越的优秀品质。钟嵘认为,出“奇”之诗,“规矩”之外还须有“直致”。如果说符合一般诗体规范是“奇”之文体的“下线”,那么“奇”之文体还有更高的文体要求,这就是钟嵘在《诗品序》中强调的“自然英旨,罕值其人”的“自然”,表现在具体创作机制上,即是“即目”、“直寻”、“直致”等。

从创作主体层面来看,与“自然”相对应的素质是“天才”。所谓“自然英旨,罕值其人。词既失高,则宜加事义”,以“自然”与“事义”相对,这是从文体层面说明与诗体之“奇”正反相关的两种重要因素;所谓“虽谢天才,且表学问”,以“天才”与“学问”相对,这是从主体层面说明与诗体之“奇”正反相关的两种重要因素[②]。“自然”和“天才”分别从文体和主体两个方面规定了《诗品》之“奇”的具体内涵。比较而言,主体的“天才”因素更具有决定意义,是《诗品》之“奇”的正面价值的根源。

《诗品》论及“才”处甚多,除上引评曹植、刘桢、陆机、何长瑜等例外,余者尚有:

> 先是郭景纯用隽上之才,变创其体;刘越石仗清刚之气,赞成厥美。然彼众我寡,未能动俗。(《诗品序》)
>
> 元嘉中,有谢灵运,才高词盛,富艳难踪,固已含跨刘、郭,陵轹潘、左。(《诗品序》)
>
> 词既失高,则宜加事义。虽谢天才,且表学问,亦一理乎!(《诗品序》)
>
> 陵,名家子,有殊才,生命不谐,声颓身丧。(上品李陵诗评)

---

① “词不贵奇”之“词”非指狭义之言辞,应代指具体作品。

② 就人而言是“天才”,就诗体而言是“自然”;人之所有的是“学问”,诗中所有的为“事义”。

余常言：陆才如海，潘才如江。(上品潘岳诗评)

故尚巧似，而逸荡过之。颇以繁芜为累。嵘谓：若人学多才博，寓目辄书，内无乏思，外无遗物，其繁富，宜哉！然名章迥句，处处间起；丽曲新声，络绎奔发。譬犹青松之拔灌木，白玉之映尘沙，未足贬其高洁也。(上品谢灵运诗评)

其体华艳，兴托多奇。巧用文字，务为妍冶。虽名高曩代，而疏亮之士，犹恨其儿女情多，风云气少。(中品张华诗评)

善为凄戾之词，自有清拔之气。琨既体良才，又罹厄运，故善叙丧乱，多感恨之词。(中品刘琨、卢谌诗评)

戴凯人实贫羸，而才章富健。观此五子，文虽不多，气调警拔。(中品郭泰机、顾恺之、谢世基、顾迈、戴凯诗评)

又喜用古事，弥见拘束，虽乖秀逸，固是经纶文雅；才减若人，则陷于困踬矣。(中品颜延之诗评)

才力苦弱，故务其清浅，殊得风流媚趣。(中品谢瞻等诗评)

小谢才思富捷，恨其兰玉夙凋，故长辔未骋。(中品谢惠连诗评)

骨节强于谢混，驱迈疾于颜延。总四家而擅美，跨两代而孤出。嗟其才秀人微，故取湮当代。(中品鲍照诗评)

一章之中，自有玉石。然奇章秀句，往往警遒。足使叔源失步，明远变色。善自发诗端，而末篇多踬：此意锐而才弱也。(中品谢朓诗评)

希逸诗，气候清雅。(下品谢庄诗评)

惠休淫靡，情过其才。(下品惠休诗评)

元长、士章，并有盛才，词美英净。(下品王融、刘绘诗评)

综观上引及前引诸例，显然不能将“才”与“天才”等同，也不能将“才”与“自然”、“奇”完全直接对应。钟嵘所说的“才”，实有层次之分：论其高则有“天才”之“才”，论其强则为“才气”之“才”，论其用则为三品者皆有之“才”。“天才”上文已述，这里再就一般之“才”及“才气”与文体及文体之“奇”的关系作一些分析。

从整体上来看，《诗品》中的“才”是一个与“文体”内外相对的概念，“才”之高下直接关乎“文体”之成败优劣。《诗品》虽诗分三品，但根据《序》中所言“预此宗流者，便称才子”，说明三品之诗都是“才子”之作，而大量平庸之作都因未预宗流而被钟嵘筛除了。在钟嵘看来，“才”是写好诗的最基本的主体条件，有“才”者才能有好诗，有“才”方能克服平庸，超出流俗，避免“繁芜”、“困踬”、“清浅”、“淫靡”等诗体之弊。正如合乎一般规范是诗体之“奇”的文体基础，有“才”应该是“奇”诗得以产生的主体基础。如“下品”评何长瑜、羊曜璠二人诗“殆不足奇”，原因即在于二人“才难”。但有“才”又并不必然有“奇”诗，“奇”诗的创造还需要比一般诗才更高的主体条件，这就是以“才”为基础的“气”。如陆机诗虽因“才高”而“举体华美”，但又因“气少于公干”，而缺少“自然英旨”，“有伤直致之奇”。刘桢诗虽因“气过其文”,而有“雕润恨少”之憾,但又因能够“仗气爱奇”,故其诗“真骨凌霜,高风跨俗”[①]。张华诗则表现出某种矛盾:一方面“兴托多奇”,一方面又“务为妍冶”;“多奇”源于“风云之气”,“妍冶”则因其“儿女情多”。但对于以“奇”为贵的“疏亮之士”来说,则以其“风云气少,儿女情多”为憾。至于曹植,因才气兼胜,故其诗能获得“骨气奇高,词采华茂”之至誉。

由此可见,“奇”在钟嵘心目中之所以被视为文体的一种非常优秀罕见的品质,根本原因在于“奇”是作者旺盛杰出的才气在文体中的体现。“奇”不同于符合一般规范的文体品质,甚至也不同于堪称典范的文体的品质。“奇”是对文体的一般规范的超越,是诗人借助“才气”引领文体循作者的生命之维不断提升和创新,所臻达的“粲溢今古,卓尔不群”的杰出境界。《诗品》中所说的“爱奇”,乃以“仗气”为主体根基,是一种植根于诗人整体生命的创造,因此这种“爱奇”能够赋予文体充沛的生命力,使文体不仅文质兼美,雅丽相胜,而且能“使味之者无极,闻之者动心”,让文体成为生命相互感动、慰藉的中介(即所谓“使穷贱易安,幽居靡闷”)。这种“奇”以其丰富的生命内涵和真正的创造精神与《文心》中所批判的“爱奇”者对那些外在于生命、附会于流俗的新异之“奇”的追逐渔猎有着根本不同。

论述至此,便可以对前文曾提及的《文心雕龙·辨骚》篇赞《离骚》之“奇”的一段话有一个恰当的理解。其云:

> 自《风》、《雅》寝声,莫或抽绪,奇文郁起,其《离骚》哉!固已轩翥诗人之后,奋飞辞家之前,岂去圣之未远,而楚人之多才乎!

此句中之“奇”虽与后文“枚、贾追风以入丽,马、扬沿波而得奇”之“奇”同属一篇,相距甚近,但两“奇”所评价的文体关系并不相同。首先,“奇文郁起”一句为赞叹语气,“奇”也无疑是对《离骚》的正面评价。其次,“奇”修饰的对象是“文”,此为“文章”之“文”,而非文字之“文”,故“奇”所评价的是《离骚》全文,而非其文采;而《文心》他篇之“奇”所评价的多是新意、诡辞、异字等具体因素。第三,此处又将“奇文”与“多才”相联系,说明《离骚》之“奇文”是因楚人之“多才”而产生,也说明此处“奇文”之“奇”是相对于其他作者文体而言[②],体现的是楚诗人文体的独创性,而非指违背文体规范的新异因素和特征。因此,与《文心》中其他“奇”(如该篇后文的“酌奇而不失其正”之“奇”)相比,此处之“奇”属于作者文体维度的评价概念,是一种正面评价,与《诗品》之“奇”的用法和性质相同。不过,只此一例不足以影响对两书中“奇”一词内涵和性质的整体关系的判断。

---

① “才胜于气”,未必能“奇”;“气胜于才”,则仍不失为“奇”。

② 如若要具体指出《离骚》之“奇文”是相对于哪些其他文体,可能很多人会说是指《风》、《雅》等经典文体。但还应注意的是,原文在“自《风》、《雅》寝声”与“奇文郁起”之间还有“莫或抽绪”一句。“莫或抽绪”者,是说《风》、《雅》之后的诗歌创作无法继承《风》《雅》文体的优秀品质,严重衰落,成就平平,而正是这一“莫或抽绪”的阶段,衬托了《离骚》的“奇文郁起”。也即是说,《离骚》文体之“奇”主要不是相对于《诗三百》这一经典文体而言,而是相对于其后的诗体衰落而言。试将这几句改成“《风》《雅》之后,奇文郁起”,明显大失原文语义,恐也不为刘勰所能接受。

结　语

尽管《文心》中“奇”概念所涵以否定价值为主，而《诗品》中“奇”概念表现为纯粹的肯定价值，但并不能因此得出两书中“奇”概念的内涵和价值倾向相互对立的结论。这是因为：《文心》之“奇”与一般规范文体或典范文体之“正”相对，指的是异于规范文体或典范文体并能够破坏文体内在完整统一的新奇、浮诡、险仄的因素和特征，而《诗品》之“奇”与常见作者文体之“平”或“庸”相对，主要指的是在一般文体规范的基础上充分体现了文体的“自然”品质与作者“天才”、“才气”的独创性和生命力的优秀文体品质，两书之“奇”评价的是不同维度的文体关系，所以无法构成对立。更恰当的说法也许是：两者差异互补。

因此，我们不能仅根据两书中“奇”概念所表现的价值倾向，判断两者的文学观是对立还是相同。合理的比较思路不应该是先抽出两个概念比较然后推及整体，而应该先把握比较双方的基本理论内涵和概念关系，再据此辨析某两个具体概念之间的关系。尤其是涉及像“奇”这样一个主要由具体语境和概念关系规定其内涵和价值的概念，更需整体把握，耐心梳理，细心分辨。

刘勰"江山之助"论与文学地理学

——《楚辞》景观美学研究

陶礼天*

摘　要： 本文不致力于刘勰"江山之助"论内涵的全面诠释，而是由此理论命题发端，探讨文学与地理关系诸论题之一种——即通过对《楚辞》独特的景观描写的分析，从审美主体与作品境界的构成层面，来讨论文学与地理的关系，乃作者旧作之修订。

关键词： 江山之助；景观美学；文学地理学

一

刘勰《文心雕龙》之《物色》篇中提出的"江山之助"论①，对后世影响极大，几乎成为中国文学批评史上的"口头禅"，学术界对此多有讨论②。自1990年以来，学术界发表相关论

* 作者简介：陶礼天，首都师范大学文学院教授。

① 本文引《文心雕龙》语，均据范文澜先生《文心雕龙注》，北京：人民文学出版社，1958年。

② 学术界自1990年以来对刘勰提出的"江山之助"论，日益关注，有关论文主要有16篇：(1) 吴承学：《江山之助——中国古代文学地域风格论初探》，《文学评论》1990年第2期；(2) 魏星桥：《"江山之助"浅说》，《咸宁师专学报》1990年第3期；(3) 范军：《中国古代文论中的"江山之助"》，《湖北民族学院学报》1992年第4期；(4) 宋嗣廉：《论〈史记〉与"江山之助"》，《吉林大学社会科学学报》1991年第5期；(5) 章尚正：《"江山之助"论的拓展与深化》，《绥化师专学报》1999年第1期；(6) 姜桂华：《"江山之助"：作家创作风格研究不应该忽视的视角——阅读几部中国文学史著作札记》，《辽宁青年管理干部学院学报》1999年第1期；(7) 代讯：《江山之助：地理环境与中国古代诗歌理论基本面貌的内在关联探寻》，《外国文学研究》2001年第4期；(8) 汪春泓：《关于〈文心雕龙〉"江山之助"的本义》，《文学评论》2003年第3期；(9) 丛瑞华：《刘勰"江山之助"说的理论价值》，《社会科学战线》2007年第5期；(10) 李振中：《论柳宗元山水诗幽峭风格的江山之助》，《名作欣赏》2007年第2期；(11) 尹博：《"江山之助"与陈子昂的文学创作》，《荆门职业技术学院学报》2007年第8期；(12) 冯淑然：《江山之助：〈文心雕龙〉的理论环境论》，《贵州师范大学学报》2009年第4期；(13) 周振荣：《从"江山之助"到"无我之境"——山水文学审美理想纵横谈》，《社科纵横》2009年(转下页)

文有十余篇，但仍然存在对刘勰原文文意理解上的差异、争端和不准确之处。其实，刘勰的"江山之助"论，可以从文学地理学的角度予以深入研究。本文乃旧作之修订稿，主要从文学地理学角度，结合《楚辞》作品，略予分析，不致力于刘勰"江山之助"论内涵的全面诠释（笔者对此另有专文讨论），而是由此理论命题出发，探讨文学与地理关系诸论题之一种——即通过对《楚辞》独特的景观描写的分析，从审美主体与作品境界的构成层面，来讨论文学与地理的关系。必须首先要声明的是，本文从景观美学的角度所涉及的对刘勰"江山之助"论的解说，只是其"江山之助"论内涵之一端，并非全部。盖"文学地理"不等于"地理文学"，对此涉及诸多问题，暂且不论。

景观美学是文学地理学研究的核心课题之一，因为景观正是联系文学与地理之间的主要基因，"文气"与地域之气的关联沟通，也正是由文学对不同地理景观的描写所构成的独特文辞意境来表现的①。德国汉学家顾彬也曾认为："自然现象在《诗经》中始终是引子，它源于北方也代表北方，而《楚辞》中的自然现象代表的却是南方。其本质差别主要在各自所属的不同范围之中。"②《诗经》中的葛藤、黍稷、梅树等感兴对象，与《楚辞》中的兰、荃、芷、桂等景观描述抒写的不同，是构成这南北两大文学源头不同地域特征的重要原因。所以，我们可以说《楚辞》的地域特征，主要表现为对南方"荆楚"之地的景观描写之中所体现出的一种独特的景观美学风格。

"楚"本就是对南方江汉流域的丛生草莽、茂盛灌木的自然景观的一种指称③。所谓《楚辞》者，宋人黄伯思《新校〈楚辞〉序》释云：

> 盖屈宋诸骚，皆书楚语，作楚声，纪楚地，名楚物，故可谓之《楚辞》。若些、只、羌、谇、謇、纷、侘傺者，楚语也。顿挫悲壮，或韵或否者，楚声也。沅、湘、江、澧、修门、夏首者，楚地也。兰、茝、荃、药、蕙、若、苹、蘅者，楚物也。率若此，故所楚名之。④

（接上页）第9期；(14) 姚大怀：《"江山之助"新论——兼与汪、丛二先生商榷》，《安徽科技学院学报》2011年第3期；(15) 胡大雷：《粤西诗人"江山之助"论——"粤西士人研究"之三》，《百色学院学报》2011年第2期；(16) 刘玉堂、刘保昌：《江山之助——荆楚文学的生成环境》，《东西南北》2013年第1期。

① 按：这里不用"风景"的概念，而特别运用"景观"（或"风土"、"物色"等）的概念，并非简单地借用文化地理学的概念，而是从文学地理学的建构角度作出的探讨。美国迈克·克朗《文化地理学》重视从景观的"观看的方式"入手分析，把"景观"视为文化的记忆库，它随时间消逝而不断被改写、重写，并注重从空间传播角度来分析"景观"，强调不同文化在发展过程对"景观"意义的改写，揭示多种景观的文化象征意义，此可参考。参见中译本（修订本）第二章和第三章，杨淑华、宋慧敏译，南京：南京大学出版社，2005年。

② 顾彬：《中国文人的自然观》，上海：上海人民出版社，1990年，第44页。这句话基本是正确的，可见作为一个外国学者，阅读《诗经》和《楚辞》也感受到中国古代这种南北文学地域性的明显差异，不过笔者并不完全赞同他的这部著作的观点，此不多论。

③ 刘熙《释名》卷二《释州国》云："楚：辛也；其地蛮多，而人性急，数有战争，相争相害，辛楚之祸也。"又云："荆州：取名于荆山也，必取荆为名者，荆，警也，南蛮数为寇逆其民，有道后服，无道先强，常警备之也。"此非释字之本义，乃是从所谓"事宜"方面作出的解释。

④ ［宋］吕祖谦编《宋文鉴》卷九二，见杨金鼎主编《楚辞评论资料选》（引文原缺"苹"字，据文渊阁《四库全书》本《宋文鉴》补），武汉：湖北人民出版社，1985年，第81页。按：本书凡引历代评论《楚辞》语，一般均据《楚辞评论资料选》。凡单独参考有关《楚辞》专著者，必要者另注。主要参考［汉］王逸《楚辞章句》，今据与朱熹《诗集传》合刊本（此本《楚辞章句》，实即洪兴祖补注本），姜书阁序说，夏祖尧标点本，长沙：岳麓书社，1994年。［宋］朱熹《楚辞 （转下页）

按照美国人文地理学家德伯里的文化景观理论,我们可以把楚地、楚物,称作物质文化景观;把楚声、楚语[①],称作非物质文化景观。黄伯思解释《楚辞》之名,紧扣其作品中所表现的南方楚地的文化景观来立论,确实命中了问题的症结之所在,为我们今天从景观美学风格来分析《楚辞》的地域特征及其对后代南方文学的影响,打开了思路。但他认为那种因屈原、宋玉为楚国人,其作品"后人效而继之,则曰《楚辞》,非也"。又批评"近世文士,但赋其体,韵其语,言杂燕粤、事兼夷夏,而亦谓之'楚辞',失其旨矣"[②]。这就有失于偏颇,既对"楚地"作为一个历史地理概念失于审察,也对《楚辞》的创作精神、技巧手法对后代文学尤其是南方文学的影响失于考究,因而遭到后人的訾议。

我们以为《楚辞》作为一部以屈原作品为代表的南方"楚国"的诗歌总集[③],其称名是兼及楚国、楚地以及其景观描写所构成的独特文辞意境等多方面而言的。"楚辞"一语,在西汉武、宣之世,可能已成为这部诗集的专名,这从《汉书·朱买臣传》把《楚辞》与《春秋》相对而言之,可以见出[④]。朱买臣所讽咏的《楚辞》,可能主要就是楚国屈原、宋玉等人的作品。到了西汉末年,刘向校书天禄阁,把屈原、宋玉、东方朔、庄忌、淮南小山、王褒诸人的辞赋与自己的《九叹》合在一起,编集名曰《楚辞》。其后东汉王逸作《楚辞章句》,又补入他自己的作品《九思》。而朱熹的《楚辞集注》中编的《楚辞后语》,一直选到宋人吕大临《拟招》一篇[⑤]。除屈宋之作外,刘向、王逸的补充,其入选标准主要是以"楚地"作家模拟屈宋之作为依据的。到朱熹的《楚辞后语》,因受晁补之《续楚辞》、《变离骚》的影响,入选作品主要是从创作精神、技巧形式上着眼的,已突破了非"楚地"作家而不选的拘囿。

而"楚地"本是一个历史地理概念,黄伯思所谓的楚地、楚物,明显是就"南楚"之地及其自然景观而言的,虽就屈原作品而言,基本是不差的,但仍然有失于局狭。司马迁《史

(接上页)集注》,蒋立甫校点本,上海:上海古籍出版社,2001年。[宋]洪兴祖《楚辞补注》(重印修订本),白化文等点校,北京:中华书局,1983年。[清]蒋骥《山带阁注楚辞》,上海:上海古籍出版社,1958年。《楚辞》作品引文(仅于文中注明篇名)和现代注释,非特别说明者,一般均据马茂元先生选注《楚辞选》,北京:人民文学出版社,1958年。

① 按:刘勰论乐府,也有所谓"匹夫庶妇,讴吟土风"之论。文学是语言艺术,文学的空间风格(地域风格)的形成,与文学地域的方言密不可分,方言的特点成为区域文学的地域性重要特征。

② 杨金鼎主编《楚辞评论资料选》,第81页。

③ 对于《楚辞》,称其为"诗歌总集"、"诗集"这个说法,是根据学术界多认为《离骚》等作品也是诗歌而言的。但也有不少学者称之为骚赋(所谓屈原赋、屈赋),"辞"跟"骚","骚"跟"赋"又有不同。如果称之为"赋",那么应该称之为"文集"了。我们现在从其一般观点,还是笼统地称之为诗集,学术界还有人认为《离骚》等作品类似于散文诗。要之,就屈原的骚体作品讲,从现代文学体裁和艺术形式的分类看,笔者以为就是诗歌,且《九歌》明确称名为"歌"。且今天我们对文学体裁的分类,一般三分法为叙事、抒情和戏剧(现代影视作品皆可分类归之),四分法为诗歌、小说、散文和戏剧,当然还是把《楚辞》归入诗歌类合宜。

④《汉书》卷六四上《朱买臣传》云:"上会邑子严助贵幸,荐买臣。召见,说《春秋》,言《楚词》。帝甚说之,拜买臣为中大夫,与严助俱侍中。"([汉]班固:《汉书》,北京:中华书局,2000年,第2108页。)又,朱买臣亦能作赋,《汉书》卷三十《艺文志》著录"朱买臣赋三篇"。又按:《汉书》卷六四下《王褒传》云:"王褒字子渊,蜀人也。宣帝时修武帝故事,讲论六艺群书,博尽奇异之好,征能为《楚辞》九江被公,召见诵读,益召高材刘向、张子侨、华龙、柳褒等待诏金马门。"([汉]班固:《汉书》,第2129页。)又,《楚辞》究竟如何得名,起于何时,是个很复杂的问题,参见蒋天枢先生《楚辞论文集》中的论文《〈楚辞新注〉导论》,蒋天枢先生以为是刘向编定时,"易全书之名为《楚辞》"汉初所传乃称《屈原赋》,而起初"或由宋玉所编定而为之命名",班固《汉书·艺文志》"不载《楚辞》,或以汉后所附篇已见本人集中故。"(蒋天枢:《楚辞论文集》,台湾蓝灯文化事业公司,1987年,第3页。)

⑤ 按:《楚辞后语》共选文52篇,从荀子的《成相》、《佹诗》等直到北宋吕大临《拟招》篇,见朱熹《楚辞集注》所附。朱熹所编是原本于晁补之《续楚辞》、《变离骚》二书,加以刊定而成,其撰是书,盖亦有所寄托。

记·货殖列传》曾把"楚地"划分为三个文化区域：一是西楚，是指从徐州沛县西到荆州一带地区，"其俗剽轻，易发怒，地薄，寡于积聚。江陵故郢都，西通巫，巴，东有云梦之饶。陈在楚、夏之交，通渔盐之货，其民多贾。徐、僮、取虑(引案：地名)，则清刻，矜己诺。"二是东楚，是指彭城历扬州至苏州的吴越一带地区，"其俗类徐、僮、朐、缯以北，俗则齐。浙江南则越。"三是南楚，主要是指长江以南九江、长沙一带地区，南及今云南、广东两省，"其俗大类西楚。……与闽中、干越杂俗，故南楚好辞，巧说少信，江南卑湿，丈夫早夭。"[①]屈原生活的怀、襄之世，楚国已占有三楚之地，成为北抗中原的泱泱大国，只是此时它已面临内忧外患而已。东楚的"齐俗"、吴越的民歌等，可能都对屈原创作产生过重要影响。我们在此主要讨论屈宋作品中的景观美学风格[②]。由于景观美学的风格和思想是具有时代性的，尤其是从文学地理学的角度看，景观——自然景观与人文景观的审美心理积淀，是有着一个历史的累继与演化过程的。刘勰说："爰自汉室，迄至成、哀，虽世渐百龄，辞人九变，而大抵所归，祖述楚辞，灵均馀影，于是乎在。"(《文心雕龙·时序》)故约略兼及《楚辞》集中的汉人作品。

从抒情特色与"物色"描写两个方面看，《楚辞》主要表现为凄恻绵丽而又恢宏放逸的地域风格，有一些篇章具有一种阴柔的"女性"之美。刘勰《文心雕龙·辨骚》对《楚辞》的整体风格，作过精到的概括，并多为后代学者所承认。他说：

> 故《骚经》、《九章》，朗丽以哀志；《九歌》、《九辩》，绮靡以伤情；《远游》、《天问》，瑰诡而慧(一作"惠")巧；《招魂》、《大招》，耀艳而深华；《卜居》标放言之致，《渔父》寄独往之才。故能气往轹古，辞来切今，惊采绝艳，难与并能矣。

又具体地从四个方面品评道："故其叙情怨，则郁伊而易感；述离居，则怆怏而难怀；论山水，则循声而得貌；言节侯，则披文而见时。"抒情凄恻哀婉、郁抑难排，羁情志于回环往复之章节，寓愤懑于恢宏放逸之结构的特色，和描写物色景观上的循声得貌的细密，造语置韵上的绵丽婉转等表现手法，共同构成了《楚辞》浪漫主义风格和女性化的柔美特征。当然，我们说《楚辞》有偏于女性化的柔美，主要是就一些篇章尤其像《九歌》、《九辩》而说的，并不排除像《离骚》、《天问》等代表作品也具有气往轹古、淋漓放逸的风格美[③]。刘勰对《楚辞》风格的抽象概括，后人也有异议，如清代乔亿认为"《九章》之词迫，不可谓丽。《九歌》幽艳，《九辩》清峻，何言绮靡？《远游》朗畅，《天问》奇肆，岂惠巧哉？"(《剑溪说诗》

---

① [汉] 司马迁：《史记》卷129《货殖列传》，北京：中华书局，2000年，第2470页。

② 班固《汉书》卷28下《地理志下》在叙述"三楚"地域文化中，插入一段论述道："始楚贤臣屈原被谗放流，作《离骚》诸赋以自伤悼。后有宋玉、唐勒之属慕而述之，皆以显名。汉兴，高祖王兄子濞(按：刘濞)于吴，招致天下之娱游子弟，枚乘、邹阳、严夫子之徒兴于文、景之际。而淮南王安(按：刘安)亦都寿春，招宾客著书。而吴有严助、朱买臣，贵显汉朝，文辞并发，故世传《楚辞》。"(《汉书》，第1328页。)

③ 按：刘勰《文心雕龙·辨骚》把《离骚》与《九章》合并评品，称之为"朗丽以哀志"，笔者以为是相当准确的，不同于《九歌》、《九辩》的"绮靡以伤情"等，是特别注意到其间的差异性的存在。

卷上)[①]笔者以为乔亿所论如说《九辩》"清峻",是否准确,尚可另当别论,问题首先在于一部总集中的作品风格归类,只能就一篇作品的大体倾向和一集中作品的大多数而言,不可胶柱鼓瑟。另外,"《九章》之词迫",斯论本十分准确,但"词迫"与"语丽"并不矛盾,这是两个角度、两个层次的问题,而且完全可以统一在一起,就像《离骚》有放逸、奇诡、恣肆的一面,但并不妨碍它同时又具有朗丽、哀婉、凄恻之美,而且是有机和谐的整合在这篇名作之中。不能整体地多角度地透视一部作品,必会扞格不入,失去理论的严肃性。

乔亿的《剑溪说诗》曾反复言及《离骚》多"惝恍之词",这正是《离骚》朗丽而具阴柔之美的一个原因、一种表现。由此说开一步,《楚辞》中多造惝恍迷离的柔丽之境,又正是与"江南卑湿"、山水烟云之气分不开的,这乃是其景观美学风格特征的一个重要方面。刘勰《文心雕龙·物色》云:

> 若乃山林皋壤,实文思之奥府,略语则阙,详说则繁。然屈平所以能洞监风骚之情者,抑亦江山之助乎?

清代王夫之也认为《楚辞》的创生,与南方的地理环境、自然景观有关,其《楚辞通释·序例》云:

> 楚,泽国也。其南沅湘之交,抑山国也。叠波旷宇,以荡遥情。而迫之以崟嵚戌削之幽菀,故推宕无涯,而天采矗发,江山光怪之气,莫能掩抑。

诗歌无非包括物境与情境二端,物境的不同表现与地域的景观的差异直接相关,但这仅是问题的一个方面,独特的物境只有与独特的情境相结合,才能形成独特的文学地域风格。这就要考虑问题的另一方面,亦即创作主体的审美理想、审美态度、审美观照方式以及独特的抒情方式等问题,所以说,刘勰的"江山之助"论,从其理论内涵的"能指"和"所指"方面言之,是非常丰富复杂的,是故后代有很多的发挥。

二

一般说来,中国古代南方文学都偏于表现女性化的阴柔之美和放逸(其极端就走上狂逸)的人格理想,而与北方的阳刚之气、力求"中和"的人格理想形成明显的对立差异。究其原因,这不仅与南方的山水烟云、自然景观直接相关,也与老庄哲学崇尚阴柔之道的思想有着内在的联系。就文学本身的发展而言,南方文学的这种地域特征,直接创始、导源

① 杨金鼎主编《楚辞评论资料选》,第172页。按:《文心雕龙·辨骚》"《远游》、《天问》,瑰诡而慧巧","慧巧"有版本作"惠巧"。

于屈宋辞赋之作。不少学者、专家从浪漫的激情、奇特的想象以及原始文化中的神话传说等方面,来寻觅南方文学包括《楚辞》的南方特征。更有从南北的政治、哲学思想的角度,来总结《诗经》与《楚辞》存在着群体与个体的对立差异。这些探讨和分析,无疑都是极有价值的。不过,从文学地理学来看,似乎这种论述有失于宽泛与粗疏之弊,未能直接抓住形成《楚辞》地域风格的关键之所在,从而也就使南方文学的空间风格与时间风格的定格与演绎过程变得模糊起来。

笔者从游国恩先生《楚辞女性中心说》①一文受到启发,以为处在逐臣地位的屈原,其"以男女喻君臣"的曲折情怀,是他的创作心理的主要基因,而这种心理基因,使其创作远远突破了游国恩先生所说的用"女人"来作"比兴"材料的艺术手法之拘限,已上升到以"弃妇式"的心理与眼光来观照"自然"。这种心理既与中国古代逐臣的一般"贬谪心理"有共同之处,又具有它的特定的质性。以"弃妇之思、失恋情事"来结构诗章,加以受到南方秀丽江山、烟水迷离之境的熏染,从而使《楚辞》形成一种凄恻绵丽而又恢宏放逸的地域风格。"弃妇式"的审美心理及其观照方式,只是屈原创作体现出的一个方面的精神特色(谪臣心理层面之一),它不一定一以贯之的体现在每章每节每句之中②。而这一精神特色,从王逸到朱熹等人,从美人香草的比兴角度,不断地加以诠释,深刻地影响了历代贬谪诗的创作风格,形成一种"哀感顽艳"的传统品境。从这一意义上说,游国恩先生的"楚辞女性中心说"不仅立论可成,而且确实揭示了中国古代贬谪诗文的一个普遍的审美心理与创作原则。所谓"弃妇式"的审美心理原则,就是指创作主体,在"坤,地道也,臣道也"③的君乾臣坤、男尊女卑、阳刚阴柔的文化心理积淀中,以"弃妇"的哀怨伤感之心理和"女性"的细致绵密之眼光,抒发人生由失意而求放逸的情怀,描写物境由主观而及客观的"外射"型的审美观照方式。心游于物,情溢于境。郁伊而易感、怆怏而难怀的哀婉凄恻之情,与循声而得貌、披文而见时的南方山水景观的描摹相互交融,就形成了《楚辞》的景观美学风格,并成为《楚辞》最为主要的文学地域特征。下面我们将从《楚辞》代表作品分析中,对之进一步加以阐明。

《离骚》与《九章》,刘勰称之为"朗丽以哀志",说明此类作品的精神上的一贯性和风格上的同一性,其正是源于逐臣屈原的一种传统的弃妇心理。这种弃妇心理,转换为文学创作的一种审美心理,深深地一贯地积淀在这些诗篇之中。其抒情较为哀婉而又愤抑难平,其笔下南方的山水景观,无不充溢着一种浓厚的感伤色彩。《离骚》的情感最为愤怨悲怆,

---

① 游宝谅编《游国恩楚辞论著集》第四卷,北京:中华书局,2008年,第1—14页。

② 这一点也值得突出强调,以免遭误解。比如《离骚》,其开篇与结尾部分构成的整体大框架却不能视为"弃妇心理式"或者说是"谪臣心理式"的,完全是一个楚国宗室大夫的口气,此不待言。

③《周易》之乾卦《彖》辞曰:"大哉乾元,万物资始,乃统天。云行雨施,品物流形;大明终始,六位时成,时乘六龙,以御天。乾道变化,各正性命。保合大和,乃利贞。首出庶物,万国咸宁。"又,《象》辞曰:"天行健,君子以自强不息。"《坤》卦《彖》辞曰:"至哉坤元,万物资生,乃顺承天。"又,《象》辞曰:"地势坤,君子以厚德载物。"又《文言》曰:"坤,至柔而动也刚,至静而德方","阴虽有美,含之以从王事,弗敢成也;地道也,妻道也,臣道也。地道无成,而代有终也。天地变化,草木蕃;天地闭,贤人隐。"(孔颖达:《周易正义》,第8、10、30、32—33页,《十三经注疏》整理本,北京:北京大学出版社,2000年。)

但作者不是直接地进行抒发,而是"怨诽而不乱",自比为遭弃的美女,并通过幽兰芳芷的烘托,来表现自己的高尚的品德和政治理想,以"求女"的心理历程,来表现"闺中怨妇"希望得到夫君(国君即楚怀王)体贴之情的苦衷。唐代萧振《重修三闾庙记》云:"怀忠履洁,忧国爱君。警禽而徒欲绕枝,弃妇而岂忘回首。"(《全唐文》卷869)[①]"弃妇而岂忘回首"实乃屈赋的一贯精神。《离骚》可以说是把自己作为一个遭弃的美女,描写了"她"从幼小时"闺中"的娴雅内美,到与夫君"结合"后遭到"众芳"的妒忌,再到被抛弃后想方设法"求女"寻媒,以盼望重新回到"夫君"身边的整个生活经历和情感活动。这样就使一首"政治"长诗的风格变得哀艳悲怆起来。因而,我们可以说《离骚》具有一种典型的"弃妇式"的审美心理。游国恩先生《楚辞女性中心说》云:"屈原对于楚王,既以弃妇自比,所以他在《楚辞》里所表现的,无往而非女子的口吻。"[②]《离骚》中写道:

> 纷吾既有此内美兮,又重之以修能。
> 扈江离与辟芷兮,纫秋兰以为佩。
> 汩余苦将不及兮,恐年岁之不吾与。
> 朝搴阰之木兰兮,夕揽洲之宿莽[③]。
> 日月忽其不淹兮,春与秋其代序;
> 惟草木之零落兮,恐美人之迟暮。
> 不抚壮而弃秽兮,何不改乎此度也[④]?

诗人一开始就以"贤内助"的口吻,来表明自己改革"秽政"行为理想,但最终在"党人之偷乐"、"众芳之芜秽"的恶劣环境中,理想成为泡影,自己遭到国君的贬逐。此时,"她"不禁对夫君(君王)的不守信用、反复无常充满了哀怨,"长太息以掩涕兮,哀民生之多艰"。不过,仍然盼望夫君有朝一日能够回心转意。但"求女"、问卜均未能成功,"路曼曼其修远兮,吾将上下而求索"的决心,逐渐变得绝望起来:"既莫足与为美政兮,吾将从彭咸之所居!"[⑤]关于"求女"一节的内在意义,游国恩先生《楚辞女性中心说》所论,笔者以为十分切近诗意,其论云:"屈原之所谓求女者,不过是想求一个可以通君侧的人罢了。因为他既自比弃妇,所以想要重返夫家,非有一个能在夫主面前说得到话的人不可。又因他既自比女

① 杨金鼎主编《楚辞评论资料选》,第60页。所引萧振《重修三闾庙记》语之前段云:"楚怀失道,远君子而近小人;靳尚谗言,兴浮云而蔽白日。子也含冤靡诉,抱直无归;扣天阍而天且何言,去国而人皆不吊:徘徊泽畔,顑颔江滨,吟贝锦而空悲,佩崇兰而自喻。云装羽驾,东皇君忽尔来游;裣衽端耆,郑詹尹于焉靡说。"所谓"弃妇而岂忘回首",可见古人早就认识到屈原创作时具有的"弃妇"心理,可证游国恩先生早年所著的论文《楚辞女性中心说》绝非故创新说,是理据充足的,是可以通过鉴赏屈原的作品得到反复检验的。

② 游国恩:《楚辞论文集》,古典文学出版社,1957年,第192页。又见《游国恩楚辞论著集》第四卷,第3页。

③ 宿莽,莽音"母",草木丛生貌。

④ 按"何不改乎此度也"这句,《楚辞章句》本作"何不改此度",洪兴祖《补注》云,《文选》作"何不改其此度",一云"何不改乎此度也"。此类异同下文非重要者不注。

⑤ 《离骚》最后的"乱曰",真乃忠贞者绝望之辞也。

子，所以通话的人当然不能是男人，这是显然的道理，所以他想求的女子，可以看作使女婢妾等人的身份，并无别的意义。可是君门九重，传言不易；兼之世人嫉妒者多，都不愿为他说话，结果只是枉费一番心思。……'闺中既已邃远兮，哲王又不寤。'然后屈子至此，回到君侧的企图也真绝望了。正如妇人被弃以后，想再到夫家的闺中已是不可能的了。"[①]这种"求女"为媒心理，几乎可以说，它积淀于屈赋的整个作品之中。"求女"可以理解为一间接的手段来"求君"，但"求女"之女，肯定不是像有的论者所说，乃直接指的君王，因为如此解释，不仅没有顾及屈赋的整体创作心理及其创作特色，而且把"女人"比作君王，不符合封建社会的君乾臣坤、男尊女卑的等级观念。

屈原自比弃妇的心理，使他在描写自然景观上，具有一种"女性化"的眼光，就上文引用《离骚》中的数行诗句来看，表现为目击于物，情移于境，着重自己内心情感的抒发，充满了弃妇的哀婉伤感的情调："惟草木之零落兮，恐美人之迟暮。"刘勰认为："及长卿之徒，诡势瓌声，模山范水，字必鱼贯，所谓诗人丽则而约言，辞人丽淫而繁句也。"(《文心雕龙·物色》)"模山范水"，对自然景观作工笔重彩的描摹，是后来汉赋的特征。《九章》中表现得非常典型。《涉江》写"济乎江湘"的情景云：

乘鄂渚而反顾兮，欸秋冬之绪风。
步余马兮山皋，邸余车兮方林。
乘舲船余上沅兮，齐吴榜以击汰。
船容与而不进兮，淹回水而凝滞。

写入溆浦后的山林景观云：

深林杳以冥冥兮，乃猿狖之所居。
山峻高以蔽日兮，下幽晦以多雨。
霰雪纷其无垠兮，云霏霏而承宇。
哀吾生之无乐兮，幽独处乎山中。

硬要将屈原眼中之物、笔下之景，仅仅说成是一种比喻和象征，是不妥当的。上引《涉江》中两段景观描写的诗句，显然充溢着一种弃妇难忘回首之情，以"弃妇式"的审美眼光来观照当下的山水迷离之境，从而很好地表现了作者离开国都后的悲苦流连，踌躇难前的情思。"花不迷人人自迷"，清丽秀拔而又烟雨朦胧的南方山水，本无伤感之情，而一入逐臣之眼、"弃妇"之心，便无不变得凄苦迷离、幽晦难明起来，而形成阴柔婉丽的景观美学风格。虽然屈原笔下的景观描写还常常是一句两句的诗行，来引发自己的埋怨与不贰之情，

① 游国恩：《楚辞论文集》，第200页。又见《游国恩楚辞论著集》第四卷，第9页。

但也有以细腻的笔触与哀情,来描摹物色以排遣心中的愁思的。《哀郢》中写道:

背夏浦而西思兮,哀故都之日远。
登大坟以远望兮,聊以舒吾忧心。
哀州土之平乐兮,悲江介之遗风。
当陵阳之焉至兮,淼南渡之焉如。
曾不知夏之为丘兮,孰两东门之可芜!

郁抑之情,难排难遣;登高远望,江风水气,扑面而至;全诗的风格,悲慨而又凄婉。其绝笔之际的《怀沙》开篇云[①]:

滔滔孟夏兮,草木莽莽[②]。
伤怀永哀兮,汩徂南土。
眴兮杳杳,孔静幽默。
郁结纡轸兮,离慜而长鞠。
抚情效志兮,冤屈而自抑。

万物滋生繁茂的孟夏景物,与自己无边的寂寞愁苦,形成了强烈的反差,孤愤之情充溢着"孔静幽默"的无垠宇宙。草木莽莽、寂天寞地,怀质抱情、定心广志,一种高逸的情志与永恒的生命精神,全都凝炼而又深沉地灌注在这开篇景观画面之中,充分地表现了"冤屈而自抑"的逐臣之不平与"弃妇"的怨绝之情感。

《橘颂》一首,多以为乃屈原早年作品,也有人指出乃屈原流放江南后所作。笔者以为从其整体的思想情怀看,后说为当。正如清人蒋骥所云:"然玩卒章之语,楸然有不终永年之意焉。殆亦迫死之音矣。"(《山带阁楚辞注·橘颂》)[③]《橘颂》可谓后代咏物诗之祖[④]。

① 按:前引唐代萧振《重修三闾庙记》所谓:"怀忠履洁,忧国爱君。警禽而徒欲遶枝,弃妇而岂忘回首。"屈原对国家、民族的大爱,转而体现在这种以"弃妇"自比而"怨恨"楚国国君的忠心上,真可谓是"纠缠如毒蛇,执著如怨鬼"(鲁迅语),惊心动魄,感泣鬼神。其《怀沙》或《惜往日》等,都有学者认为是屈原之绝笔,但笔者以为绝笔之际所写也不一定只有一篇作品。传为屈原沉湘,时在五月,但毕竟是传说。所以可以说这《怀沙》或《惜往日》等,大约都是绝笔之际的作品,自然时间容或有先后,然其时间之间隔也不会太长,但究竟哪篇为其自沉前之最后作品,还有待研究。一般认为《怀沙》为屈原之绝命词,但马茂元先生认为《惜往日》才是其临终之唱。参见其《楚辞选》之《怀沙》题解,第146—148页。

② 马茂元先生注:"草木丛生貌。'莽',音姥。"(《楚辞选》,第148页。)按:莽原作"草"头而下加"奔"字,今一般版本均作"莽"字。

③ 杨金鼎主编《楚辞评论资料选》,第478页。

④ 屈原《九章》之《橘颂》(根据马茂元先生分为四段)云:"后皇嘉树,橘徕服兮。受命不迁,生南国兮。深固难徙,更一志兮。绿叶素荣,纷其可喜兮。曾枝剡棘,圆果抟兮。青黄杂糅,文章烂兮。精色内白,类任道兮。纷缊宜修,姱而不丑兮。嗟尔幼志,有以异兮。独立不迁,岂不可喜兮。深固难徙,廓其无求兮。苏世独立,横而不流兮。闭心自慎,不终失过兮。秉德无私,参天地兮。愿岁并谢,与长友兮。淑离不淫,梗其有理兮。年岁虽少,可师长兮。行比伯夷,置以为像兮。"词不长,录此以备观览。蒋氏所论,大概根据"愿岁并谢,与长友兮"前后数句而推论之也。

所谓“橘逾淮而北为枳，地气然也”[①]，橘树正是南方自然景观的一个标志。屈原对橘树的一番审美心理活动，正与他自比美人的心理一样，着重其“纷缊宜修，姱而不丑兮”的内美，来进行歌颂。清人林云铭品得最好：“一篇小小物赞，说出许多道理。且以为有志有德、可友可师，而尊之以颂，可谓备极称扬、不遗余力矣。……句句是颂橘，句句不是颂橘。但见原与橘，分不得是一是二，彼此互映，有镜花水月之妙。”（《楚辞灯·橘颂》）[②]作品从橘树受皇天后土不迁之命而生长于南国起始，由整体到局部，由局部及整体，对其根深蒂固、绿叶素荣、枝繁果实以及鲜丽的色泽、浓郁的香气、婀娜的体态，作了细致的刻画，从而歌颂了橘树的“独立不迁”的志向、“廓其无求”的心胸、“横而不流”的品格、“闭心自慎”的修为、“秉德无私”的德操、“淑离不淫”的贞节和“绿叶素荣”的美容等，这正是屈原心中用以自比的一个举世无伦、冰清玉洁的“美女”形象。

《离骚》及《九章》中大部分可以断定为屈原所作的作品，主要流露的是一种“弃妇”心理，并以这种哀怨心理来观照自然，叠波旷宇，遥情荡绪，江风水气，扑面生悲，风格柔而不失其刚。而《九歌》组诗，却略有不同，其多表现为一种“失恋的情怀”，以“弃妇”伤感缠绵的心理来观物，“江山光怪之气，莫能揜抑”，秋风拂面，落叶生悲，风格柔婉而又悲凉。总之，《离骚》与《九章》，偏于表现“弃妇”之愤怨，而《九歌》却主要表现了“弃妇”之哀伤[③]，这两种情感本是“弃妇”式之心理的两个层面。这两个不同层面的生发，便形成同中有异的风格特色。班固《汉书·地理志》云：“楚有江汉川泽山林之饶，江南地广，或火耕水耨。民食鱼稻，以鱼猎山伐为业……信巫鬼，重淫祀。”[④]这种火耕水耨的生产方式与信鬼重祀的文化习俗，使《九歌》祭神组歌中的自然景观的描写，充沛了神话色彩。其实，由于这种独特的文化习俗之浸染，这种人化了的自然景观，已是一种“历史景观”、“人文景观”了[⑤]。王逸《楚辞章句·九歌序》云：“昔楚国南郢之邑，沅、湘之间，其俗信鬼而好祠。其祠，必作歌乐鼓舞，以乐诸神。屈原放逐，窜伏其域，怀忧苦毒，愁思沸郁。出见俗人祭祀之礼，歌

① 《周礼·考工记》语。另可参考文焕然《从秦汉时代中国的柑桔荔枝地理分布大势之史料来初步推断当时黄河中下游南部的常年气候》一文有关论述，载《福建师范学院学报》1956年第2期。

② 杨金鼎主编《楚辞评论资料选》，第477页。

③ 按：主要指《云中君》、《湘君》、《湘夫人》、《河伯》、《山鬼》、《大司命》、《少司命》七篇的有关情感表达和内容表现而言的，《东皇太一》（马茂元先生认为即为祭祀天上的上帝之神）、《东君》（一般以为是祭祀太阳神）、《国殇》（《礼魂》为送神曲，可以除外）基本没有这种内容的明确表现，风格也与前七篇不太相同。当然最突异之例外者是《国殇》，感情愤激昂扬，惨烈悲壮，慷慨刚劲，似乎寄托有屈原“国之将亡”的悲愤激烈的感情，恨不能沙场一战，以死报国。其结四句“诚既勇兮又以武，终刚强兮不可凌。身既死兮神以灵，子魂魄兮为鬼雄！”这可以视为对千百年来我中华爱国献身的仁人志士的最好的也是最高的礼赞，鼓舞着为国而战的沙场英雄战士的奋勇抗敌的精神，真乃我中华之国魂也。宋代杰出女词人李清照有“生当作人杰，死亦为鬼雄”的豪放诗句，盖本于此。另外，在此笔者要特别补充说一句，我们说中国之南方文学多有清新、绮丽、空灵之格，善于描绘“烟水迷离”之境界，此乃一端耳，不能由此得出南方文学无“英雄之气”、刚劲之格，如果这样理解，则大误大谬也；同理，也不能说中国之北方文学，无“儿女情多”的作品，如果这样理解，亦则大误大谬也。屈原《国殇》影响后代深远，此即一著名之显证。尽忠报国，杀身成仁，乃我中华民族逐渐凝结而成的共同的自强自立自信的民族精神、爱国品格，自然在中国古代以来的南、北方文学中皆有很多的反映。《九歌》作品这些题材、内容、感情和风格的不同，当是与所祭祀的神灵不同有关。

④ ［汉］班固：《汉书》卷28下《地理志下》，《汉书》，第1327页。

⑤ ［美］理查德·哈特向《地理学的性质——当前地理学思想述评》，在其第五章专门评述“景观”的各种定义，可参考中译本第196、197、198页有关论述，叶光庭（根据美国地理学协会1946年版本）译，北京：商务印书馆，1996年。

舞之乐,其词鄙陋,因为作《九歌》之曲,上陈事神之敬,下见己之冤结,托之以风谏。故其文意不同,章句杂错,而广异义焉。”[①]王逸的“下见己之冤结,托之以风谏”的论述,为许多后代学者所称许,发展到朱熹时,他就更为直接地指出,《九歌》诸篇“皆以事神不答而不能忘其敬爱,比事君不合而不能忘其忠赤,尤足以见其恳切之意”[②]。笔者以为这些观点,基本上都是正确的。不过,朱熹过于着重比附,如他对《山鬼》的逐句比释,就失之拘泥了。但像明人张京元《删注楚辞》认为“文人游戏,聊散怀耳。篇中皆求神语,与时事绝不相涉”的看法[③],我们以为亦不可取。

《九歌》无疑是采用了楚国沅、湘民间的祭歌的形式,或直接可视为就是对这种民间祭神之歌的改作,它当然会受到其形式的约束,或者说它必须顾及具体所祭之神的方法、内容,并非首首祭歌都能结合表现自己“弃妇回首”的情怀。只有《湘君》、《湘夫人》、《河伯》及《山鬼》等作中,作者巧妙地结合了所祭的神事活动,在描写神与神以及神与人(巫)的恋爱时,利用“望祭”而神不能至的形式,恰当地表现了自己如“弃妇”一样,失恋于君的情怀,并以这样一种“事神不答”、失恋心理来观照自然,使景观情境充满烟水迷离之致的色彩,造就了一种具有“烟云迷离”之美的景观美学风格,开拓了后代南方文坛由迷离之美而出空灵之境的创作道路[④]。

《湘君》篇中[⑤],写湘夫人盼望湘君而不至的哀怨云:“心不同兮媒劳,恩不甚兮轻绝”,遂“捐余玦兮江中,遗余佩兮澧浦。”这种“失恋情怀”,与《九章·思美人》中“思美人兮,揽涕而伫眙。媒绝路阻兮,言不可结而诒”的遭弃之情何其相似。《河伯》一首,写的当是河伯与洛水女神聚而复别的情事,其别之不得已的难言之隐,含蓄婉转,晦暗难明。细绎全诗,无多欢快,并非所谓河伯娶了女巫为妇的乐境。《天问》云:“帝降夷羿,革孽夏民。胡射夫河伯,而妻彼洛嫔?”[⑥]洛水女神与河伯相聚欢游之时,始终怀念自己的“家乡”:“日将

① [汉]王逸:《楚辞章句》(与朱熹《诗集传》合刊本),第53—54页。

② 引见[宋]朱熹《楚辞集注》,蒋立甫先生校点本,第21页。按:所引这几句话是朱子对自己所作的《九歌》总的说明的补注,上引文还有末二句云:“旧说失之,今悉更定。”其实朱熹所释,确实有比附之弊。马茂元先生引此一段,特别在“是以其言虽若不能无嫌于燕昵”句下加括号注曰:“男女爱恋之情”,甚是。(《楚辞选》,第63页。)

③ 杨金鼎主编《楚辞评论资料选》,第367页。按:可见朱熹和张京元代表了两种诠释倾向,“过犹不及”,都不是科学的客观的态度。

④ 马茂元先生《楚辞选》,对《九歌》有很长篇幅的解说,其中云:“《吕氏春秋·侈乐篇》说:楚之衰也,作为巫音来唱,这样就更显示出一种独特的地方情调。虽然现在不仅‘巫音’,就连楚声也失传,可是《九歌》在韵律上婉转抑扬之美,是每一个读者都能体味得到的。”又说:“像《九歌》这一类型的祭神乐歌之流行于楚国,并非偶然,实质上它标志着南方文化传统,是楚国人民宗教形式的一种巫风的具体表现。所谓巫风,是远古人神不分的意念的残余,指以女巫主持的祭祀降神的风气。《说文》:‘巫,祝也。女能事无形(神)以舞降神者也。’那就是说,巫的职业是以歌舞巫神降神,为人祈福的。《尚书》:‘恒舞于宫,酣歌于室,时(是)谓巫风。’巫风起源于远古,到了殷商时代更大大兴盛起来,所以伊尹有巫风之戒。周人重农业,崇尚笃实。开国之后,周公制礼作乐,一切祭祀典礼,都有了明白的规定。他并不否认神的存在,可是人神之间的界限,却划分得清楚明白。因而在周所直接统治的北方,巫风渐渐衰减,但长江流域,甚至黄河南部地区,则仍然盛行着这种带有神秘色彩的宗教生活。”(《楚辞选》,第61—62页。)按:此论南北方文学与巫风之关系最为明白简要,甚是。

⑤ 马茂元先生说:“《湘君》和《湘夫人》为配偶,是楚国境内所专有的最大的河流湘水之神。这一神祇最初也和天上的云日之神一样,只不过是初民崇拜自然的一种意识形态的表现,后来由于人事上的联系,以及有关古代传说渐渐充实了它的内容,这样神不但有了配偶,而且渗透了神与神之间悲欢离合的故事因素。湘神是湘水的化身,到《九歌》产生时代,古代的帝舜和他的妃子娥皇、女英又分化而成为湘水的男神和女神的替身。”(《楚辞选》,第74页。)

⑥ [汉]王逸:《楚辞章句》(与朱熹《诗集传》合刊本),第95页。

暮兮怅忘归,惟极浦兮寤怀。"极浦与后面"送美人兮南浦"的南浦,当是一个地方,可能均是指的洛浦。这首诗祭的是河伯[①],全篇也以河伯为中心展开描写,但似乎暗含了河伯与洛神的貌合神离之情,最后河伯只好送美人回"家"。末二句云:"波滔滔兮来迎,鱼鳞鳞兮媵予。"朱熹《楚辞集注》释云:"既已别矣,而波犹来迎,鱼犹来送,是其眷眷之无已也。三闾大夫岂至是而始叹君恩之薄乎!"[②]斯论颇有道理。总之,《河伯》中的别离之境,隐含着作者心理上的"遭弃"之情,是无可置疑的。

我们说,《九歌》中的景观描写与祭神形式以及作者"弃妇式"的审美心理完美地融为一体,风格柔婉,刻画细致的篇章,在《湘夫人》与《山鬼》两作中,更为典型。《湘夫人》开首写道:

帝子降兮北渚,目眇眇兮愁予。
嫋嫋兮秋风,洞庭波兮木叶下。
登白薠兮骋望,与佳期兮夕张[③]。
鸟何萃兮苹中,罾何为兮木上。

落叶秋风,湖水浩荡,一幅多么生动的洞庭秋景图画。而拂面的凉风、期望的怅惘,暗示了情人失约的凄苦结局。末二句虽云:"时不可兮骤得,聊消遥兮容与。"实非欢快之语,而是一种无可奈何的叹息。宋人吴子良《林下偶谈》评此"嫋嫋兮秋风,洞庭波兮木叶下"二句云:"模想无穷之趣,如在目前"[④]。明人胡应麟认为此二句"形容秋景入画",并说:"沅有芷兮澧有兰,思公子兮未敢言。恍惚兮远望,观流水兮潺湲"四句,即使"唐人绝句千万,不能出此范围,也不能入此阃域。"(《诗薮》内编卷一[⑤])

总之,"二湘"清词丽句,风情绰约,描摹物色,工于形容,具有一种柔丽之美。《山鬼》一篇,以女鬼的口吻来写其"失恋情怀",境界幽冷、情感凄恻,可谓后代"鬼诗"之祖:如云:"余处幽篁兮终不见天,路险难兮独后来。表独立兮山之上,云容容兮而在下。杳冥冥

① 按:[清]刘熙载乃读出"二湘"是南音,而《河伯》为北音。其《艺概·诗概》云:"《九歌》,乐府之先声也。《湘君》、《湘夫人》是南音,《河伯》是北音,即设色选声处可以辨之。"(杨金鼎主编《楚辞评论资料选》,第383页。)

② [宋]朱熹《楚辞集注》,蒋立甫先生校点本,第44页。

③ [清]宋长白《柳亭诗话》卷十八《佳期》云:"《楚辞》:'与佳期兮夕张。'注谓:'以佳人比君也,不敢斥尊者,故隐其词。'谢康乐《石门诗》:'美人游不还,佳期何由敦。'谢玄晖《呈沈尚书》诗:'良辰竟何许,夙昔梦佳期。'梁元帝《七夕》:'妙会非绮节,佳期乃凉年。'至唐以后则习用之,如钱仲文(按:钱起)'佳期难再得,清夜此云林。'武黄门(按:武元衡):'几度相思不相见,春风何处有佳期'之类,指不胜屈矣。"(杨金鼎主编《楚辞评论资料选》,第400页。)此论及"与佳期兮夕张"一句对后代的影响,所举甚切。

④ 吴子良《林下偶谈·文字有江湖之思》这段话,论及其对后代的影响,颇可参考,今全录之以备省览:"文字有江湖之思,起于《楚辞》。'嫋嫋兮秋风,洞庭波兮木叶下',模想无穷之趣,如在目前,后人多仿之者。杜子美云:'蒹葭离坡去,天水相与永。'意近似而语亦老。陈止斋《送叶水心赴吴幕》云:'秋水能隔人,白苹况连空。'意尤远而语加活。水心《送王成叟姪》云:'林黄橘柚重,渚白蒹葭轻。'意含蓄而语不费。"(杨金鼎主编《楚辞评论资料选》,第395页。)刘熙载《艺概·赋概》云:"叙物以言情谓之赋,余谓《楚辞》《九歌》最得此诀。如'嫋嫋兮秋风,洞庭波兮木叶下'正是写出'目眇眇兮愁予'来;'荒忽兮远望,观流水兮潺湲',正是写出'思公子兮未敢言'来。具有'目击道存,不可容声'之意。"(杨金鼎主编《楚辞评论资料选》,第383—384页。)

⑤ 杨金鼎主编《楚辞评论资料选》,第396页。

兮羌昼晦,东风飘兮神灵雨。……雷填填兮雨冥冥,猿啾啾兮狖夜鸣。风飒飒兮木萧萧,思公子兮徒离忧。"马茂元先生将《山鬼》分为七段(章),今据之再略逐段释之,因为其造境深刻,代表也影响了后代南方文学的地域风格。

第一段:"若有人兮山之阿,被薜荔兮带女罗。既含睇兮又宜笑,子慕予兮善窈窕。"山鬼含睇动人(宜笑,笑起来更美的意思),风情万端,贞淑窈窕。这是写山鬼惊艳出场,赴约而来也。山鬼之含睇宜笑,是屈原描写美人喜用者,乃袭用《诗经》之卫风《硕人》"巧笑倩兮,美目盼兮"之句。劈头一句"若有人兮山之阿"最为奇崛,令人神往。

第二段:"乘赤豹兮从文狸,辛夷车兮结桂旗。被石兰兮带杜衡,折芳馨兮遗所思。"写山鬼之行头装扮和一路的相思。

第三段:"余处幽篁兮终不见天,路险难兮独后来。"写山鬼自我解释为何未能按时赴约而"后来"之原委,其实根据下文,她没有迟到而是情人负约,而她不怪罪情人却反而责备自己,把爱情心理写得如此曲折生动,真能写出女性的体贴与细腻的情思,善于体会女性的情怀,可谓大手笔也。山鬼居于竹林深处、松柏之荫,也极具想像之能事。

第四段:"表独立兮山之上,云容容兮而在下。杳冥冥兮羌昼晦,东风飘兮神灵雨。留灵修兮憺忘归,岁既晏兮孰华予。"写山中云雨冥晦和山鬼苦等情人而不见其踪影的心理活动。马茂元先生以为上八句,是山鬼自己的歌唱。"留灵修兮憺忘归",就是说为美好情人来赴约见面,苦苦留守等待而忘记返回。"岁晏"是说有年龄老大、美人迟暮之惧而已,非是实写山鬼已经到"美人迟暮"之年,也写出她对现有爱情的无比珍视的心情。

第五段:"采三秀兮于山间。石磊磊兮葛蔓蔓。怨公子兮怅忘归,君思我兮不得闲。"写山鬼苦等"公子"(情人)过程中,时而采芝草(三秀)于山间,时而登高遥望,不见情人渐生怨意,转而又思虑自己不该怨恨公子,可能因为公子今天没有闲工夫而爽约,而不是他变心了,婉转之致。其开始写其"折芳馨兮遗所思",这里再写其苦苦等待中的"采三秀",都是为了赠送给情人作为礼物的。

第六段:"山中人兮芳杜若,饮石泉兮荫松柏。君思我兮然疑作。"极写山鬼形影相吊的孤单和思念之苦,生动地写出其猜疑的心理。"芳杜若"而"饮石泉",也是写山鬼的高洁品性。

第七段:"雷填填兮雨冥冥,猿啾啾兮又夜鸣。风飒飒兮木萧萧,思公子兮徒离忧。"进一步"造境",衬托山鬼的悲苦愁情,"思公子兮徒离忧"之结句,也余音娓娓,读之心碎,让人产生无比的共鸣和心理震撼。在"风飒飒兮木萧萧"的背景下,山鬼隐没下场,令人想像这个表演山鬼的女巫,一定也是一位美丽多情、风姿绰约的少女。[①]

《山鬼》之爱情心理的抒写,细腻曲折,回环婉转,坚贞高洁。山鬼也成为中国古典文学形象世界中的最有情义的最忠贞的女性形象。其造境和地域风格色彩就不同于《诗经》国风中的爱情佳作。金朝大文豪元好问的不朽爱情名作《摸鱼儿》(问人间,情是何物,直

① 参见马茂元:《楚辞选》,第 109 页。

教生死相许)一词,就曾引用《山鬼》作为“事类”(用典):“招魂楚些何嗟及,山鬼自啼风雨。”可参考沈祖棻先生《读〈遗山乐府〉》一文有关分析①。又按:马茂元先生还认为对宋玉《高唐赋》巫山神女的情事,其取材来源应该跟屈原《山鬼》是一致的,都是楚国民间普遍流传的一个民间神话,即帝之季女瑶姬的故事。

南方的山水景观、烟雨晦明之气,与山鬼的“离忧”情怀、幽处境地融为一体,把山鬼含睇宜笑、独立窈窕的绰约风姿写得可亲可近,创造了一种迷离惝恍的景观美学风格②。清人刘熙载《艺概·赋概》云:“屈子之文,取诸六气,故有晦明变化、风雨迷离之意。读《山鬼》篇足觇其概。”③屈赋的惝恍迷离的景观美学的柔美境界,随着后代山水田园诗的产生与成熟,成为南方文学所最崇尚的一种美学境界。

三

唐人尚较重视屈赋的悲概之气、哀怨之情,李白《古风》所谓“正声何微茫,哀怨起骚人”④,可以代表唐人对屈子文学精神一种认同式的理解,同时唐人对屈赋的“物境”之美,亦有精到的见解。李华《登头陀寺东楼诗序》有云:“辨衡、巫于点黛,指洞庭于片白;古今横前,江下茂树方黑,春云一色,曰屈平、宋玉,其文宏而靡,则知楚都物象,有以佐之。”⑤李华通过自己目击登临的体悟,指出了屈宋作品的风格特色(包括地域特征)与南方景观(楚都物象)之间的相互引发之关系。到了宋人严羽以后,南方文学偏向于欣赏屈赋的迷离之美,追求镜花水月的空灵,进一步倡发“南宗北宗”分体分派之说,使其伤感哀怨层面,得以深入的开拓。因而,严羽认为:“《九章》不如《九歌》。”⑥明清诗人词家更加崇尚性灵

① 沈先生之文,见山西古典文学学会和元好问研究会合编《元好问研究文集》,太原:山西人民出版社,1987年,第203—211页。

② 马茂元先生说:“其实《九歌》究竟是祭歌,有它实际的用途,它所描写的内容,会受到它原来题材的限制,不可能与作者身世有直接关联,和《离骚》、《九章》是不同体制的。《九歌》格调的绮丽清新,玲珑透彻,集中地提炼了民间抒情短歌的优美精神,显示出它的特色;但另一方面,也不能否认,在《九歌》的轻歌微吟中却透露了一种似乎很微漠的而又是不可掩抑的深长的感伤情绪。它所抽绎出来的坚贞高洁,缠绵哀怨之思,正是屈原长期放逐中的现实心情的自然流露。”(《楚辞选》,第65页。)按:所论甚是。“绮丽清新,玲珑透彻”的风格和审美意境与理想,就是后来南方文学特别是崇尚“南宗”精神一派的追求。

③ 杨金鼎主编《楚辞评论资料选》,第212页。

④ [唐]李白《古风》:“大雅久不作,吾衰竟谁陈。王风委蔓草,战国多荆榛。龙虎相啖食,兵戈逮狂秦。正声何微茫,哀怨起骚人。扬马激颓波,开流荡无垠。废兴虽万变,宪章亦已沦。自从建安来,绮丽不足珍。……”(《全唐诗》卷一百六十,《全唐诗》增订本,北京:中华书局,1999年。)

⑤ 按:李华《登头陀寺东楼诗序》文不长,录以备览:“侍御韦公延安威清江汉,舅氏员外象名高天下,宾主相待,贤乎哉!王师雷行,北举幽朔,太尉公分麾下之旅,付帷幄之宾,与前相张洪州夹攻海寇,方收东越。夏首地当邮置,吉语日闻,喜气填塞于江湖,生人鼓舞于王泽。头陀古寺,简栖遗文,境胜可以澡濯心灵,词高可以继声金石。二大夫会台寺之贤,携京华之旧,十有馀人,烁如琼华,辉动江甸。涉金地,登朱楼,吾无住心,酒亦随尽,将以斗擞烦襟,观身齐物。日照元气,天清太空,无有远近,皆如掌内。辨衡、巫于点黛,指洞庭于片白。古今横前,江下茂树方黑,春云一色。曰屈平、宋玉,其文宏而靡,则知楚都物象,有以佐之。舅氏谓华老于文德,忘其琐劣,使为诸公叙事。不敢烦也,词达而已矣。”([清]董诰等编辑《全唐文》卷三一五,上海:上海古籍出版社,1990年。)

⑥ 严羽《沧浪诗话·诗评》:“《九章》不如《九歌》,《九歌·哀郢》尤妙。”(郭绍虞:《沧浪诗话校释》,北京:人民文学出版社,1961年,第183页。)按:前人对《九歌》与《九章》的不同,多有深刻认识,作笼统比较其差异论者尤多。如[明]胡应麟《诗薮》内编卷一云:“和平婉丽,整暇雍容,读之使人一唱三叹者,《九歌》等作是也。恻怆悲鸣,(转下页)

境界、迷离之美,从而使女性化的柔美,成为南方文学的传统地域风格。

屈赋“弃妇式”的审美心理的“伤感”层面,首先为宋玉拓展继承,其景观描绘更加细致工整,使《楚辞》柔美一面的景观美学风格进一步定型化,并由文学地域性的空间风格向时间风格演化,使文人伤秋于《九辩》以后成为千古话题②。宋玉《九辩》不像屈赋那么直抒胸臆,而是移情于境,更为着重主观情感的“投射”,善于通过自然景观来抒情,造成一种情景交融的境界。“皇天平分四时兮,窃独悲此凛秋”,面对肃杀的秋景,抒发“贫士失职而志不平”的悲凉意绪。这与屈原描写“滔滔孟夏兮,草木莽莽”的夏季中,感受寂天寞地的情怀不同,而是紧扣南方秋季景观荒凉萧条的特征来抒情:

> 悲哉秋之为气也!
> 萧瑟兮草木摇落而变衰。
> 憭慄兮若在远行,
> 登山临水兮送将归。
> 泬寥兮天高而气清,
> 寂寥兮收潦而水清。

开篇描写秋景,便极为传神,突出了秋天的萧瑟。接着作者以目下秋天的一些典型的自然景观如动、植物等为标志——白露、衰草、大雁、鹍鸡、蟋蟀等,进一步勾勒了秋天的景象。“悲忧穷蹙兮独处廓,有美一人兮心不绎”,以此寥廓萧瑟的天地为背景,描绘出一个“失职”不遇的贫士(自我),在悲凉的秋天世界中徘徊的画面③。下文便以这一自我心灵的投影——“有美一人”的口吻,来生发全赋,或抒情或议论,或写景或观物,物境与情境相交融,使南方秋天的世界里,充溢悲凉之气,氤氲着伤感的情调,转侧哀婉,郁抑低回,从而使其笔下的秋天景观形成了一种更为柔丽哀婉的风格。胡应麟《诗薮》内编卷一云:“‘嫋嫋兮秋风,洞庭波兮木叶下’,形容秋景入画;‘悲哉,秋之为气也!憭慄兮若远行,登山临水兮送将归’,模写秋意入神,皆千古言秋之祖。六代、唐人诗赋,靡不自此出者。”④可见,屈原、宋玉所创发的哀怨柔美之景观美学风格,作为南文学的地域风格,对后代的影响是多么深远,并转化为一种超地域性的时间风格,积淀在整个中国古典文学的创作之中。屈

(接上页)参差繁复,读之使人涕泣沾襟者,《九章》等作是也。《九歌》托于事神,其词不露,故精简而有条。《九章》迫于恋主,其意甚伤,故总集而无绪。”[清]刘熙载《艺概·赋概》认为:“《九歌》与《九章》不同,《九歌》纯是性灵语,《九章》兼多学问语。”这些评论亦多能启人深思。

②《九辩》中有屈原作品中的文句,何以如此?一种认为是宋玉直接袭用屈原,一种认为屈原直接引录宋玉。此不追论。可参考马茂元先生《楚辞选·前言》(第36—37页)和蒋天枢先生《楚辞论文集》(第4—5页)有关论述。

③ 按:上引之下文接着写道:“憯凄增欷兮薄寒之中人。怆怳懭悢兮去故而就新;坎廪兮贫士失职而志不平。廓落兮羁旅而无友生;惆怅兮而私自怜。”接着一段也全是叙写秋景:“燕翩翩其辞归兮,蝉寂漠而无声。雁痈痈而南游兮,鹍鸡啁哳而悲鸣。独申旦而不寐兮,哀蟋蟀之宵征。时亹亹而过中兮,蹇淹留而无成。”笔者比较赞同通行的看法,就是“贫士失职而志不平”的贫士,就是作者宋玉,当然诗歌作品可以假托“抒情主人公”的口吻,或把他理解为屈原,然通篇读来,“意境”不侔。

④ 杨金鼎主编《楚辞评论资料选》,第397页。

赋乃是"发愤之所为作也"（司马迁《史记·太史公自序》）[①]，其"弃妇式"的审美心理是与其"弃妇回首"的审美理想、政治理想的终极指归相统一的。也就是说，屈原的"男女君臣"之喻的创作心理，其意义不仅在于他造就的文学成就之中，更在于他对"美政"理想的追求之中，政治的哀怨多于文人的伤感。

这种哀怨情感、"弃妇情怀"，激发了屈原大胆的怀疑精神与深沉的理性思想的产生，从其长篇哲理诗《天问》中可以见出，从而造就了屈原"狂狷"而不是"中和"或"隐逸"的人格精神。《论语·子路》云："子曰：不得中行而与之，必也狂狷乎？狂者进取，狷者有所不为也。"[②]屈原有进取之志而不为"中行"之道，温柔敦厚的儒家"中和"之人格理想，为屈原所唾弃；隐遁山林以求内心自由的人生境界，也非屈原所向往，"既莫足与为美政兮，吾将从彭咸之所居"，终使屈原选择了投水以明志的道路，屈赋的恢宏放逸之气的层面，正是来源于他这种"狂狷"之人格精神的灌注。在屈原的影响下，狂狷，成为后代南方文学个性主义精神的一个重要层面。但另一方面，从宋玉开始，对现实的不平之情，愈来愈龟缩在内心世界之中，流于一种无力的愁苦与伤感，愈来愈在其人生的感悟之中，失去抗争的力量，而寻栖山林的居所、遁世的逍遥，《楚辞》中的《远游》就已经表现了这样一种精神指向。

《远游》非屈原所作，已由许多专家学者考辨指明，大概乃盛行黄老思想的汉初时人的拟作。《远游》可以说乃后代"游仙"诗之祖，其中描写神游四方天地的快适，充满了服食轻举，养生炼形的道教思想[③]。其景观描写特征，在于与游仙思想相结合，把自然作为美丽的栖所来观照，而从今人考定为屈原所作的《招魂》看，其对东西南北四荒的自然蛮野的描写中，也说明了自然在屈原的心中并非休栖的乐境[④]，但与《远游》之思想指归明显不同。

---

① 《史记》卷一百三十《太史公自序》："昔西伯拘羑里，演《周易》；孔子厄陈蔡，作《春秋》；屈原放逐，著《离骚》；左丘失明，厥有《国语》；孙子膑脚，而论兵法；不韦迁蜀，世传《吕览》；韩非囚秦，《说难》《孤愤》；《诗三百篇》，大抵贤圣发愤之所为作也。"

② 孔颖达《正义》曰："此章孔子疾时人不纯一也。……中行，行能得其中者也。言既不得中行之人而与之同处，必也得狂、狷之人可也。……狂者进取于善道，知进而不知退；狷者守节无为，应进而退也，两者俱不得中而性恒一。欲得此二人者，以时多进退，取其恒一也。"（《论语注疏》卷十三，第203页，《十三经注疏》整理本。）

③ 如《远游》中写道："恐天时之代序兮，耀灵晔而西征。微霜降而下沦兮，悼芳草之先零。聊仿佯而逍遥兮，永历年而无成。谁可与玩斯遗芳兮，晨向风而舒情。高阳邈以远兮，余将焉所程。重曰：春秋忽其不淹兮，奚久留此故居？轩辕不可攀援兮，吾将从王乔而娱戏！餐六气而饮沆瀣兮，漱正阳而含朝霞。保神明之清澄兮，精气入而粗秽除。顺凯风以从游兮，至南巢而一息。见王子而宿之兮，审一气之和德。曰：'道可受兮，不可传；其小无内兮，其大无垠；无滑而魂兮，彼将自然；一气孔神兮，于中夜存；虚以待之兮，无为之先；庶类以成兮，此德之门。'"屈原绝不可能有这种养生炼形、"从王乔而娱戏"的思想，但通读全篇，《远游》作者确实是假托屈原的口气的，所以王逸误解说："远游者，屈原之所作也。屈原履方直之行，不容于世。上为谗佞所谮毁，下为俗人所困极，章皇山泽，无所告诉。乃深惟元一，修执恬漠。思欲济世，则意中愤然，文采铺发，遂叙妙思，托配仙人，与俱游戏，周历天地，无所不到。然犹怀念楚国，思慕旧故，忠信之笃，仁义之厚也。是以君子珍重其志，而玮其辞焉。"（王逸《楚辞章句》，第156页。）前人早已辨其妄。

④ 如《招魂》其中写道："乃下招曰：魂兮归来！去君之恒干，何为四方些？舍君之乐处，而离彼不祥些！魂兮归来！东方不可以托些……南方不可以止些……西方之害，流沙千里些……北方不可以止些……归来兮！不可以久些。"按：《楚辞章句》有《招魂》和《大招》，李善注《文选》又以《招魂》为《小招》。《招魂》，最早王逸以为是宋玉为招屈原亡魂而作："《招魂》者，宋玉之所作也。招者，召也。以手曰招，以言曰召。魂者，身之精也。宋玉怜哀屈原，忠而斥弃，愁懑山泽，魂魄放佚，厥命将落。故作《招魂》，欲以复其精神，延其年寿，外陈四方之恶，内崇楚国之美，以讽谏怀王，冀其觉悟而还之也。"又释《大招》云："《大招》者，屈原之所作也。或曰景差，疑不能明也。屈原放流九年，忧思烦乱，精神越散，与形离别，恐命将终，所行不遂，故愤然大招其魂，盛称楚国之乐，崇怀、襄之德，以比三王，能任用贤，公卿明察，能荐举人，宜辅佐之，以兴至治，因以风谏。"（参见马茂元先生《楚辞选》之《招魂》题解，第182—184页。）

《远游》中写道：

> 嘉南州之炎德兮，丽桂树之冬荣；
> 山萧条而无兽兮，野寂漠其无人。
> 载营魄而登霞兮，掩浮云而上征。

这里的四荒世界的寂寞与屈原《怀沙》中所感受到的那种寂天寞地的孤苦忠愤不同，也与宋玉临秋风而顿生悲凉异质，乃是道家“超无为以至清兮，与泰初而为邻”的仙境，乃是一种寂寞无为的人生乐境，乃是所谓“山林与，皋壤与，使我欣欣然而乐焉”(《庄子·知北游》[①])，这种庄子后学的思想，追求的乃是一种隐逸的审美理想，塑造的乃是一种超越尘俗的美学人格。

随着汉末世积乱离之下，玄学精神兴起而对老庄精神的张扬与再度重振，人们“以玄对山水”(《世说新语·容止》注引孙绰语[②])，在山水田园中寻觅诗意的人生，超尘放逸便成为南方文学的另一主要的精神层面。

《诗经》之《小雅·四月》有诗句云：“滔滔江汉，南北之纪。”就中国南北文学作品本身的差异而言，既要看到南北地理的自然之境对作家所产生的不同影响，也要看到它也是由南北不同地理景观表现于文学境界中所形成观感上的审美异趣而造成的。漠漠大荒的形容，自与潺潺流水的描述有别，给人一刚一柔的感觉，这一点是不容忽略的，由此再上升到审美心理层次来研究，才能较为着实、较有意义。总之，作品得“江山之助”多矣，值得深入研究，而这一研究，今天可以归纳到文学地理研究之范围。

1992 年夏初稿
2011 年春修订
2013 年夏第三次修订

---

① 据郭庆藩《庄子集释》引(晋)郭象注云：“山林皋壤未害于我而我便乐之，此为无故而乐也。”又，[唐] 成玄英疏云：“凡情滞执，妄生欣恶，忽睹高山茂林，神皋奥壤，则欣然钦慕，无故而乐，无故而哀，是知世之哀乐，不足计也。”盖成疏结合《知北游》中孔子(仲尼)所说这句话的前后文而言的：“仲尼曰：‘古之人，外化而内不化，今之人，内化而外不化。与物化者，一不化者也。安化安不化，安与之相靡，必与之莫多。……圣人处物不伤物。不伤物者，物亦不能伤也。唯无所伤者，为能与人相将迎。山林与，皋壤与，使我欣欣然而乐与！乐未毕也，哀又继之。哀乐之来，吾不能御，其去弗能止。悲夫，世人直为物逆旅耳！夫知遇而不知所不遇，知能能而不能所不能。无知无能者，固人之所不免也。夫务免乎人之所不免者，岂不亦悲哉！至言去言，至为去为。齐知之所知，则浅矣。”(《庄子集释》，《诸子集成》本，上海：上海书店影印，1986 年，第 334 页。)主旨阐说的是以“山林”(自然)为“栖”(《达生》篇所谓“若夫以鸟养养鸟者，宜栖之深林”之栖)，即顺应自然，“与物化”而不“为物逆旅”的意思。

② 余嘉锡《世说新语笺疏》卷十四《容止》第 24 则：“庾太尉在武昌，秋夜气佳景清，使吏殷浩、王胡之之徒登南楼理咏。音调始遒，闻函道中有屐声甚厉，定是庾公。俄而率左右十许人步来，诸贤欲起避之。公徐云：‘诸君少住，老子于此处兴复不浅！’因便据胡床，与诸人咏谑，竟坐甚得任乐。后王逸少下，与丞相言及此事。丞相曰：‘元规尔时风范，不得不小颓。’右军答曰：‘唯丘壑独存 ’。”注引孙绰《庾亮碑文》曰：“公雅好所讬，常在尘垢之外。虽柔心应世，蠖屈其迹，而方寸湛然，固以玄对山水。”(《世说新语笺疏》，北京：中华书局，1983 年，第 618 页。)

《文心雕龙》与文学本体论

胡　海*

摘　要： 中国文艺学之所以会用“本体论”去把握某些西方哲学和文论观念及思维方式，正是因为自身有着源远流长的本体论传统。《文心雕龙》以先秦两汉哲学中的道本论和气本论为理论基础，贯穿着本末统一的思维。道本论对后世文论影响深远。道本论是一种开放的视野，是观衢路的、调和折中的思维方式。《文心雕龙》是内部研究和外部研究结合的，就其“文”的概念相当于一切文化载体来说，可以说有着文化研究的视野。

关键词： 文心雕龙；文学本体论；道本论

“本体”是一个歧义甚多的概念，“本体论”也是一个充满争议的命题。1985 年，文艺学界提倡文学观念和方法更新，意在突破意识形态本质论，引入西方多学科理论与方法。鲁枢元的心理本体论就是在这种背景下提出来的。由此兴起的多种本体论，实际上是对文学多重性质的探讨，也拓展了文学及文学研究的功用与价值。意识形态本质论是以马克思主义为“根本”的思想依据、理论指南的，本体论也有重新反思“思想本体”的意图，引入多种理论与方法，变一元为多元。这就将文学研究引向韦勒克、沃伦《文学理论》中所谓外部研究。又，马克思主义以客观存在为本，以实践为本，这一原理运用于文学，要求文学以社会生活为根本源泉，并强调社会功用。语言本体论、形式本体论则更为注重文学自身传统、语言文化传统、文学主体心理因素等“自身规律”。这是文学研究由政治、社会历史研究转向“内部研究”。又，意识形态本质论包含着一种二元对立的本末思维，文学以意识形态为本，潜在的内涵是，意识形态性是文学诸多属性中最重要的，与意识形态性相应的政治思想认识与教育作用也是最重要的。新时期以后，不少学者以“审美”来反拨或调和意识形态本质论，走向另一个极端，即认为审美性对于文学来说是最重要的，文学最重要的功用与价值也在于审美。本体论取代本质论，是消解本末对立的思维方式，从本体视野、

---

* 作者简介：胡海，河北大学文学院教授。

"根本"视角审视文学性质、功用和价值。文化本体论强调的便是"文化"这一宽泛视野。

龙学领域的本体论探讨,在纯文学概论初建时期,主要是本质论——文学特性探讨;建国后至新时期以前,由道是宇宙本体还是精神本体,讨论刘勰文学观念唯物还是唯心;这关系到他是持实践本源、生活源泉论还是心源说。同时也讨论他究竟是以儒家思想为本还是以道家思想为理论基础,是更注重文学政教功用还是审美功能。1988年以后,这方面视野要开阔一些,探究《文心雕龙》与各种思想学说的关系,不再追究以哪家学说为本,更不讨论唯物、唯心这些看似带有"根本性",实则机械、空疏的话题。这是有助于龙学向文学外部研究展开的,不过呢,因为很多学者还在意识形态和审美、文学他律与自律之间争议不休,所以龙学领域更为关注文学本质和自律问题,没有及时跟上更为丰富多元的外部研究和更为前沿的文化研究接轨。有些学者注意到本体论与本末思维的关系,对于刘勰究竟是重本轻末的二元对立思维,还是本末并举的中和、折中思维,则没有形成共识。这是本文所要彻底理清的问题。

一、《文心雕龙》"本乎道"和"原道"的目的

《文心雕龙》以先秦两汉哲学中的道本论和气本论为理论基础,贯穿着本末统一的思维。道本论对后世文论影响深远。当道具体指代儒家思想时,道本体是指向实践目标的理论指南。实践是趋利避害的,必然有所取舍,有所侧重,因此重本轻末思维占主导,比如在政教与审美之间强调政教;当道在玄学、佛学中泛化为形而上的本体追问时,本末是统一的,比如说每个人都可以体道,趋近圣人,每个人都有佛性。当代学者讨论《文心雕龙》本体论,有突破意识形态本质论的目的,却又陷入以审美为本的片面性,这是本末对立的思维。如果将道本体当作是一种开放的理论视野,那就可以客观地认识文学的多重属性、功用和价值。《文心雕龙》比较明显地推崇儒道,注重文章功用,同时又"唯务折衷",崇尚通变,有着开阔、通达的理论视野。到底该怎么看待《文心雕龙》本体论,这要和刘勰本乎道、原道的目的结合起来讨论。

在古代汉语中,本是和末对应的,"本"是诸多相关事物中最重要的一种,或者是一事物诸多性质与功用中最重要的那方面。汉代流行重本轻末、崇本抑末的思维,比如重农抑商、重政教之道而轻审美之文、重视圣人而轻视普通人、重视经典而轻视一般著述等。这是一种二元对立思维。魏晋则出现崇本举末的思维。王弼在《老子指略》中,认为《道德经》的要旨是崇本息末,领悟至道、大道,不要为各种具体事实、现象和道理所遮蔽;同时又认为,任何具体言说都在不同程度上接近大道,大道也只能够通过各种具体事实、现象和道理去把握。因此,"本"这个词,包含了重本轻末和本末并举、统一两种倾向。本也和用相对而言。汉代司马谈在《论六家要旨》中讲述道家的宗旨说:"其术以虚无为本,以因循为用。"这里的本,是思想基础、理论指南,用则是根本理论的运用。因此,本相当于今天的根本,有着强调其重要的意思,那么,用也就是相对次要的。

刘勰没有明显的重本轻末观念，他眼观衢路，兼采各家学说。他原道，不是为了确立某种“道”为本体或思想依据、理论指南，而是为了借助各家学说来展开自己的论文之说。从本体论角度说，刘勰不仅借助了道本论，也借助了气本论。古代学者在探讨宇宙生成时提出了道本论和气本论，集中表述于《老子四十二章》：“道生一，一生二，二生三，三生万物。万物负阴而抱阳，冲气以为和。”道化生万物，具体就是阴阳二气相互作用产生新生命或新事物。道是万物化生的根本源头、根本动力，气则是万物构成的基本元素。道本论和气本论都可谓本体论，前者对于事物来说是外在的，后者则是内在的。“气”作为构成万物的元素，也是构成主体精神的元素。

曹丕在《典论·论文》中以气本论来解释作家各有所长：气有清、浊两种不同形态，作家秉气不同，便擅长不同文体。他说“文本同而末异”，就是说“文以气为主”，这是本，“气之清浊有体”，体现为不同文体风格，这是末。

刘勰在《文心雕龙》中沿袭了曹丕文以气为主的思想，将气当作主体的精神要素和文章的内部元素，接过孟子的养气说谈主体的精神文化修养，以气来讨论作者的志意、文风等。而“本乎道”、“原道”则是从外部寻求文章的根本源头、生成与变化的动因、文章性质、功用、价值的根本依据。可以说，《文心雕龙》之气本论属于本质论，道本论属于本体论。后世文论，如果注重对文学自身的研究，则会运用气本论；如果注重文学的功用、价值，则会以道本论为支撑。“气”作为精神构成元素，是一个笼统的概念。随着对文学自身研究的具体展开，“气”会转化为许多表意更为明晰的概念，比如说“秀气”、“气伟”、“气盛”、“气扬”、“辞气质素”、“气有刚柔”等。显然，气是什么已经不重要，秀、伟、盛、扬、质素、刚柔等才是核心词。又如刘勰多次使用的“志气”一词，显然“志”才是表意明确的关键词。由此可见，刘勰将气本论转化成了对文学特性和规律的具体探讨。

道本论是文论探讨的外在理论支撑，或者是来自外部的要求与规范，不是文论内部问题，刘勰只是在文论中运用道本论，并未对道本论本身进行专门探讨。因此，《文心雕龙》中的道本论涵盖了什么问题与观念，它是否可以说明文章本源、生成与变化的动因，为文章性质、功用、价值认识提供了什么启示或依据，这种结合对于后世文论有何影响，都是需要在现代学科视野中予以探究的问题。

刘勰“本乎道”和“原道”乃是借助道本论来肯定“道之文”的价值，并确立宗经和通变的原则。宗经通变进一步肯定了文章本身的发展，包括情志变化、文体丰富、辞采繁盛、技巧创新。道是宇宙本体，是万事万物存在合理性的根本依据，这是前人已经论述过的，因此“道之文”具有不言而喻的意义和价值。不过，刘勰并非单纯地以道本体为依据来阐说文的功用。他在《原道》中接着前人有关宇宙生成的论说，探讨文明起源、文章发展的过程。在科学落后的上古时期，宇宙生成只是一种推论，老子说“道生一，一生二，二生三，三生万物”是抽象的推论，《庄子·大宗师》中说道“自本自根，未有天地，自古以固存；神鬼神帝，生天生地”也是抽象推论。严遵的《老子指归》解释“道生一，一生二，二生三，三生万物”时，认为“道虚之虚，故能生一”。“二”是阴阳二气，两者互相作用，“和”是这种作用力，与阴阳二气一样是客观存在,严遵谓之"和气",与阴阳二气并称为"三物"。于是,"清浊以分,高卑以陈,阴阳始别,和气流行,三光运,群类生。有形脔可因循者,有声色可见闻者,谓之万物。"这是将老庄的"道生天地"具体化、过程化。这些抽象推理当然不能从科学角度来审视,值得注意的是严遵突出了"道"的运动变化,提出了"和"的互动原则,这启示后世文论家考察文章流变,尤其是启示了刘勰在道的运动及道与文的互动中考察文的变化。经是圣人体道的成果,以道为本带来的是宗经原则,道是运动的,因此道之文也要通变,要充分肯定文章本身的发展,包括情志变化、文体丰富、辞采繁盛、技巧创新等,同时,又不能背离经典,宗经和通变是统一的,这就是"和"的原则,也是刘勰所谓"唯务折中"的原则。

严遵注重道的运动变化,应当说是受到《周易》的影响。《周易·系辞》中说:"《易》有太极,是生两仪。两仪生四象。四象生八卦。八卦定吉凶,吉凶生大业。"这是将《易经》卦象看作是推演万事万物变化的工具,实则是将人对事物和现象的认识附会于卦象。占卜者的判断与决定,并非由卦象而来,而是依据本人对事物的判断。假如占卜者缺乏知识与经验,根据卦象作出的解释和判断就是撞大运了。因此,易学非常强调通变。卦爻辞对卦象解释有一定制约,事物和现象则是千变万化的,这也要求解释者通于事物变化之理,不能机械地根据卦爻辞来解释占卜事情时所得卦象。《周易·乾凿度》将老学的宇宙本源转化为一个运动变化过程:"故曰:有太易,有太初,有太始,有太素也。太易者,未见气也。太初者,气之始也。太始者,形之始也。太素者,质之始也。炁形质具而未离,故曰浑沦。浑沦者,言万物相浑成而未相离,视之不见,听之不闻,循之不得,故曰易也。"浑沦相当于庄子的混沌,是最简单的存在,所以称为"易"——简易;"易"又有变易的意思,从浑沦开始变化,就是生天地万物的过程。由此可见易学通变思想和老学道本体论的合流。西晋皇甫谧的《帝王世纪》和东晋张湛的《列子注》都是这样描述道的运动和宇宙最初的起源过程。宇宙起源过程在当时只能是推论,刘勰接着这一过程来考察道之文的起源与发展,则不是那么抽象。因为他考察的是人出现后的情况,有可以稽考的历史与文献为依据。他说道必然显现为文,相当于说,万事万物必然有其现象。人为天地之心,可以透过现象认识本质。这就有了人文,相当于精神文化。文章作为圣人体道的结果,实际上就是早期人类认识的载体。文章的重要性就在于此:没有文章载体,精神文化成果不可能得以保留和传承。这看起来像是一句废话,但这是针对汉代以前的重道轻文观念的。重道轻文观念一是注重文章内容而不注重文章本身,二是对于各种思想学说也有区分,最重视儒家思想,最轻视那些没有实践效用的文章。刘勰将道上升到本体层面,等同于精神文化整体,那就是一般地重视道本身,因而一般地重视所有道之文。刘勰宗经,是沿袭了汉代学术传统,通变则赋予了宗经以不同的意义。刘勰宗经只是认为,早期圣贤的认识是后世认识展开的基础,经典具有原创性,由最后一位圣人孔子删定过,经过了历史的检验和众人的评判,因此一切认识理当由此入手,一切文章的思想内容及表述形式都要从效法和揣摩经典出发。这就是入门须正。通变则完全允许思想创新和形式创新。所以,宗经与通变结合作为文化发展原则,使得宗经突破了汉代经学的保守,也使得通变并非像魏晋某些思想家那样毫无目的和原则，走向虚无和空疏。作为文章原则，宗经和通变一方面要求文章始终注意要有内容，形式要与内容切合，不会忽略形式美，也不会走向形式主义；文章内容不局限于某一种道，形式不局限于某一部经典，不会走向玄言诗的晦涩，也不会走向宫体诗的轻艳。

宗经和通变还构成了一条清源溯流的学术思路，启示着文体流变和文学史考察的方法。"原道"是先秦两汉哲学家对宇宙起源的推论，由原道而来的宗经则是实实在在的文章本源考察。刘勰将五经作为不同文体的源头，也是按照五经来划分文化类别，这种划分忽略了太多细节上的例外，总体上还是成立的。最重要的是，文化传承，是有内在轨迹可循的，在没有严格学科分类的中古时期，刘勰按五经类别来对文化和文化载体进行流变考察，"振叶以寻根，观澜而索源"，这种缜密的思维方式，是古代学术和文论比较缺少的。

总之，我们不能简单地将道等同于本体，将刘勰本乎道和原道当作本体论，按照本体和本体论的内涵，认为刘勰仅仅是在为自己的文论观点寻求思想依据，或者是由某家学说为依据来强调文学的某种根本、最重要的功用和价值。他循着前代道本论的内在理路，确立宗经和通变的原则，提出清源溯流的思路，这才是最重要的。道本论是一种开放的视野，是观衢路的、调和折中的思维方式。《文心雕龙》是内部研究和外部研究结合的，就其"文"的概念相当于一切文化载体来说，可以说有着文化研究的视野。

二、道本体论的传承和现代转换

刘勰借助宇宙生成道本论来阐说他的文论原则和方法，所本之道不是哪一家思想。有些龙学研究者讨论《文心雕龙》是以儒道佛玄哪家学说为思想依据、理论基础，这种本体论探讨，与《文心雕龙》本身没有多大关系。刘勰眼观衢路，唯务折中，本末同一，兼容并包，没有特别倾向于某家思想。也许，与古代文人都崇尚功业有关，他比较倾向于儒家思想，"树德建言"、六经为之炳焕，军国为之昭明表明刘勰注重"文之为德"，注重文章的社会功用。不过呢，他也说过"文果寄心，余心有寄"，充分认识到并且肯定文章对于人的形而上意义。汉代儒家以儒家之道为思想依据和理论基础，由儒道本体来强调文章的功用和价值，这一倾向在魏晋玄学中得以扭转。魏晋学术是兼容并包的。其本体论是本于无，实则是无具体所本，对玄远本体的追问，是对存在意义的形上思考，这种本体学说是人生之学，如汤用彤《魏晋玄学论稿》中所说："王氏形上之学在以无为本，人生之学以反本为鹄。"人生之学，必然探讨人的精神情感问题，和审美及艺术关联起来。《文心雕龙》的寄心之说，便折射出玄学本体论与人生论、艺术论的关联。

刘勰之后将"原道"与儒道本体论对应的，以韩愈的《原道》最为典型。该文以圣人之道、儒家之道为实践的根本指南，从人类文明进步角度高扬圣人的意义："古之时，人之害多矣。有圣人者立，然后教之以相生相养之道。为之君，为之师。驱其虫蛇禽兽，而处之中土。寒然后为之衣，饥然后为之食。木处而颠，土处而病也，然后为之宫室。为之工以赡其器用,为之贾以通其有无,为之医药以济其夭死,为之葬埋祭祀以长其恩爱,为之礼以次其先后,为之乐以宣其湮郁,为之政以率其怠倦,为之刑以锄其强梗。相欺也,为之符、玺、斗斛、权衡以信之。相夺也,为之城郭甲兵以守之。害至而为之备,患生而为之防。"可见韩愈以圣人之道为本,带有很强的目的性。他掀起古文运动,一是反对形式主义,二是反对背离儒道正统。柳宗元提倡文以明道,此道也是经世致用之道,尤其是政教之道。他在《答韦中立论师道书》中说:"始吾幼且少,为文章,以辞为工。及长,乃知文者以明道,是固不苟为炳炳烺烺,务采色,夸声音而以为能也。凡吾所陈,皆自谓近道,而不知道之果近乎?远乎?吾子好道而可吾文,或者其于道不远矣。"在《答吴武陵论〈非国语〉书》中,更是鲜明提出文章要有"辅时及物"的作用。故而中唐有新乐府运动。"原道"作为道本体论,实际上相当于价值功用论。儒道便是决定文章价值与功用的思想依据。在政治话语主宰学术的封建社会,儒道本体论及相应的政教功用论是古代文论的主流。

严格来说,儒道本体论以儒为本,与"体"并无关系。本体在现代汉语中是一个偏义复词,如张岱年所说,相当于"本根"。"本体"中的"体"字单用时,是和"用"相对的,两者没有本末轻重之分。"用"有时候和本相对,这不意味着"体"有"本"的意思。"体"具有"本"的意思,与中体西用的观念有关。洋务运动中,中体西用是基本原则,强调的是中体,基本目标、基本问题、基本观念、基本原理或思想指南是君王和圣人的,西方科学技术只是可资借鉴,为我所用。《壬寅学制》中所确定的"文学研究法"课程要义,是以儒家思想为中体。这样,体就有了本的意思。"本体"一词也就相当于本根,有着根本依据、思想基础等涵义。姚永朴的《文学研究法》以明道、经世为根柢,"根柢"相当于本体。黄侃的《文心雕龙札记》确定了广义文学研究的基本问题:"文学界限、文章起源、文之根柢及本质",这个"根柢"也是本体。"根柢"是外部要素或要求贯穿于文章,明道经世不是文章必然具有的性质和功用,显然,道是外部要素,明道经世是外部要求,文章是有可能不明道的,不是什么文章都明道,有的文章甚至遮蔽道、破坏道。自然,也不是什么文章都有经世作用。

在狭义文学概论出现以后,龙学领域同时论及本体和本质问题。文学本质论是对文学最重要性质也就是基本特性的认识,本体论是外在思想依据。民国学者似乎并未区分这一点。梁绳袆在《文学批评家刘彦和评传》①中说:"情性是文学的本体,文采只是枝叶。美是本原的,而不是附加物的。所以文学的真美,也只是赤裸裸的情性表见,不是骈俪的讲求;正如盼倩之美,生于淑姿,不在乎铅黛的修饰。"刘勰一直是情性为本,以辞采为末的,当然,他是以折中态度看待两者关系,没有轻重之分,两者是统一的。梁绳袆认为美在情性,不在修饰,恐怕不符合刘勰的本意。最主要的是,梁绳袆强调文学以情性为本,这个"情性"是指文学的情感特征,是文学区分于科学的本质、特性,这和刘勰以内容为本、形式为末不是一回事。本质、本体概念在此发生了混同。又,吴益曾在《文心雕龙之文学观》中说:"人底思想,就是文学底本质;人底感情,就是文学底本体。"以感情为本体,这不是刘勰

① 载《小说月报》第17卷号外《中国文学研究》(下),1927年6月6日。

的意思，刘勰所谓“情”，是文章的情志内容，是性情，不是特指情感，吴益曾是通过偷换概念的方式，来强调感情对于文学最为重要。至于说思想是文学的本质，是文以明道为本的意思，刘勰当然也是这个主张，不过他是就文章而言，文章以明道为本，这种要求适用于文学，就文学特性而言，并不以思想性为主。那么，这里的本质，就不是特性的意思，而是文学作为文化载体，具有一般文章的属性、共性。吴益曾同时肯定了思想和感情，对于本质和本体概念没有明确区分，反倒是混用。也许更为合适的说法是思想是本体，是外在的，并非文学特有的，而情感则是本质，它可以将文学与科学著述区分开来。他之所以混用这两个词，是因为他同时肯定情感和思想，两者都是不可或缺的“根本”，故而都要冠以“本”字。事实上，文学作品，如果没有思想，仍然不失其为文学作品，而如果没有情感，那恐怕就不能说是文学作品了。这更见出，文学不可或缺的性质是情感而非思想，思想不是文学专有的，是它和其他著述的共性。

建国后的文学理论教材，以思想、意识形态为本质，摒弃了“本体”这个词。本质论在国外文学理论教材中一般是讨论文学性，或者讨论文学定义。本体论从未成为国外文学基础理论中的主干问题。我国文学概论中的本质论，界定文学是一种社会意识形态，本体论则是追问到底是什么使文学成其为文学，也就是“文学性”何在。这是对意识形态本质论的质疑。以本体论取代本质论，不是否定意识形态性，而是否定以意识形态性为本质。意识形态是一个多义词，其中一种是指作为政治经济制度的思想基础，也就是说，有什么样的指导思想，就有什么样的政治经济制度。此时，意识形态相当于政治意识形态。所谓意识形态斗争，就是不同政治观念的交锋。列宁说不同阶级有不同的意识形态，意味着不同阶级会建立起不同的政治经济制度。新中国以马列主义为指导思想，文学理论中的意识形态实质上就是强调以马列主义为思想基础、理论指南。文学是一种社会意识形态，自然包括了文学具有阶级性、文学为政治服务的意思。这个说法本身没错，存疑之处在于，其一，文学是不是一定要有阶级性，以及文学是不是一定要为政治服务？客观地说，文学作为一门语言艺术，它不一定具有阶级性，也不一定要为政治服务。文学为政治服务是一种外在的主观要求，阶级性也是取决于主观视角，即便是在阶级社会，在阶级对立严重的时期，文学也不一定都具有阶级性。正因为文学本身不是必然具有政治意识形态性，而政治又强调这种外在要求，于是一些政治家或官方文学理论家就试图从学理上说明，文学本质上是一种社会意识形态，必然具有意识形态性，这样，文学的阶级性及为政治服务的目标就得到了学理支撑。何谓本质？本在中国语境中是本末之本，中国传统思维是重本轻末的。文学是一种社会意识形态作为本质论，就是强调文学的政治意识形态性是更重要的、更为基本的。这显然不能成为文学基础理论中的结论。其二，意识形态本质论意味着政治决定文学的根本功用和价值，文学为政治服务，其他文学功用和价值是次要的。“文学性”决定了文学特有的功用和价值，并不否认文学一般的功用和价值。意识形态本质论可以说是主观上明确了文学的功用与价值，“文学性”则兼容对于文学各方面功用和价值的客观分析。也就是说，意识形态本质论支撑着狭隘的文学功用价值观。其三，文学活动取决于他律还是有其自律？它是否具有自己的特殊方法？意识形态本质论显然是外律、他律为先的，并且为此不惜牺牲文学自律。显然，文学研究首先应该考虑文学自律，同时也不排斥任何外律。其基本方法就是注重文学事实和现象，在分析这些事实和现象时，又完全可能和任何方法结合起来。意识形态本质论使得文学失去学科独立性，缺失了文学自身的学理。

在建国后的《文心雕龙》研究中，“本体”一词是一直使用的。这首先是因为《文心雕龙》中有“本体”一词，是文章本身的意思，或是指相对变体而言的正体。其次是，因为原道与宇宙生成论有关，所以学者们就要讨论刘勰的宇宙观是唯物的还是唯心的，而对刘勰所原之道究竟是何种道进行分辨。刘勰由气本论来论文学特性和特殊规律，这是本体论与本质论的关联，一些学者讨论《文心雕龙》道本体论，正是为了讨论本质论问题。没有引起重视的，则是依托道本论来论文学的价值与功用，并由道本论来确立宗经通变原则和清源溯流的方法。

当代学者对“本体论”的理解有两个直接渊源：一是张岱年《中国哲学大纲》中的“本根论”，本、体分别对应于末和用，“本体”连用是偏正结构，相当于“根本”，它作为一种思维方式，强调任何行为、观念、制度都要有一个思想基础和根本依据，在相对的事物中，其中一种有着决定性的作用和地位。它为文学本质论提供哲学支撑，即在文学诸多性质中，有一种最重要的性质，它决定着事物与其他事物的区分，并且，决定着事物的根本目的和功用。二是汤用彤《魏晋玄学论稿》中以魏晋“本体的学说”与汉代“本质的学说”对应，是反对实用主义思维，强调对一切思想观念、事实现象的反思，目的在于关注人文问题，关注人的精神生命，反对将人文问题科学化，也就是反对将政治伦理天道化、真理化。该书在1957年、1962年已经两度出版，1980年汤一介整理汤用彤的《魏晋玄学与文学理论》发表后，本体论反本质主义的内涵迎合了当时文学理论突破意识形态本质论的要求。

1985年前后，学界提出文学观念与方法更新的问题。钱中文在《文学观念更新的预兆》一文中指出，文学观念制约文学研究方法论，方法论革新也可以推进文学观念更新，方法多元化的目的是扩大文学研究的领域；陈伯海在《文艺理论观念和方法亟待更新》一文中认为，应该突破文艺再现生活、从属于政治和经济的片面本质功用观，重视审美主体创造功能的研究和探求。总的来说，当时文艺学界希望摆脱以政教为中心的文学功用观，发挥文学多方面的文化价值，就要求突破意识形态本质论和反映论等比较狭隘的文学观念，引入西方多学科理论与方法。鲁枢元在《用心理学的眼光看文学》一文将心理学方法引入文学研究，首先针对文学以生活为根本源泉和决定性基础的反映论，将文学的本体由物理世界推进到心理世界；又由创作心理的特殊性，将文学创作与其他认识活动、实践活动区分开来；再进一步，将文学功用和价值引向维护人的心理健康发展、心灵世界的丰富完整这一层面。鲁枢元没有对“本体”和“本体论”进行界定，他的“文学本体论”比较宽泛，是从文学本体——本源——根本源泉出发，涵盖了文学本质、文学特性与特征、文学价值与功能等文学基础理论问题。此后的文学本体论探讨主要也是围绕这些问题，如陈传才的《文艺本体论论纲》一文，在确定文艺本体是经验世界与超验世界结合的基础上，讨论文学的一般意识形态本质和情感特性、语言形式特征等。文学本质论作为最基本的文学理论问题，决定着人们对于文学性质、特征、功用和价值的认识，因此文学本体论在很大程度上等同于文学本质论。只不过往往是从本体视角反思文学本质，或者通过多种本体寻求来揭示文学多重本质。有些文学理论教材直接以本体论取代了本质论，或者在本体论中讨论文学本质，实际上就是重新讨论文学本质和特性、特征以及功用和价值问题。

由此可见，文学本体论绝非一个来自西方文论的话题，而是有着自身传统，近世以来，这种传统中渗入了西方相关思想的影响，而中国学者是按照自己的思想传统去理解和解释的。龙学领域的本体论不是跟风，而是立足于自身学术渊源。林衡勋《道·圣·经——中国文论要义》中由哲学道本体论引出文学道本体论，陈顺智、卢盛江以道本体论统率《文心雕龙》及整个古代文论的体系，并将玄学本体论与“原道”结合起来。我们不能仅仅依托西方文论来探讨文学本体论，还要和中国古代道本体论结合起来，才能够真正说明文学本体论宗旨和要义何在。

三、本体论的主题和道本体论的意义

“本体”是“本”和“体”组成的复合词。“本”的本义是植物的根，引申义是事物的根本要素、最重要的成分、发生的起始点、根本来源等。“体”的基本含义是人的身体或物体的主干部分，引申为事物的主体部分、最重要部分。因此，“本体”一词兼有事物本身、事物最重要的部分、事物存在的根本依据或根本原因、事物发生的起始点或根本来源等含义。本体论作为一个哲学命题，探讨事物存在本身——为何存在、如何存在、存在的形态与意义等等，具体来说，是探究事物内部最重要的性质——本质，探究事物的根本来源、事物存在的根本依据、变化发展的根本原因等等。由本体及本体论的这些含义，结合前两部分从龙学视域对本体论源流的考察，可以明确文学本体论的三方面主题，并就其中存在的争议做出回答，也进一步阐明《文心雕龙》本体论的当代意义。

其一，文学本体论探讨何为文学本质，是什么要素决定文学成其为文学，也就是何为“文学性”。本质和性质实际上不是同义词，本质论要求明确在文学的多重性质中，哪一种性质最为重要。从延安时期到新时期的文学基础理论，一直是以意识形态性为文学本质，新时期以后强调审美本质，前者意味着文学具有阶级性，应该为政治服务，后者则是强调文学特性、特殊规律和特殊价值。此后提出心理本体论，是突破哪一性质为本的二元对立思维，更新文学研究的视角与方法，实际上会带来对文学多重性质和多重价值的探讨。“生命本体论”、“实践本体论”、“人类学本体论”、“实践存在论”，都属于引进新的研究视角和方法，这里的“本体论”不再是一个特定的命题或学说，只是以本体论为旗号拓展文学外部研究。又，随着俄国形式主义、英美新批评、读者反映批评、接受美学、叙事学、解释学等传入，中国学者提出形式本体论的说法，即文学与其他著述的根本区别在于语言形式、叙事手法,语言文本研究是文学自律研究、内部研究。

《文心雕龙》是一般地肯定文章明道、表意的媒介性质的,但刘勰原道、征圣、宗经,显然是突出了文章传承优秀文化的功能,突出文章的经世致用作用,同时也强调通变,肯定文章的多重价值,如"文果寄心"的精神价值、审美价值。由刘勰传承王弼崇本举末的观念来看,文学意识形态性和审美性、政教作用和审美作用是可以并存的,如果处于特定的时代需要,强调某一方面也没有问题。如果片面强调哪一端,才会引起不必要的争议。

刘勰"原道"是对人把握世界过程的回溯,也就是文明起源的回溯。道是物的代表,道、人、文三位一体,文不是独立的。它的性质、功用和价值始终应该结合外物和主体来讨论。文和道没有本末轻重之分,没有哪一种性质绝对更为重要。政治意识形态性有时比审美性重要,文体特性不是最重要的,不算文学就算别的文体。作者一般不会事先决定采用某种文体,而是根据思想对话、情感交流,或实现某些意愿的需要而选择某种文体。不过呢,也有作者因为喜欢某种文体而写作,文章形式有时比内容重要,比如说,如果一段文字被称为诗,与它没有称为诗,读者的感觉是不一样的。

其二,文学本体论探讨文学的根本来源是什么。根本来源,从起源论角度,是探究文学发生发展的过程与动力。建国后至新时期以前的文学理论,主要强调实践根源说和生活源泉说,其目的在于要求文学反映生活,干预生活,实现文学的社会功用,尤其是政教价值,后来进一步提出文学对于人的精神关怀。一些学者从西方文论中引入了语言文化本源说,从古代文论中找到了心源说。语言文化都要通过个体来传递,因此心源说和语言文化本源说是相通的。当然,心源说可能更强调主观表现,而语言文化本源说则似乎认为主观表现也不是纯然自我的,因为自我是文化塑造的,语言就是文化塑造个体的媒介。

刘勰原道,只是说明文采出现及特殊文的出现是自然之道、必然之理。文章、文学没有唯一源泉,经典——文化传统、文心——主体心理积淀、宇宙——世界和现实生活、社会实践和个人行为等缺一不可。这些"本源"没有轻重之分,当然,具体到作家个体,可能其中某一方面更为重要。

其三,文学本体论讨论文学存在的根本依据。有时候这个问题等同于前一问题,即实践、生活是文学产生和存在的根本依据。单独作为一个问题指的是,文学是以自身性质、规律为存在依据,还是另有思想指南、理论依据,它的意义和价值主要取决于自身,还是受制于外部要求。刘勰原道、征圣、宗经,是强调外部依据的,这对于文学研究来说是非常重要的启示。上文说到,道、人、文三位一体,文不是独立的,它的性质、功用和价值始终应该结合外物和主体来讨论。文学不可以孤立地讨论其性质,人为自然立法,人总是从一定主观目的出发来审视文,有各种目的,也就有各种视角,因此文学体现出多重性质、功用和价值。哪一种视角更为重要,这个裁判,也许取决于人数,也许取决于权力,还取决于时间。所有争论,都不存在绝对正确的结论,只有最大限度的共识,约定俗成,因时而变。这样,又显示出刘勰通变的意义。

文学与社会：从刘勰和钱锺书的不同思考论及卡尔·波普尔的文艺观

林　怡*

摘　要：刘勰在《文心雕龙·时序》中提出“文变染乎世情，兴废系乎时序”的观点，认为文学的发展变化和兴旺衰亡往往取决于“世情”和“时序”——即社会和时代的发展变迁。钱锺书则反对将“时代精神”、“地域影响”作为评述文学发展变化的主要依据，认为这样做是“执偏概全”。他认为文学发展变化存在着“同时之异世、并在之岐出”的现象，主张文学的发展变化“本乎气质之殊”。刘勰和钱锺书的不同认识，实际上反映的是古今中外两大不同的文学观念：前者更多地将文学艺术看作是时代与社会的表现，后者更多地将文学艺术看作是作家的自我表现。当代哲学家卡尔·波普尔则认为：“把艺术看作时代表现的理论和把艺术看作自我表现的理论，在理智上是空虚的。”文学艺术不仅仅是作家的自我表现，文艺的发展变化主要取决于作家艺术家对“艺术价值的客观性”和个性的自我超越。以钱锺书、波普尔的思考反观刘勰的思考，有助于对《文心雕龙》做出融通且透彻的理解。

关键词：刘勰；钱锺书；卡尔·波普尔；文学与社会

一、“时代表现”还是“自我表现”：刘勰和钱锺书的分歧

“文变染乎世情，兴废系乎时序”①，这是刘勰（465—521）②在《文心雕龙》中提出的著名论断。他非常重视文学发展变迁与时代社会发展变化的关系，“重视文学的发展变化与政治文化诸种因素的关系”，“主张文学的盛衰与政教的兴废相关联”，“在论述文风变化与

---

* 作者简介：林怡，女，中共福建省委党校社会与文化学部教授。

① 范文澜：《文心雕龙注》，北京：人民文学出版社，2008 年，第 675 页。

② 刘勰生卒年，此据穆克宏的《刘勰年谱》，见穆克宏：《文心雕龙研究》，福州：福建教育出版社，1991 年，第 27—37 页。

政治的关系时,特别强调了帝王的作用",认为"帝王的重视与提倡,文学因之而繁荣";他也"强调了学术思潮对文风的影响","似已注意到社会心理状态对文风的影响"[①]。刘勰的"世情"、"时序"内涵指向时间、空间以及社会思潮的变迁,认为文学的兴衰变化直接受改朝换代、地域风情和社会思潮的影响。这样的观点深刻影响了后世的文艺批评,并且在古今中外都不乏知音同调。比如,近代王国维(1877—1927)说:"凡一代有一代之文学:楚之骚,汉之赋,六代之骈语,唐之诗,宋之词,元之曲,皆所谓一代之文学,而后世莫能继焉者也。"[②]法国艺术批评家丹纳(1828—1893)说:"我们可以定下一条规则:要了解一件艺术品,一个艺术家,一群艺术家,必须正确地设想他们所属的时代的精神和风俗概貌。这是艺术品最后的解释,也是决定一切的基本原因。"[③]"所谓地域不过是某种温度,湿度,某些主要形势,相当于我们在另一方面所说的时代精神与风俗概貌。……精神文明的产物和动植物界的产物一样,只能用各自的环境来解释。"[④]马克思主义文艺观对文学与社会的关系也有类似的表述,马克思认为"人们的社会存在决定人们的意识"[⑤],他虽然说:"关于艺术,大家知道,它的一定的繁盛时期决不是同社会的一般发展成比例的"[⑥],但他在论述希腊艺术后还是得出结论并强调说:"他们的艺术对我们所产生的魅力,同这种艺术在其中生长的那个不发达的社会阶段并不矛盾。这种艺术倒是这个社会阶段的结果,并且是同这种艺术在其中产生而且只能在其中产生的那些未成熟的社会条件不能复返这一点分不开的。"[⑦]高尔基说文学"是时代的生活和情绪的历史"[⑧]。毛泽东说:"作为观念形态的文艺作品,都是一定的社会生活在人类头脑中的反映的产物。"[⑨]他并且强调了政治、阶级等现实社会因素对文学内容和形式的影响,并直接要求文学具有阶级性。他说:"文艺批评有两个标准,一个是政治标准,一个是艺术标准……各个阶级社会中的各个阶级都有不同的政治标准和不同的艺术标准。但是任何阶级社会中的任何阶级,总是以政治标准放在第一位,以艺术标准放在第二位的。"[⑩]

上述这些古今中外对文学与社会关系的阐述,都可视作是刘勰之后关于"文变"与"世情"、"时序"关系的进一步思考与演绎。这一派的文艺观其实都是将文学艺术视为"时代的表现"或"社会的表现"。[⑪] 钱锺书对此提出了异议。他在评述庾信诗文创作风格的变

---

① 罗宗强:《魏晋南北朝文学思想史》,北京:中华书局,1996年,第303—305页。

② 王国维:《宋元戏曲史·自序》,上海:上海古籍出版社,1998年。

③ 丹纳:《艺术哲学》,天津:天津社会科学院出版社,2004年,第28—29页。

④ 丹纳:《艺术哲学》,第30页。

⑤ 马克思:《政治经济学批判·序言》,《马克思恩格斯选集》第2卷,北京:人民出版社,1972年,第82—83页。

⑥ 马克思:《经济学手稿·导言》,《马克思恩格斯全集》第46卷(上),北京:人民出版社,1956年,第47页。

⑦ 马克思:《经济学手稿·导言》,见《马克思恩格斯全集》第46卷(上),第50页。

⑧ 高尔基:《论文学》,转引自《林焕平编选著作集》第5册,海口:南方出版社,2000年,第13页。

⑨ 毛泽东:《在延安文艺座谈会上的讲话》,《毛泽东选集》第三卷,北京:人民出版社,1991年,第860页。

⑩ 毛泽东:《在延安文艺座谈会上的讲话》,《毛泽东选集》第三卷,第868—869页。

⑪ 韦勒克指出:"讨论文学与社会的关系,通常是以波纳德的'文学是社会表现'这句话为起点的。可是这句话究竟有什么含义呢?如果它假定文学在任何特定的时代都'正确地'反映当时的社会状况,那它就是错误的;如果它的意思仅指描绘社会现实的某些方面,则只是一句平凡、陈腐和含糊的话。要是说文学反映或表现生活,那就更是模棱两可的了。"(《文学理论》,南京:江苏教育出版社,2005年,第101页。)

化后指出：同一个作家，在同一个时代，可以有不同的文学创作风貌，更何况一个时代的文学风貌怎能以一种原因来概括呢？他说："一手之作而诗文迥异，厥例甚多，不特庾子山入北后文章也。……一身且然，何况一代之风会、一国之文明乎。"[①]他列举了陈子昂、顾炎武、莱辛、伏尔泰、拜伦、佩特、江西诗派、象山理学、亚里士多德的诗学与哲学、法国大革命时期的政论和文论等中外事例，说明不同的文学风貌或思想认识可以并见于相同的时代或相同的地域，所谓"二派同出一地，并行于世"，"二事根本牴牾，竟能齐驱不倍"[②]，因此，他批评道："学者每东面而望，不睹西墙，南向而视，不见北方。反三举一，执偏概全，将'时代精神'、'地域影响'等语，念念有词，如同禁咒语。"[③]钱锺书认为"世变"——即"时代精神"和"地域环境"的变化未必决定着"文变"，如果机械地认定"文变"取决于"世变"，这就是犯了"执偏概全"的毛病。事实上，许多时候，"艺术家的政治态度与艺术态度非常不吻合"[④]，"好的文学作品就是好的文学作品，而不管其人的意识形态如何"[⑤]。因此，"时代精神"或"社会思潮"的变化未必与文学的变化相一致。《谈艺录》作于20世纪40年代初，自五四新文化运动以来，文艺界有左右翼之分，左翼的"普罗文学"非常强调"世变"对"文变"的决定性作用，进而提倡文艺的现实性、政治性、阶级性、革命性等，钱锺书的这一看法实际上是对左翼文艺观的批评和矫正。

既然"时序"或"世变"不能决定文学的发展变化，那么，又是什么决定着"文变"呢？钱锺书认为是作家的"气质之殊"决定着文学风貌的发展和变化。他说："即谓诗分唐宋，亦本乎气质之殊，非仅出于时代之判，故旷世而可同调。"[⑥]即不同的时代，可以有相同的文风，那是因为异代的作家也可能具有相同的气质所致。他并引用前人的《唐诗快自序》曰："唐之一代，垂三百祀，不能有今日而无明日，有今年而无明年。初、盛、中、晚者，以言乎世代之先后可耳，岂可以此定诗人之高下哉！犹之乎春、夏、秋、冬之序也。四序之中，各有良辰美景，亦各有风雨炎凝。不得谓夏劣于春，冬劣于秋也。况冬后又复为春，安得谓明春遂劣于今冬耶。"[⑦]这里，钱锺书旨在表明：每个时代的文学风貌都是多元异质的，各有各的优劣，很难说后出一定转精，或后出一定转劣，因此，就不可能存在着对文学的发展变迁起着决定作用的单一的"时代精神"。只有气质，即文学家各具特色的气质或同一个作家具有多种不同的气质，才决定着文学风貌的多元变化。

无论刘勰还是钱锺书，虽然他们貌似分歧：前者主张"时序"或"世变"即社会变迁决定着文学的发展变化，后者主张作家的"气质各异"决定着文学的发展变化，但是，他们观

---

① 钱锺书：《谈艺录》(补订本)，北京：中华书局，1984年，第302—303页。
② 钱锺书：《谈艺录》(补订本)，第303页。
③ 钱锺书：《谈艺录》(补订本)，第304页。
④ 贡布里希：《名利场逻辑》，见卡尔·波普尔：《通过知识获得解放》(范景中、李本正译)，杭州：中国美术学院出版社，1996年，第333页。
⑤ 梁从诫编：《林徽因文集·文学卷》，天津：百花文艺出版社，1999年，第335页。
⑥ 钱锺书：《谈艺录补订》(补订本)，第313页。
⑦ 钱锺书：《谈艺录补订》(补订本)，第313页。

察文学与社会关系的视角都是属于韦勒克所说的“文学的外部研究”。[①] 早在先秦,孟子就提倡对文学作品进行解读批评时应该做到“知人论世”[②]。无论是“人”(作家本人的心理气质等)还是“世”(“时序”或“世变”;“时代精神”或“地域环境”),都指向作品的外部,对作品的外部研究往往会远离文学作品本身,并且渐行渐远,成了文学社会学或文学心理学的研究。罗宗强先生正确地指出:刘勰“把文学的发展与社会文化背景看作一个整体,他是从社会史的角度来观察文学史的;而他的文学史方法论,则明显地受到了史学传统的影响。”[③]尽管“社会习惯和外在环境引导某种类型的解读”,但是,“即使文学社会学承认生产的社会性决定因素,也不能满足于探寻内在意义和常规意义”[④]。因此,如果过分执着于“世变”关联着“文变”的认识,就会落入钱锺书所批评的“执偏概全”的境地。韦勒克已经指出:“社会性的文学只是文学中的一种,而且并不是主要的一种。除非有人认定文学基本上是对生活的如实‘模仿’,特别是对社会生活的如实‘模仿’。但是,文学并不能代替社会学或政治学,文学有它自己的存在理由和目的。”[⑤]因此,今人在重温“文变染乎世情,兴废系乎时序”这一经典论断时,不能将它“看死了”。事实上,在《文心雕龙》一书中,刘勰不仅论述了文学与社会的关系,还论述了文学与自然的关系、文学与作家的才思性情的关系、文学与自身传统规则的关系等,文学的发展变化不仅仅取决于“世情”与“时序”,也不仅仅取决于作家的“气质之殊”,所以,在看待文学与社会、文学与作家气质的关系上,都不能“执其一端”,不顾其余。

二、“自我表现”还是“自我超越”:波普尔的文艺观

钱锺书认为,文学的发展变化主要取决于作家各具特色的多元的“气质”,刘勰在《文心雕龙》的《才略》、《神思》、《体性》等篇目中也注意到了文学与作家自身性情才气的关系:这些认识容易导致将文学看作是“作家的自我表现”。这样的文学观在中外都是“古来有之”的。孟子所说的“知人论世”中的“知人”,就是对文学与作家自身之关联的提示,中国诗学的“性灵说”也体现了将文学视为作家“性灵”的“自我表现”。刘勰说作家“性各异禀”[⑥],韦勒克说“文学天才的资质总是引人思索的”[⑦],“作家并不是一个单一的类型”[⑧]等。20世纪30年代前后,以徐志摩、林徽因等为代表的“新月派”作家群虽然也重视作家个

① 参见[美]勒内·韦勒克、奥斯汀·沃伦:《文学理论》(刘象愚等译)第三部《文学的外部研究》,南京:江苏教育出版社,2005年。

②《孟子·万章下》:“颂其诗,读其书,不知其人,可乎?是以论其世也,是尚友也。”

③ 罗宗强:《魏晋南北朝文学思想史》,第306页。

④ [法]让·贝西埃等著、史忠义译:《诗学史》,天津:百花文艺出版社,2002年,第681页。

⑤ [美]勒内·韦勒克、奥斯汀·沃伦:《文学理论》(刘象愚等译),第121页。

⑥ 范文澜:《文心雕龙注》,第702页。

⑦ [美]勒内·韦勒克、奥斯汀·沃伦:《文学理论》(刘象愚等译),第83页。

⑧ [美]勒内·韦勒克、奥斯汀·沃伦:《文学理论》(刘象愚等译),第89页。

性对文学创作的影响，但他们更加重视文学自身的"艺术成分"。他们意识到"自我表现论"和"时代表现论"同样都有局限。林徽因在为《大公报·文艺副刊》发表过的短篇小说作选集时写了《文艺丛刊小说选题记》，对当时发表的作品在题材上多"趋向农村或少受教育分子或劳力者的生活描写"提出了警惕，她说："这倾向并不偶然，说好一点，是我们这个时代对于他们——农人与劳力者——有浓重的同情和关心；说坏一点，是一种盲从趋时的现象。但公平地说，还是上面的两个原因都有一点关系。描写劳工社会、乡村色彩已成一种风气，且在文艺界也已有一点成绩。初起的作家，或个性不强烈的作家，就容易不自觉的，因袭种种已有眉目的格调下笔。……拿单篇来讲，许多都写得好，还有些写得特别精彩的。但以创造界全盘试验来看，这种偏向表示贫弱，缺乏创造力量。并且为良心的动机而写作，那作品的艺术成分便会发生疑问。"[①]林徽因认为，作品"最主要处是诚实。诚实的重要还在于题材的新鲜，结构的完整，文字的流丽上"[②]。在她看来，如果过于倾向以文学的"外部因素"——社会的时尚思潮、作家的"良心"或个性等来主导文学创作，势必影响"作品的艺术成分"。

现代哲学家波普尔对艺术的"时代表现论"和"自我表现论"都进行了彻底的质疑和否定。波普尔在《论三个世界中》说："迄今为止，关于艺术、音乐、诗歌的最有影响、被最广泛接受的理论是关于一切艺术本质上都是自我表现的理论：艺术家个性的表现或展示，尤其是他的情感的表现。我认为这种理论是完全错误的。我们在所作的每一件事情中，当然也包括在艺术中，都表现我们的内心状态，这是确实而又意义不大的。但是我们也在走路、咳嗽或擤鼻子的方式中表现我们的内心状况。因此，不能用自我表现来表示艺术的特性。但是我不仅仅认为表现主义艺术理论是错误的，我认为它对艺术具有破坏性影响。在伟大的艺术中，艺术家认为重要的是他的作品，而不是他自己。这种健康的态度遭到艺术是自我表现这种理论的破坏。"[③]

在《贡布里希论情境逻辑》一文中，波普尔说："历史相对主义也在艺术领域威胁着我们……强调把艺术看成是正在变动着的时代精神的表现。我知道我和贡布里希一样，认为这些艺术理论在理智上是难以理解的，当把它们拿来与分辨真实和虚假的客观标准相对照的时候，就可以看出它们是虚假的。事实上，贡布里希把这些理论叫做'彻头彻尾的胡言。'它们的问题产生于一种误解的社会学。它们是有害的唯理智论的空谈，与艺术问题毫无关系。……这些错误的唯理智论的艺术理论，包括把艺术看作时代表现的理论和把艺术看作自我表现的理论，在理智上是空虚的。"[④]针对"自我表现"论，波普尔指出：艺术家的创造能力既然能够"有进步"，"当然也会退步"[⑤]。他批评了克罗齐和科林伍德等

① 梁从诫编：《林徽因文集·文学卷》，第38页。
② 梁从诫编：《林徽因文集·文学卷》，第39页。
③ 卡尔·波普尔：《论三个世界》，见《通过知识获得解放》(范景中、李本正译)，第374页。
④ 卡尔·波普尔：《通过知识获得解放》，第303页。
⑤ 卡尔·波普尔：《科学和艺术中的创造性自我批评》，见《通过知识获得解放》(范景中、李本正译)，第264页。

许多人所支持的“艺术是自我表现或艺术家个性表现”这样“一种人们普遍接受的艺术理论”[①],认为“表现主义的艺术理论是空洞的。……这并不是艺术的特征。……使一件艺术作品令人感兴趣或有意义的,绝不是自我表现。……作品对他(林按:指艺术家)就是一切,作品必定超越他自己的个性。……重要的是艺术作品。有些伟大的艺术作品是不具备伟大的独创性的。如果艺术家的意图主要在于使他的作品成为独创性的或‘非同寻常的’(除非以一种风趣的方式),那这样的艺术作品几乎不可能是伟大的。真正的艺术家的主要目标是使作品尽善尽美。独创性是一种神赐的恩物,像天真一样,可不是愿意要就会有的,也不是去追求就能获得的。一味追求独创或非同寻常,想表现自己的个性,就必定影响艺术作品的所谓‘完整性’。在一件艺术杰作中,艺术家并不想把他个人的小小抱负强加于作品,而是利用这些抱负为他的作品服务。这样,他这个人就能通过与其作品的相互作用而有所长进。通过一种反馈,他可能获得成为一位艺术家所需的技艺和其他能力。……艺术家和他的作品之间始终是一种互惠的交流,而不是单方面的‘给予’,即纯粹是他的个性在作品中的表现。”[②]他进而指出:“主张艺术是自我表现的现代理论,或者更确切地说,艺术是自我赋予灵感,是情感的表达与交流……这种现代理论是一种没有上帝的神学,它用艺术家的隐蔽的本性或本质取代了神:艺术家的灵感源自本身。”[③]

波普尔和他的朋友艺术史家贡布里希一起致力于“证实艺术价值的客观性”[④],认为包括文学在内的艺术有独立于“社会压力”和“作家个性”之外的“独立性”、“客观性”;文学艺术的发展变化主要取决于作家对文学艺术“客观性”和个性的“自我超越”。事实上,“自康德以来的大多数哲学家以及大多数以严肃态度关心艺术的人们都赞成包括文学在内的各种艺术具有独特的性质和价值”[⑤]。在《艺术和自我超越》一文中,贡布里希指出:“西方传统中的伟大艺术家大都觉得自己萦萦于怀的是解决艺术的问题而不是表现自己的个性,这是一个历史事实。”[⑥]波普尔和贡布里希认为,“艺术和竞赛都讲究规则”[⑦]。

那么,什么是文学自身的“客观性”或文学自身的“规则”呢?换句话说,文学艺术的“独特的性质和价值”从哪里得以体现呢?文学作为语言的艺术,其规则、其客观性、其独特的性质和价值就存在于“语言”和“逻辑”之中。“文学语言”的“规则”是历史地、逻辑地形成的,任何一个作家都首先存在于这些历时形成的传统“规则”中,伟大的作家之所以伟大,在于既了解、熟悉、继承、精通这些传统的“规则”,又恰如其分地突破、超越了这些“规则”。对“规则”的“这种精通是经过长期的实践在规则的范围内获得的,通过实践探索了

---

① 卡尔·波普尔:《关于音乐及其一些艺术理论问题》,见《通过知识获得解放》(范景中、李本正译),第280—281页。

② 卡尔·波普尔:《关于音乐及其一些艺术理论问题》,见《通过知识获得解放》(范景中、李本正译),第281—284页。

③ 卡尔·波普尔:《关于音乐及其一些艺术理论问题》,见《通过知识获得解放》(范景中、李本正译),第286页。

④ 贡布里希:《名利场逻辑》,见《通过知识获得解放》(范景中、李本正译),第352页。

⑤ [美]勒内·韦勒克、奥斯汀·沃伦:《文学理论》(刘象愚等译),第286页。

⑥ 贡布里希:《艺术和自我超越》,见《通过知识获得解放》(范景中、李本正译),第357页。

⑦ 贡布里希:《名利场逻辑》,见《通过知识获得解放》(范景中、李本正译),第335页。

可能的起始步骤和这些步骤对进一步取得成就所具有的潜力”①。从这样的理论视角出发，文学的发展进步主要取决于作家对文学语言“规则”的精通和超越上；这样就把文学研究的重点从“世情”、“时序”、作家气质等“文学的外部研究”转移到了“文学的内部研究”上。“文学的内部研究”或“文学的客观性”、“文学的规则”体现在韦勒克《文学理论》所总结的谐音、节奏和格律之中，体现在文体和文体学、意象、隐喻、象征、神话之中，体现在叙述情节和结构之中，体现在不同的文学类型之中，体现在阅读者对文学的评价之中，体现在了文学史的编纂之中。

作为一部“体大而思精”的文艺理论专著，《文心雕龙》已经同时关注到了“文学的外部”和“文学的内部”，这是刘勰思辨的过人之处。他对诗赋颂赞等各种文体的辨别、对“熔裁”、“声律”、“章句”、“丽词”、“比兴”、“夸饰”、“事类”、“练字”、“隐秀”等的阐述，都是试图揭示文学自身的“客观规则”。因此，今人对《文心雕龙》的研究，应该更加关注其对文学自身进行研究的部分。韦勒克指出：“文学研究的合情合理的出发点是解释和分析作品本身。”②

三、“自我超越”和“自我批判”：继承和批评决定了文学的发展变化

波普尔和贡布里希之所以反对把文学作为“时代表现”或“社会表现”，原因在于他们认为“历史决定论的观念”会导致“整个艺术上的理智贫困和破坏力”③，导致作家艺术家的创造力受到宿命般的束缚。然而，他们也反对将文学艺术视作是作家艺术家自我情感或气质的“表现”，因为“表现情感是平庸无奇的，每个人每时每刻都在这样做”④。波普尔指出：“艺术即自我表现的理论是平庸、笨拙和空洞的，但未必是恶意的，不过要是热衷于它，那就很容易走向自我中心和妄自尊大。但是，说天才必定走在时代前面，这种说教近乎虚妄和居心不良，并且是让艺术领域去经受跟艺术价值毫不相干的评价……主张艺术随着作为先锋的伟大艺术家一起前进的理论，不止是一种神话；它还导致形成派系和压力集团，它们拥有自己的宣传机器，有如一个政党或教派。”⑤波普尔认为，真正的文学家、音乐家、艺术家的创作是在为“解决”文学的、音乐的、艺术的自身“问题”而奋斗。波普尔以音乐和建筑为例，说：“音乐家可能把描绘情感和激起我们共鸣作为他的问题……但他还有许多其他试图加以解决的问题。（例如在建筑这门艺术中，这一点很明显，那里总有些实际的技术性问题需要解决。）……引导他的可能是一种训练有素的一般适宜感或‘平衡

① 贡布里希：《名利场逻辑》，见《通过知识获得解放》（范景中、李本正译），第335页。
② ［美］勒内·韦勒克、奥斯汀·沃伦：《文学理论》（刘象愚等译），第155页。
③ 卡尔·波普尔：《关于音乐及其一些艺术理论问题》，见《通过知识获得解放》（范景中、李本正译），第273页。
④ 卡尔·波普尔：《关于音乐及其一些艺术理论问题》，见《通过知识获得解放》（范景中、李本正译），第288页。
⑤ 卡尔·波普尔：《关于音乐及其一些艺术理论问题》，见《通过知识获得解放》（范景中、李本正译），第290—291页。

感’。结果可能仍然是动人的;但我们鉴赏所依据的可能是这种适宜感即从近于混沌中产生的和谐感,而不是任何被描绘的情感。”[①]这里,波普尔把艺术家是否致力于解决艺术自身的“问题”和鉴赏者能否从中得到美感(即“和谐感”)作为评判艺术发展变化的准则,他将自己的这种文艺观称作“客观主义的理论”,而将“历史表现论”和“自我表现论”都归入“主观主义的理论”。他说:“照我的客观主义理论(它不否认自我表现,但强调它并不足奇),作曲家的情感的真正有意义的功用并不在于它们要被表现,而在于可用它们来检验(客观的)作品的成功、恰当性或影响:作曲家可将自身作为一种检验物,当他对作品的反应感到不满意时,他可以修改和重写(像贝多芬常做的那样);他甚或可以整个地抛弃之。(无论他创作的乐曲原初是否令人动情,他都将这样利用他自己的反应即他自己的‘好趣味’[good taste]):这是试错法的又一应用。”[②]这样的客观主义理论的文艺观与波普尔一向主张的哲学思想相一致,即人类社会的发展变化和进步都是依赖于不断的“自我批判的结果”,因此,客观主义的理论认为:“作品的真挚主要是因为艺术家自我批判的结果,而不在于艺术家的灵感的纯正。”[③]那么,艺术家“自我批判”的“对象”又是什么呢?是一切艺术自产生以来逐渐形成的、可以共享的、可供批评的各种客观规则或标准,亦可称为“教条”、范式。波普尔说:“这些标准在不只一种意义上是客观的,这些标准是共享的,它们是可以批评的。它们会变(我绝不会说它们不应该变),但是变并不是随机任意的,而且它们更不应该与那些伟大的、我们曾藉以成长并超越自己的旧标准敌对。归根到底,正是这些‘旧’标准代表了艺术,而且艺术在发展的任何阶段都要用它们来判断优劣。一个痛恨一切‘旧’标准的艺术家很难称得上是艺术家,因为他所痛恨的正是艺术。因而艺术中的标准可能变,但变的方式可以是多种多样的,而且它们可能进而超越它们自己,也超越我们自己。认为大艺术家永远是或者通常是伟大的变革家,或者是旧秩序的敌人,这类想法是错误的;这些是历史决定论的神话。”[④]波普尔和贡布里希认为:包括文学在内的一切艺术的发展变化主要取决于文学家艺术家对文学或艺术自身形成的“传统”经验、规则或标准、范式的继承和超越,这种继承和超越是依靠文学家、艺术家不断地依据“旧”的规则范式进行自我学习、自我实践、自我批判、自我调整、自我超越而完成的。波普尔指出:“每位艺术家,就连非凡的天才莫扎特也得学习艺术。所有的或几乎所有的艺术家都有老师。伟大的艺术家能够从自己的经验和创作,尤其是自己的错误中学习到东西。……我们的任务是发现我们的错误,并从错误中汲取教训。”[⑤]波普尔以发明复调音乐为例,说:“被奉为正经”的、“施加了教条式的限制”的“定旋律”,使得“对位法才可能借以发展。既定的定旋律提供了一个框架、一种秩序、一种规则性,使发明的自由成为可能,而又不引起混乱。……

① 卡尔·波普尔:《关于音乐及其一些艺术理论问题》,见《通过知识获得解放》(范景中、李本正译),第288页。
② 卡尔·波普尔:《关于音乐及其一些艺术理论问题》,见《通过知识获得解放》(范景中、李本正译),第287页。
③ 卡尔·波普尔:《关于音乐及其一些艺术理论问题》,见《通过知识获得解放》(范景中、李本正译),第287页。
④ 卡尔·波普尔:《贡布里希论情境逻辑》,见《通过知识获得解放》(范景中、李本正译),第297页。
⑤ 卡尔·波普尔:《科学和艺术中的创造性自我批评》,见《通过知识获得解放》(范景中、李本正译),第265页。

既定的旋律引起了旋律的变奏。……教条主义作品的法规化，则为我们建立一个新世界提供了必要的框架或者说必要的脚手架。我还这样来表述：这种教条为我们探索这一新的未知的其本身可能甚至有点混乱的世界，也为我们在丧失秩序的地方创造秩序，提供了所需要的坐标系。……教条或神话的用处，在于作为一条人造之路；沿着它我们可以深入未知的境地，探索世界，既能创造规律或法则，又能探索现存的规则性。一旦发现或树立了一些界标，我们就着手尝试新的安排世界秩序的方式、新的坐标、新的探索和创造模式、新的建设新世界的方法。"[①]因此，一切艺术的发展变化都是建立在对旧的艺术法则、标准、范式的继承并突破之上，文学的发展进步主要也是在继承传统上的超越和突破，而不是天才艺术家天马行空横扫一切"传统"的结果，更不是作家艺术家神秘的"天赋"或"气质"的结果。刘勰在《文心雕龙》中开篇就阐明"原道"、"征圣"、"宗经"的理念，也正是对传统的文学范式、标准、规则的重视和强调。他在《通变》中说："名理有常，体必资于故实；通变无方，数必酌于新声。故能骋无穷之路，饮不竭之源。"[②]在《体性》中他虽然肯定作家"才有天资"，但在《神思》中更强调作家必须做到"积学以储宝，酌理以富才，研阅以穷照，驯致以怿辞"[③]。因此，在《风骨》中，他说道："若夫熔铸经典之范，翔集子史之术，洞晓情变，曲昭文体，然后能孚甲新意，雕画奇辞，昭体故意，新而不乱；晓变故辞，奇而不黩。若骨采未圆，风辞未练，而跨略旧规，驰骛新作，虽获巧意，危败亦多，岂空结奇字，纰缪而成经矣。《周书》云'辞尚体要，弗惟好异'，盖防文滥也。……若能确乎正式，使文明以健，则风清骨峻，篇体光华。"[④]刘勰明确指出：作家必须广泛学习经典作品的"正式"——规范和技巧，若没有对"旧规"的熟练运用，而一味追求跨越旧有的规范，侈谈新奇的创造，即便能够得到巧意，但失败的时候更多……这些文学观念，与千百年后的波普尔和贡布里希心曲相通。

综上所述，"时代表现论"（"社会表现论"）、"自我表现论"或"自我超越论"，从不同的层面、不同的视角探索了文学发展变化的主导力量。它们各有侧重，貌似矛盾对立，其实可以互相补充，相得益彰。如果只看到其中一个方面对文学发展变化的影响，而无视另外的方面，都会失去对文学的真实判断。中国当代文艺界由于受西方的影响，出现了各式各样的文艺观，朱立元主编的《当代西方文艺理论》[⑤]，就罗列了近20种文艺思潮。在令人眼花缭乱的这些文艺思潮面前，更需要对以《文心雕龙》为代表的中国传统文学批评精神做出融通且透彻的理解。文学研究，既要入乎文学，又要出乎文学，但归根结底，最后应该回到文学本身。"传统批评的基础不外乎常识，批评家的条件只是知识与阅读经验、感受力和洞察力而耳。……批评家的读法与常人的读法并无本质上的分别，他的工作的主要目

---

① 卡尔·波普尔：《关于音乐及其一些艺术理论问题》，见《通过知识获得解放》（范景中、李本正译），第277页。
② 范文澜：《文心雕龙注》，第519页。
③ 范文澜：《文心雕龙注》，第493页。
④ 范文澜：《文心雕龙注》，第514页。
⑤ 朱立元主编：《当代西方文艺理论》，上海：华东师范大学出版社，2003年。

标之一是帮助读者欣赏和了解文学,在文学中找寻各种快乐,找寻人生体验与意义。”[①]《文心雕龙》虽然论述了文学与社会的关系、文学与作家才质的关系,如对作家的学习力、观察力和主观的感觉力都有精彩的论述等,但它更多地考察辨析了文体、语言、文学传统等文学自身的“规则问题”。这些都是当代文学创作和文艺理论发展离不开的基础。林徽因指出,对作家创作而言,“生活的丰富不在生存方式的种类多与少……却在客观的观察力与主观的感觉力同时的锐利敏捷……一个生活丰富者不在客观的见过若干事物,而在能主观的能激发很复杂、很不同的情感,和能够同情于人性的许多方面的人。所以一个作者,在运用文字的技术学问外,必须是能立在任何生活上面,能在主观与客观之间、感觉和了解之间,理智上进退有余,情感上横溢奔放,记忆与幻想交错相辅,到了真即是假,假即是真的程度,他的笔下才现着活力真诚。他的作品才会充实伟大,不受题材或文字的影响,而能持久普遍的动人。”[②]林徽因既重视作家对语言文字等文学内部规则——“技术学问”的精通,又重视了作家的“客观观察力”与“主观感觉力”的敏锐互动,她的认识和主张,代表了对单一的“时代表现论”或“社会表现论”以及“自我表现论的”突破和逾越,体现了中国现代文艺观臻于多元包容综合的新境界。自五四新文学运动以来,中国大陆现当代文学的发展,长期经历了左右文学之争、写实与浪漫之争,到如今以“主旋律”为主导的包容多元的文学形态并存,这表明了中国文学正朝着多元丰富的方向发展变化。由于长期受意识形态主导地位的影响,中国的文学批评多年来或倾向于关注文学的“外部研究”,或倾向于不停地接受西方各种时尚的文艺思潮,从而忽视中国文学自身的“内部问题的研究”;重视对作家与社会的宏观研究,忽视对文本自身的微观解读和批评:这些都在一定程度上制约了文学自身的发展变化。因此,期待未来的中国文学批评界,除了能在多元综合的视角下研究文学的各种“外部因素”,更要着力于对文学“内部因素”的研究和对以《文心雕龙》为代表的我国传统文艺观的研究,在继承自身传统和融通古今中外的基础上推陈出新,让中国文学的发展变化能够取得更多符合我国文学自身特性的新成果。

---

① 孙述宇句,转引自夏志清:《人的文学》,沈阳:辽宁教育出版社,1998 年,第 147—148 页。
② 梁从诫编:《林徽因文集·文学卷》,第 39—40 页。

• 论文叙笔

纬军国，任栋梁
——刘勰之梦，《刘子》其书

［美国］林中明*

摘　要：本文根据此次研讨会的三个议题：卅年回顾、儒学视野和文论研究，"缘督以为经"，以回顾、反思林其锬先生对《刘子》研究的重要贡献说起。再根据孔子文武兼备，"斌心雕龙"的儒学视野，会同《孙武兵经》的兵略文用手段，"因情立体，即体成势"地对谁是《刘子》的作者（作者们？）加以探讨。再从比较文学的文学评论的角度，借助中外时贤对谁是《水浒》和"莎士比亚著作"作者的研究，找出《刘子》主要作者的"签名"，参以质化为导的电脑量化检索，来探讨这个有关《文心》文风特色，作者借袭、创新前后的心态，和梦境心理与写作行为有何关联，编辑者的著作权等有关而尚未研讨的关键问题，并提出开放性的关键问题，以为后续研究之参考。

关键词：刘勰；《文心雕龙》；《孙武兵经》；刘昼；《刘子》

一、前　　言

"龙学"研究，一世纪以来，经过许多学者积极的研究，"从'索引'到'思辨'"，在义理、考据、文章诸方面，大量使用"赋、比"的方法，着眼于"点描、线联"的分析，取得相当成绩。除了在跨学科、跃领域的文艺应用推广方面，还方兴未艾以外①，今人早已越过了许多前

* 作者简介：林中明，美国北加州华人作家协会会长。

① 海村惟一：《当代龙学研究略考——从"索引"到"思辨"再到"创新"》，《日本福冈大学〈文心雕龙〉国际学术研讨会论文集》，台北：文史哲出版社，2007年，第365—382页。

人所未能探索的高原。站在巨人的肩膀上往来路看,是相当清楚的。但是隔了石土、树林、高山、河海,自己如何在旧领域上深耕,挖掘脚下的富矿;避兽穿林,找寻邻近的新草原;攀山越岭,找寻山后的另一个高原;渡河航海,探索前修未到的新天地,从来都是困难的。所以每隔二三十年,不少前辈就发出“太阳之下无新事”的叹息。

在过去三十年中,龙学还是有一些重要的成绩。而其中重要成就之一,许多学者都认为当推林其锬先生带头①,和一些学者在前人考据的成绩上,利用新的资料,对《刘子》版本、注释和作者所作的研究。②其中最引人注目而引起学术辩论的一项报告,则是《刘子》不是北齐刘昼所写,而是刘勰所著。这项议题的正反辩论③,由于参与学者的修养和知识,他们对《文心》和《刘子》中儒、道思想的辨析,以及文风、用字变化等问题的探讨,给龙学的研究开辟了一个新的园地。并使得研究龙学和“子学”的学者,不仅得到许多前人所未探讨的知识,也看到甚么是良好的学术辩论风范。

然而刘勰、刘昼的时代去今已近一千五百年,他们二人的有关资料也极其有限,所谓地荒无叶,何以“振叶以寻根”?河流改道,何能“观澜而索源”?所以诗人屈平想探索宇宙,没有数据,只能“天问”;而林放见礼之繁,无从下手,只能问“礼之本”。夫子夸林放“大哉问”,诺贝尔物理奖得主李政道赞屈原作“天问”为古代具有科学思辨的大思想家,都是因为他们提出了好的问题。

在这种情形之下,我们面对《刘子》究竟是何人所作?成于何代?也只能提出一些基本的问题,从不同的角度,来考虑《刘子》的作者“刘子”是否不止一人④,一本没有《序志》篇的《刘子》,是否主要的作者突然死亡,未及完成有系统的大作?有无可能原撰和后编如《水浒传》的“施耐庵集撰、罗贯中纂修”的情况⑤?如果“后世”所见《刘子》的内容掺杂不同时期、多人的文句,那么我们可以只选一、二条目,便以偏概全地判定《刘子》全书的“一个作者”和“一个时代”吗?如果“刘子”的写作和编撰来源多方,如“莎士比亚全集”,那么

① 戚良德:《“刘子”功臣,“龙学”丰碑》,《社会科学报》2013 年 6 月 13 日第八版。

② 如余嘉锡《四库提要辨证》有关“刘子”的研究,傅亚庶《刘子校释》之“刘子作者辨证”,杨明照《刘子理惑》等。参见朱文民:《〈刘子〉作者问题研究述论》,《学灯》第 21 期(2012 年)。

③ 李隆献:《刘子作者问题再探》,《台大中文学报》1998 年,第 306—340 页。陈志平:《〈刘子〉作者和创作时间新考》,《古籍整理研究学刊》2007 年第 4 期。

④ 如胡适先生三十年代在他所作的《三国演义序》中说:“《三国演义》不是一个人做的,乃是五百年的演义家的共同作品。”(张志和:《三国演义》的作者真的是罗贯中吗?《光明网 BBS》,2004 年 6 月 16 日。)又如:4 Shakespeare controversies, By The Week Staff | April 27, 2012. 1. Did *All's Well* have a co-author? Two Oxford University professors, Emma Smith and Laurie Maguire, looked long and hard at the language, rhyme, and style of *All's Well That Ends Well*, and determined that the 1606 - 1607 play bore the literary “fingerprint” of both Shakespeare and Thomas Middleton, who wrote *The Changeling* and *Women Beware Women*. *All's Well* contains spellings in line with Middleton's preferences, and a word — “ruttish,” meaning lustful — that doesn't appear in Shakespeare's other writings, but can be found in Middleton's *The Phoenix*. Plenty of authors collaborated on plays at the time, and it looks like Shakespeare did, too, Maguire tells *BBC News*. “We need to think of it more as a film studio with teams of writers.”

⑤ 国家图书馆所藏残本(嘉靖本),天都外臣序本,袁无涯刊本所题署。

"借用、改装"前人作品到甚么程度[①]，没有"消化"地大量引用前人的作品，以及缺乏大量独特的见地，能否还算是一人的创作[②]，或是"学派"累积之作如《管子》，甚至插编了许多年轻时的读书笔记、札记？

既然有关刘勰和刘昼二人现存的数据不足以"知人论世"，但是可从他们二人自述和他记的"梦"，我们可以"知梦论人"吗？数据的来源和时间可能不止一期（如陶渊明《闲情赋》[③]）、一代吗？一个作者晚年的文风、用字是否和中年大不同（如书法的"人书俱老"；莎士比亚的签名？[④]）不同类的作品又如何写作？作为一个"斌心雕龙"文武兼通的士人，他的文字功夫和兵略思想会疏退吗？如果年轻的刘勰做读书札记，可能是甚么样的理解深度？和政、军、文、哲的远见？

运用兵法，成功"鬻货进书"[⑤]，以致成名后的刘勰，会把他另一本得意之作，藏柜"隐其新秀"，也不"序志"，并言天地五五之篇数，终其生书刻"应酬性"的碑文无数，而不示此书于同好，如克劳塞维兹的《战争论》？还是他从张良和淮南王刘安的行止遭遇，学到了"出处进退"的智慧？出版论政和谈兵的文集[⑥]，在魏晋南北朝还有生命的危险吗？不得意的刘昼，有无可能如刘向、刘歆父子，假借前贤之名，推销自己的书，因而"借势"以传世。（《孙子算经》假托"孙子"以取重于人、方便鬻书。《三国演义》作者是蒋大器编辑再假托罗贯中？）

计算机检索字频的条件为何？计算机文句分析，单一人物、作品、用字的比较，能够解答四百年前的莎士比亚是谁吗？我在 1995 年的论文中指出刘勰《文心雕龙》中大量引用、融会、发挥《孙武兵经》的文字、文句和兵略思想，与之相比，《刘子》的兵略用字频率和比例，类似有志于"纬军国"的刘勰吗？等等。

这些问题，也都类属此次研讨会的三个议题：卅年回顾、儒学视野和文论研究。而作者有幸与会，因此得以"缘督以为经"，做一些初步的探讨，并乞正于探讨此启发文化、文学、文心、文人等大好问题的先行者林其锬先生，及与会诸先进学者。以下先节选几个比较特殊，而可能还没有私下讨论过和正式发表过的问题，"因情立体，即体成势"地略加陈述我的看法和推测，附骥尾于其锬先生，并就正于与会诸先进。以下先从本文的题目，破

---

① 梁德华《〈刘子〉与〈淮南子〉、今本〈文子〉关系探究》，《中国文化研究所学报》Journal of Chinese Studies No. 54-January 2012。

② 4 Shakespeare controversies, By The Week Staff | April 27, 2012. 4. Did Shakespeare write anything at all? Thomas Middleton isn't the first writer to win posthumous credit for a Shakespeare play, says Sam Parker at *The Huffington Post*. The Bard's authorship has been questioned publicly since 1848, when Joseph C. Hart, in his book *The Romance of Yachting*, said that "Shakespeare merely adapted the works of more educated playwrights," making them popular by adding the occasional crude joke. Skeptics have suggested more than 70 different candidates, including Sir Walter Raleigh and dramatist Christopher Marlowe, as the real authors of Shakespeare's plays.

③ 林中明：《陶渊明治学思维窥观——兼谈〈文选〉数例》，《第七届昭明文选国际研讨会论文集》，广西桂林，2007 年 10 月，第 182—187 页。

④ Shakespeare's six surviving signatures have often been cited as evidence of his illiteracy.

⑤ 林中明：《刘勰和〈文心〉里的兵略思想》，《文心雕龙研究》第二辑，北京：北京大学出版社，1996 年，第 311—325 页。

⑥《文心雕龙 · 诸子篇》："昔东平求诸子、《史记》，而汉朝不与。盖以《史记》多兵谋，而诸子杂诡术也。然洽闻之士，宜撮纲要，览华而食实，弃邪而采正，极睇参差，亦学家之壮观也。"

题述见。

二、纬军国,任栋梁

儒家的宗师孔子和大师孟子,都注重入世服务社会国家,和后世的腐儒、小儒对儒学的解释大不相同。刘勰和刘昼虽然都是儒门弟子,也参酌法家。但是他们对于佛、道二化的看法与后来的行为,都很不同。如果《刘子》是刘勰所著,那么刘勰一人前后混杂糅合三教,有无可能? 这是学者们所争论的重点之一。

佛家注重出世的修行,但刘勰早期的心态是入世的。刘昼若是“刘子”,但他的“自谓绝伦”和“好矜大言”也不类道家的无为不争,注重不累于物的生活。20 世纪曾有学者坚持刘勰是以佛教徒的身份写《文心雕龙》。但是我在 1995 年的论文中就指出刘勰在《序志》篇中高举“纬军国,任栋梁”的大旗,不仅是入世的思想,而且有孔子“文事必有武备”的态度、兵家战斗杀人的心理和行动准备,所以彼时绝对不是受戒不可杀生的佛教徒。

但是《刘子》的《文武》、《兵术》、《明权》诸篇谈兵说谋论势用权,“外貌”也和刘勰在《文心》中所明列的“纬军国,任栋梁”思想无大异。所以有些学者觉得《刘子》像是刘勰写的。但是二刘子的心态和理想,从他们的“梦境、心理”来看,我认为其实还是有相当大的差别。

三、二 刘 四 梦

《南史·刘勰传》极简略,只有 248 字。所以研究刘勰的学者,不得不用若干“猜想”,试图了解刘勰复杂的一生。《北史·刘昼传》也较简略,但是 478 字的长度近乎《南史·刘勰传》的一倍。其中“少孤贫爱学……知邺令宋世良家有五千卷,乃求为其子博士,恣意披览,昼夜不息”这一段,几乎解释并符合我认为刘勰何以入定林寺的原因。所以研究《刘子》和刘昼,对研究“龙学”大有裨益。这也是林其锬先生大力研究《刘子》,直接或间接给龙学研究带来的益处之一。

1. 刘勰之梦。刘勰在《文心雕龙·序志第五十》里记载了两个奇特的梦。第一个梦显示了他自幼是个“天才”:“予生七龄,乃梦彩云若锦,则攀而采之”。第二个梦,“齿在逾立,则尝夜梦执丹漆之礼器,随仲尼而南行。旦而寤,乃怡然而喜,大哉! 圣人之难见哉,乃小子之垂梦欤!”表现了他“三十而立”的人生方向和自信。他的第三个梦,虽然没有直说,但是“纬军国,任栋梁”确实是一个大梦,而他若不是因为昭明太子过早逝世,以东宫太子的通事舍人,加上皇帝上林苑禁卫军的步兵校尉的资历,他应该还有上升的空间。但是精究《孙武兵经》的刘勰,出处进退懂得张良、韩信、淮南王刘安的历史教训,也应该熟悉不久以前刘宋时期,临川王弃骑射,礼佛集文的全身智慧,所以毅然焚发出家,告别了他的第三个大梦。

2. 刘昼之梦。和刘勰相比,刘昼显然不是一个文学天才。由于性格、身形的限制,以及并不精通兵法权谋，一生不肯屈己适人，所以“发愤撰《高才不遇传》”，以此文而事留《北史》，也是幸运。但是《北史》的作者记传简要，而有精到的文学批评和传奇色彩的文笔，记录了刘昼“上书言亦切直，而多非世要，终不见收采”之后的一个奇梦：“昼夜常梦贵人，若吏部尚书者。补交州兴俊令。寤而密书记之。卒后旬余，其家幼女鬼语，声似昼。云：我被用为兴俊令，得假暂来辞别云。”

3. 做梦、做官，出书、出名[①]。我们由二刘子的四个梦，可以看到刘勰和刘昼都有入世的理想，但是刘勰的梦极正面，立义也高，并且懂得巧妙运用兵法，设局布阵，鬻货进书；又懂得顺势献策，“二郊宜与七庙同改”疏果弃牺牲，因而进为步兵校尉。刘昼和当时的读书人，以及后代和现代大部分的人一样，都有梦想，但是刘昼脾气大，虽然也“读”《孙子》，但是如《孙子·始计第一》所说：“凡此五者，将莫不闻，(精)知之者胜，不(真)知者不胜。”所以刘昼谋进始终不成，《刘子·遇不遇》篇，几乎是“刘昼子”的“先生自道”。而刘勰一生，主动进取，“求之于势，不责于人”(《孙子·势篇》)，因此四战四胜，完全没有“遇不遇”的问题。所以我认为判别《刘子》是二刘、三刘或是多人集撰，不只是从文风、用字、篇数来研究，更要从刘勰所特精通的兵略下手。这是《孙子·势篇》所云：“以正合，以奇胜。”

四、《刘 子》其 书

《刘子》其书博杂，内容借引前人，不加消化之处也多。所以要判断它的作者，可能要先列几组可能的情况，然后分别探视它们的可能性和重量，在没有发现地上、墙中和地下新文物以前[②]，我们只能尝试对比和推想其作者或“作者群”！以下是笔者粗列的几个组，作为初步的考虑。

1. 如果主要是一个刘姓的作者，《刘子》是：

(1) 少刘、中刘还是老刘？或是混合的文风、知见？如陶渊明写《闲情赋》，就有可能是几个阶段的感情思想和文笔所融会而成。(包括我们自己的诗集、文集，许多作品也是如此。)

(2) 如果是刘勰的作品，有无可能，大部分是七岁就梦彩云的青年刘勰，在入定林寺以前的读书笔记？

(3) 如果是刘勰中年的作品，何以刘勰反而不积极运用成名后的优势，“发表”他的大作？

(4) 如果是刘勰老年的作品，何以集中少见佛学的影响？

(5) 晚年的刘勰“不敢”“发表”他的大作，是因为担心政争，让昭明太子落入淮南王下场，或由于家族历史[③]，所以对政治评议文章的过度敏感吗？如果以上的问题都不符常

---

① Scott Barry Kaufman, *Why Do You Want to Be Famous?* Scientific American, Sept. 4, 2013.
(《美媒：研究发现人们想出名有三大动机》，参考消息网译，2013 年 9 月 6 日。)

② 林中明：《文艺互明：刘勰〈文心〉与石涛〈画语〉》，《2007〈文心雕龙〉国际学术研讨会论文集》，台北：文史哲出版社，2008 年，第 527—557 页。

③ 《宋书》记载，一是族兄刘祥，时为临川王骠骑从事中郎官，因写了《连珠》十五首，文中表示出对朝廷的不满，经告发交付廷尉处置，被发配广州，不久死去。

识,那么作者是另外的——

2. 一刘、二刘、三刘或者多刘?

(1) 一刘:这可能是过于简化的"是非题"。中国所有的古籍,都有一人为主,多人增减的情形。更多的是后人假前贤之名,推出己作,或手边的前人作品。天下姓刘的太多了,可能这一个"刘子"既不全是刘勰,也不全是刘昼。客观地处理,可能只好先存疑,以待"出土"的直接证据。

(2) 二刘:晚生于刘勰近一甲子的刘昼,当然有机会读过刘勰的名著,而且引借了一些论点,包括兵略势篇等部分。这情形也类似在《孙膑兵法》出土以前,学者激烈争辩"一孙子"还是"二孙子"。譬如国学大师钱穆对《孙子》的判断,在山东银雀山竹简出土之后,立成笑柄。

(3) 三刘:《刘子》大量借用了《淮南子》的文字,包括开头的《清神》篇,也不是创见,而是《淮南子·精神训》等篇编辑而来。所以"刘子"可能有"三个",他们的贡献,一大、一中、一小。

(4) 多刘:既然《刘子》中有多处明显借用《淮南子》的地方,也有《文心》的痕迹,如果刘昼在 52 岁时突然死亡,形灭神存,才会托语幼女,自言升官处。但是更有可能,刘昼还没有完成他的大计划,所以许多篇章只具轮廓,尚未"雕龙赋彩",也没有《序志》之篇如司马迁和刘勰。而由后人编辑修补出书。一如《水浒》、《三国演义》、《石头记》等名著。只是"去圣久远",信息解散,不能确认作者,一如英国文豪"莎士比亚"是谁?"莎士比亚全集"为何有近七十位作家的踪迹?而"莎士比亚"只不过是四百年前,大众知名,有签名笔迹留下来的"演员",剧作家,诗人。

3.《刘子》的篇数、篇名字数和无自序、自纪?

(1)《刘子》五十五章的章数,是否如袁孝政所评为五行之考虑?如果如《周易系辞上传》:辞曰:"凡天地之数五十有五。此所以成变化而行鬼神也。"何以这个巧妙的安排,不见作者写于书中或自序里?难道第五十六章是"自序",而遗失了?如此小心安排篇目名称、次序、群组的刘勰,有可能忘记写"序志"吗?

(2)《文心雕龙》五十篇章的篇章名都是两个字。然而《刘子》五十五章中,竟然出现一章三个字的《遇不遇章二十四》!以刘勰练字的功夫,和骈文四六格式的熟悉,怎么有可能跑出一篇"与众不同"的"三字章"来?难道刘勰不能把这个题目和内容写成王充《论衡》第一篇的篇名——"逢遇"?或"际遇"之类当时文人所熟悉的"二字"?除非这本《刘子》真的是写《高才不遇传》和"孝昭即位,好受直言。昼闻之喜曰:董仲舒、公孙弘可以出矣"的刘昼,仿董仲舒《士不遇赋》,及《韩诗外传·七》、《论衡·逢遇篇第一》、《荀子·宥坐篇》?

(3)《刘子》无《史记》的《太史公自序》,《文心》的《序志》,无《论衡》的《自纪》?《抱朴子·自叙》篇云:"昔王充年在耳顺,道穷望绝,惧身名之偕灭,故自纪终篇。"如果是刘勰晚年之作,《刘子》的"自纪章"一定精彩"绝伦",而不是刘昼年轻时写《六合赋》,"自谓绝伦"!

4.《文心》、《刘子》里兵略思想的通镕总术

由于目标重点不同,《刘子》谈论人事历史、刑法赏罚、政治外交,多于《文心》。但是

《刘子》谈论兵略，虽然应该是它的重点大项，但是作者对军事的了解，似乎反而不及《文心》里奇正虚实的变化和攻守进退的制约。对于刘勰这位成功兵略运用于人生大案，和通镕兵略手段于作文的大家的“晚年作品”来说，登山望海，“辞如珠玉”的文笔，反而一变而为“相对地”清秀简朴，从文士学者的角度看，这是一个很奇怪的现象。

但是换一个角度，从俗吏高官的文学程度而观，是否“这个刘子”，采取王充在《论衡·自纪篇》里解释何以有时要用“浅言”说“深理”的原因：“冀俗人观书而自觉，故直露其文，集以俗言。……何以为辩？喻深以浅。何以为智？喻难以易。贤圣铨材之所宜，故文能为深浅之差。”是否《刘子》的作者，譬如文笔深雅的刘勰，也作如是想，不可得知。但是如果论文的篇幅不受限制，这个问题值得用十百个句例，和一二万言来作详尽的比较、分析和讨论。

但是如果这本书的主要部分竟然是刘勰年轻时所写，我想以王弼(226—249)方及弱冠，已经成为《老子》、《周易》的解经大家的先例来看，刘勰收集前人的文字，编写出这样的文章以求仕进，也不无可能。当然以刘昼的用功博学，到了晚年，也应该能写出大部分的《刘子》。但是如何从这两人的文字偏好来判断是不是刘勰的作品？电脑应用软件的字频分析是一个方便的工具。

5. 电脑字频分析《文心》、《刘子》里的兵略用字

分析判断一个文字作品，难免受主观和别人提供的意见，形成先入为主的判断。《史记·儒林传·董仲舒传》就记载了主父偃妒忌大儒董仲舒[①]，偷了董的文章呈上汉武帝，并误导董仲舒弟子吕步舒在不知其师书的情况下，以为老师对灾异的判断文章是下愚造谣，使得董仲舒受审几乎被判死刑。连弟子都不能判别老师的文字和思想，一般学者如何从文风用词判断不熟悉的作品？可能就更容易偏误。所以用没有感情的电脑程序去分析作品，有其客观量化的优势。

电脑字频分析，西方国家早已大量用于莎士比亚作品的分析，而且一再取得令人惊讶的成果。我个人也把电脑字频分析多次首先用在国学经典著作上，如《诗经》、中国五大诗人的幽默、悲喜倾向上，取得惊讶和满意的成果[②]。而在中国，杨少俊教授则早在1992年就由解放军出版社出版了有里程碑成绩的《孙子兵法的电脑研究》一书，其后和我也探讨用电脑分析《文心雕龙》，也发表了论文。根据杨教授的分析资料，我对比了《文心雕龙》和《刘子》的几个特殊意义的用字，特别是兵略用语中的奇、诡、谲、势、变、通、智、术、虚、实、

---

① 《史记·儒林列传·董仲舒传》：“董仲舒……弟子传以久次相受业，或莫见其面……以春秋灾异之变推阴阳所以错行，故求雨闭诸阳，纵诸阴，其止雨反是。行之一国，未尝不得所欲。中废为中大夫。居舍，著灾异之记。是时辽东高庙灾，主父偃疾之，取其书奏之天子。天子召诸生示其书，有刺讥。董仲舒弟子吕步舒不知其师书，以为下愚。于是下董仲舒吏，当死，诏赦之。于是董仲舒竟不敢复言灾异。”

② 林中明：《气象学之祖：〈诗经〉——从“风云雨雪”的“赋比兴”说起》，《诗经研究丛刊》第十六辑，学苑出版社，2009年，第193—220页；林中明：《杜甫谐戏诗在文学上的地位——兼议古今诗家的幽默感》，台北：里仁书局，2003年，第307—336页；林中明：《白乐天的幽默感》(日文译者：绿川英树)，日本《白居易研究年报》，勉诚出版(株)，2004年，第138—153页；林中明：《陆游诗文的多样性及其幽默感》，《中国韵文学刊》2008年第4期。

兵、谋,以及文、心、道、情、神、性等字,以检视作者用字的偏好习惯。由于这两本书都有近四万和三万多字,所以在字频统计的数量上,比较有统计学的意义。

初步的快速检查,我发现精究兵略用于《文心雕龙》写作的刘勰,和《刘子》的作者相比,奇、诡、谲、变、通五字的字频比(尚未计入两书的字数比,或尚未“同等化”normalization),大约(版本不同,或有小差别)为(“某字”——《文心雕龙》字频:《刘子》字频):

(1) 奇——52:16,诡——32:2,谲——12:2,变——65:31,通——70:35。但是“势”字的字频则较接近,为42:36。从这个比例,我发现“刘子”对《孙武兵经》的“内涵”应用,并不“热衷”如刘勰。

(2) 但是在外表的直接谈论兵、谋、智、虚,则可能由于《刘子》有专门论文武、兵术、阅武等论军事的篇章,所以“刘子”超过刘勰:兵——12:25,谋——8:27,智——7:59,虚——16:25。

(3) 从“文、心、道、情、神、性”等和文学、哲学思想有关的字来看,刘勰《文心雕龙》和《刘子》的用字字频比为:文——585:98(包括人名),心——120:120,道——49:50,情——149:118,神——64:45,性——34:111。似乎两个作者在哲学和心理学的考虑上,虽然讨论的议题不同,却有相近的倾向。

从以上的三组字频来看,《文心雕龙》的作者刘勰,对于“文”和兵略的内涵用语远超过编写《刘子》的“刘子”。而在哲学和心理学的考虑上,“两个”(或多个)作者的用字思维相近。所以我们用字频分析时,也不能只选特定范围的字来比较。

五、初步结语

1. 本次研讨会的三个议题各有专注,也互相关联,为撰写论文的学者提供了良好的讨论平台。

2. 我们回顾“龙学”三十年来的研究,对前修的认真和成果,羡慕和尊敬。他们是后进学者的好榜样。

3. 探讨《刘子》是何人所著,并和《文心雕龙》作比较,对“龙学”、魏晋文化、经典继承、中西书籍的编辑文化、从兵略考虑来分析《刘子》和《文心》、电脑字频分析的考虑……都为“龙学”、儒学、兵学和国学提供了新的养分和挑战。所以这次研讨会是成功的。而有幸参加、讨论及撰写论文的学者是不虚此会的。

赞曰:龙学儒学二学同,刘勰刘昼四异梦。喜见旧典藏隐秘,乐开新识不求工。

政事乎？文学乎？
——《文心雕龙·议对》篇细读

游志诚*

摘　要：《文心雕龙》是一本“论为文之用心”的著述，然而须知这个“文”意指“圣贤书辞，总称文章”之文，更须推源溯本，只有具备“子家”胸怀，镕铸经典，翔集子史之人，始能作此大块之文，文心文论就是在此背景之下产生的文论。本篇研究，从文献学角度考查子集分合，辨析“杂家”新旧内涵，细读《议对》篇用政事之文对抗“舞笔弄文”之意义，重新解释《文心雕龙》此书的著述性质。

关键词：文心雕龙；子集合一；议对；政事；文章

按照章学诚《校雠通义》一书提示《汉志》有互著法，谓同一书互见两处。考察历代著录《文心雕龙》一书，也同样有“互见”的情形，除了“经籍”一类未见著录，其他凡是史部、子部、集部等三类无不有人著录过。甚至日本藤佐世《日本国见在书目》著录《文心》此书，先入子部杂家，后又入总集类，将《文心》此书互见，分入两门，盖即属章学诚“诸子即后世之文集”定义之下的集部学术，明显与后世例如明代焦竑《国史经籍志》首立《文心》为诗文评类的“文”集概念，大为不同，而有文集古义与后出义之别。[①]

据此《日本国现在书目》分子部杂家与总集著录《文心雕龙》的作法，即是章学诚“互著”法的具体呈现，亦最能展现刘勰其人一生学术的总体风貌。同时，也反映了两汉以下，私人著述畅行，个人文集纷纷刊行，由子到集，亦分亦合的“子集合一”之文献状况。

考历代著录《文心雕龙》此书，当有十五类之多。除了经部阙录之外，凡史、子、集三部

---

* 作者简介：游志诚，台湾彰化师范大学国文系所专任教授。

① 参见藤佐世：《日本国现在书目》，台北：广文书局，1986年，第148页。

皆有[①],反映出《文心雕龙》此书归类非常不一致,往往有“互见”的类别,不只两见三见,举凡别集、总集、子部、史部等无不有之。如果再加上《道藏》的著录,以及像《山堂考索》与《太平御览》类书的摘录,则《文心雕龙》的学术归类又可以再加丛书与类书两项,此书的“互见”情况益形繁复矣!它远远超出《汉志》的“互见”著录最多也不过“三见”的范围。例如《汉志》著录《管子》入法家、道家;而《弟子职》一篇又别属《礼记·儒行》篇与儒家同类;又《司马法》互见礼部与兵家:但也都只是二见而已。由以上比较可知《文心雕龙》此书互见“多元”学术类别的事实,有力地表明《文心》此书的“杂家”性质,用“杂糅诸家为一家”之概念最足以说明《文心雕龙》有不折不扣的“子书”性质。因为,唯有子家始知会通学术之道,翔集“子史”,镕铸“经典”,将经史子集之学融会贯通,“折中”为一家之学。因此,由历代著录《文心雕龙》此书互见多元学术类别,判定此书为“子学”之作,则刘勰其人理当视为“子家”性格。刘勰是子家,《文心雕龙》是一部子书,终于可以根据此书“文献目录”历代著录事实,得到有效的推论与印证。《文心》此书内涵的子书性质,可以从每一篇原文分析,其中的“义理”大都根据“子学”思想,做为刘勰“论文叙笔”背后的“理论”本源,具体证明《文心雕龙》内涵深厚的“子学”思想,更有助说明《文心雕龙》之历代著录,明清两代用“诗文评”观点看待此书的理由。至清乾隆时期《四库全书总目》收录此书,始正式定位《文心》为诗文评专书之后,《文心》全书的子家性质亦至此而埋没不彰,刘勰一生学术自成“专门之学”的特质也因此受到严重误解。究其根本原因,就在汉魏文集古义与明清诗文后出义不明,混言“诸子文集”与后世“集部文集”的概念为一类所导致之误读。

案《四库全书总目》于集部下新增“诗文评”一类,堪称四库馆臣学术分类之创见。盖馆臣编辑历代图书之目的,务主学术细目之“分”,不尚学问大道之“合”。为求分类而要求细目分明,馆臣不得不自原作文史类之《文心雕龙》析离为一类,改判为诗文评,置之首编。[②] 或许此举可视作纪昀平生爱读此书的心得创见,然而纪昀所“破”处,亦正如自己所“盲”处。今按四库总集类前有“序”云如下:

> 文集日兴,散无统纪,于是总集作焉。一则网罗放佚,使零章残什并有所归;一则删汰繁芜,始莠稗咸除,菁华毕出。是固文章之衡鉴,著作之渊薮矣。《三百篇》既列为经,王逸所裒又仅《楚辞》一家,故体例所成,以挚虞《流别》为始。其书虽佚,其论尚散见《艺文类聚》中,盖分体编录者也。《文选》而下,互有得失。至宋真德秀《文章正

---

① 杨明照汇辑《文心雕龙》著录文献,首刊于1939年夏初校《文心雕龙校注》书末(杨家骆主编“中国学术名著”第五辑收录此书,台北:世界书局,1974年),第337—342页。后来又在1980年新刊《文心雕龙校注拾遗》,增补《著录》甚夥。参见杨明照:《文心雕龙校注拾遗》,台北:崧高书社,1985年,第416—431页。及至2001年6月杨明照三次校补此书曰《文心雕龙校注拾遗补正》,但是此本未再增补“著录”,可知1980年刊本的《文心》“著录”是定本。今根据这份著录书目,杨氏未列《太平御览》、《山堂考索》,以及《道藏》书目。另外,杨氏忽略《日本国现在书目》互见《文心》此书在“子部杂家”与“总集”两类。案:日本的分类法,最能展现《文心雕龙》此书真正的“子”与“集”合一之性质。

② 关于四库全书总目诗文评的研究,曾守正《权力、知识与批评史图像》乙书第二章第一节有详尽的分析,参见曾守正:《权力、知识与批评史图像》,台北:学生书局,2008年,第47—52页。又案:《隋书·经籍志》总集类著录《文心雕龙》,但小序云:“解释评论附焉。”据此推知《隋志》已用评论概念看待此书,因此“诗文评”定类可溯至《隋志》。

宗》，始别出谈理一派，而总集遂判两途。然文章相扶，理无偏废，各明一义，未害同归。[①]

细读纪昀此节对“集部”之学的分类，完全采用“分而又分”这种细目分类原则，从“大道”脱离，往“专精”的方向发展。因此，《诗经》要从总集三百篇本来的“集”之性质，排除出去，升格为“经”。先将“经”与“集”判别分立，依此类推，子与史二部也必然不属于“集”。纪昀的学术归类法完全是“分”的思考，不是“统合”与“圆通”的方法。准乎纪昀的分类，《文心雕龙》的归类必然不会有“互见”之作法，亦必然要归为集部之下再细分出的诗文评矣！经此细分之误，《文心雕龙》全书丰富而多元的理论思想内涵即不再被探讨与发掘矣！

由以上历代《文心雕龙》著录之十五种类别而言，此书几乎包尽经史子集四部，可见历代学者视此书之多元观点，向不以“单一”学术归类理解此书。此文献著录之多元事实，不只反映《文心》一书之复杂性，由书知人，亦同时反映《文心》作者“刘勰”其人学术之“通儒”路数，非自甘于一乡曲学之士可比。至于论文一家，尤其不足以划限《文心雕龙》全书内容。故而北宋《太平御览》以“类书”性质，亦收此书。甚至，道藏亦视此书为道教之作，并收录之。总上而论，《文心雕龙》全书“唯务折中”的论述方法，兼参各家的特色，实在最符合“杂家”之定义。《箓竹堂书目》编入“子杂”类，必有其理。另外，据杨明照在《文心雕龙》历代著录与品评一文之末所作的附注云：“日本藤佐世《见在书目》将舍人书两属，既入杂家，又入总集。”对此，似不以为然，故而杨明照云：“故未列入。”[②]详味杨氏之意，不认同《文心雕龙》既是总集，又是杂家的双重著述性质。

其实，日人藤佐世两属《文心》此书的作法，反过来看，正代表《文心》此书之多元复杂，并再次印证刘勰写作此书学术背景，本为“镕铸经典，翔集子史”的通儒之作，才导致《文心》此书的归类难定。刘勰一生“折中”方法之学，不唯在文论之见是如此，子学理论亦然。刘勰于“论文”之外，又身兼“子部杂家”学术身份，以总结自己一生的子家“折中”之学，乃才人志士必有之常情。由《文心雕龙》一书的历代著录文献资料，澄清《文心》此书实“子家”之作，理解刘勰一生之学乃子部之学，亦可谓一解矣！

考明清学者尝著录《文心雕龙》入子部，以子家之作评价此书，则刘勰其人不仅为论文家，也是自成一家之言的诸子之流。今据杨明照《文心雕龙校注拾遗》一书附录著录“入子类”之五家，与“入子杂类”之二家可略得其说。除了杨氏列目之外[③]，又见日本九州岛大学藏明代刊本《文心雕龙》一书，总题《刘子全书》，以子书类别刊行，同书别刊《刘子新编》，固已属子部，而自两唐书著录以下，《文心雕龙》皆入子家。

---

① 纪昀：《四库全书总目》集部总序，台北：汉京文化事业公司，1992年，第634页。

② 杨明照：《文心雕龙校注》附录二历代著录与品评，台北：世界书局，1974年，第342页。

③ 杨明照《文心雕龙注》1939年初版附录二“文心雕龙历代著录与品评”之著录，共十类，其第六类曰子杂，意指子部杂家，仅录《菉竹堂书目》一种。校注又于1980年修订刊行，《文心》一书著录新增至十三类。子类又分“子类”与“子杂类”，于《文心雕龙》之子家义例，又更细矣！且所收书亦新增至七种。但日本刊行《刘子全书》与冈白驹校读二本仍阙录。

另一本是亨保十六年(1731)大阪心斋桥筋文海堂刊行冈白驹校正句读本《文心雕龙》，书前有冈白驹序，作于亨保辛亥春三月。此序文不但以“子学”观点评论《文心》此书，更有谓《文心》一书乃“旁论文体”，意思是《文心》全书以圣贤之志为本，而文体之论述，乃此书之旁出。冈白驹《刻文心雕龙序》云：

> 昔者圣王之为政也，其迹乃有诗书礼乐，诗书礼乐之教，虽高矣美矣哉，而其书所载，则不过专之无言而已。言之不喻也，文以足之，焕乎炳蔚，高矣美矣者，存于文辞之间。……东莞刘勰氏盖有见乎兹焉，是籍之所由作也，乃旁论文体，而要其枢纽，以为古之为辞者为情而造文，今之为辞者为文而造情。……使文不减其质，言不隐于荣华，然后可谓彬彬之君子矣。[①]

此篇序首先定位文辞之作，不外言与事二项。又谓文辞之功用，首冠“圣王之为政”。冈白驹此种文章观点，悉自刘勰定义“圣贤书辞总称文章”之本旨而来。因此，冈氏主要凭据《文心》理论“政事”与“文艺”并行的观点，认同文质彬彬，与文武合一，左右为宜之道才是《文心雕龙》基本理论。由此而导引冈氏批评六朝文体务华弃实的弊病，主张述道言治才是文心“正论”。无疑地，冈氏此处用《诸子篇》“入道见志”的定义诠释《文心雕龙》此书。也因此之故，冈氏会将《文心雕龙》归入子部，当作子部著录。

考查刘勰其人及其学，必从学术源流加以探讨，必须参考文献目录学在学术归类如何由经子之学，转变为子集之分的学术史渐变过程，以及“经”即是“史”，而“史”亦“经”此说之“经史合观”论，早已经化为刘勰平生学术思想的主轴，并且做为刘勰文心的理论体系大纲。刘勰应用以上所言四部学术合观之史识，进行“镕铸经典”，以及“翔集子史”之论述，完成《文心雕龙》，原来就都是根据以上所述刘勰思想理论总纲导引出来的一贯论述。

一言以蔽之，《文心雕龙》是一部子书，而刘勰的身份根本就是一位彻头彻尾皆未变本质的“子学家”，《文心》所以曾经一度而降为“论文”之专书，弊端全出在后人之不详查，尤不能详读《文心》文本早已内涵子学之故也。因此，《文心》学界若要认真反省当前研究新一步进展，首先要辨明《文心》此书的子学内涵，重探刘勰一生学术思想的真实“本色”。

首先，不妨先参考纪昀的学术分类“集”部概念。纪昀《诗文评类》小序云：

> 文章莫盛于两汉，浑浑灏灏，文成法立，无格律之可拘。建安、黄初，体裁渐备，故论文之说出焉，《典论》其首也。其勒为一书传于今者，则断自刘勰钟嵘。勰究文体之源流而评其工拙，嵘第作者之甲乙而溯厥师承：为例各殊。至皎然《诗式》，备陈法律；孟棨《本事诗》，旁采故实。刘攽《中山诗话》，欧阳修《六一诗话》，又体兼说部。后所论著，不出此五例中矣。宋明两代，均好为议论，所撰尤繁。虽宋人务求深解，多穿

① 龙川先生校正句读《文心雕龙》(学苑出版社影日本亨保十六年文海堂刊本)，北京：学苑出版社，2004年。

> 凿之词；明人喜作高谈，多虚憍之论，然汰除糟粕，采撷菁英，每足以考证旧闻，触发新意。《隋志》附总集之内；唐书以下，则并于集部之末，别立此门：岂非以其讨论瑕瑜，别裁真伪，博参广考，亦有裨于文章欤？①

纪昀此段话，正式定位《文心雕龙》一书为"诗文评"类，不但不视此书为六朝"文集"之古义，更无视于此书内含"子家自居"之自喻与暗示。纪昀的目的惟在为分而分"图书部目"要求，欲使学术流别判明，各家门户厘清。其有助于"寻目索书"之便固无可疑，但顾此而失彼，不能反映一家一门学问之"总体"及其"大道"，则乃文献目录湘川曲学之通病。难怪纪昀评点《文心雕龙》《史传》篇与《诸子》篇二文，颇有微词，认为二篇皆非刘勰专门本行，乃虚论凑数而已。

案《文心雕龙》全书五十篇，虽《序志》篇已自白"言为文之用心"，但并非篇篇皆只谈文学。且刘勰自定文章定义为"圣贤书辞，总称文章"，非仅限后世诗文辞赋。故而《文心》一书有《宗经》篇、《征圣》篇、《史传》篇、《诸子》篇等，盖谓经史子莫不皆"文"也。本乎此，刘勰《文心》之作，实乃"文集"古义之书，非可但据后世经、史、子集四部归类此书为"集部"，更遑论纪昀必欲强设"诗文评"一类，而冠《文心》为首之作法殆为"为分而分"之目的。盖纪昀援后世"集"部之偏见，遂于《文心》一书之评点有过激之语，聊举如下：

1. 评《征圣》篇云：此篇却是装点门面，推到究极，仍是宗经。

2. 评《宗经》篇云：本经术以为文，亦非六代文士所知。

3. 评《史传》篇云：彦和妙解文理，而史事非其当行。此篇文句特烦，而约略依稀，无甚高论，特敷衍以足数耳。

4. 评《诸子》篇云：此亦泛述成篇，不见发明。盖子书之文，又各自一家，在此书原为谰入，故不能有所发挥。②

细审以上四则纪批，凡是在集部之学以外，文心一书属于经史子三部之学的内容，纪昀一盖加以轻诋，没有好评。只因为纪昀一口咬定文心之作为"诗文评"，归类刘勰一生之学为"论文专家"，遂否定刘勰以"子家自居"之实，无心于六朝人私家著述之"文集"古义，更别说刘勰希圣希贤之心思，以及宗法司马迁"究天人之际，通古今之变，成一家之言"的名山之志，纪昀大都视而不见，略而不谈。

案纪昀严分集部之学，又别设"诗文评"类以定位《文心雕龙》一书，其致误之由主要是：将刘勰其"人"与其"书"分开，孤立而论，不明刘勰其人一生志趣抱负，不外文章、政治二途，刘勰力主文武兼治，励德修业，唯待时而动，刘勰本不甘一生只落为文士而已。故而《文心雕龙》有《才略》篇、《程器》篇之作，畅述文武之道。又有《宗经》篇、《史传》篇、《诸子》篇之作，涉及经、史、子论之学。而全书理论大旨用《周易》之道为总纲，贯通全书。凡此皆

① 纪昀：《四库全书总目》诗文评类小序，第1109页。

② 黄叔琳注、纪昀评：《文心雕龙注》，台北：世界书局，1984年，第5、8、60、65页。

展现刘勰“通经致用”之志，文论一以贯之的通儒之学。岂可拘于后世区区小论，只当集部书看？故若不明刘勰其“人”之学为何？即不能知其“书”大道本意为何？顺此而推，亦不能真知《文心雕龙》一书为何？

近儒刘永济精通刘勰《文心雕龙》此书著述性质，晚年已定论文心之作，非仅供文论分析而已，乃断言文心是一部“救世”之经典著作，归类文心此书是一部“诸子著述”。刘永济真可算是文心真知音，已能博通刘勰思想之奥妙。①

其实刘勰之子论，在文心此书《诸子》篇已尽表之。此篇有三大子学见解，代表刘勰的思想史观。首先，文心《诸子》篇分子学为三时期：

其一，先秦时期。此期之子家作者皆能“自开户牖”，各立门派，故有儒、墨、名、法、道、阴阳、纵横家、杂家之门派，即所谓“诸子”之学。

其二，两汉时期。此时期虽有子家，但已由“家”转向“论”之倾向，然大抵仍归之子学，可惜已不再能像先秦自立门户，开创一家之学。《诸子》篇曰：“类多依采。”意谓两汉子书大多依循先秦之情采而已。

其三，魏晋时期。此时期乃刘勰最不肯定的子学衰落期，《诸子》篇不谈论此时期任何一家子书，只用了一句“充箱照轸”概述魏晋子学“滥竽充数”的卑劣无价值。

由以上所述可知刘勰的子学史只承认先秦时期“自开户牖”的创派学说，而先秦以下子家大多只是依采与沿袭而已。此一见解，非谓先秦以下无子学，刘勰本意在点明先秦以下之子学已逐渐分散为“论”体，对各家采用博观约取的方法，进行“折中”子学之路，已不可能再看到像先秦子家那样的门派学说论述，必然带着“杂糅兼综”的子家折中方法，现代学者钱穆《道家政治思想》一文畅述先秦思想流派当区分先秦与后世的不同，即颇近似刘勰的《诸子篇》看法。钱穆云：

> 又所谓儒墨道法诸家之分派，严格言之，此亦惟在先秦，略可有之耳。至于秦汉以下，此诸家思想，亦复相互融通，又成为浑沦之一新体，不再有严格之家派可分。因此，研究中国思想史，分期论述，较之分家分派，当更为适合也。②

详此节谓先秦思想可以分流派，先秦以下就很难严格区分，与刘勰《诸子》篇谓先秦子学能自开户牖，而两汉子家“类多依采”之语暗合。盖刘勰之意谓两汉子家依先秦子书之情采而发论，然而已经不能明指是依采哪一家？故亦不能严格分出门派矣！当然钱穆的意思，与刘勰一样，不是否定先秦以下的思想义理，而是说先秦以下的子学早已走向融合先秦各家思想之潮流，不再限定于一门派。类似钱穆此种说法，吕思勉与章太炎也有相近之论，而章太炎更直接表明后世子学必然是“杂家”一途之倾向，直截了当点出刘勰《文

---

① 参见刘永济：《文心雕龙校释》，台北：华正书局，1973 年，第 173 页。

② 钱穆：《道家政治思想》，《庄老通辨》，台北：三民书局，1991 年，第 113 页。

心·诸子》篇"类多依采"与"充箱照轸"的必然现象与结果，由此可见刘勰的子学三期论启导后来学者之说很深。

既然刘勰表现如此精通的子学创见，由此推论，《文心雕龙》此书之性质不只是文论。韦政通在一场中国哲学史的讨论会上，说过《文心雕龙》是兼具文学与哲学的精彩著作，又说此书的思想方法也受佛教影响。韦政通云：

> 先秦诸子与经的关系，我们的研究也很少，以前方东美曾说过，中国只有断头的哲学史，好像先秦诸子是突然蹦出来的。先秦诸子的思想当然不是凭空而定，它与经的关系应有彻底的研究。中国哲学史与西洋哲学史有一个非常明显的区别就是：西洋的哲学史与文学史的关系比较疏远，而中国的哲学史与文学史的关系则比较密切。中国很多大思想家本身就是文学家，文学史与哲学史有很大的重迭性，这是中国文化的一大特色。譬如《文心雕龙》，主要是讲文学理论，其实它也是一部很精彩的哲学著作。刘勰受佛教思想的影响很深，他的理论主要得自佛学。中国文学与哲学的共同特质是什么？各家与文学的关系又如何？仔细研究，可使中国哲学史增加新的视野。①

此一段韦氏谈话可分为两部分，前半段说经书与子书的必然关系，后半段则直接点明《文心雕龙》一书有文学也有哲学，用崭新的观点评价文心此书。其实韦氏这种见解，文学与思想不分，在文心此书的《诸子》篇早已谈过。《诸子》篇定义子家之学有两大内涵：其一是"诸子者，入道见志之书也"，这句清楚界定诸子之学是以"道"与"志"二项为主要课题。《诸子》篇又说诸子之学术渊源即"述道言治，枝条五经"，表示诸子的学问盖从"五经"而来，是五经义理的"分枝"。又《诸子》篇比较说明经与子其实没有出现的先后问题，只有思想内涵不同的差异。所以《诸子》篇谓："圣贤并世，经子异流。"此句话表示圣贤经典与诸子著作并世而出，到后来才分成经与子两类，乃受到外在客观环境推波助澜的影响变成诸子与经学两大学术脉络。《诸子》篇此种看法，解释经与子的源流与性质异同，可以回答现代学者韦政通前揭的提问，所以说刘勰《文心·诸子》篇早于韦政通一千五百年即已注意到经子之学类比文学与思想的学术问题。

试看《文心》全书首立《原道》篇畅述天地人三才之道，乃根据《易经》太极之道，以及乾坤天地之心，发展《原道》的理论，建立"道"之文的说法，即韦氏讲《文心雕龙》此书有文学与哲学的双重内涵。

再如《征圣》、《宗经》、《正纬》三篇直接论述圣贤与经书、纬书之关系，皆为先秦两汉思想史必然要谈的主题，此三篇兼述哲学与文学，自不待辩。而《文心·诸子》更是直接谈论

① 这一段引自韦政通在一次会议中的即席讲话记录，会议时间在1991年4月19日，会谈记录刊登于《中国文哲研究通讯》第一卷第二期，1991年，第103—131页。

诸子百家之学,简直就是一部先秦两汉到魏晋的哲学史精论。仅次于《诸子》的《论说》也在辨正子家与"论家"的异同,说到"博明万事为子,适辨一理曰论",据此做为子与论之分,又用通达与一偏的标准界定两者之别,论点明白透显,皆属哲学范围的讨论。由此可知,《文心》此书确实如韦氏所说兼具文学与哲学,研究古代思想史不可略过《文心雕龙》此书,再次印证《文心》此书同时兼具文学与思想内涵。

其实韦氏用"文学"与"哲学"二词描述文心此书的双重性质,若不易理解,可改用古代学术"子"与"集"的概念加以推敲,立可知晓,盖刘勰文心之作,乃刘勰以"子家自居"之志,畅论"为文之用心"。易言之,即用子家研究集部之学。刘勰可谓兼子、集二家之学的通儒,而所谓古代之集就是现代学术的文学与哲学之谓也。

再看刘永济《文心雕龙校释》此书于《程器》篇释义,率先发蒙此意,可谓刘勰知音之一例。刘永济云:

> 全篇文意,特为激昂,知舍人寄慨遥深,所谓发愤而作者也。乃后世视其书与文评诗话等类,使九原可作,其愤慨又当何如邪?①

此节首明《程器》篇暗藏刘勰平生身世寄慨之语,用"激昂"形容之,又由此寄慨之语,推知《文心》此书乃刘勰"发愤而作"之书,此与司马迁自述《史记》乃发愤述作之旨同意。若然,《文心雕龙》与《史记》二书皆有"成一家之言"之志,近似刘勰《文心·诸子》篇定义子书"入道见志"之志向。本乎此解,刘永济提醒世人《文心》此书不可仅当作文评诗话一类的著作看,必须当作子书读。刘氏此言诚可谓发千古之秘,乃《文心》此书与刘勰学术思想的现代"知音"。兹述《文心雕龙·议对》篇内涵的"子学义理",摘取片段,提示纲要,藉此"内证"方法,论证《文心》此书的真正本色。

《文心》文体论自《明诗》以下至《书记》等二十篇,所述文体皆内含子学。但刘勰论述各篇仍用子学"政事"与文人"文章"双重兼顾角度,阐释各项文体技巧与理论,故有"华实"并配之语,又有"文理"一词之主张,谓主于文,主于理。如此将政事与文章并行之观点,并无孰轻孰重之意。唯独有一篇曰《议对》则反是。其实质涵义刘勰明确表示此体写作统归"政事"为主,旨在论议"治术"与"政体",偏重于文章之"事理",绝不可"文浮于理",甚至举杜钦的议对文为例,说杜钦议对文章佳处全在"治事"之简要具体与明白,刘勰斩钉截铁说他"不为文作"。此篇《议对》乃刘勰罕见的唯一单用子家"政治"观点界定文体,并且评述此体名家皆侧重在主"理"之论。《议对》篇全文采用子学"述道言治"之说,反对"舞笔弄文"之作,批判"穿凿附会"之理,完全用"子学"角度论述文章,代表刘勰以子领文最强烈态度的一篇文体论。《议对》篇云:

① 刘永济:《文心雕龙校释》,台北:华正书局,1981年,第188页。案:此书早年刊于1981年,台湾印行此书多据此本,近年大陆中华书局始见重刊此书。参见《刘永济集·文心雕龙校释》,北京:中华书局,2007年。

> 昔秦女嫁晋，从文衣之媵，晋人贵媵而贱女；楚珠鬻郑，为熏桂之椟，郑人买椟而还珠。若文浮于理，末胜其本，则秦女楚珠，复存于兹矣。[①]

此节刘勰用“买椟还珠”之典故，比喻议对此种文体的可贵处在文章“事理”，将之类比做“真珠”之宝美。反而讲究文章修饰的文采修辞是“椟”，比喻做无用可弃之物。刘勰主张议对文体主“理”而略“文”之见解，由此显露无遗。故而刘勰又有下述一段强烈之口吻，批判“舞笔弄文”之作，不适用于议对此体。刘勰《议对》篇：

> 若不达政体，而舞笔弄文，支离构辞，穿凿会巧，空骋其华，固为事实所摈，设得其理，亦为游辞所埋矣。[②]

此节明示议对之文，当庭应对，陈述政体治术，悉以“事实”为据，严禁“穿凿附会”之游辞。可知刘勰规定议对文体主“理”为宗旨，批判在议对文章大作“舞文弄墨”之巧饰。刘勰文论一致口气偏主“理”而反“文”之论述，以上两节可谓文心全书最强烈语气之代表。此乃原原本本第一次反映刘勰用“子家”攻击“文家”之批判。

然而，更值得意会玩索之一节话，则在《议对篇》之结尾，刘勰大叹特叹当今之世，深懂“练治”与“工文”双重才学之士已“难矣哉”，因而“通才”之辈少之又少，乃感慨唯有子家“博明万事”之通才，始能做到政事与文章双重兼备之功。刘勰《议对篇》云：

> 使事深于政术，理密于时务，酌三五以熔世，而非迂缓之高谈；驭权变以拯俗，而非刻薄之伪论；风恢恢而能远，流洋洋而不溢，王庭之美对也。难矣哉，士之为才也！或练治而寡文，或工文而疏治。对策所选，实属通才，志足文远，不其鲜欤！[③]

此节真可谓是刘勰以“子家”自居的又一段自誓自表之宣言，可惜向来诠解文心此篇之学者大多忽略其深旨而不察刘勰此节所示子家自白意涵。今考此节先定位议对文章作用即在“王庭”之驳议，以政治事理为对谈之内容，此全属“政事文章”之一类，可无疑矣！而这种当庭驳难讨论事理之方法，绝非无学无才之“高谈”可辨，乃是深知“经权通变”博学才士始克胜任。盖唯有博学通才之士，才学俱优，翩翩风采，既能驳议论难“练治”之事理，出言成辞，也能引经据典，博古通今，做到“工文”之美对！必如此“政事”与“文章”双美兼擅“通才”之士，始能成功撰作“议对”文章。由此可见刘勰述《议对》篇文体之高超远志，雅有以此为标杆，舍我其谁属之大气魄，刘勰一句“难矣哉”之叹，深可揣摩，隐约之间已传达刘勰极有自负之远大抱负。《议对》篇“赞曰”总结此体是“治体”文，注重政治“名实”之义理，摒

---

① 黄霖：《文心雕龙汇评》，上海：上海古籍出版社，2005 年，第 87 页。
② 黄霖：《文心雕龙汇评》，第 86—87 页。
③ 黄霖：《文心雕龙汇评》，第 88 页。

弃文章"摛辞"之工文,又再次表明刘勰重"理"轻"文"之观点。刘勰《议对》篇赞云:

> 议惟畴政,名实相课。断理必刚,摛辞无懦。对策王庭,同时酌和。治体高秉,雅谟远播。①

兹据此赞,议对文章所要陈述的"治体",到底涵盖哪些政治事务?以及此体涉及"治体"的哪些事理?勾划原文要义如下:

一、首先界定议对文章的"述道言治"之本质云:

> 周爰咨谋,是谓为议。议之言宜,审事宜也。《易》之《节卦》:"君子以制度数,议德行。"《周书》曰:"议事以制,政乃弗迷。"议贵节制,经典之体也。②

二、至于议对文要在王庭陈述的"治事"内容项目,则有治水、外交、变法、军事、外寇、宗庙祭祀、诛罚、兵事校练、货殖以及宫闱妇女之事。《议对》篇云:

> 昔管仲称轩辕有明台之议,则其来远矣。洪水之难,尧咨四岳;宅揆之举,舜畴五人;三代所兴,询及刍荛。《春秋》释宋,鲁桓预议。及赵灵胡服,而季父争论;商鞅变法,而甘龙交辨:虽宪章无算,而同异足观。迄至有汉,始立驳议。驳者,杂也,杂议不纯,故曰驳也。自两汉文明,楷式昭备,蔼蔼多士,发言盈庭;若贾谊之遍代诸生,可谓捷于议也。至如吾丘之驳挟弓,安国之辨匈奴,贾捐之之陈于珠崖,刘歆之辨于祖宗:虽质文不同,得事要矣。若乃张敏之断轻侮,郭躬之议擅诛;程晓之驳校事,司马芝之议货钱;何曾蠲出女之科,秦秀定贾充之谥:事实允当,可谓达议体矣。③

三、再述议对之文,须备"博通古今"之学,须明"万事万物"之理,始能写出具有"文骨"与风格之议对文章。一言以蔽之,非有"子家"之才不足以应王庭之议对。《议对篇》云:

> 汉世善驳,则应劭为首;晋代能议,则傅咸为宗。然仲瑗博古,而铨贯有叙;长虞识治,而属辞枝繁。及陆机断议,亦有锋颖,而腴辞弗剪,颇累文骨。亦各有美,风格存焉。
>
> 夫动先拟议,明用稽疑,所以敬慎群务,弛张治术。故其大体所资,必枢纽经典,

---

① 黄霖:《文心雕龙汇评》,第88页。
② 黄霖:《文心雕龙汇评》,第85页。
③ 黄霖:《文心雕龙汇评》,第85—86页。

采故实于前代，观通变于当今。理不谬摇其枝，字不妄舒其藻。[①]

四、其次再补述议对之文所陈“治体”又有礼乐、兵术、贵农、法术等各项。而写作之纲领则提出“弃奇采正”之论，完全以“事理”之论辨为主体。《议对》篇云：

又郊祀必洞于礼，戎事必练于兵；佃谷先晓于农，断讼务精于律。然后标以显义，约以正辞，文以辨洁为能，不以繁缛为巧；事以明核为美，不以环隐为奇：此纲领之大要也。[②]

五、《议对》篇分出“射策”与“对策”二项支流别体，而这两项次分类，仍不出“政治”之陈述。《议对》篇云：

又对策者，应诏而陈政也；射策者，探事而献说也。言中理准，譬射侯中的；二名虽殊，即议之别体也。古者造士，选事考言。汉文中年，始举贤良，晁错对策，蔚为举首。及孝武益明，旁求俊乂，对策者以第一登庸，射策者以甲科入仕，斯固选贤要术也。观晁氏之对，验古明今，辞裁以辨，事通而赡，超升高第，信有征矣。[③]

六、次由上述两种支流文体，再举董仲舒与鲁丕、杜钦等名家为例，凡此诸家皆有“经学”内涵，以及“子家”身份。《议对》篇云：

仲舒之对，祖述《春秋》，本阴阳之化，究列代之变，烦而不慁者，事理明也。公孙之对，简而未博，然总要以约文，事切而情举，所以太常居下，而天子擢上也。杜钦之对，略而指事，辞以治宣，不为文作。及后汉鲁丕，辞气质素，以儒雅中策，独入高第。[④]

七、《议对》篇有两段评论，首次看到刘勰用“政治”观点批判“舞笔弄文”之作，抬高“政事治术”的价值，贬低文辞浮华之弊，十足表现刘勰“述道言治”的子家本色，这是重新诠释《文心雕龙》此书的一个起点。《议对》篇云：

若不达政体，而舞笔弄文，支离构辞，穿凿会巧，空骋其华，固为事实所摈，设得其

---

① 黄霖：《文心雕龙汇评》，第 86 页。
② 黄霖：《文心雕龙汇评》，第 86 页。
③ 黄霖：《文心雕龙汇评》，第 87 页。
④ 黄霖：《文心雕龙汇评》，第 87 页。

理,亦为游辞所埋矣。①

《议对》篇又云:

杜钦之对,略而指事,辞以治宣,不为文作。及后汉鲁丕,辞气质素,以儒雅中策,独入高第。②

八、《议对》篇讨论驳议与对策(含射策)两种文体,讨论对象是"事",讨论的内容标准是"理",讨论的最高原则是"不离事而言理"。因此,《议对》篇最重要的理论概念就是拈出"事理"此词,而通篇自首至尾,用一个"理"字贯串之。文心全书只有此篇《议对》篇全篇用"理"字谈论文章,并将"理"字衍生出的"事理"、"情理"做为驳议与对策(包括射策)两种文体的写作准则,同时,也用有没有事理或情理品评议对文章的优劣高下。刘勰文论的主要纲领"情理"二字贯通在《议对》篇全文,而"情"与"理"的结合,恰恰正是子集合一这种学术内涵的代表特征。例如《议对》篇单用"理"字有两例,《议对》篇云:

夫动先拟议,明用稽疑,所以敬慎群务,弛张治术。故其大体所资,必枢纽经典,采故实于前代,观通变于当今。理不谬摇其枝,字不妄舒其藻。③

又云:

昔秦女嫁晋,从文衣之媵,晋人贵媵而贱女;楚珠鬻郑,为熏桂之椟,郑人买椟而还珠。若文浮于理,末胜其本,则秦女楚珠,复存于兹矣。④

《议对》篇合言"事理"有三例,《议对》篇云:

然后标以显义,约以正辞,文以辨洁为能,不以繁缛为巧;事以明核为美,不以环隐为奇:此纲领之大要也。若不达政体,而舞笔弄文,支离构辞,穿凿会巧,空骋其华,固为事实所摈,设得其理,亦为游辞所埋矣。⑤

又云:

① 黄霖:《文心雕龙汇评》,第86页。
② 黄霖:《文心雕龙汇评》,第87页。
③ 黄霖:《文心雕龙汇评》,第86页。
④ 黄霖:《文心雕龙汇评》,第87页。
⑤ 黄霖:《文心雕龙汇评》,第86页。

又对策者，应诏而陈政也；射策者，探事而献说也。言中理准，譬射侯中的；二名虽殊，即议之别体也。①

三云：

夫驳议偏辨，各执异见；对策揄扬，大明治道。使事深于政术，理密于时务，酌三五以熔世，而非迂缓之高谈；驭权变以拯俗，而非刻薄之伪论。②

以上"理"字单言与"事理"一词合言，皆以"理"为主轴，《议对》篇的文章理论至此可证已经援用"博明万事为子，适辨一理曰论"的子学定义，悉本子家义理之学。但是，《议对》篇终究不能离"文辞"而言理，文辞亦必不能没有"情采"可言，《情采》篇所谓："圣贤书辞，总称文章，非采而何？"此句"情采"合一论，十足说明了刘勰子中含文的学术内涵。故而《议对》篇最后仍然将情理与事理合参并观，展现刘勰最高境界的文章理论。《议对》篇云：

仲舒之对，祖述《春秋》，本阴阳之化，究列代之变，烦而不恩者，事理明也。公孙之对，简而未博，然总要以约文，事切而情举，所以太常居下，而天子擢上也。③

---

① 黄霖：《文心雕龙汇评》，第87页。
② 黄霖：《文心雕龙汇评》，第88页。
③ 黄霖：《文心雕龙汇评》，第87页。

中国古代多种小说概念辨析

吕玉华[*]

摘　要： 中国古代对于小说有多种称呼，这些内涵相似的概念在具体来源和文论应用当中各有特点。稗官、稗史体现了小说作为史之苗裔的特征，相关论述集中在劝诫、补史的功用层面。说部相当于小说总汇，概念涵盖极为宽广，甚至包括戏曲在内。传奇概念几经变迁，不过最核心的内容一直是才子佳人世情故事。演义的方式来源于儒经、佛经等典籍的俗讲，是以大众喜爱的通俗方式解读历史经典。在文献记载当中，这几种小说概念一直并用。直到近代，"小说"一词方才彻底取代了前几项，实现了术语的统一和规范。

关键词： 小说；稗官；稗史；说部；传奇；演义

中国古代的"小说"概念可分为两大序列、三条发展脉络。

一大序列是班固《汉书·艺文志》确立的小说概念，可命名为文献目录学意义的小说，该概念为小说正宗，从汉代一直沿用到清末。这一大序列就是一条独立的发展脉络，从始至终，其概念内涵保持稳定性，也为历代正统史家所固守。该序列小说的语言特征为文言。

另一大序列是文学意义的小说概念，包括两条发展脉络，均与正宗的文献目录学意义的小说有关。下面就结合作品实际来看。

发展脉络之一是杂传记。杂传记是以文献目录学意义的小说材料为基础发展起来的，并且接受了史传散文的写法，其典型代表就是唐传奇。该发展脉络可表述为：汉、魏晋志人、志怪、杂传记——唐传奇（杂传记）——宋传奇——明文言小说——清文言小说。此类小说体现了文献目录学意义的小说和史传的结合。有许多小说集是一书二体，既有曼妙铺陈的杂传记部分，也遵循文献目录学意义的小说传统，体现为大量的材料杂纂。清代著名小说集《聊斋志异》就是如此。该类小说的语言特征是文言形式。

* 作者简介：吕玉华，女，山东大学文学与新闻传播学院副教授。

发展脉络之二是白话通俗小说，是市井伎艺以文献目录学意义的小说为表演材料，并进行了口语化通俗化的加工，逐渐形成的新型文本，其发展脉络可抽绎为：俳优小说——俗讲/说话——话本——白话通俗小说。因为题材来源以及服务对象、影响范围的相似，戏曲也经常被归入此类小说。该类小说的语言形式为通俗白话，体现了文献目录学意义的小说和市井伎艺的结合，其创作取材范围包括了文献目录学意义的小说，以及文学意义的小说之杂传记。

文学意义的小说概念被广泛应用，是从明代中晚期开始的。这个理论现象，与相应的白话通俗小说创作蓬勃发展大有关系。

"小说"一词作为概念术语，经历了词语内涵的变迁和发展。在"小说"概念的演变过程中，也出现了其他称呼，如稗官、稗史、说部、传奇、演义等，皆属于对小说文体的命名。本文对其一一辨析，有助于理解小说概念的复杂内蕴。

一、稗官、稗史

稗史的概念来源于稗官，而且是先有稗官，再有稗史。两者亦常常通用。

《汉书·艺文志》明确说过："小说家流，概出于稗官。"并引如淳注曰："细米为稗。街谈巷说，其细碎之言也。王者欲知闾巷风俗，故立稗官使称说之。"先秦至汉的古籍文献当中并无名为"稗官"的职务。那么稗官究竟是什么？诸多学者进行过研究。或认为是天子左右之士，或认为就是小官，如汉代的待诏、郎官等。[①]

稗官言论等同于小说（也就是文献目录学意义上的小说）。《汉书·艺文志》中著录的小说作者就有方士待诏等稗官。在汉代以后具体的理论应用中，人们时常用稗官来代指小说。对此余嘉锡先生批评曰："自如淳误解稗官为细碎之言，而《汉志》著录之书又已尽亡，后人目不睹古小说之体例，于是凡一切细碎之书，虽杂史笔记，皆目之曰稗官野史，或曰稗官小说，曰稗官家。不知小说自成流别，不可与他家相杂厕。且稗官为小说家之所自出，而非小说之别名，小说之不得称为稗官家，犹之儒家出于司徒之官，不得名为司徒儒家，亦不得称儒书为司徒家也。治学之道，必先正名，名不正，言不顺，莫甚于所谓稗官家矣。"[②]余先生此处所用"小说"概念，就是对文献目录学原初意义的坚持。

本文认为，既然目前"稗官"一职无文献支持，则可以看成一个有修饰意义的词。稗通粺，就是碎米，首先有细碎意；又碎米价值低于好米，稗也有低贱之意。后人曾质疑曰："稗官非细米之义，野史小说异于正史，犹野生之稗，别于禾，故谓之稗官。"（清代徐灏《说文解

① 参见余嘉锡：《小说家出于稗官说》，《余嘉锡文史论集》，长沙：岳麓书社，1997年；周楞伽：《稗官考》，《古典文学论丛》第三辑，济南：齐鲁书社，1982年；曲沐：《稗官摭识》，《贵州社会科学》1982年第5期；潘建国：《"稗官"说》，《文学评论》1999年第2期；罗宁：《小说与稗官》，《四川大学学报》1999年第6期；刘晓军：《"稗史"考》，《中山大学学报》2008年第4期等文章。

② 余嘉锡：《小说家出于稗官说》，《余嘉锡文史论集》，第258页。

字注笺》)其实,无论稗是细米还是野草,以"稗"来修饰,都不脱琐碎、低贱两层意义。稗官,理所当然就是"小官也"。(《汉书》唐代颜师古注)

稗官职责,或为民间庶人传言,记录他们的言行,"稗官职志,将同古'采诗之官,王者所以观风俗知得失'矣"。(鲁迅《古小说钩沉序》)所记录的内容既是一些琐碎的、不成系统的民间言论,则价值也较为有限。

小说概念在发展过程中衍变,稗官等于小说,所以其实际上的内涵也跟着小说变化了。稗官、稗史在文学理论当中被使用的频率从明代起增多,这与小说文体的发展是相关的。

刻于明代万历年间的王圻《稗史汇编》,其分类形式沿袭历代类书,列"天文门"、"时令门"、"地理门"、"人物门"、"伎术门"等,每一门下又分类,如"人物门"下列"帝王"、"德行"、"节义"等,内容全属小说类。从该书命名及收录内容来看,"稗史"都等同于从汉代一脉相承下来的杂著"小说",内容琐碎杂多,编纂的目的乃是补正史之阙。"稗史"的命名内涵基本等同于文献目录学意义上的小说,但其具体所指却包括了文献目录学意义、文学意义两方面的小说。如《文史门·尺牍类·院本》(卷一零三)中有言:"文至院本、说书,其变极矣。然非绝世轶材,自不妄作。如宗秀罗贯中、国初葛可久,皆有志图王者,乃遇真主,而葛寄神医工,罗传神稗史。今读罗《水浒传》,从空中放出许多罡煞,又从梦里收拾一场怪诞……"[①]这里明确以《水浒传》为稗史。

稗史从其名称来看,自然也是史之苗裔,但在具体使用中更多地凸显了与史乘的差异。这个概念的使用,充分说明了理论家们的命名尝试,更能突出小说依附史传的自觉主动性,故对于稗官、稗史总是从劝诫、补史角度进行论述,并经常和野史、野乘等并列使用。

是编虽稗官之流,而劝善惩恶,动存鉴戒,不可谓无补于世。(明代凌云翰《剪灯新话序》)

后之君子能体予此意,以是编为正史之补,勿第以稗官野乘目之,是盖予之至愿也夫。(明代林瀚《隋唐志传通俗演义序》)

或谓小说不可紊之以正史,余深服其论。然而稗官野史实记正史之未备,若使的以事迹显然不泯者得录,其是书竟难以成野史之余意矣。(明代熊大木《新刊大宋演义中兴英烈传序》)

古今稗官野史,不下数百千种,而《三国志》、《西游记》、《水浒传》及《金瓶梅演义》,世称"四大奇书",人人乐得而观之,余窃有疑焉。稗官为史之支流,善读稗官者,可进于史,故其为书,亦必善善恶恶,俾读者有所观感戒惧,而风俗人心,庶以维持不坏也。(清代闲斋老人《儒林外史序》)

---

① [明]王圻:《稗史汇编》,北京:北京出版社,1993年,第1537页。

稗官与稗史内涵完全一致，不过在具体使用中有微小差异，即稗官、稗史均可作为文类称呼，但是“稗史”及其相似词语可以用来命名，如《呼春稗史》、《绣榻野史》、《禅真逸史》、《女仙外史》、《儒林外史》等，而“稗官”鲜有此例。

二、说　部

“说”是先秦时代出现的一种文体。有学者主张“说体”以论说道理为主，如韩非有《储说》，《汉书·艺文志》小说家类记载了《伊尹说》、《黄帝说》、《封禅方说》等。“说炜晔而谲诳”（陆机《文赋》），则“说”这种文体夸张虚饰、重文采的特征很突出。[①] 亦有学者认为“说”指传闻故事，“始于讲述、后被记录”成文本，与“传”、“语”同类，“说体中的‘小说’与后来纯文学分类中的小说文体，在许多特征方面的确有着更密切的关系。宽泛地讲，它们本身即可被视为文学性的小说”[②]。

先秦时代，与“说”相关的重要著作就是《韩非子》，该书有八篇纂集式作品以“说”命名，即《说林上》、《说林下》、《内储说上》、《内储说下》、《外储说左上》、《外储说左下》、《外储说右上》、《外储说右下》，这些篇章都体现出故事集成的性质。

先秦之后，从西汉刘向的《说苑》到南北朝时刘义庆《世说》、刘孝标《续世说》、沈约《俗说》、殷芸《小说》种种以“说”命名的著作，皆为丛残小语、故事材料的缀集。

但是，“说部”一词并非“说”类文体的集合，而是与小说概念紧密相关。可以说，“小说”之部就是“说部”，这个“小说”是偏于文献目录学意义的概念，如下文所述：

> 唐、宋以前，治学术者，大抵多专门之学，与涉猎之学不同，故丛残琐屑之书鲜。唐、宋以降，治学术者，大抵皆涉猎之学耳，故说部之书，盛于唐、宋，今之见于著录者，不下数千百种。详考之，约分三类：一曰考古之书，于经学则考其片言，于小学或详其一字，下至子史，皆有诠明，旁及诗文，咸有纪录：此一类也；一曰记事之书，或类辑一朝之政，或详述一方之闻，或杂记一人之事，然草野载笔，黑白杂淆，优者足补史册之遗，下者转昧是非之实：此又一类也；一曰稗官之书，巷议街谈，辗转相传，或陈福善祸淫之迹，或以敬天明鬼为宗，甚至记坛宇而陈仪迹，因祠庙而述鬼神，是谓齐东之谈，堪续《虞初》之著，此又一类也。（刘师培《论说部与文学之关系》）[③]

可见，唐宋人编纂的笔记类杂著，是说部的正宗内容。

北宋官方编纂小说大型类书《太平广记》，影响深远。南宋曾慥则以私家之力修撰《类

---

① 参见孟昭连《小说考辨》，孟文认为“说是一种论说文体，而非叙事文体，与讲故事为主的后世小说或小说类的文体完全不是一码事”。《南开学报》2002 年第 5 期，第 76 页。

② 廖群：《“说”、“传”、“语”：先秦“说体”考索》，《文学遗产》2006 年第 6 期，第 34、36 页。

③《刘师培学术文化随笔》，北京：中国青年出版社，1999 年，第 21 页。

说》,亦广集小说,《四库全书》归入子部杂家类。其《类说序》曰:"小道可观,圣人之训也。……可以资治体,助名教,供谈笑,广见闻,如嗜常珍,不废异馔,下筯之处,水陆具陈矣。览者其详择焉。"①

元末明初陶宗仪撰《说郛》,内容也包罗万象,"盖宗仪是书,实仿曾慥《类说》之例,每书略存大概,不必求全。亦有原本久亡,而从类书之中钞合其文,以备一种者……"(《四库全书总目》卷一二三子部杂家类七)

明代人对于小说格外重视。陆楫编《古今说海》一百四十二卷,辑录前代至明代小说。后顾起元编《说略》,"其书杂采说部,件系条列,颇与曾慥《类说》、陶宗仪《说郛》相近。故《明史》收入小说家类。然详考体例,其分门排比、编次之法实同类书。但类书隶事,此则纂言耳"。(《四库全书总目》卷一三六子部类书类二)

在这样的时代氛围之中,"说部"一词正式出现于王世贞《弇州四部稿》,其四部分别为"赋部"、"诗部"、"文部"、"说部",从形式上看,当是对经、史、子、集四分法的借用。既有说部,则其后各种"说"类书层出不穷,如《说荟》、《说铃》等。"近代说部之书最多,或又当作经、史、子、集、说五部也。"②

清代宣统二年(1910),王文濡等编成《古今说部丛书》,共十集六十册,乃是"仿《说荟》、《说海》、《说郛》、《说铃》、《朝野汇编》之例,汇而集之,俾成巨帙";"要皆文辞典雅,卓有可传,上而帝略、官制、朝政、宫闱以及天文、地舆、人物,一切可惊可愕之事,靡不具载,可以索幽隐、考正误,佐史乘所未备。或寥寥短章,微言隽永;或连篇成帙,骈偶兼长。就文体而论,亦觉无乎不备"。(《古今说部丛书序》)

说部类容纳的著作无所谓文体,完全属于内容分类,包罗万象,驳杂繁多,体现出文献目录学方面的杂纂、裨补史阙、增广见识的意义。

> 自稗官之职废,而说部始兴。唐、宋以来,美不胜收矣。而其别则有二:穿穴罅漏、爬梳纤悉,大足以抉经义传疏之奥,小亦以穷名物象数之源,是曰考证家,如《容斋随笔》、《困学纪闻》之类是也;朝章国典,遗闻琐事,巨不遗而细不弃,上以资掌故而下以广见闻,是曰小说家,如《唐国史补》、《北梦琐言》之类是也。(清代李光廷《蕉轩随录序》)③

> 说部之体,始于刘中垒之《说苑》、临川王之《世说》,至《说郛》所载,体不一家。而近代如《谈艺录》、《菽园杂记》、《水东日记》、《宛委余编》诸书,最著者不下数十家,然或摭据昔人著述,恣为褒刺,或指斥传闻见闻之事,意为毁誉,求之古人多识蓄德之指亦少盭矣。(清代计东《说铃序》)④

① 黄霖、韩同文选注:《中国历代小说论著选》,南昌:江西人民出版社,2000年,第63页。
② [清]赵翼:《陔余丛考》卷二十二,北京:商务印书馆,1957年,第423页。
③ [清]李光廷:《蕉轩随录序》,[清]方浚师著、盛冬铃点校:《蕉轩随录 续录》,北京:中华书局,1995年。
④ 转引自刘晓军:《说部考》,《学术研究》2009年第2期,第129页。

说部一词被逐渐等同于小说，并且随着小说概念的扩容，说部所涵盖的内容也扩展开来，最终包括文献目录学意义的小说和文学意义的小说。至民国时期，则"说部二字，即小说总汇之名称"[①]几成为公理，杂纂笔记、白话故事甚至戏曲皆为说部。

三、传　奇

传奇与小说相关，已经是唐代的事情了，晚唐裴铏所撰小说集名曰《传奇》。"传奇"应该是由"搜神"、"志怪"所引生，三个词语同一结构，意义相近。就整个唐代而言，"传奇"并不是文体专名，唐代人自己所写的小说如《莺莺传》、《霍小玉传》等也并无统一的文类专名，因为他们是在按照史传的方式进行创作，虽然着意好奇出新，并虚拟情节，文心巧构，但结撰形式完全是正统的纪传体。故北宋编撰《太平广记》，所收录的十几篇唐代传奇小说，统命名为"杂传记"。宋人也在写作类似的杂传记文章，如《绿珠传》、《赵飞燕别传》、《李师师外传》等，同样也不以"传奇"命名。

北宋陈师道《后山诗话》中有一则记载："范文正公为《岳阳楼记》，用对语说时景，世以为奇。尹师鲁读之，曰：'传奇体耳！'《传奇》，唐裴铏所著小说也。"[②]这大概是第一次以传奇来命名"体"。因为《岳阳楼记》无甚故事情节，能够和传奇联系上的无非是其骈散相间的华美语言。故这个"传奇体"仍然不能看作文体，而只是一种对语言形式特征的概括，就像明代胡应麟的疑问：

> 传奇之名，不知起自何代。陶宗仪谓唐为传奇，宋为戏诨，元为杂剧，非也。唐所谓"传奇"，自是小说书名，裴铏所撰，中如《蓝桥》等记，诗词家至今用之，然什九妖妄寓言也。裴，晚唐人，高骈幕客，以骈好神仙，故撰此以惑之。其书颇事藻绘而体气俳弱，盖晚唐文类尔，然中绝无歌曲、乐府，若今所谓喜剧者，何得以"传奇"为唐名？或以中事迹相类，后人取为戏剧张本，因辗转为此称不可知。范文正记岳阳楼，宋人讥曰传奇体，则固以为文也。(《少室山房笔丛》卷四一《庄岳委谈下》)

说话伎艺在宋代兴盛一时，因说话的素材来源十分广泛，不同的题材势必影响到表演方式；听众各有喜好，也会造成听众群有所区分。故说话伎艺发展盛时，依据所说内容不同，逐渐形成不同的家数。

> 说话者，谓之舌辩。虽有四家数，各有门庭。且小说名银字儿，如烟粉、灵怪、传奇、公案……(南宋吴自牧《梦粱录·小说讲经史》)

① 徐敬修：《说部常识》第一章《总说》，上海：大东书局，1925年，第1页。
② [清]何文焕辑：《历代诗话》，北京：中华书局，1981年，第310页。

说话有四家,一者小说,谓之银字儿,如烟粉、灵怪、传奇……(南宋灌圃耐得翁《都城纪胜》)

夫小说者,虽为末学,尤务多闻。非庸常浅识之流,有博览该通之理。幼习《太平广记》,长攻历代史书。烟粉奇传,素蕴胸次之间;风月须知,只在唇吻之上。……有灵怪、烟粉、传奇、公案,兼朴刀、捍棒、妖术、神仙。……论《莺莺传》、《爱爱词》、《张康题壁》、《钱榆骂海》、《鸳鸯灯》、《夜游湖》、《紫香囊》、《徐都尉》、《惠娘魄偶》、《王魁负心》、《桃叶渡》、《牡丹记》、《花萼楼》、《章台柳》、《卓文君》、《李亚仙》、《崔护觅水》、《唐辅采莲》,此乃为之传奇。(罗烨《醉翁谈录·小说开辟》)①

说话伎艺影响一时,其文化信息与大众之间是良好的互动关系。民间爱好的题材以及审美的、道德的观念会被说话伎艺采纳,说话伎艺又推动了这些故事、观念的传播。就宋代来讲,"传奇"所指范围是非常明确的,就是说话伎艺之小说当中的一个门类,以及相似题材的诸宫调(详下文)。从《醉翁谈录》列举的小说名称可知,传奇基本上都是男女爱情故事。

《莺莺传》被列在"传奇"第一位,可见它本身就是说话的热门题材而长演不衰。南宋赵令畤《侯鲭录》卷五"辨传奇莺莺事"引王性之所作《传奇辨正》云:"尝读苏翰林赠张子野有诗曰:'诗人老去莺莺在。'注言:'所谓张生,乃张籍也。'仆按元微之所作传奇,莺莺事在贞元十六年春。"同卷"元微之崔莺莺商调蝶恋花词"条载:"夫传奇者,唐元微之所述也。以不载于本集而出于小说,或疑其非是。今观其词,自非大手笔,孰能与于此?"②《传奇辨正》、《侯鲭录》皆以"传奇"指元稹小说《莺莺传》,这应该是文人接受了说话伎艺影响而应用"传奇"概念的一个证明。③

唐人作品被宋代民间伎艺采纳为题材,且归类为"传奇",流播日久,形成大众文化观念,反过来又影响了文人看法:"盖唐之才人,于经艺道学有见者少,徒知好为文辞,闲暇无所用心,辄想象幽怪遇合、才情恍惚之事,作为诗章答问之意,傅会以为说,盍簪之次,各出行卷,以相娱乐,非必真有是事,谓之传奇。"(元代虞集《道园学古录·写韵轩记》)至此,唐代的杂传记才正式得名为"传奇"。

"唐传奇"成为专有名词,专指唐代那些才情绝艳的文言小说。但是"传奇"仍非专有名词,它还是偏重于人间悲欢离合之情事,至于表达载体用文章还是用戏曲,倒是次要的事情。故宋金元时代的诸宫调、杂剧等也时常被呼为传奇。④《录鬼簿》中有"前辈已死名公才人,有所编传奇行于世者",其下录关汉卿、高文秀、郑廷玉、白仁甫、马致远、王实甫等

① 罗烨:《醉翁谈录》,上海:古典文学出版社,1957年,第3、4页。

② [宋]赵令畤:《侯鲭录》,北京:中华书局,2002年,第126、135页。

③ 有研究者以为宋人以"传奇"为《莺莺传》专名,如赵维国《传奇体的确立与宋人古体小说的类型意识》(《宁夏大学学报》1999年第3期),或许非是。

④ 参见[宋]周密《武林旧事》卷六"诸色伎艺人"之"诸宫调",北京:中华书局,2007年,第184页。

五十六人的杂剧剧目。[①]

明清时代，传奇指南戏，被归入乐府。[②]

王国维先生在《宋元戏曲史》中辨析戏曲中“传奇”一名的流变，可与以上所论相参照，对于传奇概念的演变会有较为清晰的认识：

> 传奇之名，实始于唐。唐裴铏所作《传奇》六卷，本小说家言，此传奇之第一义也。至宋，则以诸宫调为传奇，《武林旧事》所载“诸色伎艺人”，诸宫调传奇，有《高郎妇》、《黄淑卿》、《王双莲》、《袁太道》等。……则宋之传奇，即诸宫调，一谓之古传，与戏曲亦无涉也。元人则以元杂剧为传奇，《录鬼簿》所著录者，均为杂剧，而录中则谓之传奇。……至明人则以戏曲之长者为传奇（如沈璟《南九宫谱》等），以与北杂剧相别。乾隆间，黄文旸编《曲海目》，遂分戏曲为杂剧、传奇二种，余囊作《曲录》从之。盖传奇之名，至明凡四变矣。[③]

四、演　义[④]

说到演义，今人的第一反应估计都会是《三国志演义》。

> 演义之萌芽，盖远起于战国。今观晚周诸子说上世故事，多根本经典，而以己意饰增，或言或事，率多数倍。若《六韬》之出于太公，则演其事者也；若《素问》之托于岐伯，则演其言者也。演言者，宋、明诸儒因之为《大学衍义》；演事者，则小说家之能事。根据旧史，观其会通，察其情伪，推己意以明古人之用心，而附之以街谈巷议，亦使田家孺子知有秦汉至今帝王师相之业；不然，则中夏齐民之不知故国，将与印度同列。然则演事者虽多稗传，而存古之功亦大矣。[⑤]

这段话提供了很有价值的思路，演义就是“多根本经典，而以己意饰增，或言或事，率多数倍”，演义等同衍义。其中的“演言”一系与小说关系不大，兹不赘述；而“演事”则演变为小说，故专门论述。

《新唐书·艺文志》子部小说家类载有苏鹗《演义》十卷，是目前所见较早以“演义”为

---

① ［元］钟嗣成：《录鬼簿》，《中国古典戏曲论著集成》（二），北京：中国戏剧出版社，1959 年，第 104 页。

② 参见清代祁理孙：《奕庆藏书楼书目》。该书被误作清代沈复粲编《鸣野山房书目》，潘景郑校订，上海：古典文学出版社，1958 年。

③ 王国维：《宋元戏曲史》第十六章《余论》，北京：东方出版社，1996 年，第 136 页。

④ 参见谭帆：《演义考》，《文学遗产》2002 年第 2 期；黄霖、杨绪容：《“演义”辨略》，《文学评论》2003 年第 6 期；李舜华：《小说与演义的分野》，《江海学刊》2004 年第 1 期。

⑤ 章炳麟：《洪秀全演义序》，陈平原、夏晓虹编：《二十世纪中国小说理论资料》（第一卷 1897—1916），北京：北京大学出版社，1997 年，第 362 页。

名的著作。《苏氏演义》的撰写体例与文献目录意义的小说相同,被《新唐书·艺文志》归入小说家类,更多是体例上的考虑。但是,该书被陈振孙《直斋书录解题》录入杂家类(卷十):“唐光启进士武功苏鹗德祥撰。此数书者,皆考究书传,订正名物,辨证讹谬,有益见闻。”可见该书重在考证,有相当的实用价值。《四库全书》也收入子部杂家类,其内文是从《永乐大典》当中辑录出来的。

> 《苏氏演义》二卷(永乐大典本)
>
> 唐苏鹗撰。鹗字德祥,武功人。宰相颋之族也。光启中登进士第,仕履无考。尝撰《杜阳杂编》,世有传本。此书久佚,今始据《永乐大典》所引裒辑成编。《杂编》特小说家言,此书则于典制名物具有考证。书中所言,与世传魏崔豹《古今注》、马缟《中华古今注》多相出入。已考证于《古今注》条下。然非《永乐大典》幸而仅存,则豹书之伪犹可考见,缟书之剿袭竟无由证明。此固宜亟为表章,以明真赝。况今所存诸条为二书所未剌取者,尚居强半。训诂典核,皆资博识。陈振孙《书录解题》称其考究书传,订正名物,辨证伪谬,可与李涪《刊误》、李济翁《资暇集》、邱光庭《兼明书》并驱,良非溢美,尤不可不特录存之,以备参稽也。原书十卷。今掇拾放佚,所得仅此。古书亡失,愈远愈稀,片羽吉光,弥足珍贵。是固不以多寡论矣。(《四库全书总目》卷一一八子部杂家类二)

《四库全书总目》对于《苏氏演义》的考辨订正之用也是大加赞扬。若说演义就是以经典为根本而衍发,则《苏氏演义》或许就是考证经典文献当中的名物制度,但该书久佚,究竟演哪种经典文献不太清楚。由此个例可见,“演义”的言论是比较琐碎的,又有其独特的价值,属于文献目录学意义的小说。

唐代至明代,陆续出现了很多儒经、佛经以及子部、集部书的演义之作,如王炎《春秋衍义》、真德秀《大学衍义》、钱时《尚书演义》、梁寅《诗书演义》、徐师曾《周易演义》、杨慎《绝句衍义》等。“从南宋至明初,一种以广泛地引录圣哲议论和史事故实,适当参以作者个人意见,或用较为通俗的语言,明白、详细地阐发原书义理的一类作品被通称为‘演义’或‘衍义’。”①

当士人们孜孜不倦地演义经典的时候,世俗说话伎艺当中的小说也出现了“演史”一门,以大众喜爱的通俗方式解读历史经典,其受众比儒经演义更广,受欢迎的程度更甚。与之相关的文本是元代刊印的《三国志平话》和《三分事略》。其实,世俗和高雅之间并无壁垒分明的界限,作为文化传承者和解释者的士人,既是朝廷的要员,也是市井生活中的俗人;既正襟危坐讲经典,也前仰后合地听说话。很多概念内涵原本就是互相渗透互相影响的。正统的经典可以演义其哲理,严肃的史传也可以演义其故事,就这样“演义”成为一

---

① 黄霖、杨绪容:《“演义”辨略》,《文学评论》2003年第6期,第7页。

个使用率较高、被普遍认可的文化普及概念，与之相关的意义首先就是“通俗易晓”。

> 小说者，正史之余也。《庄》、《列》所载化人、伛偻丈人，昔事不列于史。《穆天子》、《四公传》、《吴越春秋》，皆小说之类也，《开元遗事》、《红线》、《无双》、《香丸》、《隐娘》诸传，《睽车》、《夷坚》各志，名为小说，而其文雅驯，闾阎罕能道之。优人黄翻绰、敬新磨等，搬演杂剧，隐讽时事，事属乌有，虽通于俗，其本不传。至有宋孝皇以天下养太上，命侍从访民间奇事，日进一回，谓之说话人，而通俗演义一种，乃始盛行。（笑花主人《今古奇观序》）

今天所能见到的《三国志通俗演义》的最早刊本出现于明代嘉靖壬午年(1522)，“题‘晋平阳侯陈寿史传’，‘后学罗本贯中编次’。首弘治甲寅庸愚子序。章二，曰‘金华蒋氏’，曰‘大器’。又：嘉靖壬午关中修髯子引，有‘关西张尚德章’”①。

庸愚子即金华蒋大器，其序作于弘治甲寅(1494)，序中曰：“若东原罗贯中，以平阳陈寿传，考诸国史，自汉灵帝中平元年，终于晋太康元年之事，留心损益，目之曰《三国志通俗演义》，文不甚深，言不甚俗，事纪其实，亦庶几乎史。盖欲读诵者，人人得而知之，若《诗》所谓里巷歌谣之义也。书成，士君子之好事者，争相誊录，以便观览，则三国之盛衰治乱，人物之出处臧否，一开卷，千百载之事，豁然于心胸矣。其间亦未免一二过与不及，俯而就之，欲观者有所进益焉。”②

这段序文几乎为其后所有的历史演义作品定下了基调，“自罗贯中氏《三国志》一书，以国史演为通俗演义，汪洋百余回，为世所尚，嗣是效颦日众，因而有《夏书》、《商书》、《列国》、《两汉》、《唐书》、《残唐》、《南北宋》诸刻，其浩瀚几与正史分签并架……”③借助演义的形式，中华民族重史的传统从上层走进民间。

此时，“小说”概念属于文献目录学意义与文学意义双轨制运行，“演义”也同样在走双轨路线，一是偏史的，就是史的通俗化，语言通俗，内容引人入胜，有虚构成分，形同今天的历史小说概念；一是偏文学的，凡是与历史有点儿关联的人物事件，都可成为演义，《水浒传》、《金瓶梅》也都是演义。在发展过程中，随着文学意义的小说概念更加成熟和稳定，演义也确定了自己的位置，逐渐被“历史小说”一词代替。“历史小说者，专以历史上事实为材料，而用演义体叙述之。盖读正史则易生厌，读演义则易生感。征之陈寿之《三国志》与坊间通行之《三国演义》，其比较厘然矣。”④

稗官、稗史、说部、传奇、演义诸概念在明清两代直至近代皆并用，在多数情况下都是

---

① 孙楷第：《中国通俗小说书目》卷二“明清讲史部”，朱一玄、刘毓忱编：《三国演义资料汇编》，天津：南开大学出版社，2003年，第217—218页。

② [明]蒋大器：《三国志通俗演义序》，朱一玄、刘毓忱编：《三国演义资料汇编》，第232—233页。

③ [明]可观道人：《新列国志叙》，黄霖、韩同文选注：《中国历代小说论著选》，第247页。

④ 新小说报社：《中国惟一之文学报〈新小说〉》，黄霖、韩同文选注：《中国历代小说论著选》，第32页。

同义词,如几道、别士《本馆附印说部缘起》,标题明确“说部”,文中则论述曰:“书之纪人事者谓之史;书之纪人事而不必果有此事者,谓之稗史。”

小说名称的混用,与小说创作本身的状况也有极大的关系。很多白话通俗小说的素材来源就是文言的、笔记体的小说。如《清平山堂话本》中《简帖和尚》的故事素材,来源于洪迈《夷坚志·支景卷三·王武功妻》;《古今小说》中《穷马周遭际卖䭔媪》,就取材于《大唐新语》;《警世通言》中《钱舍人题诗燕子楼》,依据白居易《燕子楼诗序》和宋代张君房《丽情集》……①

故事主题、故事情节的沿袭,使得文言作品与白话作品、高雅作品与通俗作品具有内在的有机联系,从理论上对不同作品进行归纳时,采用同一个概念也是比较自然的。

“小说”一词在近代取代了前几项,实现了术语的统一和规范,成为该类文体唯一的称呼,并沿用至今。其原因大概是小说一词产生时代最早,且在正史目录当中有位置,其内涵文学化也是最早的。再者,“小说”一词,与其他学科门类没有太多语词上的关联。稗史,总难免想到史;说部,似乎是个分类词;传奇、演义,总有些题材限制,这几项都不足以表达一个独立的文体。故“小说”被理论家重复使用,格外凸显,最终成为唯一的现代学科术语。

① 参见程毅中《古代小说史料简论》、孙楷第《小说旁证》、谭正璧《三言两拍资料》。

· 剖情析采

设情有宅，置言有位：《文心雕龙》语句间主要关系及其结构方式

王毓红*

摘　要：分析阐释《文心雕龙》语句之间结构的特点，有助于人们对刘勰文论思想的深入理解。《文心雕龙》里存在着一些几乎完全由地位相同的大语句结构的语段。各个语句之间主要存在着顺序、并列、对比三种关系。而比较普遍存在的语段则是两个或两个以上地位不平等的语句结构，中心语句提出一般性话题，边缘语句则从各个方面论述它，或对其中的某一点进行阐述。它们之间是一般与特殊、整体与部分、抽象与具体的区别。我们之所以能找到在语段核心的意义方面起着更为重要主导作用的中心语句，是由于大量边缘语句的存在。我们对中心语句乃至整个语段的理解都离不开它。事实上，很多时候，中心语句和整个语段的意义往往是借助于边缘语句实现的。不同上下文形成了众多复杂的关系，它们往往是语句之间的深层语义关系，需经过剖裂玄微方能看出。就句式而言，《文心雕龙》诸种语句之间的结构方式有一个最显著的特点，即喻言或比兴句在其中具有核心地位。

关键词：文心雕龙；章句；语句结构

刘勰丰富的文学理论是借助于一定的语言形式呈现给我们的。“而语言行为的研究，可以从研究合乎语法的句子中最简单的形式结构的可接受性开始。”①从语义相对完整、连缀成篇的句子分析入手，我们不仅可以发现刘勰造句、论证之妙，而且可以深入探析《文心雕龙》批评话语的特质。本文拟结合刘勰章句理论，主要通过描述和分析《文心雕龙》篇

* 作者简介：王毓红，女，广东外语外贸大学外国文学研究中心教授。

① ［美］诺姆·乔姆斯基：《句法理论的若干问题》，黄长著等译，北京：中国社会科学出版社，1986年，第10页。

章中各个语句之间的主要关系及其结构方式,动态考察刘勰的表义方式,并在此基础上分析阐释《文心雕龙》语句之间结构的特点,以期有助于人们对刘勰文论思想的深入理解。

一、章总一义,意穷而成体

虽然我们可以把句子从文本中摘出来分析,然而,且不说单个、孤立的句子是构不成文本的,对它的理解也离不开文本中语言使用的具体上下语境,诚如刘勰所言:"夫设情有宅,置言有位;宅情曰章,位言曰句。"(《章句》)[①]句子只是结构《文心雕龙》篇章大厦的一砖一瓦,我们必须把对它的理解作为更大一级的语言单位——语篇内部的语法——语义关系来研究。而从系统功能语法角度来看,"夫人之立言,因字生句,积句而成章,积章而成篇。"(《章句》)文本中大于语句(以表达一个相对完整的意义为准)的一个相对独立的语言片段就是语段[②]。它的功能包含于组成语段的话语的结构之中。小句是其基本单位。一个个相对独立的小句通过一定的组合关系结成了一个相对完整的语段,成就了它的意义。而两个或两个以上相对独立的语段又通过多种关系结构出了另一个更大的语言单位——语篇。从表义出发,就某一特定语境中、相对独立完整的语段的语义结构(而不是汉语里句子的长短、多少)而言,我们可以把组成它的众多小句子划分为两个或两个以上比较大的语义单位,也即大语句或语句,并依此确定它们之间的关系,分析整个语段的意义。《文心雕龙》里存在着一些几乎完全由地位相同的大语句结构的语段。各个语句之间主要存在着下列三种关系:

1. 顺序关系:在有着鲜明时序性的历史性叙事话语里[③],组成语段的各个语句所表达的内容之间是一种顺序关系。例如:

> ①自鸟迹代绳,文字始炳,炎皞遗事,纪在三坟;而后年世渺邈,声采靡追。②唐虞文章,则焕乎始盛,元首载歌,既发吟咏之志;益稷陈谟,亦垂敷奏之风。③夏后世兴,业峻鸿绩,九序惟歌,勋德弥缛。④逮至商周,文胜其质,雅颂所被,英华日新。文王患忧,繇辞炳曜,符采复隐,精义艰深;重以公旦多材,振其徽烈,剬诗缉颂,斧藻群言。⑤至夫子继圣,独秀前哲,熔钧六经,必金声而玉振;雕琢情性,组织辞令,木铎起而千里应,席珍流而万世响,写天地之辉光,晓生民之耳目矣。(《原道》)

此段在语义上由五个比较大的语句组成,它们按照事件发展的历史顺序依次论述了"鸟迹

① 黄叔琳:《文心雕龙辑注》,北京:中华书局,1957年。以下引刘勰或《文心雕龙》语,如不详注,均出于此。

② 为方便论述起见,本文以下把结构《文心雕龙》50篇的每一篇称为语篇,而把从每篇里摘出的某些段落称为语段。

③ 作者对此已经有专论,兹不赘述,参见拙文"历史性叙事:刘勰论文的基本方式"(《文心雕龙研究》第7辑)、"《文心雕龙》的时间性"(《中外文化与文论》第19辑)。

代绳、文字始炳”、“唐虞”、“夏后”、“商周”、“至夫子继圣”时期的文学创作。

2. 并列关系：指组成语段的各个语句所表达的内容之间是一种并列关系。在具体表述上，语句之间一般没有连接词，只是简单的并置。有时，刘勰也用“至于”、“至如”等词连接。例如：

> ① 储说始出，子虚初成，秦皇汉武，恨不同时，既同时矣，则韩囚而马轻，岂不明鉴同时之贱哉！② 至于班固傅毅，文在伯仲，而固嗤毅云：“下笔不能自休”。(《知音》)

此例是两个比较大的语句结构。尽管两句陈述的事发生的时间不同（例①为先秦时期，例②为两汉时期），但是，它们都是有关历史上文人贵古贱今的事。

3. 对比关系：某些语言片段里的语句所陈述的内容在一个或几个不同的方面形成对比。例如：

> ① 夫三皇辞质，心绝于道华；帝世始文，言贵于敷奏；三代春秋，虽沿世弥缛，并适分胸臆，非牵课才外也。② 战代枝诈，攻奇饰说；汉世迄今，辞务日新，争光鬻采，虑亦竭矣。(《养气》)

例①通过对三皇（伏羲、神农、黄帝）、帝世（少昊、颛顼、高辛、尧、舜五帝时代）、三代（夏、商、周）时期文学创作情况的分析，认为其文辞虽有所不同，但总的来说还是淳朴。作者修辞达意都能适合自己的天赋，因而不致损伤神气。例②则通过对战国、“汉世迄今”文学创作上一味追逐文辞新奇现象的分析，认为作者竭虑劳情地“辞务日新，争光鬻采”，不仅使文辞诡巧，而且损伤神气。

尽管存在着顺序、并列和对比关系，但是，各个语句在整个语段中的地位是平等的。它们或者一前一后描述不同历史时期的文学创作；或者一先一后分析不同历史时期文人贵古贱今的现象；或者从两个不同历史时期评论文人遣词造句的两种态度。由于总体上都是历史顺序关系（如并列和对比关系里的两大语句分别按先秦、两汉和战代之前、之后顺序排列），语句之间没有主次只有前后或先后、正反之别，因此，上述语段整体上都具有“章总一义”、“意穷而成体”(《章句》)的特点。

此外，《文心雕龙》里也存在着由两个地位平等的语句结构的、总体上没有历史顺序的语段。例如：

> ① 义既极乎性情，辞亦匠于文理，故能开学养正，昭明有融。② 然而道心惟微，圣谟卓绝，墙宇重峻，而吐纳自深，譬万钧之洪钟，无铮铮之细响矣。(《宗经》)

例①句论述了圣人道义及其辞采的巨大作用,例②句则话题一转,叹息道义沦丧,作者道心不存,不能宗经。两个所陈述的内容之间存在着不一致性的语句,在语义结构上存在着转折关系。

二、振本而末从,知一而万毕矣

然而,《文心雕龙》里比较普遍存在的语段则是两个或两个以上地位不平等的语句结构。譬如:

① 自《七发》以下,作者继踵。② 观枚氏首唱,信独拔而伟丽矣。③ 及傅毅《七激》,会清要之工;崔骃《七依》,入博雅之巧;张衡《七辨》,结采绵靡;崔瑗《七厉》,植义纯正;陈思《七启》,取美于宏壮;仲宣《七释》,致辨于事理。④ 自桓麟《七说》以下,左思《七讽》以上,枝附影从,十有余家。⑤ 或文丽而义暌,或理粹而辞驳。⑥ 观其大抵所归,莫不高谈宫馆,壮语畋猎,穷瑰奇之服馔,极蛊媚之声色;甘意摇骨体,艳辞动魂识,虽始之以淫侈,而终之以居正,然讽一劝百,势不自反:子云所谓先骋郑卫之声,曲终而奏雅者也。⑦ 唯《七厉》叙贤,归以儒道,虽文非拔群,而意实卓尔矣。(《杂文》)

以一个比较大的相对独立完满的意义为单位,我们把此段划分为七个语句。其中例①具有高度概括性,它明确提出此段的论点,即自枚乘《七发》以后,步其后尘的作家前后相承,后面六个语句分别从不同方面论证它。其中③句从数量上例举说明了追随作家之多,其"枝附影从,十有余家";例④至例⑦句则依次从内容与形式两方面,对这些作家、作品进行了对比分析,指出其"大抵所归"与枚乘《七发》没有大的差别,只有崔瑗的《七厉》在意义上超拔。可见,例①让我们明白了该语段的主旨,其他语句则大大提高了我们对例①的理解程度。如果我们把例①这样的语句称为中心语句的话,那么,其他六个语句就是边缘语句。两者之间是证明关系。

有时,在结构语言片段的各个语句之间,中心语句提出一般性话题,边缘语句则从各个方面论述它,或对其中的某一点进行阐述。它们之间是一般与特殊、整体与部分、抽象与具体的区别。例如:

① 春秋以后,角战英雄,六经泥蟠,百家飙骇。方是时也,韩魏力政,燕赵任权,五蠹六虱,严于秦令。惟齐、楚两国,颇有文学:齐开庄衢之第,楚广兰台之官,孟轲宾馆,荀卿宰邑。故稷下扇其清风,兰陵郁其茂俗,邹子以谈天飞誉,驺奭以雕龙驰响,屈平联藻于日月,宋玉交彩于风云。观其艳说,则笼罩雅颂。故知炜烨之奇意,出乎纵横之诡俗。(《时序》)

② 是以执术驭篇，似善弈之穷数，弃术任心，如博塞之邀遇。故博塞之文，借巧傥来，虽前驱有功，而后援难继；少既无以相接，多亦不知所删，乃多少之并惑，何妍蚩之能制乎？若夫善弈之文，则术有恒数，按部整伍，以待情会，因时顺机，动不失正。（《总术》）

这两例中心语句与边缘语句之间形成的是阐述关系。例①语段论述的话题是战国文学。第一句"春秋以后，角战英雄，六经泥蟠，百家飙骇"是中心语句，以下都是边缘语句，它们多方面展开论述了中心语句提出的思想。例②比较特殊。开头的"是以执术驭篇，似善弈之穷数；弃术任心，如博塞之邀遇"是一个中心语句。它开宗明义提出论点，后面都是分别对中心语句里的"善弈"与"博塞"作进一步深入解释的边缘语句。

通常，在阐述某些事理时，刘勰都引用大量的事例，尤其是作家、作品。例如：

① 或简言以达旨，或博文以该情，或明理以立体，或隐义以藏用。② 故春秋一字以褒贬，丧服举轻以包重，此简言以达旨也。③ 邠诗联章以积句，儒行缛说以繁辞，此博文以该情也。④ 书契断决以象夬，文章昭晰以象离，此明理以立体也。⑤ 四象精义以曲隐，五例微辞以婉晦，此隐义以藏用也。（《征圣》）

此语段里的第一句是提出论点的中心语句，其余则是一一举例对此加以说明的边缘语句，两者之间形成的是例举关系。

不论是在证明、阐述和例举关系里，中心语句与边缘语句所论述的问题都是一致的。然而，有时，它们提出的情况是相对的，所述内容也完全不同。例如：

①《周书》论士，方之梓材，盖贵器用而兼文采也。是以朴斲成而丹雘施，垣墉立而雕杇附。② 而近代辞人，务华弃实。故魏文以为古今文人，类不护细行；韦诞所评，又历诋群才。后人雷同，混之一贯，吁可悲矣。（《程器》）

结构该语段的两个语句之间是对照关系。例①句引成辞说明作者应文质兼备，例②句说明近代辞人只注重外表的修饰而忽略了内在德行的修养。两者互文见义：读者对第①的理解以及两句内容的不一致性的对照，增强了读者对例②句中内容的肯定。尽管都涉及比较，但语句之间的这种关系与对比关系不同。对比关系里各语句之间地位平等且同时存在着顺序关系。而在此对照关系里，语句之间有主次之分：我们能明显地感到作者此段论述的重心是放在例②句上，例①句只不过是用来更好地说明例②句的。因此，准确地说，例①是边缘语句，例②是中心语句。

《章句》云："振本而末从，知一而万毕矣。"在拥有证明与阐述、例举与对照关系的语段内部，总有一个语句不仅传达出了语段的中心思想，而且具有很强的统摄力和凝聚力，能与其他语句形成一系列的联系。

三、句司字数,待相接以为用

我们之所以能找到在语段核心的意义方面起着更为重要主导作用的中心语句,是由于大量边缘语句的存在。我们对中心语句乃至整个语段的理解都离不开它。事实上,很多时候,中心语句和整个语段的意义往往是借助于边缘语句实现的。例如:

> ① 若爱典而恶华,则兼通之理偏,似夏人争弓矢,执一不可以独射也;若雅郑而共篇,则总一之势离,是楚人鬻矛誉楯,两难得而俱售也。② 是以括囊杂体,功在铨别;宫商朱紫,随势各配。(《定势》)

此段由两个语句组成。例①是两个引喻,它用"夏人争弓矢"和"楚人鬻矛誉楯"两个典故说明"若爱典而恶华,则兼通之理偏"和"若雅郑而共篇,则总一之势离"的道理。例②以"宫商朱紫,随势各配"比喻文学创作要对各种体裁进行鉴别。虽然此段开头部分没有类似"因为"这样的语词,但读者很容易把例①里的内容看作是例②的原因。尤其是"是以"一词既把例①、例②联结成为一个意义相对完满的统一整体,又昭明了两者之间所形成的因果关系。所以,直接明确标明其与前面语句(也即例①)关系的例②是中心语句,例①则是边缘语句。但这并不意味着例①可有可无,恰恰相反,正是例①里的内容引起了例②里的结论。换言之,如果缺少边缘语句的内容,读者可能不会理解中心语句的结论。

有时,借助于连接词,语段明确标明了边缘语句与中心语句之间所形成的是条件关系。边缘语句提出某种假设的、将来的或未实现的情况,中心语句则说明在这些条件下可能出现的结果。例如:

> ① 若能凭轼以倚《雅》、《颂》,悬辔以驭楚篇,酌奇而不失其真,玩华而不坠其实;② 则顾盼可以驱辞力,欬唾可以穷文致,亦不复乞灵于长卿,假宠于子渊矣。(《辨骚》)

"若……则"在语义结构上串起了两个语句,前一句是边缘语句,后一个是中心语句。边缘语句与中心语句在语义上相互依赖,即要实现中心语句中的内容,必须依赖边缘语句中情况的实现。

有些语段里的边缘语句与中心语句之间联系得不十分紧密,它所提供的信息或者内容有助于读者更好地理解中心语句。例如:

> ① 逮孝武崇儒,润色鸿业,礼乐争辉,辞藻竞骛:柏梁展朝燕之诗,金堤制恤民之

咏，征枚乘以蒲轮，申主父以鼎食，擢公孙之对策，叹倪宽之拟奏，买臣负薪而衣锦，相如涤器而被绣。② 于是史迁寿王之徒，严终枚皋之属，应对固无方，篇章亦不匮，遗风馀采，莫与比盛。（《时序》）

汉武帝崇尚儒术，以之润泽帝王事业，儒术之礼、乐竞相争辉。尤其是他爱好文学，网罗文人，以辞赋取士。此处提及的“枚乘”、“司马相如”等都是当时卓越的文人。正是在这样的历史背景下，我们才不难理解“史迁寿王之徒，严终枚皋之属，应对固无方，篇章亦不匮，遗风馀采，莫与比盛”。因此，读完例①这个边缘语句，我们能充分理解例②这个中心语句的内容。边缘语句提高了我们对中心语句中的某些成分的理解，它与中心语句之间构成背景关系。语句之间的这种背景关系与因果、条件关系不同，尽管其中的边缘语句在帮助读者理解中心语句方面都起着重要作用，但在因果、条件关系里，边缘语句中的内容能引起中心语句中的施事者去实施某种行为，而背景关系里的边缘语句则没有这一功能。

边缘语句在语段里的辅助功能还体现在它对中心语句内容或思想所作的肯定评价上。例如：

① 夫自六国以前，去圣未远，故能越世高谈，自开户牖；两汉以后，体势漫弱，虽明乎坦途，而类多依采：此远近之渐变也。② 嗟夫！身与时舛，志共道申，标心于万古之上，而送怀于千载之下，金石靡矣，声其销乎！（《诸子》）

这里，例①是分别概述了战国及其之前和两汉及其之后诸子散文创作的中心语句，例②则是把中心语句的内容跟作者对中心语句肯定的程度联系起来，并从正面对中心语句所说的内容（即诸子百家及其创作）作了肯定性评价的边缘语句，两者之间形成的是评估关系。

总之，因果与背景、条件与评估关系的存在表明：就某个特定语段的意义而言，其实，所有语句之于语段都是不可或缺的。诚如刘勰所言：“句司字数，待相接以为用。”（《章句》）语句之间所形成的以下总结与归纳关系更好地说明了这一点。

四、喻言结体，原始要终

以上，我们主要依据语句在传达整个语段意义过程中的地位，把它们划分为中心语句和边缘语句，也即主要语句和次要语句。这种划分当然是相对的。实际上，若同时考虑到结构某一特定语段语句的数量及其在语段上下文中的位置，我们能更好地透析语句之间深层的语义关系。例如：

① 然逐末之俦，蔑弃其本，虽读千赋，愈惑体要；② 遂使繁华损枝，膏腴害骨，无贵风轨，莫益劝戒：③ 此扬子所以追悔于雕虫，贻诮于雾縠者也。（《铨赋》）

这里,例①、例②直接正面论证说明作家追逐文辞华丽的舍本逐末行为,不仅有害文章,而且不利于教化。例③是一个引喻,它以一“此”字援引成辞总结前文。显然,数量最多且所叙述的内容涉及话题的众多方面的前两句是中心语句,数量较少且只是以比较简短的语言重述中心语句内容的例③是边缘语句。两者之间形成的是总结关系。

有时,在某些特定语段里,边缘语句的数量是多于中心语句的。例如：边缘语句在数量上比中心语句多,中心语句数量少却具有高度概括性。如：

> ① 自中朝贵玄,江左称盛,因谈馀气,流成文体。② 是以世极迍邅,而辞意夷泰;诗必柱下之旨归,赋乃漆园之义疏。③ 故知文变染乎世情,兴废系乎时序。原始以要终,虽百世可知也。(《时序》)

相比较而言,此段里的例①、例②陈述的都是个别事实或现象,例③则从这些特殊的、单一的事物或现象的性质、特点和关系中概括出了一般原理。因此,数量多且陈述具体事实的前两例是边缘语句,而数量少却具有高度概括性的例③是中心语句。由于例③的内容是从前两个边缘语句里归纳出来的。因此,边缘语句与中心语句之间形成的是归纳关系。它与前面所说的总结、阐述关系不同。在总结关系里,中心语句在数量上多于边缘语句,而且就内容而言,边缘语句基本上是中心语句的翻版。在归纳关系和阐述关系里,虽然边缘语句的数量都超过了中心语句,但是在阐述关系里,中心语句位于整个语段的最前面,它一般提出论点。相反,在归纳关系里,中心语句位于整个语段的最后面,它能对边缘语句的内容作出更高的概括：由不深刻的个别到更为深刻的一般,由范围不太大的类到范围更为广大的类。

至此,我们已经知道《文心雕龙》批评话语里中心语句和边缘语句之间因不同语段、不同上下文形成了众多复杂的关系,它们往往是语句之间的深层语义关系,需经过剖裂玄微方能看出。就句式而言,以上诸种语句之间的结构方式有一个最显著的特点,即喻言或比兴句在其中的核心地位。[①] 如我们在分析总结、因果、条件、评估、对照五种关系时所举的例子都是由喻言式的中心语句组成的语段,我们在分析证明和阐述关系时所例举的都是中心语句统领的语段,其中的中心语句都是以比兴句的形式出现的。比兴句是刘勰结构语段的重要方式。因为在语句与语句之间以某种特定关系结构的语段中,中心语句在这种关系中占据中心的地位,边缘语句居于外围的地位。这意味着一个语段可以没有边缘语句,但它决不会没有中心语句。我们在分析地位平等的句子之间所形成的顺序、对比、并列和转折四种关系时所例举的语段表明：所有的语句都是中心语句,中心语句本身就能组成一个意义连贯的语言片段。而不是中心语句统帅或构成的语段,也并不意味着它

---

① 关于刘勰喻言式批评话语,作者已经有论述,兹不赘述。参见拙作“《文心雕龙》喻言式批评话语分析”,《文学评论》2007 年第 6 期。

与比兴或喻言无关。如我们在分析归纳关系时所例举的语段，即“自中朝贵玄，江左称盛，因谈馀气，流成文体。是以世极迍邅，而辞意夷泰；诗必柱下之旨归，赋乃漆园之义疏。故知文变染乎世情，兴废系乎时序。原始以要终，虽百世可知也”，尽管其中的中心语句并不是严格意义上的比兴句，但由于其中的第二句是引喻，上下句亦因此而来（“是以”一词把它们结合得十分紧密），因此，从整体上看此段仍是与比兴相关的语段。因为任何一个相对独立的语言片段都具有整体性和连续性。整体性是指其内部的各个组成部分都是必不可少的，连续性是指其外部各个组成部分之间是延续的、连贯的。诚如刘勰所说：“虽断章取义，然章句在篇，如茧之抽绪，原始要终，体必鳞次。启行之辞，逆萌中篇之意，绝笔之言，追媵前句之旨；故能外文绮交，内义脉注，跗萼相衔，首尾一体。”（《章句》）

事实上，若就整个《文心雕龙》而言，我们单独拿出来的每一个相对独立的语言片段都是更大一个语言片段的一部分，都与更大的一个语言片段相联系。因此，有些语言片段虽然看似与喻言无关，但若把它们延伸、放在更大一级的语言片段里，它们就是另一种形态了。例如，我们在分析例举关系时所举的语段，即“或简言以达旨，或博文以该情，或明理以立体，或隐义以藏用。故春秋一字以褒贬，丧服举轻以包重，此简言以达旨也。邠诗联章以积句，儒行缛说以繁辞，此博文以该情也。书契断决以象夬，文章昭晰以象离，此明理以立体也。四象精义以曲隐，五例微辞以婉晦，此隐义以藏用也”（《征圣》），基本上是一个无比兴句的语段，但当我们把它放回原文，发现这个语段的开头是这样一句话：“夫鉴周日月，妙极机神；文成规矩，思合符契。”这是一个由隔句对构成的比兴句。《孟子·离娄》曰：“不以规矩，不能成方圆。”规，正圆之器。矩，正方之器。刘勰此处以“规矩”喻创作基本原则，以“日月”喻圣人对事物的洞察力。可见，在更大一级的单位里，上述例子仍然是一个由喻言式的中心语句统领的语言片段①。因此，从这个意义上说，尽管以上我们在分析《文心雕龙》语段结构模式时所选取的一个个语言片段带有很大的随意性和任意性，但如果考虑到它们都具有延续性，都是更大的语言片段的一部分，那么，选择哪个片段，怎么选就显得不是那么重要了。

① 此语段里句子与句子之间存在着两种关系：一是由“夫鉴周日月，妙极机神；文成规矩，思合符契”与“或简言以达旨，或博文以该情，或明理以立体，或隐义以藏用”构成的阐述关系；二是由“或简言以达旨，或博文以该情，或明理以立体，或隐义以藏用”与“故春秋一字以褒贬，丧服举轻以包重，此简言以达旨也。邠诗联章以积句，儒行缛说以繁辞，此博文以该情也。书契断决以象夬，文章昭晰以象离，此明理以立体也。四象精义以曲隐，五例微辞以婉晦，此隐义以藏用也”构成的例举关系。

《文心雕龙》对偶的常与变

罗积勇　何越鸿*

"常"指一般骈文中常见的隔句对等对偶形式，以及借典故来叙说、描写自己的言说对象，还有文章节奏比较迂缓，等等。而"变"主要体现在为了更清楚、更流畅、更典雅地说理、叙事，而在对偶形式的选择与丰富、对偶与其他修辞手法的结合、对偶与语篇的无缝缀合等方面表现出许多特点。下面试对此加以分析。

一、特殊形式的对偶

对偶由字数相等、词性对品、结构对应、节奏对拍的两联组成。经研究，我们认为对偶可以从多个层面进行分类：

按叙说方式可分为平行对、流水对。平行对两联各举一端，而流水对，一个对子（以下称为"一副"）顺着说一件事；

从对偶的严格与否分为工对、宽对。宽对指在词性、结构、词义范畴的对应上有所灵活的对偶，宽对中包括一种词性完全对品但结构却不完全一样的假平行对；

根据上下两联间的语义相关情况可分为正对、反对；

从一联中所包括的句子数量，可分为独句对、隔句对；

以上分类可涵盖大部分对偶现象。除此之外，还有依所使用的特定词语而命名的对偶类型，如数字对、叠音对、联绵词对等。还有一种"借对"，更为特殊。即：如从对子的本来意思理解，这个对偶只能算"宽对"，但是，可以针对联中某一字词进行同音联想或多义联想，想到另一个字，或想到另一个意思，从而使这副对子符合工对的要求。借对主要在诗中出现。如唐代张乔《试月中桂》"根非生下土，叶不坠秋风"，由"下"联想到"夏"。又如杜甫《曲江》诗曰："酒债寻常处处有，人生七十古来稀。""寻常"在此句中本是平常义，但联想到它的作长度单位的那个义项，借此与下联"七十"构成工整的对偶。

就我们的调查来看，《文心雕龙》最具特色的是数字对、宽对、流水对和隔句对。另外，

---

* 作者简介：罗积勇，武汉大学文学院教授。何越鸿，武汉大学文学院博士生。

《文心雕龙》的反对也很有特点，因王毓红教授在其《〈文心雕龙〉对偶句法的结构分析》一文中已深入分析，故本文便不赘述了。

先看数字对。先秦两汉典籍中有许多含数字的短语，刘勰常对之加以改造利用，形成文中的数字对，如《诗·小雅·车舝》："四牡騑騑，六辔如琴。"刘氏略加改造用它形容写文章时的总揽全局的能力，这就是《附会》篇所说："是以四牡异力，而六辔如琴；驭文之法，有似于此。去留随心，修短在手，齐其步骤，总辔而已。"大多数情况下，要从不同地方、不同典籍中搜罗这类数字短语来形成对偶，如《征圣》篇："四象精义以曲隐，五例微辞以婉晦，此隐义以藏用也。""四象"出《周易·系辞上》，"五例"出杜预《春秋左氏传序》。又如《议对》篇："洪水之难，尧咨四岳；宅揆之举，舜畴五臣。"四岳出《尚书·尧典》，而五臣出自《论语·泰伯》："舜有臣五人，而治天下。"应该说这是颇费搜罗、组织之功夫的。

在《文心雕龙》中，刘勰能从一般人想不到的角落找出或归纳出数字短语，来营构一副对子，如《时序》篇："自元暨成，降意图籍，美玉屑之谈，清金马之路，子云锐思于千首，子政雠校于六艺，亦已美矣。""子政雠校于六艺"是指刘向校书，此事众所周知，但"子云锐思于千首"却有点偏僻，原来出自桓谭《新论》："余素好文，见子云工为赋，欲从之学，子云曰：'能读千赋，则善为之矣。'"子云，即扬子云扬雄。

另有一点值得注意，就是《文心雕龙》多使用"一"与"多"的对比性数字对。如：

> 宋初文咏，体有因革，庄老告退，而山水方滋；俪采百字之偶，争价一句之奇，情必极貌以写物，辞必穷力而追新，此近世之所竞也。(《明诗》)

百字：五言诗二十句为百字，此指全篇。不说全篇而说百字，是为了跟"一句"作对。"百字"给人极多的感觉，"一句"给人极少的感觉，一多一少，对比性强，很鲜明。后来唐诗特别喜用这种手法，但实际上早在南朝梁，刘勰已在《文心雕龙》中用开了。再举两例以为证，《养气》篇："是以吐纳文艺，务在节宣，清和其心，调畅其气，烦而即舍，勿使壅滞，意得则舒怀以命笔，理伏则投笔以卷怀，逍遥以针劳，谈笑以药倦，常弄闲于才锋，贾馀于文勇，使刃发如新，腠理无滞，虽非胎息之万术，斯亦卫气之一方也。"又如《论说》篇："一人之辨，重于九鼎之宝；三寸之舌，强于百万之师。六印磊落以佩，五都隐赈而封。"

接下来分析《文心雕龙》中的宽对。我们知道，典型的骈体文用来叙说简单的事情，或描写简单的场景，一般还不会有太大问题。但《文心雕龙》试图用骈体来写文论，来推理论证，阐明复杂深奥的道理，这就必须要有所变通了。变通的一个重要方法就是用宽对。

《文心雕龙》论证中的举例属于叙事，这种叙事往往用宽对，如《檄移》："陈琳之檄豫州，壮有骨鲠，虽奸阉携养，章实太甚；发丘摸金，诬过其虐；然抗辞书衅，皦然露骨；敢矣撄曹公之锋，幸哉免袁党之戮也。"陈琳避难冀州，袁绍使典文章，曾撰《为袁绍檄豫州》文(见《文选》卷四四)。奸阉携养，发丘摸金：皆《檄豫州》文中所列出的事，以辱骂曹操。刘勰按原意造句，但使之骈文化。《文心雕龙》在引证时，也往往用宽对，如《乐府》："'好乐无

荒',晋风所以称远;'伊其相谑',郑国所以云亡。故知季札观乐,不直听声而已。"而在推理、论证时,更是常常用宽对,如:

> 诗刺谗人,投畀豺虎;礼疾无礼,方之鹦猩;墨翟非儒,目以羊彘;孟轲讥墨,比诸禽兽:诗礼儒墨,既其如兹,奏劾严文,孰云能免?是以世人为文,竞于诋诃,吹毛取瑕,次骨为戾,复似善骂,多失折衷。(《奏启》)

此乃在逻辑推理中为求顺畅而不得不用宽对。

《文心雕龙》中的宽对使用有几个特别点:

第一,宽对多与隔句对结合,不仅仅是与单句对结合。这在我们上举例子中已经看到。

第二,在改写所引用的典故语时多用宽对。如《明诗》:"然诗有恒裁,思无定位,随性适分,鲜能通圆。若妙识所难,其易也将至;忽以为易,其难也方来。"这四句是根据《国语·晋语四》中的一段改造而成的。彼文曰:"文公谓郭偃曰:'始也吾以治国为易,今也难。'对曰:'君以为易,其难也将至矣;君以为难,其易也将至矣。'"

据我们研究,《文心雕龙》在表达比较复杂的意思时,尽量用工对,如不行,就用宽对。如连宽对也无法达成,就多以四字句斡旋之。四字句是《诗经》的常用句式,一直被认为很典雅,不但赋中常用,甚至连南北朝汉译佛经也常用,故以四字句足之,虽不对偶,但在节奏和风格上还是能和上下文保持一致性。如《指瑕》:"近代辞人,率多猜忌,至乃比语求蚩,反音取瑕,虽不屑于古,而有择于今焉。又制同他文,理宜删革,若掠人美辞,以为己力,宝玉大弓,终非其有。全写则揭箧,傍采则探囊,然世远者太轻,时同者为尤矣。"划线的部分即四字句,非对偶,但粗读一过,觉不出与前文的差异。《文心雕龙》在每篇开头引出话题,常用四字句,如《明诗》开头:"大舜云:'诗言志,歌永言。'圣谟所析,义已明矣。是以'在心为志,发言为诗',舒文载实,其在兹乎?诗者,持也,持人情性;三百之蔽,义归'无邪',持之为训,有符焉尔。"在解释事物名义时亦用之,如《书记》:"故书者,舒也。舒布其言,陈之简牍,取象于夬,贵在明决而已。"在推理过程中也常以四字句斡旋之,如《情采》:"《孝经》垂典,丧'言不文';故知君子常言,未尝质也。"总之,《文心雕龙》在不好营造偶句的地方,使用节奏基本相同或变化有规可循的四字句,这样既保持了文章风格的一致,又使文气一贯,更为重要的是,它对冲淡连篇累牍的对偶给人带来的板滞感很有帮助。这一手法后来为唐代陆贽变革骈文提供了一个榜样。

关于《文心雕龙》,我们要着重分析其流水对。

从修辞史看,流水对的大量使用,是在唐诗和宋代律赋中,魏晋南北朝并不盛行,但刘勰为了叙事、推理,在《文心雕龙》中经常使用,并且取得了很好的效果。

在叙事中用流水对,如《才略》:"桓谭著论,富号猗顿,宋弘称荐,爰比相如,而集灵诸赋,偏浅无才,故知长于讽论,不及丽文也。"在推理中使用流水对,如《知音》:"故心之照理,譬目之照形,目瞭则形无不分,心敏则理无不达。"又如《征圣》篇:"天道难闻,犹或钻仰;文章可见,胡宁勿思?若征圣立言,则文其庶矣。"这里"天道难闻"、"文章可见"是据《论语·公冶长》所记子贡语"夫子之文章,可得而闻也;夫子之言性与天道,不可得而闻也"而言。

由于刘勰主要是运用流水对来推理,故我们收集到的流水对大多是复句,即上、下联间存在复句关系。这种流水对,有时用关联词,如《檄移》:"故分阃推毂,奉辞伐罪,非唯致果为毅,亦且厉辞为武。"有时又不用关联词,如《明诗》:"至于三六杂言,则出自篇什;离合之发,则萌于图谶;回文所兴,则道原为始;联句共韵,则柏梁馀制;巨细或殊,情理同致,总归诗囿,故不繁云。"用与不用关联词一切视营构对偶的需要而定。

有时还会有关联词溢出的流水对,即仅从对偶的角度看,有些关键词是多馀的,如《乐府》:"于是《武德》兴乎高祖,《四时》广于孝文,虽摹《韶》《夏》,而颇袭秦旧,中和之响,阒其不还。"这里的"而"从对偶的角度看是多馀的,但是从文气看,这个转折词绝非多馀。可作同样分析的例子还有《乐府》:"暨后汉郊庙,惟杂雅章,辞虽典文,而律非夔旷。"

《文心雕龙》中有一些与用典相关的流水对也很有特色,如:

> 至于魏之三祖,气爽才丽,宰割辞调,音靡节平,观其《北上》众引,《秋风》列篇,或述酣宴,或伤羁戍,志不出于滔荡,辞不离于哀思,虽三调之正声,实《韶》《夏》之郑曲也。(《乐府》)

三调:指汉乐府清商三调,即平调曲、清调曲、瑟调曲,都是周代的古乐曲。尽管调是古调,但内容却不古,却与圣人要远离的郑曲属于同一类,这里组合《韶》《夏》圣人之乐调和郑声淫哇两个典故来表达这一层意思。又如《杂文》:"自《连珠》以下,拟者间出。杜笃贾逵之曹,刘珍潘勖之辈,欲穿明珠,多贯鱼目。可谓寿陵匍匐,非复邯郸之步;里丑捧心,不关西施之颦矣。"这是活用"鱼目混珠"之典故。同时代人也有用这个典故的,如《文选·任昉〈到大司马记室笺〉》:"惟此鱼目,唐突玙璠。"但这只是在典故原义上用,是从结果、结局上去说的,而刘勰则改从过程来说,杜笃、贾逵等人拟连珠本欲像贯穿、连缀珍珠一样写出好文章来,而结果贯穿的却是一串串鱼目。这样说,多么贴切、生动!

《文心雕龙》中还有一些流水对兼数字对的例子也值得一提,如《知音》:"会已则嗟讽,异我则沮弃,各执一偶之解,欲拟万端之变,所谓东向而望,不见西墙也。"用这种流水兼数字对描写那些只以自己爱好的风格定是非的人,是多么地入木三分啊!

流水对是很适合于叙事和推理的,在既要讲求对偶,又不想以辞害意的两难情形下,用流水对,是一个不错的选择,我们看到,刘勰在风气未开的情况下,毅然作出了这个选择。

本节最后我们来分析隔句对。隔句对的使用虽然是骈文的常规。但《文心雕龙》的隔句对,字数不限,单边小句数不限,节奏上律与散均可(以律为主)。虽然在《文心雕龙》中标准的六四隔句对、四六隔句对也常出现，并且许多专家已拈出一些非常好的例子，但更值得注意的是在《文心雕龙》中出现了长隔句对，以及一边自对和股对的萌芽。

《文心雕龙》的长隔句对主要出现在两种场合：一是需要描述时；二是需要推理时。

在对比性的描述中常出现长隔句对，如《神思》："若夫骏发之士，心总要术，敏在虑前，应机立断；覃思之人，情饶歧路，鉴在疑后，研虑方定。"这是为了描述两种人的不同。又如《序志》："及其品列成文，有同乎旧谈者，非雷同也，势自不可异也；有异乎前论者，非苟异也，理自不可同也。同之与异，不屑古今，擘肌分理，唯务折衷。"这是为了说明自己在《文心雕龙》中的继承与创新。

在推理时，刘勰也喜欢对比，喜欢用比喻，这时也往往会摧生长隔句对，如《定势》："故文反正为乏，辞反正为奇。效奇之法，必颠倒文句，上字而抑下，中辞而出外，回互不常，则新色耳。夫通衢夷坦，而多行捷径者，趋近故也；正文明白，而常务反言者，适俗故也。"这是以趋近喻适俗。再看一例：

> 文以辨洁为能，不以繁缛为巧；事以明核为美，不以环隐为奇：此纲领之大要也。若不达政体，而舞笔弄文，支离构辞，穿凿会巧，空骋其华，固为事实所摈；设得其理，亦为游辞所埋矣。昔秦女嫁晋，从文衣之媵，晋人贵媵而贱女；楚珠鬻郑，为薰桂之椟，郑人买椟而还珠。若文浮于理，末胜其本，则秦女楚珠，复存于兹矣。(《议对》)

为了论证"文"不能胜"理"这个道理，刘勰举了两个例子，一个是秦女嫁晋，另一个是买椟还珠，均出自《韩非子·外储说左上》。刘勰巧妙地将这两个故事的表达弄成了长隔句对，使我们不但明了理，而且赏了文。

长隔句对中单边联的长度理论上是可以无限扩展的，明清人在作长联时充分尝试了这种可能性。当然，尚身处南北朝的刘勰主要的注意力不在这方面，但他为了在对比中将意思表达得充分些，有时也尽量作了扩展，让我们看下面的例子：

> (人之禀才，迟速异分，文之制体，大小殊功。)相如含笔而腐毫，扬雄辍翰而惊梦，桓谭疾感于苦思，王充气竭于思虑，张衡研京以十年，左思练都以一纪：虽有巨文，亦思之缓也。淮南崇朝而赋《骚》，枚皋应诏而成赋，子建援牍如口诵，仲宣举笔似宿构，阮瑀据案而制书，祢衡当食而草奏：虽有短篇，亦思之速也。(《神思》)

上例中，除了开头的话(已用括号标出)，整个一大段分两小节对比"思之缓"和"思之速"两种情况，而两小节句数相等，节奏相同。并且，在第一小节"虽有巨文，亦思之缓也"之前，六句两两对偶；在第二小节"虽有短篇，亦思之速也"之前，六句亦两两对偶，虽不与上联的对应句子对偶，但这完全可以看作"一边自对"。所以，这一段话完全符合"股对"的要求，甚至是后世对联中长联的雏形。

二、对偶与其他修辞手法的配合

据我们考察,《文心雕龙》对偶常与比喻、用典、词性活用等修辞手法配合。而各组对偶之间、对偶与所在语篇之间也有配合的问题,本节附论之。

对偶与比喻配合的例子在《文心雕龙》中很多,无论是描写还是推理,刘勰均喜欢在对偶的框架中用比喻,如《养气》:“若夫器分有限,智用无涯;或惭凫企鹤,沥辞镌思。于是精气内销,有似尾闾之波;神志外伤,同乎牛山之木。但惕之盛疾,亦可推矣。”又如《论说》:“是以论如析薪,贵能破理。斤利者,越理而横断;辞辨者,反义而取通;览文虽巧,而检迹知妄。唯君子能通天下之志,安可以曲论哉?”

不过,对偶与比喻配合,在其他骈文作者那里也不少见,那么,刘勰的特点在哪里呢?就在于暗喻和借喻的运用上。

在《文心雕龙》中,暗喻用得特别多,也很有特色。我们从形式上来分析。

第一种形式是,本体、喻体间直接用判断词联系起来,如《论说》:“原夫论之为体,所以辨正然否。穷于有数,究于无形,钻坚求通,钩深取极;乃百虑之筌蹄,万事之权衡也。”以“筌蹄”作喻体,本《庄子》,这不稀奇,奇的是喻不单行,还要来个“权衡”。又如《丽辞》:“是以言对为美,贵在精巧;事对所先,务在允当。若两言相配,而优劣不均,是骥在左骖,驽为右服也。若夫事或孤立,莫与相偶,是夔之一足,趻踔而行也。”

第二是采用“本体+之+喻体”的暗喻形式,如《熔裁》:“骈拇枝指,由侈于性;附赘悬疣,实侈于形。一意两出,义之骈枝也;同辞重句,文之疣赘也。”这与常见的明喻形式“喻体(般)+本体”是不同的。“喻体(般)+本体”在该书中也有,《时序》“集雕篆之轶材,发绮縠之高喻”是也,可资比较。

在借喻方面,有一种夹在语篇中的借喻,特别值得一提,它是镶嵌在一个说理的链条中的,如《通变》:“故能骋无穷之路,饮不竭之源。然绠短者衔渴,足疲者辍途,非文理之数尽,乃通变之术疏耳。”这是直接用喻体代替本体的借喻,本体是“不会通变者易于途穷”,在文中是暗含的,未直接呈现。《事类》篇中有一例明喻是直接呈现本体的,对比后即可明白两者的差异:“是以将赡才力,务在博见,狐腋非一皮能温,鸡蹠必数千而饱矣。”“将赡才力,务在博见”是本体。

还有一种充满想像力的比喻,如《风骨》:“夫翚翟备色,而翾翥百步,肌丰而力沉也;鹰隼乏采,而翰飞戾天,骨劲而气猛也;文章才力,有似于此。若风骨乏采,则鸷集翰林;采乏风骨,则雉窜文囿;唯藻耀而高翔,固文笔之鸣凤也。”“鸷集翰林”的鸷指什么?通过上下文可推知其指乏彩之文,但文章中未直说;“雉窜文囿”的“雉”指富于文采之文,文章中也没直说。而是直接说“鸷集翰林,雉窜文囿”,意外地产生一种双关的效果。

骈体文讲究骈俪,本身就包括要用典、要藻饰的意涵,《文心雕龙》自然是循其常规,但是,也有得其变化的地方。

其中一变,是刘勰在将典故纳入对偶的语言表达时特别花心思,如:

> 圣贤书辞,总称“文章”,非采而何?夫水性虚而沦漪结,木体实而花萼振:文附质也。虎豹无文,则鞟同犬羊;犀兕有皮,而色资丹漆:质待文也。若乃综述性灵,敷写器象,镂心鸟迹之中,织辞鱼网之上,其为彪炳,缛采名矣。(《情采》)

其中“犀兕有皮,而色资丹漆”,一般人都没觉得它在用典,但是,犀兕皮为什么一定要依靠丹漆?或曰:以犀兕皮制盾时要依靠丹漆。那么,文中未明示此意,人们为何会想到犀兕皮制盾这件事?就是因为这背后有一个故事:华元败北逃回宋国,在遭人笑其丢弃甲盾时,他反说:“弃甲则那?丹漆尚多。”故事出自《左传》。古代文人熟悉《左传》,很容易想起这件事。刘勰用典而使人不觉,可见他是花了一番锤炼、改造的功夫的。我们再看上例中“镂心鸟迹之中,织辞鱼网之上”这个偶句,它也用了典,并且是先对典故加以提炼,然后再用的。鸟迹典出自许慎《说文序》:“黄帝之史仓颉,见鸟兽蹄迒之迹,知分理之可相别异也,初造书契。”从此典故中,刘勰提炼出“鸟迹”一词,通过借代的办法使之代表文字。“鱼网”借指纸张,它的依据是《后汉书·宦者传·蔡伦》,鱼网是蔡伦纸的原料之一,刘勰以原料代成品,用的还是借代的办法。

第二个不同于其他作者的,是在典故配对方面,刘勰花了很大的找寻与选择的功夫。如《神思》:“至于思表纤旨,文外曲致,言所不追,笔固知止。至精而后阐其妙,至变而后通其数,伊挚不能言鼎,轮扁不能语斤,其微矣乎!”为了表达“文外曲致”的只可意会、不可言说的特点,刘勰搜罗了商汤时调味大师伊挚(即伊尹)的故事(见《吕氏春秋·本味》)和春秋时制车高人轮扁的故事(见《庄子·天道》),一个是厨师,一个是木匠。要不是平时读了很多书,应该是很难使这两个古人走到一起的。

以上是事典的搜罗配对,还有语典的搜罗配对,刘勰同样是花了很大的功夫的,如《情采》:“夫桃李不言而成蹊,有实存也;男子树兰而不芳,无其情也。夫以草木之微,依情待实,况乎文章,述志为本,言与志反,文岂足徵?”桃李成蹊语出《史记》,男子树兰语出《淮南子》。又如《封禅》篇:“夫正位北辰,向明南面,所以运天枢,毓黎献者,何尝不经道纬德,以勒皇迹者哉!”“正位北辰”,语出《论语·为政》;而“向明南面”,语出《周易·说卦》。

《文心雕龙》讲究对偶,便需要有表现力的同义词或反义词,现成语词不敷使用时,它就往往使用词性活用的手法。

该书中的活用,主要是名词活用为动词,如《书记》:“观史迁之报任安,东方之谒公孙,杨恽之酬会宗,子云之答刘歆,志气槃桓,各含殊采;并杼轴乎尺素,抑扬乎寸心。”这个对子中上联中的“杼轴”本是名词,指织机上的部件,这里活用为动词,是组织的意思。又如《宗经》:“义既埏乎性情,辞亦匠于文理。”“匠”活用为动词。再如《养气》:“是以吐纳文艺,务在节宣,清和其心,调畅其气,烦而即舍,勿使壅滞,意得则舒怀以命笔,理伏则投笔以卷怀,逍遥以针劳,谈笑以药倦。”“针”、“药”活用为动词,均表治疗的意思。

文章的最后，我们试从语篇的角度观察《文心雕龙》是如何联“偶”成篇的。

我们发现，《文心雕龙》的对偶有平列排开，形成连对或排比的，如《知音》：“夫麟凤与麏雉悬绝，珠玉与砾石超殊，白日垂其照，青眸写其形。然鲁臣以麟为麏，楚人以雉为凤，魏民以夜光为怪石，宋客以燕砾为宝珠。形器易徵，谬乃若是；文情难鉴，谁曰易分？”这整段是连对。又如《通变》：“是以规略文体，宜宏大体。先博览以精阅，总纲纪而摄契；然后拓衢路，置关键，长辔远驭，从容按节，凭情以会通，负气以适变，采如宛虹之奋鬐，光若长离之振翼，乃颖脱之文矣。”读这一段，我们会感到它与赋十分相似，但仔细分析，会发现它不同于汉赋的地方在于，在一气而下的过程中，还是没有忘记对偶。很多时候，《文心雕龙》是以对偶句作单位来实现排比的。

除了连对和排比外，《文心雕龙》行文时，常将对偶句镶嵌到一个句子框架内。有镶嵌在一个单句之内的，如《檄移》：“故分阃推毂，奉辞伐罪，非唯致果为毅，亦且厉辞为武，使声如冲风所击，气似欃枪所扫，奋其武怒，总其罪人，征其恶稔之时，显其贯盈之数，摇奸宄之胆，订信顺之心，使百尺之冲，摧折于咫书，万雉之城，颠坠于一檄者也。”也有镶在复句框架之内的，如《通变》：“名理有常，体必资于故实；通变无方，数必酌于新声；故能骋无穷之路，饮不竭之源。然绠短者衔渴，足疲者辍途，非文理之数尽，乃通变之术疏耳。”

在《文心雕龙》中连接各对偶单位的，还有“词汇重复”手段和一种“交叉句法”。

以词汇重复连接的，如《事类》：“夫姜桂因地，辛在本性；文章由学，能在天性。故才自内发，学以外成，有学饱而才馁，有才富而学贫。学贫者迍邅于事义，才馁者劬劳于辞情。”又如《熔裁》：“引而申之，则两句敷为一章；约以贯之，则一章删成两句。思赡者善敷，才核者善删。善删者字去而意留，善敷者辞殊而义显。字删而意缺，则短乏而非核；辞敷而言重，则芜秽而非赡。”类似的例子，我们还可以在《征圣》篇第三段、《情采》篇第四段、《养气》第二段等处找到例子。

与此类似的，还有一种交叉句法，如《比兴》：“起情，故‘兴’体以立；附理，故‘比’例以生。‘比’则畜愤以斥言，‘兴’则环譬以托讽，盖随时之义不一，故诗人之志有二也。”又如《史传》篇：“昔者夫子闵王道之缺，伤斯文之坠，静居以叹凤，临衢而泣麟。”而像这种交叉句法，是先秦散文常用的手法，所以，《文心雕龙》虽是骈体，但在很多方面都吸取了先秦古文的有益的东西。

经过以上从特殊形式的对偶、对偶与其他修辞手法的配合以及联“偶”成篇的方式等方面的分析，不难发现，《文心雕龙》为了平衡文字骈俪与辞意准确这对矛盾，在对偶的营构上，循其常，达其变，取得了很大成绩。据此，我们有理由认为，刘勰应该是最早改造骈文作法的人之一。

珠玉与文章审美关系再探*

——以《文心雕龙》为中心

张　坤**

摘　要：《文心雕龙》中存在着以珠玉的视觉观感言说文章审美的现象，其间蕴含着中国美学的奥意与妙趣。文情深奥、很难剖判，就像珠玉与砾石较难辨析，玉识与文理融通为一；玉的雕饰美与文章的藻饰华赡密切相关，这是中华玉的文化传统与目观为美的审美传统之间合力的体现；文章的瑕疵与弊病，似白玉微瑕般显明而影响深远。以上三个方面突显了刘勰文艺美学思想的中国特色和民族原味。

关键词：《文心雕龙》；珠玉用语；文章审美；视觉文化

《文心雕龙》中广泛存在着以珠玉言说文章的现象，这一现象极富审美意蕴；着眼于珠玉用语与文艺美学形态建构之间的关系，笔者分别从听觉、视觉、意觉三个维度撰写了论文①，作了初步的探索，其中《珠玉的视觉观感与文章的审美体验——刘勰文艺美学思想新探》一文从视角维度在四方面展开研究，即：珠玉光泽与“隐”意新解，玉的颜色与“符采”分析，玉美、人美、文美合力——“璧”，珠圃与文苑。细致研读《文心雕龙》，笔者发现从视觉维度来看珠玉与文章的审美关系，非一篇文章可尽，还有若干可待阐发的空间，这正是本文写作的缘起。

* 基金项目：国家社会科学基金项目《诗性文化与〈文心雕龙〉的诗性遗存研究》（项目批准号：12BZW011）；云南省教育厅科学研究基金重点项目《〈文心雕龙〉形式美学思想研究》（项目批准号：2012Z030）；同时受云南民族大学引进人才科研项目资助。

** 作者简介：张坤，云南民族大学人文学院副教授，文学博士。

① 《珠玉与文章的审美连接——兼从听觉维度分析〈文心雕龙〉的珠玉用语》（《学术论坛》2013 年第 4 期），总述了珠玉与文章的审美连接，并着重从听觉维度展开分析；《传统玉文化浸润下的文章审美论——〈文心雕龙〉珠玉用语试解》（《理论月刊》2013 年第 6 期），从意觉维度阐释了《文心雕龙》的珠玉用语；《珠玉的视觉观感与文章的审美体验——刘勰文艺美学思想新探》（《社会科学论坛》2013 年第 7 期），探讨了珠玉的视觉观感与文章审美体验之间的相通。

一、玉与石的辨识

玉属于石类，但又和一般的石头不同，《说文解字》释“玉”为“石之美有五德者”[①]。杨伯达指出：“我们中华民族及其远古先民对玉的认识有一个长期的进展过程。以科学发掘出土的玉而论，至少已有距今2万—3万年。假若以此为玉石分化的起点，随着先民对它认识的深化，赋予它以坚韧、美、善、神物、飨食、道德、清玩等文化基因，促使玉与石更彻底地分化为两种截然不同的物质。”[②]由此可知，在玉石分化的历史进程中，文化因素的赋予起到了重要作用；就原始材料而言，只有少数人能识别玉与石的表面差异，进而辨析两者的质地差别，所以刘勰以珠玉难辨来比拟文情难鉴，“看”和“读”于此融通，若要透彻理解其间的美学奥秘，须了解一些古玉知识。

刘勰曾说“珠玉与砾石超殊”[③]（《知音》），又说“落落之玉，或乱乎石；碌碌之石，时似乎玉”（《总术》），这两处貌似龃龉，其实并不矛盾，其间的道理是：珠玉子料（注：即原料玉）与砾石质地相差甚大，但两者表面却很相似，非经专家之眼，并不易区分。玉有山产水产两种，山产需“采”、“开”，水产需“捞”。从玉矿中开采、打捞出来的只能叫玉璞，人们拿到一块玉璞，须先“开”玉，再“以石攻玉”，方可制成玉料，再用专门的工具对玉料进行“琢”、“磨”，才能最终做成玉器。《淮南子·说林训》载“白玉不琢，美珠不文，质有余也”[④]，强调的是玉的质地，其所言玉和珠至少是经过“开”和“攻”两道工序的美好玉料，因为玉虽然“藏于璞而文采露于外”[⑤]，但只有专家之眼方能鉴识玉璞的文采，正如《别宝经》所说：“凡石蕴玉，但夜将石映灯看之，内有红光，明如初出日，便知有玉也。”[⑥]《别宝经》的鉴玉法看似简单，实际上不是专业人士确实很难区分外观，判别是否含玉，一个比较典型的例子见于《韩非子·和氏》：

> 楚人和氏得玉璞楚山中，奉而献之厉王。厉王使玉人相之，玉人曰：“石也。”王以和为诳而刖其左足。及厉王薨，武王即位，和又奉其璞而献之武王；武王使玉人相之，又曰：“石也。”王又以和为诳而刖其右足。武王薨，文王即位，和乃抱其璞而哭于楚山之下；三日三夜，泪尽而继之以血。王闻之，使人问其故，曰：“天下之刖者多矣，子奚哭之悲也？”和曰：“吾非悲刖也，悲夫宝玉而题之以‘石’，贞士而名之以‘诳’，此吾所

---

① [清] 段玉裁：《〈说文解字〉注》，郑州：中州古籍出版社，2006年，第10页。

② 杨伯达：《“巫·玉·神”泛论》，杨伯达主编：《中国玉学玉文化论丛》，北京：紫禁城出版社，2005年，第236页。

③ 刘勰：《文心雕龙·知音》，周振甫：《文心雕龙注释》，北京：人民文学出版社，1981年。本文凡《文心雕龙》原文皆引自该书。

④ [汉] 刘安：《淮南子·说林训》，何宁：《淮南子集释》，北京：中华书局，1998年，第1230页。

⑤ [清] 唐荣祚：《玉说》，[清] 吴大澂等：《古玉鉴定指南》，北京：北京燕山出版社，1998年，第151页。

⑥ [五代] 李珣：《海药本草·玉石部》，北京：人民卫生出版社，1997年，第1页。

以悲也。”王乃使玉人理其璞而得宝焉,遂命曰“和氏之璧”。[①]

由以上引文可知:玉与石的质地与价值差别甚大,从众石中寻出玉璞,理璞而得玉,并非易事,专业的“玉人”尚且误判,何况一般人呢?错误的判断致使和氏蒙诳名、受刖刑,而在和氏看来,贞名被污、珍宝埋没远重于受刖之悲。通过这一悲剧故事,我们可以想象古玉在当时的财富价值与审美价值,更可以理解石玉辨识之难度大、影响深。

玉的知识已淡出当今人们的视野,却是魏晋南北朝时期人们的文化常识,因此常被刘勰拿来言说文艺审美现象,建构自己的美学理论。在了解以上玉理知识的基础上,再来看《文心雕龙》的相关语段,便更可体会刘勰由玉石辨识切入文章鉴赏与写作技巧的审美意趣。先来看如下文字:

落落之玉,或乱乎石;碌碌之石,时似乎玉。精者要约,匮者亦鲜;博者该赡,芜者亦繁;辩者昭晰,浅者亦露;奥者复隐,诡者亦曲。或义华而声悴,或理拙而文泽。……夫不截盘根,无以验利器;不剖文奥,无以辨通才。才之能通,必资晓术,自非圆鉴区域,大判条例,岂能控引情源,制胜文苑哉!(《总术》)

“落落”是“石恶貌”,“碌碌”是“玉石美好貌”;[②]源于《老子》“不欲碌碌如玉,落落如石”[③]。刘勰此处并未深受道家影响,而是化用《老子》而做出独到的审美阐释:在文章创作的过程中,精与匮、博与芜、辩与浅、奥与诡,这四对特征表面类似,实质却“超殊”,若要在义理与辞采这审美的二维间取得并美,必须研习文章写作的技巧、锤炼技能,要制造真玉,而不是堆砌乱玉之貌的石头,达到精约而并非匮少、博赡而并非芜繁、辩晰而并不浅露、奥隐却并非诡曲的审美效果。再来看另一段文字:

夫麟凤与麏雉悬绝,珠玉与砾石超殊,白日垂其照,青眸写其形。然鲁臣以麟为麏,楚人以雉为凤,魏民以夜光为怪石,宋客以燕砾为宝珠。形器易征,谬乃若是;文情难鉴,谁曰易分?(《知音》)

刘勰举例言说了珠玉与砾石差别甚大,仍有人优劣不分、犯下低级错误,这是因为两者的表面较为相似。在刘勰看来,玉与石的区分、凤与雉的辨别,相比于复杂难鉴的“文情”,非常简单容易,尚且出现这类错误;那么纷杂难析、深奥莫辨的“文情”,则更难鉴识;再联系和氏璧的故事,我们更可感知:玉石好坏,难以识辨,文情深奥,知音难觅,而错误辨识的不良影响是相当深远的。玉理与文理在这里融为一体、密合无间、恰如其分。

---

① [战国]韩非:《韩非子·和氏》,[清]王先慎:《韩非子集解》,北京:中华书局,1998年,第95页。
② 吴林伯:《〈文心雕龙〉义疏》,武汉:武汉大学出版社,2002年,第519页。
③ [春秋]老子:《道德经·三十九章》,朱谦之:《老子校释》,北京:中华书局,2000年,第163页。

二、玉的雕饰与文章的藻饰

要谈玉的雕饰，很有必要对"雕"及其异体字"琱"、"彫"进行阐释和分析，让我们以《〈说文解字〉注》的相关解说为重要参考：

"雕"：雕，鷻也。段玉裁注：鸟部曰鷻，雕也。假借为琱琢、凋零字。[①]

"琱"：治玉也。段玉裁注：《释器》"玉谓之雕"。按：琱、琢同部双声，相转注……经传以雕、彫为琱。[②]

"琢"：治玉也。段玉裁注：《考工记》……雕人阙，雕人盖琢之，如鸟之啄物。[③]

"彫"：琢文也。段玉裁注：琢者，治玉也。玉部有琱，亦治玉也；《大雅》"追琢其章"，传曰："追，彫也。金曰彫，玉曰琢。"《毛传》字当作琱，凡琱琢之成文曰彫，故字从彡。今则彫雕行而琱废矣。[④]

通过以上"雕"、"琱"、"彫"三者的比较，可知三字通行，都有"雕玉"之意。从唐写本《文心雕龙》残卷来看，除《诠赋》篇"蔚似雕画"的"雕"作"彫"外，其他均作"雕"。[⑤] 由此可见，"琱"字可能在唐朝就已废弃。

《文心雕龙》书名及正文中的"雕"字与玉的雕琢有密切的关系，这些用语体现了传统玉文化对刘勰文艺美学思想的影响。本部分所关注的"雕"，主要着眼于玉的视觉感观审美效果，相关的用例有：

(1) 赞曰：荣河温洛，是孕图纬。神宝藏用，理隐文贵。世历二汉，朱紫腾沸。芟夷谲诡，采其雕蔚。(《正纬》)

(2) 江左篇制，溺乎玄风，嗤笑徇务之志，崇盛忘机之谈；袁孙以下，虽各有雕采，而辞趣一揆，莫与争雄，所以景纯仙篇，挺拔而为俊矣。(《明诗》)

(3) 赞曰：赋自诗出，分歧异派。写物图貌，蔚似雕画。抑滞必扬，言旷无隘。风归丽则，辞剪荑稗。(《诠赋》)

(4) 观隗嚣之檄亡新，布其三逆，文不雕饰，而辞切事明，陇右文士，得檄之体矣。(《檄移》)

(5) 赞曰：瞻彼前修，有懿文德。声昭楚南，采动梁北。雕而不器，贞干谁则。岂

---

① [清] 段玉裁：《〈说文解字〉注》，第 142 页。
② [清] 段玉裁：《〈说文解字〉注》，第 15 页。
③ [清] 段玉裁：《〈说文解字〉注》，第 15 页。
④ [清] 段玉裁：《〈说文解字〉注》，第 424 页。
⑤ 潘重规：《唐写文心雕龙残本合校》，香港新亚研究所，1970 年。

无华身,亦有光国。(《程器》)

(6) 古来文章,以雕缛成体,岂取驺奭之群言雕龙也。(《序志》)

从上述(1)(2)(3)三个用例来看,刘勰在《正纬》篇谈及纬书时,说"采其雕蔚",在《诠赋》谈及"赋"这一文体时,说其"蔚似雕画",在《明诗》篇言及袁宏、孙绰二人的诗体,说其"各有雕采",这三处都是以玉雕琢后所获得的视觉审美效果,来展开文艺批评。袁宏和孙绰的文笔各有斐然成章的特色,纬书和"赋"均以文辞华艳为特征,文辞的华美彩艳可以与玉的雕饰美相类比。刘大同《古玉辨》曰:

余按古今雕刻一门,可分五大时期。他山之石,可以攻错,是以石制玉时期,可称最古,一变而为周之昆吾刀,再变而为汉之八刀,又一变而为六朝巧雕,至清之乾隆精刻为最后,此皆一时风尚,故精美者多,工艺之关乎文化,岂曰小补而已哉。①

刘勰所处的六朝正是玉的雕琢工艺相当发达的时期,相比于清代"精刻",此时的特征是"巧",这正和六朝时期形式追求愈演愈烈的风尚息息相关,刘大同"工艺之关乎文化,岂曰小补而已哉"正说出了时代风尚对珠玉雕刻技艺的深远影响,玉雕工艺又进而影响刘勰的美学思想。如此便可想象:修饰文章时达到的精美巧妙的境界,一如美玉经雕琢而达到的美好状态,玉的雕刻美是视觉观感层面的,在刘勰眼里它可以跟创作文章达致的审美效果相互融通:"雕画"即"修饰","雕蔚"、"雕采"即艳丽的文采。

从(4)(5)(6)三个用例,我们可大致判断:刘勰希望文章具有美玉般的雕采,他说"古来文章,以雕缛成体",他将"雕缛"作为古代文章成就体式的重要因素;刘勰的这一审美评价并非是无度的,而是有其限定和约束,他言及"古来文章,以雕缛成体"时,所作的限定是"岂取驺奭之群言雕龙也"。可见刘勰的"雕龙"与驺奭的"雕龙"并非相同。《史记·孟子荀卿列传》载:

驺衍之术迂大而闳辩;奭也文具难施;淳于髡久与处,时有得善言。故齐人颂曰:"谈天衍,雕龙奭,炙毂过髡。"②

关于以上文字,裴骃集解云:

刘向《别录》曰:"驺衍之所言五德始终,天地广大,尽言天事,故曰'谈天'。驺奭修衍之文,饰若雕镂龙文,故曰'雕龙'。"③

① 刘大同:《古玉辨》,桑行之《说玉》,上海:上海科技教育出版社,1993年,第283页。
② [汉]司马迁:《史记·孟子荀卿列传》,[南朝宋]裴骃:《史记集解》,北京:中华书局,1959年,第2348页。
③ [南朝宋]裴骃:《史记·孟子荀卿列传》集解,[南朝宋]裴骃:《史记集解》,第2348页。

由以上引文可知，驺奭的“雕龙”具有一定的负面意思，而刘勰只取其字面义、并做出独具心裁的阐释。[①] 刘勰所谓的“文心雕龙”，并非徒然修饰，并不是驺奭的“雕饬龙文”。明代顾起元《〈文心雕龙〉序》云：“彦和之为此书也，濬发心灵，而以雕龙自命。”[②]这是说：文章要有雕龙般的视觉美感，但要以发自内心为前提。这样，心灵与视觉于此融通切合，中华美学的特色与原味也便彰显于其中。在以上理解的基础上，再来看刘勰的相关言论。他论隗嚣的檄“文不雕饰，而辞切事明”，这是说，就“檄”这一文体而言，“辞切事明”是较为重要的，并不一定非要讲究雕饰，这一方面是因为“檄”这一文体的“势”要求其不需过于藻饰，另一方面是因为，刘勰认为“藻饰”只是手段与特征，并非为文之根本目的。谈及文章的写作主体，刘勰认为写作者应“器用”与“文采”兼备，而不能“雕而不器”。可见，刘勰的文艺美学思想与珠玉审美具有密切的关系，这正是中华玉的文化传统与目观为美的审美传统之间合力的显露与体现。

三、玉之瑕、玷与文章的疵病

在刘勰眼中，珠玉具有较好的视觉观感，其“瑕”、“玷”作为视觉上的污点，与文章的疵病亦可互喻与相通。试看相关用例：

(1) 是以世人为文，竞于诋诃，吹毛取瑕，次骨为戾，复似善骂，多失折衷。(《奏启》)

(2) 若乃尊贤隐讳，固尼父之圣旨，盖纤瑕不能玷瑾瑜也。(《史传》)

(3) 相如窃妻而受金……傅玄刚隘而詈台，孙楚狠愎而讼府：诸有此类，并文士之瑕累……若夫屈贾之忠贞，邹枚之机觉，黄香之淳孝，徐干之沉默：岂曰文士，必其玷欤？(《程器》)

(4) 古来文才，异世争驱；或逸才以爽迅，或精思以纤密，而虑动难圆，鲜无瑕病……凡巧言易标，拙辞难隐，斯言之玷，实深白圭，繁例难载，故略举四条……近代辞人，率多猜忌，至乃比语求蚩，反音取瑕，虽不屑于古，而有择于今焉……赞曰：羿氏舛射，东野败驾。虽有儁才，谬则多谢。斯言一玷，千载弗化。令章靡疚，亦善之亚。(《指瑕》)

(5) 仲宣溢才，捷而能密，文多兼善，辞少瑕累，摘其诗赋，则七子之冠冕乎！(《才略》)

(6) 赞曰：夸饰在用，文岂循检。言必鹏运，气靡鸿渐。倒海探珠，倾昆取琰。旷而不溢，奢而无玷。(《夸饰》)

(7) 凡用旧合机，不啻自其口出；引事乖谬，虽千载而为瑕。(《事类》)

---

① 杨园：《〈文心雕龙〉书名辨正》，《思想战线》2010年第1期。

② [明]顾起元：《〈文心雕龙〉序》，杨明照：《增订〈文心雕龙〉校注·附录·序跋第七》，北京：中华书局，2000年，第961页。

(8) 篇之彪炳,章无疵也;章之明靡,句无玷也。(《章句》)

(9) 联边者,半字同文者也。状貌山川,古今咸用,施于常文,则龃龉为瑕,如不获免,可至三接,三接之外,其字林乎!(《练字》)

瑕、玷是指美玉的缺陷和瑕疵,以上例句中"瑕"出现9次、"玷"出现6次。试分析如下:(1)(2)(3)三个例句中的"瑕"与"玷"喻指人自身的缺点与弊病,这是对文章写作主体的审美性评价,这和中国古代以玉比德的传统有所关联、又有所超越,《诗经》中常可见到的"玉"大多是礼制的、伦理的用法,如"言念君子,温其如玉"①、"如璋如圭"②等;而刘勰的用法则不仅是礼制、伦理意义上的,(1)(2)两项具有言说人的德行的意义,同时也在言说文章审美的道理:奏启类文体在弹劾他人时,不可"吹毛取瑕",而应折衷取义,史传类文体为古圣先贤立传时,须"尊贤隐讳",这是孔子撰述《春秋》所流传下来的准则,就好比"纤瑕不能玷瑾瑜"。

(4)(5)(6)(7)(8)等句都是用玉的"瑕"、"玷"来言说文章的瑕疵。分析诸句可知,"瑕"、"玷"多指文章言辞方面的毛病:在音律方面,要注意避免"反音取瑕",假如正言是佳辞、反切时听起来却不祥,古人不以为意,今人却要注重避免;在文辞方面,要争取做到"辞少瑕累";在修辞手法上应恰如其分,如"夸张",应"奢而无玷",即夸饰而没有污点;在文章用事方面,刘勰说"引事乖谬,虽千载而为瑕",这是从文章接受的角度着眼,唯恐文章弊病会产生长远的影响。以上诸句仅着眼于文章的言辞,而例句(8)则从谋篇布局的角度作全面考虑,其文曰"篇之彪炳,章无疵也;章之明靡,句无玷也",这是说在"篇—章—句"的审美结构中,"因字而生句,积句而成章,积章而成篇",若从大处着眼、全盘考虑,构造美好的整体,则细处无不美妙。就美玉而言,其瑕疵即使很微小,也很易辨识,影响观览;文章的瑕疵比"白玉微瑕"更甚之,文章一经写成,便将流传下去,如有瑕疵,则千年难除。刘勰"斯言之玷,实深白圭"就是对《诗·大雅·抑》"白圭之玷,尚可磨也;斯言之玷,不可为也"③的化用。可见,玉的瑕、玷和言语的疵病之间的互喻由来已久,其重要性自然不可小觑。但《文心雕龙》比《诗经》的突破性进展在于:《诗经》强调人之慎言、慎行,仍属于伦理道德的范畴,《文心雕龙》多了一层美学上的自觉,强调文章要加强审美性,考虑其长久传世的效应,这更多是接受美学的理论视角。

以上都是以"观看"比"阅读"的用例,从视觉美的角度解读古典文论和古典美学,的确可挖掘出中国文艺美学的特色——目观为美传统的辐射与影响④。然而我们不能忽略的是《练字》篇"瑕"的用法,例句(9)说:"联边",亦即偏旁相同的字,如果批量用在辞赋中来描摹自然界的山水风景,是较为正常的,但如果在一般常用文体中大量使用"联边",就会

---

① 《诗经·秦风·小戎》,阮元:《十三经注疏·毛诗正义》,北京:中华书局,1980年,第370页。
② 《诗经·大雅·板》,阮元:《十三经注疏·毛诗正义》,第549页。
③ 《诗经·大雅·抑》,阮元:《十三经注疏·毛诗正义》,第555页。
④ 古风:《中国古代原初审美观念新探》,《学术月刊》2008年第5期。

不协调，反而成为一种弊病。这里强调的是字面美，它和古代简帛竖排刻写具有一定的联系。刘勰的理想要求是“善酌字者，参伍单复，磊落如珠也”，这里的珠玉用语是以视觉比视觉，即：刘勰主张文章写作时要注意字形的肥瘦，错杂地安排繁简两种字，这样就可以避免过于纤疏或过于黯淡的视觉效果，使篇章看起来如结排的珠子般圆转、整齐。

剖判复杂的文情，就像以肉眼区别珠玉和砾石一般，非常困难；文章“雕缛成采”，让人获得审美享受，一如美玉的巧雕效果和雕饰美感；而文章的瑕疵与弊病，则如白玉微瑕般显明而影响深远。以上三方面是笔者以玉的视觉观感为切入点、围绕“珠玉用语与文章审美”这一论题而展开的文本细读与理论分析。这里的相关探索只是笔者的初步习得，尚有若干不足之处，请方家批评指正。

● 知音君子

“批评意象”刍议

高文强*

摘　要：“批评意象”是指存在于文学批评活动中，用于传达某种文学理念或批评观点的意象。它与传统意义上以塑造审美艺术形象为主要目的的“文学意象”在“立意”方向与“立象”方式上存在一定差异。它是“意象批评”法的主要表现工具。对“批评意象”的深入研究，对中国文学批评史研究的拓展与创新都有一定意义。

关键词：意象；批评意象；文学意象；意象批评

“批评意象”是古代文论研究中出现极少的一个范畴，本文在此提出这一范畴进行讨论，其直接原因是受到古代文论研究中广为熟知的另一范畴——“意象批评”的启发。“意象批评”作为中国古代文学批评的一种基本方法，学术界已有较为充分的研究。关于这一批评方法的界定，有学者曾指出：“‘意象批评’法，就是指以具体的意象，表达抽象的理念，以揭示作者的风格所在。”①“意象批评，是一种以意象为喻的文学批评方法。”②从这些界定中不难看出，“意象批评”的主要特点，就是在文学批评活动中借助意象来传达某种理念或观点，这一方法在中国古代文学批评中应用得相当普遍。那么，由此我们是否可以提出这样一种观点：将存在于文学批评活动中，用于传达某种文学理念或批评观点的意象，称

* 作者简介：高文强，武汉大学文学院教授。

① 张伯伟：《中国古代文学批评方法研究》，北京：中华书局，2002年，第198页。

② 蔡镇楚、刘畅：《论意象批评》，《邵阳学院学报》2007年第5期，第90—98页。

之为"批评意象"?[①] 这一颇具印象批评法提出的观点,从经验层面来看虽有一定的合理性,但欲使"批评意象"成为古代文论体系中的一个正式范畴,就有必要从学理层面对其内在之意义与外在之关系作一番辨析,而这正是本文欲解决的主要问题。观点是否正确,辨析是否合理,则有待各位专家的批评指正。

一、"批评意象"是一种什么"意象"?

"意象"之全部内涵若集合起来可是一个"大家族",学术界至今也没能为这一"大家族"找到一个统一的、明确的界定。正如美国学者艾布拉姆斯所说:"意象是文学批评中最常见而意义又最难把握的术语之一。"[②]本文在此并不想挑战这一难题,而只想厘清一个对"批评意象"研究颇为关键的问题:"批评意象"在这个"大家族"中到底处于什么位置?

对"意象"内涵的界定,古今中外、不同学科间多矣。就不同学科来说,如哲学、心理学、语言学、艺术学等对"意象"内涵的界定便存在着较大差异。而从古今中外来看,在中国古代,就如其他众多范畴一样,"意象"范畴的内涵同样是多义而不确定的;中国现当代之"意象"理论,则多受西方"意象"观念之影响,与中国传统之"意象"观念又有所不同;而西方所谓"意象"理论,则是建立在我们将"image"翻译为"意象"这一基础之上,而同时该范畴还被翻译为"形象"、"表象"、"象征"等多种意思,因此西方所谓"意象"范畴的内涵自然复杂多变。对于"意象"范畴之内涵的上述复杂性,前人已有较多论述[③],本文在此不欲重复,只想在前人研究的基础上,对"意象"内涵做一个大致的归类,从而确定"批评意象"在其中的位置。

从前述"批评意象"的内涵可知,它主要是文学领域的一个范畴,因此,我们在讨论"意象"范畴时,基本限定在文学领域来谈(有时可能推至艺术领域),而文学之外的其他学科对"意象"范畴的界定,则不在我们归类之列。依据这一原则,从"意象"范畴在文学领域的历史流变来看,其内涵大致可以归为三类。

第一类为"尽意之象"。"意象"范畴的这一内涵源于"意象"一词的本义。在考察"意象"一词的形成过程时,人们一般都会追溯到《周易》时代。汪裕雄先生便曾认为:"易象即是意象。"[④]特别是《易传·系辞》中所言"圣人立象以尽意",更是被学界公认为"意象"一词内涵的源头,而其中"圣人有以见天下之赜,而拟诸其形容,象其物宜,是故谓之象"这段

---

① 需要说明的是,这并不是一个严格意义上的定义,而是仅就存在的现象对其内涵所做的描述。因"意象批评"本不仅限于文学批评领域,在众多艺术批评中同样存在该方法,故"批评意象"同样也不仅存于文学批评之中,只不过本文的讨论主要限于文学批评领域而已。

② (美)艾布拉姆斯:《文学术语词典》(中英对照),吴松江等译,北京:北京大学出版社,2009年,第242页。原文为"The term is one of the most common in criticism, and one of the most variable in meaning."

③ 可参看文章之代表如顾祖钊先生《论意象五种》(《中国社会科学》1993年第6期),著作之代表如陈植锷先生《诗歌意象论》(北京:中国社会科学出版社,1990年)、汪裕雄先生《审美意象学》(沈阳:辽宁教育出版社,1993年)等。

④ 汪裕雄:《意象探源》,合肥:安徽教育出版社,1996年,第4页。

话则被后人视为“意象”本义的经典解释。“意象”作为一个整体概念在王充《论衡·乱龙》中首次出现时,其内涵就是此义[①]。故本文将“意象”源于本义的内涵概括为“尽意之象”,即“用来表达某种意义的物象”。“意象”的这一内涵,时至今日,在各个领域依然运用得相当广泛。不过,此内涵之意义从古至今也并非一成没变。在早期,“意象”所尽之“意”,主要是指理性之观念,如“易象”所指便是如此。至迟在王弼《周易略例》论“象”、“意”关系时依然保持了这一意义。但随着时代的发展,特别是魏晋以后文学与艺术的不断自觉,“意象”范畴开始进入文学艺术领域,其所尽之“意”,也逐步融入情感成分。可以说,这一转变直接促成了“意象”范畴其他内涵的形成。

第二类为“艺术形象”。“意象”的这一内涵最早出现在《文心雕龙》之中,刘勰“窥意象而运斤”的创作构思论,正是在“艺术形象”意义上运用“意象”范畴的。此后在古代文学和艺术领域,“意象”此内涵的运用也较为普遍。不过,对此内涵应用得更为普遍的则是在现代文学或艺术领域。现代文学理论或艺术理论一般认为,创作活动包括体验、构思和传达三个阶段,也就是说,创作过程一般是在体验的基础上,先在头脑中“形成主体和客体统一、现象与本质统一、感性与理性统一的审美意象”[②],然后“经过艺术媒介或艺术语言等物质手段传达出来,就成为艺术作品的艺术形象”[③]。刘勰所“窥”之“意象”,可以说就是经过构思在作者头脑形成的审美意象,“运斤”则是将头脑中的审美意象传达出来或者说物态化的过程。因此,作为“艺术形象”的“意象”又可以分为相互关联的两种:其一是构思时在头脑中形成的“审美意象”,其二则是将头脑中的审美意象物态化后存在于作品中的“审美意象”。

第三类为“艺术境界”。将“意象”视作艺术的最高境界甚至美的本质,是现代文学和美学研究中不少学者持有的观点。例如,顾祖钊先生的《论意象五种》中,便列有一种“至境意象”,“所谓至境意象,就是达到了艺术最高品味的意象”[④]。叶朗先生在继承了朱光潜先生和宗白华先生的意象理论后,提出“美在意象”[⑤]的美学观,将“意象”视为了艺术美的本根所在。汪裕雄先生也曾提出审美意象是“审美心理的基元”[⑥]的观点。如此等等。像上述先生这样将“意象”释为艺术的最高境界或艺术美的本质所在,已是当前学术界较为流行的一种观点,故我们在此将“意象”的这一内涵称为“艺术境界”。在中国古代文学艺术领域,“意象”的这一内涵已与“意境”范畴的内涵基本一致。因此,在中国古代“意象”范畴的多元运用中,有时会与“意境”同义。大概这也是“意象”范畴令人难以琢磨的重要原因之一吧。

在文学艺术领域,“意象”的上述三类内涵既有各自的独立性,同时它们之间又并非毫

① 王充《论衡·乱龙》云:“夫画布为熊麋之象,名布为侯,礼贵意象,示义取名也。”
② 彭吉象:《艺术学概论》,北京:北京大学出版社,2006年,第293页。
③ 彭吉象:《艺术学概论》,第294页。
④ 顾祖钊:《论意象五种》,《中国社会科学》1993年第6期。
⑤ 叶朗:《美学原理》,北京:北京大学出版社,2009年,第54页。
⑥ 汪裕雄:《审美意象学》,沈阳:辽宁教育出版社,1993年,第18页。

无关联。其实从这三类内涵中,我们大致可以看到意象理论发展的某种递进关系。不过,"意象"的三类内涵,无论在古代还是在现代,都一直存活在文学和艺术理论领域之中,在不同的语境下,发挥着各自不同的作用。

通过上述分类,"批评意象"属于哪一类"意象"应该已不难分辨。"批评意象"作为在文学批评活动中传达某种文学理念或批评观点的"意象",其最根本的目的是要传达"观念",它既没有必须去塑造艺术形象的任务,也没有必须去创造审美至境的目标。因此,就"批评意象"的根本特征来看,显然它应属于第一类"意象",也就是"尽意之象"。

二、"批评意象"与"文学意象"

存在于文学活动中的"意象",在以前的研究中常被称为"文学意象"。"批评意象"同样也存在于文学活动之中,只不过不是在文学创作活动中,而是在文学批评活动中。由此,这里出现了提出"批评意象"范畴必然要面临的第二个颇为关键的问题:"批评意象"与"文学意象"到底什么关系?或者说,如果将存在于文学活动中的"批评意象"视为"文学意象"之一种,那么"批评意象"与其他"文学意象"又有什么不同?

对文学活动中的"意象"的研究,已是学术界非常普及的一个课题。不过,从已有的此类"文学意象"研究来看,基本都是围绕文学创作中的"意象"来展开研究的,诸如中国古典文学中的"柳"意象、现代诗歌中的"花"意象等等。因此,为了便于以下的叙述,我们暂且将此类"文学意象"称为"创作意象",以区别于"批评意象"。那么,"批评意象"与一直以来人们研究的"文学意象"即"创作意象"到底有何不同?我们认为,两者的区别可以从以下两个方面来考察。

首先,两者"尽意"的方向不同。无论是"批评意象",还是"创作意象",作为"意象"之一种,它们都具有同样的基本功能——"立象以尽意"。不过,作为不同类别的意象,它们的"尽意"方向却并不完全一致。我们知道,"批评意象"之主要功能在于传达文学批评之观点,因此,其所尽之意多具理性色彩,甚至许多时候要传达的就是一种理论观点。如钟嵘《诗品》评谢灵运诗"譬犹青松之拔灌木,白玉之映尘沙",其所传之"意"则在"未足贬其高洁也"这一论断。严羽《沧浪诗话》"空中之音,相中之色,水中之月,镜中之象"的象喻,所传达则是"言有尽而意无穷"之观点。虽然"批评意象"时而也会有情感成分的融入,有时也不乏审美形象的塑造,但这些都不能遮蔽它传达理论观点的基本特色。

"创作意象"则不同。作为文学创作中的基本元素,其功能主要在于创造艺术形象,也就是创造一个审美对象,或者说就是创造美,而其创造美的基本方式就是"情景交融",故其所尽之"意"充满情感色彩。它"不是一种物理的实在,也不是一个抽象的理念世界,而是一个完整的、充满意蕴、充满情趣的感性世界,也就是中国美学所说的情景相融的世界"①。

① 叶朗:《美学原理》,第59页。

例如同为“月”意象,作为“创作意象”的“举头望明月”所传达的是思乡之情,而作为“批评意象”的“水中之月”所传达的却是诗味之理。因此,“达理”与“传情”代表了“批评意象”与“创作意象”两者“尽意”的不同方向,可以说这一差异正是“批评意象”区别于“创作意象”的主要因素之所在。

不过,值得注意的是,“达理”与“传情”虽然代表了两种意象“尽意”的不同方向,但是任一“意象”在“尽意”的过程中,“理”与“情”又并不是截然分开的。“创作意象”有时可能会借理表情,如宋诗中“意象”所传之理趣;“批评意象”有时也可能会以情传理,如《二十四诗品》中对各种风格“意象”的描述。但就两种意象“尽意”的终极方向而言,“理”、“情”之分还是比较明确的。

其次,两者“立象”的方式不同。与“尽意”的不同方向相关联,“批评意象”与“创作意象”在“立象”方式上也存在着一定的差异。“创作意象”因其具有塑造审美形象、创造艺术至境的目标,以及“情景交融”的基本特征,故所立之象多源于客观景物,如“梅兰竹菊”、“日月山川”等,即使是人文景物,也常具有明显的客观性,如“舟桥亭台”、“空闺游子”等。这一“立象”方式显然符合“创作意象”结构中客观之景与主观之情相交融的基本要求。

“批评意象”由于所尽之意在于表达一种理论观念或批评观点,因此它并不将“情景交融”视为其“立象”的基本原则,而更重视如何借“象”去更好地“尽意”。因此,“批评意象”所立之象虽也较重视借助客观景物,但同时在人文内容的运用上,同样也非常重视,尤其是颇具主观色彩的文化内容被大量运用于“立象”。例如,严羽《沧浪诗话》中的“以禅喻诗”便是非常经典的例子,诸如“大乘”“小乘”、“临济”“曹洞”、“第一义”“正法眼”等一系列禅宗文化内容,都成为严羽构造“批评意象”的素料。尤其值得注意的是,“批评意象”还常常直接“借用”“创作意象”所创立的现成“意象”来传达它的文学观点。例如,王国维《人间词话》论词人三境:“古今之成大事业、大学问者,必经过三种之境界。‘昨夜西风凋碧树,独上高楼,望尽天涯路’,此第一境也。‘衣带渐宽终不悔,为伊消得人憔悴’,此第二境也。‘众里寻他千百度,回头蓦见,那人正在灯火阑珊处’,此第三境也。此等语皆非大词人不能道。”[①]在此,晏殊、柳永、辛弃疾三人词中的“创作意象”已转化为王国维的“批评意象”了。

“批评意象”与“创作意象”虽有上述不同,但是两者毕竟同属于“文学意象”,因此它们在“立象尽意”的基本特征方面还是具有共通性的,只是由于两者应用功能的差异,以及追求目标不同,才使两者所尽之意与所立之象存在一定的差异。

通过以上分析不难看出,“批评意象”作为“文学意象”中的另一类别,其与从前人们所认识的“文学意象”即“创作意象”在尽意之方向与立象之方式上确实存在一定差别。因此我们可以得到结论,“批评意象”确是“意象”中的一个新的类别,并值得我们关注与研究。

---

① 王国维:《王国维文学论著三种》,北京:商务印书馆,2001年,第35页。

三、"批评意象"与"意象批评"

正如开篇所言,"批评意象"这一范畴的提出,最初灵感是来自"意象批评",而且我们知道,"批评意象"还是"意象批评"这一方法实施的重要载体。如此我们不禁要问:"批评意象"作为实施载体在"意象批评"活动中到底发挥了什么样的功能呢?这是我们提出"批评意象"范畴后必须回答的第三个关键问题。

"批评意象"是"意象批评"方法实施的重要工具,也是"意象批评"观点传达的主要载体,两者有着密切联系是毋庸置疑的。因此,"批评意象"所发挥的功能与"意象批评"方法所具有的特征便是分不开的了。

"意象批评"首先值得我们注意的一个基本特征便是它的直观感悟式的批评方式,这一特点与作为批评对象的中国古代文学的创作特征极其相似。中国古典文学讲究含蓄,讲究"言外之意",讲究"言有尽而意无穷",但这个"无穷之意"又是不能直接说出来的,若一语道破则了无余蕴,故只能靠感悟,靠暗示,靠创造意象来传送那个"意"。而"意象批评"所采取的批评方式与传统文学的创作方式极其相似,同样强调直观感悟,同样强调言外含蓄,同样通过创造意象来传达批评之"意"。这种方法不是用逻辑式的分析、演绎和解释,而是通过创造"批评意象",引导人们与文学作品中的意象对接与融会,然后去感悟作品中所包含的意蕴。可以说,"意象批评"就是以艺术创造的方式感悟艺术创造。或者说,"意象式批评的本身,就通向艺术创造,或者说,即是艺术创造"①。

从"意象批评"的这一特征我们不难看出,"批评意象"在其中所扮演的角色可以说是连接批评与批评对象的一座桥梁,是沟通批评之"意"与作品之"意"的中介。这样一种以感悟对感悟,以"意象"接"意象"的批评方法,可以说有效地避免了理论批评可能出现的肢解审美经验完整性的弊端。

"意象批评"另一个值得我们注意的特征是它对接受者的启悟式引导作用。文学批评的功能一方面是对文学作品做出合理的评价,另一方面还可以起到引导读者合理接受文学作品的作用。现代文学批评重视理论化与逻辑性,追求概念清晰、判断准确,力求结论明确而合理,对读者的引导具有明显的"说服"与"说教"色彩。"意象批评"以创造意象的方式传达批评之"意",以艺术创造的方式感悟艺术创造,这实际上为引导读者在接受中进行再创造留下了很大空间。运用"意象批评"的批评者在批评活动中不是作为一个裁判者,而是作为一个启悟式的引导者,去引导读者在接受中进行再创造,而绝不越俎代庖。

"意象批评"的这一特征让我们看到,"批评意象"在引导读者接受艺术作品的过程中,同样发挥着再创造的中介和桥梁作用。人们常说"一千个读者就有一千个哈姆雷特","意象批评"以平等交流的方式引导读者的接受活动,是非常符合文学接受的这种多元特

---

① 汪裕雄:《审美意象学》,第 251 页。

征的。

从上述分析可知,作为“意象批评”重要工具的“批评意象”,其在批评活动中的功能主要表现在两方面:一是在与文学作品意象的对接中发挥着中介与桥梁的作用,使“意象批评”活动能较好地把握文学作品意象之意蕴;二是在启悟引导读者接受艺术作品过程中,同样发挥着中介与桥梁的作用,从而更好地帮助读者创造性地把握艺术作品的内在意蕴。

综上所述,我们认为,“批评意象”作为古代文论已有研究中极少涉及的一个范畴,在今后的研究中适当予以关注是很有必要的,且对此范畴及其相关问题进行深入研究也是很有价值的,这主要表现在两方面:其一,通过对“批评意象”的研究,我们能从一个新的角度来进一步理解古代文学批评之方式与方法的独特品性;其二,长期以来,古代文论研究从整体上看较偏重思想、观念、范畴等内容层面的研究,而较忽略批评文体、批评风格、批评语言等形式层面的研究,或许这也正是“批评意象”研究被长期忽视的一个重要原因。因此,对“批评意象”的深入研究,也可补古代文论形式研究之不足。

文 如 其 人

——从《文心雕龙·程器》篇看文品与人品之争

邹广胜[*]

摘　要： 人品、文品之争乃是中西文论史上的老问题，从朗加纳斯的《论崇高》开始，到《文心雕龙·程器》篇，再到钱锺书的《文如其人》等，都深入地讨论了这个问题。在中外文学发展的历史中，这个问题时刻都存在着，只是不同的文化背景、不同的历史时期，呈现出不同的方面与特征。重新思考这个历久弥新的老问题，不仅具有重要的学术意义，同时更具有深刻的现实意义。

关键词： 文心雕龙；文品；人品；文如其人

人品、文品之争乃是中西文论史上的老问题，从朗加纳斯的《论崇高》开始，到《文心雕龙·程器》篇，再到钱锺书的《文如其人》等，都深入地讨论了这个问题。在中外文学发展的历史中，这个问题时刻都存在着，只是不同的文化背景、不同的历史时期，呈现出不同的方面与特征。时至今日，面对日益纷繁复杂的中国学术界，重新思考这个历久弥新的老问题，不仅具有重要的学术意义，同时更具有深刻的现实意义。

克尔凯郭尔通过他的两则寓言也阐明了这个问题。其一是《宫殿旁的狗窝》，它讨论的问题是："思想者建立的体系与他的现实处境之间的关系应作何比喻?"其寓言为："一位思想者建立了一座庞大的建筑，一个体系，一个包容万有及世界历程等等一切的体系。然而，假如我们考察他的个人生活，会发现一个可怕而荒唐的事实：思想家并不居住在这座恢弘、高大的宫殿之中，而是住在旁边的马厩里，或者在一个狗窝里，或至多住在一个脚夫的草屋里。假如有人提醒他注意这个事实，他就会发怒。因为他并不惧怕生活在幻想之中，只要他能够完成这一体系——这也同样借助于幻想。"①此则寓言讨论了哲学家，自然

---

* 作者简介：邹广胜，浙江大学中文系教授。

① 克尔凯郭尔：《哲学寓言集》，杨玉功译，北京：商务印书馆，2000年，第37页。

也包括文学家及各式各样的艺术家,他们为世人,也为自己筹建了各式各样美好的理想,许下了各式各样令人神往的承诺,然而这些理想不过是幻想,而令人神往的承诺也不过是无法兑现的空头支票,更为重要的是连他们自己都不相信,正如在盗跖看来,孔子为世人许下的各式各样的美丽谎言一样,又有哪一样兑现了呢?无论是大同世界,还是小康世界,无论是仁义道德,还是礼义廉耻,都无法兑现这些哲人此前曾许下的诺言,虽然他们自己也许曾经一度相信。如果此则寓言讨论的是"言说"和"信"的问题的话,也就是哲学家艺术家是否相信自己的言说。第二则寓言《复活的路德》则是讨论"言"和"行"的问题,哲学家所说的和他所行的是否一致,克尔凯郭尔把这个问题命名为"没有不惜身命的奋斗,真正的信仰能否存在?"他在寓言中说:"设想路德从坟墓里复活,一连数月,他都在我们中间,尽管无人察觉,他一直在观察我们的生活,一直在留意所有的人,也包括我。我想有朝一日他会向我打招呼,对我说:'你是不是信徒?你是否有信仰?'作为一个作家,所有熟悉我的人都会承认,就此类考试而言,我毕竟可能是那个成绩最好的人,因为,我常常说:'我没有信仰。'就像一只小鸟在即将来临的暴风雨面前急切地逃遁,我也表达了对那种狂乱之困惑的不祥的预感,'我没有信仰。'我可能会这样回答路德。我可能说,'不,我亲爱的路德,我至少已经向您表示了敬意,就是说我宣布我没有信仰。'然而我不愿意强调这一点。所有其他人都自称为基督徒和信徒,我也同样会说:'是的,我是信徒。'否则我就无法明了我想要明白的事体。于是我回答道:'是的,我是信徒。''那怎么会呢?'路德道:'我没有发现你有任何信仰的迹象,而我已经观察了你的一生。而且你知道,信仰是一件烦恼的事。你说有信仰,信仰又是如何使你烦恼的呢?你何时曾为真理作证?你何时曾揭穿谬误?你曾做出何种牺牲?你曾为基督遭遇受何种迫害?在你的家庭生活中,你又曾显示出何种自我牺牲与克制?'我回答道:'我庄严宣告我有信仰。''宣告,宣告,那是什么话?如果有信仰,就不需要任何宣告;如果没有信仰,任何宣告也无济于事。''是的,但我只要你愿意相信我,我可以尽可能庄严地宣告……''呸,别再说这些废话!你宣告又有什么用?''是的,可你要是读过我的一些书,你会知道我是如何描述信仰的,所以我知道我一定有信仰。''我觉得这家伙是疯子!确实,你懂得如何描述信仰,这只是证明你是一个诗人;如果你描述得很精彩,说明你是一个出色的诗人;但是这并不证明你是信徒。也许你在描述信仰时可能会哭哭啼啼,这只是说明你是一个好演员而已。'"[①]克尔凯郭尔异常精彩地说明了哲学家与真正有信仰的人之间的根本差别,也就是"言"和"行"的差别,正如孔子所谓:"有德者必有言,有言者不必有德。仁者必有勇,勇者不必有仁。"[②]有道德的一定有美好的言论,有美好言论的不一定有美好的道德。仁义的人一定勇敢,不勇敢那能行施自己的仁义呢,不能行使又与空谈有何区别呢?勇敢的人有为己为人之别,为己者不过是一己之勇,是自私的勇敢,像动物争夺食物一样,而为人者则是真正的勇敢,他不为己,如苏格

① 克尔凯郭尔:《哲学寓言集》,杨玉功译,第117页。
② 杨伯峻:《论语译注》,北京:中华书局,2000年,第146页。

拉底的勇于赴死、释迦牟尼的离家出走、耶稣的被钉十字架、孔子的颠沛流离，所遭受的各种屈辱又有哪一个是因为自己的呢？孔子讲“吾道一以贯之”[①]，他的“一以贯之”不仅仅是指把一个根本原则贯彻到整个理论之中，使自己的理论能够自圆其说，而是把自己的根本原则同时贯穿到理论与生活之中，并贯之以一生。《论语·里仁》讲：“富与贵，是人之所欲也，不以其道得之，不处也。贫与贱，是人之所恶也，不以其道得之，不去也。君子去仁，恶乎成名？君子无终食之间违仁，造次必于是，颠沛必于是。”[②]可见，孔子是将他的理论贯穿于他的一生的，不管是人生畅达，处于富裕和显贵的时候，还是人生穷困，处于贫弱和低贱的时候，都把自己的理论当作生命的根本，君子依靠的是自己的仁德，离开了仁德，哪还称得上君子呢？君子一刻之间都不要离开仁德，即使在匆匆忙忙的时候，即使在颠沛流离的时候，何曾背离自己的原则呢？但一般的人都是在需要仁义的时候拿着仁义当作骗人的幌子来使用一下，等达到自己的目的后就随意地放弃了，正如作家在创作时，客观的需要使他选择了一个高尚的主题，但在他的内心又何尝相信呢？等他离开了自己的创作，离开了大众的视野，当他一个人面对自己的时候，当他名利双收自感到安全的时候，他便展露出真正的自我，那自我正如弗洛伊德所说的正是被压抑的本能。但圣人没有本能吗？圣人不过是能根据理想的原则来控制自我罢了。可以想象如果庄子是一个工于心计的好色贪财之徒，释迦牟尼是一个贪恋世俗权力与名利的俗不可耐的庸人，孔子是一个蝇营狗苟斤斤计较的势利小人，如果他们自己不以身作则，不以身证法，他们又怎能说服无数的跟从者，从而使他们前赴后继赴汤蹈火呢？然而克尔凯郭尔正看到了并不是任何哲学家与艺术家都言行如一地生活着，却常常存在着事实上的言行不一，虽然这种言行不一是经常存在的，特别是在普通人身上，但普通人的言行不一不如哲学家与艺术家的言行不一更具有哲学意味，因为哲学家与文学家呈现在世人眼中的更多的是言，而不是行，况且哲学家也懂得如何以人品、文品之争的另一方面来为自己辩解：世人能否因人废言，或因言废人呢？孔子在《论语·卫灵公》中不是讲过“君子不以言举人，不以人废言”[③]吗？君子不因为人家话说得好就提拔他，也不因为否认他的为人就不信他的话。可见孔子还是承认除了以道德的层面来判断哲学家和文学家之外，还要以智慧，甚至是审美的层面来判断哲学家与文学家，而这正是他们在世上得以存在的理由，哲学家与文学家在某种程度上比世人具有更多的智慧，更多的为自我辩解的能力。所以李泽厚在《论语今读》中说：“今日中国则常反其道而行之，损失不小。唯近世以还，操守缺而学问显，人品残而声名著者，盖已多有，岂亦‘不以人废言’之谓乎？固历史与伦理二律背反之又呈现也。然秦桧、严嵩，阮大铖、汪精卫诗卒不流传。伦理命令至高无上，可不惧哉。学者盖三思焉。”[④]可见，李泽厚把人品文品的问题上升到“历史与伦理二律背反”的问题，虽然很多人能够凭借一时之

① 杨伯峻：《论语译注》，第39页。
② 杨伯峻：《论语译注》，第36页。
③ 杨伯峻：《论语译注》，第166页。
④ 李泽厚：《论语今读》，北京：中华书局，2005年，第433页。

巧飞黄腾达,但最终还是要接受伦理最高命令的惩罚而遭到历史的唾弃,这也是康德所说的求真与求善的根本不同吧。

《文心雕龙·程器》分两部分讨论了作家及政治家的人品问题,如果政治家的政治作为也算作他们的作品的话。第一部分首先讨论了文学家的人品。《程器》的一开始就根据《尚书·周书·梓材》提出了自己的标准,他说:"《周书》论士,方之梓材,盖贵器用而兼文采也。是以朴斫成而丹雘施,垣墉立而雕杇附。"[①]《梓材》中周王说:"若作梓材,既勤朴斫,惟其涂丹雘。"[②]周王说教化民众就像优良的木材制作器具,不仅要辛勤地削皮加工,还要涂上红色的颜料加以装饰,以达到既要实用,又要有文采的效果。也就是《论语》中孔子所说的:"质胜文则野,文胜质则史。文质彬彬,然后君子。"[③]一如李泽厚解释的,"'质胜文'近似动物,但有生命;'文胜质'如同机器,更为可怖。孔子以'礼''仁'作为中心范畴,其功至伟者,亦在此也:使人不作动物又非机器。"[④]可见刘勰的论士"贵器用而兼文采"与孔子的"文质彬彬"是一致的。然而在刘勰的时代却并非如此,而是"近代词人,务华弃实",再加上魏文帝"古今文人大都不顾小节"的观点,以至于韦诞对很多作家都一一作了批评,后人也随声附和,视听混淆,不一而足了。这就是刘勰的写作目的:为了纠正当时文坛流行的关于作家人品的不正确的观点。所以接着刘勰就列举了历代文人们的各种瑕疵:"相如窃妻而受金,扬雄嗜酒而少算;敬通之不循廉隅,杜笃之请求无厌;班固谄窦以作威,马融党梁而黩货;文举傲诞以速诛,正平狂憨以致戮;仲宣轻锐以躁竞,孔璋惚恫以粗疏;丁仪贪婪以乞货,路粹餔啜而无耻;潘岳诡祷于愍怀,陆机倾仄于贾郭;傅玄刚隘而詈台,孙楚狠愎而讼府:诸有此类,并文士之瑕累。"[⑤]司马相如勾引卓文君私奔而又受贿,扬雄因嗜酒而生活混乱,冯衍、杜笃都不守规矩,贪得无厌;班固谄媚窦宪,马融投靠梁冀:都作威作福,贪污受贿;孔融、祢衡都以自己的傲慢狂放而招致杀戮;王粲、陈琳都是草率轻疏之人;丁仪、路粹都是乞货贪吃的小人;潘岳陷害愍怀太子,陆机攀附贾谧、郭彰:都是阴险狡诈之人;而傅玄和孙楚都刚愎自用,反叛上级。如此等等,都是文人的毛病。由此看来,刘勰主要是以儒家的道德观点来判断作家的人品及行为的。但是正如牟宗三所说:"孔夫子讲仁,并不是单单对中国人讲。孔子是山东人,他讲仁也不是单单对着山东人讲。他是对全人类讲。"[⑥]对此,我们也可以讲,刘勰的《程器》篇也并非仅仅针对他所提到的这些文人,而是针对所有的文人,自然也包括今日的文人。关于这个问题,周振甫在《文心雕龙今译》中说:"本篇讲作家的品德,既是从'负重必在任栋梁'着眼,不是从品德同创作的关系着眼,那么从创作的角度来考虑,对这些问题,本可存而不论。只是刘勰既经提出来了,也可以说一点,即他所指责的,有的不是品德问题。像扬雄嗜酒而少算,孔融的反

① 范文澜:《文心雕龙注》(下),北京:人民文学出版社,2006年,第718页。
② 李民等:《尚书译注》,上海:上海古籍出版,2004年,第282页。
③ 杨伯峻:《论语译注》,第61页。
④ 李泽厚:《论语今读》,第175页。
⑤ 范文澜:《文心雕龙注》(下),第719页。
⑥ 牟宗三:《中国哲学十九讲》,上海:上海世纪出版集团,2005年,第2页。

对曹操，祢衡的傲视权贵，王粲的轻锐躁竞，陈琳的草率粗疏，傅玄的攻击台臣，孙楚的跟石苞互相控诉，相如跟卓文君同归，都不属于品德问题。此外，还可指出一点。他说：'彼杨马之徒，有文无质，所以终乎下位也。'认为他们的品德不好，所以不能任栋梁。那末古代的将相的品德也不好。他指责古代将相的品德，实际上是为文人抱不平，也是感叹自己的不得志。"[①]既然刘勰是按照儒家的价值观来判断作家的品格，他甚至在《序志》里把自己写作《文心雕龙》的缘起归结为梦到孔子，把写作《文心雕龙》的根本目的看成是对孔子志向的继承，所谓"尼父陈训，恶乎异端；辞训之异，宜体于要。于是搦笔和墨，乃始论文。"[②]所以像"扬雄嗜酒而少算，孔融的反对曹操，祢衡的傲视权贵，王粲的轻锐躁竞，陈琳的草率粗疏，傅玄的攻击台臣，孙楚的跟石苞互相控诉，相如跟卓文君同归"之类，无论是在孔子，还是在刘勰看来都是有很大问题的，也是一个儒家君子所不可取的。"嗜酒"、"傲慢"、"狂妄"、"轻浮"、"草率"都不符合刘勰的"负重必在任栋梁"的基本观点，因为这不符合从政所需要的基本品格。我们从孔子反对子路的刚烈性格也可看出这一点，他说子路："由也好勇过我，无所取材。""暴虎冯河，死而无悔者，吾不与也。必也临事而惧，好谋而成者也。"他甚至预测了子路的不得好死："若由也，不得其死然。"他也不认为子路是他最好的学生："由也升堂矣，未入于室也。"所以他在给子路讲话时都是与别人不同的："求也退，故进之；由也兼人，故退之。"甚至有时候还笑话子路，当别人问他为何笑话子路："夫子何哂由也？"他回答说："为国以礼，其言不让，是故哂之。"所以当季康子问孔子："仲由可使从政也与？"子路是否适合于从政时，孔子便自然回答："由也果，于从政乎何有？"他不适合从政，子路的死也印证了孔子的话。[③] 甚至朱熹也继承了孔子的这个观点，他在《孟子序说》中引用了程子的话来评价孟子与孔子的不同，他说："孟子有些英气。才有英气，便有圭角，英气甚害事。如颜子便浑厚不同，颜子去圣人只毫发间。孟子大贤，亚圣之次也。或曰：'英气见于甚处？'曰：'但以孔子之言比之，便可见。且如冰与水精非不光，比之玉自是有温润含蓄气象，无许多光耀也。'"[④]可见，这种内涵的中庸之道是儒家"一以贯之"的。刘勰对文人的批评，我们在孔子对子路的批评中都可看到，虽然刘勰自己也遭受不公，没有"负重任栋梁"的机会，才能得不到充分的发挥，但他认为这并不是由于自己的品质，或是自己的才能，而是由于自己的出身，所以他才说："然将相以位隆特达，文士以职卑多诮，此江河所以腾涌，涓流所以寸折者也。"[⑤]鲁迅《摩罗诗力说》中也说刘勰的这句话"东方恶习，尽此数言"[⑥]。刘勰甚至在《史传》篇中也对中国传统传记文学中的虚伪所表现出来的对权势的阿谀逢迎做出了尖锐的批评："至于记编同时，时同多诡，虽定、哀微辞，而世情利害。勋荣之家，虽庸夫而尽饰；迍败之士，虽令德而常嗤，理欲吹霜煦露，寒暑笔端：此又

① 周振甫：《文心雕龙今译》，北京：中华书局，1992 年，第 439 页。
② 范文澜：《文心雕龙注》(下)，第 726 页。
③ 杨伯峻：《论语译注》，第 44、68、113、114、117、119、58 页。
④ 朱熹：《四书章句集注》，北京：中书书局，2005 年，第 199 页。
⑤ 范文澜：《文心雕龙注》(下)，第 719 页。
⑥ 鲁迅：《鲁迅全集》第一卷，北京：人民文学出版社，2005 年，第 78 页。

同时之枉,可为叹息者也! 故述远则诬矫如彼,记近则回邪如此,析理居正,唯素臣乎!"[①]文人写传记愈近当代愈是虚假,即使如孔子这样的圣人在记述鲁定公与哀公的事时都不能免俗,这也是他历来就主张为尊者讳,刘勰所谓"尊贤隐讳,固尼父之圣旨"的理论主张所决定的,其实这也关联着现实的利害。在刘勰看来,文人对那些有钱有势的人即使是庸俗不堪的小人也要尽力地加以拍马逢迎,而对那些暂时失势的君子,则打击嘲笑,无所不用其极,文人的一支笔既像春风春雨一样,又像北风寒霜一样,时代遥远的模糊不清,时代太近的又不敢讲真话,有谁能靠内心的真诚来判断事理呢? 像刘勰这样出身微寒的士人虽然在理论有"穷则独善以垂文,达则奉时以骋绩"的设想,而现实也只有"穷则独善以垂文"等着他。我们只要看一下《梁书·刘勰传》的记载就明白了刘勰为何在《文心雕龙》里反复发出这样的感慨。刘勰的出身是"早孤,笃志好学。家贫,不婚娶,依沙门僧祐,与之居处,积十余年"。这样贫穷的人在刘勰所描述的"文士以职卑多诮","迍败之士,虽令德而常嗤"的门第等级森严的世界里,又哪有什么"达则奉时以骋绩"的可能呢? 所以当他写完《文心雕龙》后,"未为时流所称"。刘勰虽"自重其文",然无可奈何,便只好按照流行的方式去做:"欲取定于沈约。约时贵盛,无由自达,乃负其书,候约出,干之于车前,状若货鬻者。约便命取读,大重之,谓为深得文理,常陈诸几案。"[②]经过了这番经历后,刘勰写出"孔光负衡据鼎,而仄媚董贤;况班马之贱职,潘岳之下位哉? 王戎开国上秩,而鬻官嚣俗;况马杜之磬悬,丁路之贫薄哉"[③]这样以己度人的话就在情理之中了。所以陆侃如、牟世金在《刘勰和文心雕龙》中说:"对于班固、陆机等人的丑行,刘勰的批判是对的。同时,他还提出了这样的看法:身居将相,担负国家重任的人尚且品行不端,何况那些官卑职小的人和穷困的书生呢! 将相虽然品行不端,仍然算是儒林名士;一般文人却遭到过多的讽刺。这不过是因为'然将相以位隆特达,文士以职卑多诮'罢了。这是极不公允的。刘勰这样的揭露,在门阀森严的六朝时期,是有一定意义的。"[④]

紧接着刘勰又论述了武士的缺点,所谓"文既有之,武亦宜然":"古之将相,疵咎实多:至如管仲之盗窃,吴起之贪淫,陈平之污点,绛灌之谗嫉,沿兹以下,不可胜数。"古代的将相很多人都有毛病:管仲偷盗,吴起财色俱贪,陈平行为不检点,绛灌则逢迎拍马、嫉贤妒能,有这种毛病的人多得数也数不清,可见将相与文人只不过在职业上有别,在人品上则相类似,可谓斑瑕互现。但刘勰又为普通文士的缺点与不得已做出了说明:"孔光负衡据鼎,而仄媚董贤;况班马之贱职,潘岳之下位哉? 王戎开国上秩,而鬻官嚣俗;况马杜之磬悬,丁路之贫薄哉? 然子夏无亏于名儒,浚冲不尘乎竹林者,名崇而讥减也。"孔光位居相位还逢迎董贤,何况班固、马融、潘岳这样的小人物? 王戎为开国元勋竟也买官卖官,随波逐流,何况司马相如、杜笃、丁仪、路粹这样一无所有的人? 至于孔光依然被尊为名儒,王

① 范文澜:《文心雕龙注》(上),第 287 页。
② 戚良德:《文心雕龙校注通译·引论》,上海:上海古籍出版社,2008 年,第 3 页。
③ 范文澜:《文心雕龙注》(下),第 719 页。
④ 陆侃如、牟世金:《刘勰和文心雕龙》,上海:上海古籍出版,2011 年,第 36 页。

戎被列入竹林七贤，都不过是因为名声太大，无人讽刺打击他们罢了。古今的历史哪个时候不是“将相以位隆特达，文士以职卑多诮，江河腾涌，涓流寸折”呢？但是刘勰并没有到此为止，他最后又提出了更富有挑战的问题：人们都常用“盖人禀五材，修短殊用，自非上哲，难以求备”这样的话来为他人辩解，同时也自我安慰，但是不是所有的文人都像刚刚列举的那些人一样以“为时势所迫，不得已而为之”来解释自己的难言之隐呢？刘勰并不认为如此，他说：“若夫屈贾之忠贞，邹枚之机觉，黄香之淳孝，徐幹之沉默，岂曰文士，必其玷欤！”[①]看看屈原、贾谊的忠贞，邹阳、枚乘的聪慧，黄香的孝顺，徐幹的淡泊，并不是只要是文人就必然有缺点的，并不是所有的文人都随波逐流，被别人的权势与自己的所谓苦衷所驯服的。所以在“文化大革命”中很多知识分子都做出了令人匪夷所思的事情，但依然有少数人能坚持自我坚持真理并为此付出惨痛的代价，至于那些反复为自己辩解的人，在刘勰的观点来看，有些是可以理解的，但那并不能成为为低俗开拓的借口，因为依然有人能达到文人的最高理想。所以刘勰又重新回到了儒家对于文人的理想要求上：不管名声的高低与职位的大小都应该“士之登庸，以成务为用”。所谓“以成务为用”就是要“治国”“达于政事”，而不能像扬雄、司马相如这些人，只有文人的才能，而没有从政所需的道德品质，所以一辈子碌碌无为，得不到任何显要的职位，而应该像庾亮一样不仅文章为时所称，而且能身居要职，虽然官职的显赫盖住了文章的才华，如果他不从政，同样也会以文章名世的。如果能像郤縠、孙武那样文武兼备，左右开弓，那就更能达到文人“蓄素弸中，散采彪外，楩楠其质，豫章其干”的最高理想了，写文章的目的在于为国为政，而从政就要勇于成为栋梁之材，时势来时就要建功立业，时势去时就独善其身，这样又重新回到了孔子所谓“道不行，乘桴浮于海”，“用之则行，舍之则藏”，[②]孟子所谓“得志，泽加于民；不得志，修身见于世。穷则独善其身，达则兼济天下”[③]的观点上了。当然刘勰在这里仅仅是讨论了文人的个人品质，而不是讨论文人的个人品质与作品内容之间的关系。与此相关的《辨骚》、《明诗》、《才略》、《体性》、《风骨》等诸篇中关于作家作品的评论，则分别讨论了作家的才能、创作的风格、文体等具体的文学问题，从中可以看出刘勰是怎样看待文人人品与文品基本关系的。当然仍有一些问题需要我们作进一步的思考。首先，刘勰在评论作家作品与评论作家人品时采用相同的标准吗？当然文品主要是指作品艺术形式的特点，而人品主要是作者现实中的行为表现，然而两者有着内在的必然的一致吗？《周易·系辞下》说：“将叛者其辞惭，中心疑者其辞枝，吉人之辞寡，躁人之辞多，诬善之人其辞游，失其守者其辞屈。”[④]在《周易》看来，可以从语言上来判断一个人是否是有叛乱之心的人，是否是一个内心疑惑的人，或是一个诋毁善人的人，一个人的性格也是可以从语言上看出来的，是善人，还是焦躁之人，都一目了然。然而，《周易》也仅是从理论阐明两者的关系而言，既然言

---

① 范文澜：《文心雕龙注》(下)，第719页。
② 杨伯峻：《论语译注》，第43、68页。
③ 杨伯峻：《孟子译注》(下)，北京：中书书局，2000年，第304页。
④ 陈鼓应、赵建伟：《周易今注今译》，北京：商务印书馆，2007年，第694页。

辞“其称名也小,其取类也大,其旨远,其辞文,其言曲而中,其事肆而隐”[①],也就是“称名”与“取类”及“旨”之间有“小”、“大”、“远”的矛盾,“言”与“事”也有“曲中”与“肆隐”的矛盾,那两者的统一,也就是无论在表在里的统一,就很难了,不仅言谈者很难达到表里统一,就听者而言,就更难了。所以《周易》不仅指出了言意一致的问题,更强调了言意不一的问题,所以《周易·系辞上》又明确指出:“子曰:书不尽言,言不尽意。”[②]这种矛盾性与张力关系正是中国传统文论“言意之辨”几千年来争论不休的根本原因,而《易经》作为中国文化初创时期的经典著作深刻地认识到言意关系不可分割的两个方面。老庄对此问题讨论得更多,已成为中国文论史上的常识。孟子也继承了这个观点,他在《孟子·公孙丑上》说:“诐辞知其所蔽,淫辞知其所陷,邪辞知其所离,遁辞知其所穷。”[③]其内容基本同《易经·系辞下》中孔子的话。至于扬雄《法言·问神》中所说的,更是众所周知:“君子之言,幽必有验乎明,远必有验乎近,大必有验乎小,微必有验乎著。无验而言之谓妄,君子妄乎?不妄。言不能达其心,书不能达其言,难矣哉!……言,心声也;书,心画也;声画形,君子小人见矣。声画者,君子小人之所以动情乎!”[④]刘勰在《文心雕龙·体性》篇则根据言意一致的关系讨论了作家与他们的创作风格之间的关系。《体性》篇讲:“情动而言形,理发而文见,盖沿隐以至显,因内而符外者也。”[⑤]在刘勰看来,每位作家的风格是不同的,所谓“各师成心,其异如面”,他把不同作家的风格区分为八类:“若总其归途,则数穷八体:一曰典雅,二曰远奥,三曰精约,四曰显附,五曰繁缛,六曰壮丽,七曰新奇,八曰轻靡。”并对每一种风格的具体含义作出了分析,并最终指出:“故雅与奇反,奥与显殊,繁与约舛,壮与轻乖,文辞根叶,苑囿其中矣。”我们从刘勰对八种风格的描述中就能发现他对这八种风格的取舍是很鲜明的,例如他说“典雅者”是“熔式经诰,方轨儒门者也”,儒门是刘勰的根本宗旨,他在《文心雕龙》一开始就讲,要“原道”、“征圣”、“宗经”,所谓“道”、“圣”、“经”都是儒家之“道”、“圣”、“经”,所以他把“典雅者”归结为“熔式经诰,方轨儒门者也”是对“典雅”的一种褒扬与认可。至于他把“新奇者”定义为“摈古竞今,危侧趣诡者也”,把“轻靡者”定义为“缥缈附俗者也”,都显示他对“新奇者”与“轻靡者”的否定。所以他对八类进行对举以显示其对立的根本特性,就为了彰显自己的立场与价值判断。我们在刘勰对具体作家的评论中也可看出这一点。他说“贾生俊发,故文洁而体清”,贾谊英才超群,所以文章高洁而风格清新。我们从《才略》中他对贾谊的评价“若夫屈贾之忠贞……岂曰文士,必其玷欤”就可看出他对贾谊毫无疑问的赞扬了。至于他说“长卿傲诞,故理侈而辞溢”[⑥],司马相如狂放不羁,文理都很浮夸,这也是他对司马相如的基本评价。当然,刘勰考虑到作家自身个性与创作的复杂性,并没有绝对地对一个作家进行黑白分明的区分,所谓“志

① 陈鼓应、赵建伟:《周易今注今译》,第671页。
② 陈鼓应、赵建伟:《周易今注今译》,第639页。
③ 杨伯峻:《孟子译注》(上),第62页。
④ 郭绍虞主编:《中国历代文论选》第一册,上海:上海古籍出版,1994年,第97页。
⑤ 范文澜:《文心雕龙注》(下),第505页。
⑥ 范文澜:《文心雕龙注》(下),第506页。

隐而味深”、“趣昭而事博”、“兴高而采烈”等都不是明确的价值判断，但这绝不意味着刘勰进行价值判断的标准是两可的，他的价值标准是很明确的，并不像《文心雕龙今译》中所说的：“陈望道先生讲四组八体彼此相反，没有贬低其中的任何一体，这是对的。刘勰讲四组八体彼此相反，贬低其中的两体，这是不恰当的。因正与奇反，有正即有奇，两者都需要，不应该贬低奇。刘勰把奇说成‘危侧趋诡’就不好了。”[①]当然，文苑中风格的多样性是必需的，也是必然的，但文苑不可能是没有主调，这至少是在刘勰看来如此。刘勰为何对这八种风格进行价值判断呢？因为刘勰最终考虑的不仅仅是一种纯粹的美学价值，或者是阅读时的快感，而是作品最终对读者所产生的心理影响与对读者的行为所最终产生的影响，所以，他对风格的描述基本上与对作家品格的描述是一致的，贾谊的“俊发”与“文洁而体清”和司马相如的“傲诞”与“理侈而辞溢”都是文品与人品统一的，这与他在《体性》一开始所提出的“因内而符外”，在逻辑上也是一致的。

然而，作家所创造的艺术世界毕竟和作家所处的现实世界是两个根本不同的世界，两者也存在着本质的差别，作品的世界不仅是作家所处现实世界的反映，更是作家想象与客观叙述的结果，即使是作家所处现实的反映，也不一定是作家真正行为与真正内心世界的反映。所以王国维在《红楼梦评论》中就反对那种把小说中所描写的世界与作者世界混为一谈的做法，他说：“诗人与小说家之用语其偶合者固不少，苟执此例以求《红楼梦》之主人公，吾恐其可以傅合者，断不止容若一人而已。”况且“所谓亲见亲闻者，亦可自旁观者之口言之，未必躬为剧中之人物。如谓书中种种境界、种种人物，非局中人不能道，则是《水浒传》之作者必为大盗，《三国演义》之作者必为兵家，此又大不然之说也。”[②]加缪更举出了叔本华的哲学理念与生活逻辑相反的例证，他在《西西弗的神话》中说：“没有一个人把否定生活意义的逻辑推理发展到否定这个生活本身。为了嘲笑这种推理，人们常常举叔本华为例。叔本华在华丽的桌子前歌颂着自杀。其实，这并没有什么可笑的。这种并不看重悲剧的方法并不是那么严重，但用它可以最终判断使用他的人。”[③]至于海德格尔在1933抛弃黑森林的世袭财产，充当新纳粹政权的臭名昭著的宣传者，又何来诗意的栖居在大地上呢？[④] 由此来看，作家生活的现实世界与他在小说与诗歌中创作的艺术世界或体现的人生与艺术理念是根本不同的两个世界。只有在理论上正确地区分此两种世界的差别，才能真正区分艺术世界中的作家与现实生活中的作家。钱锺书在《文如其人》中，就作家的个人主张和作品之间的矛盾关系讨论了作家的人品与文品相分离的问题。[⑤] 钱文针对元好问的《论诗三十首》之六“心画心声总失真，文章宁复见为人。高情千古《闲情赋》，争信安仁拜路尘 ”[⑥]而发，而元诗又是针对扬雄《法言·问神》“言，心声也；书，心画

① 周振甫：《文心雕龙今译》，第253页。
② 王国维：《红楼梦评论》，上海：上海古籍出版社，2005年，第24—25页。
③ 加缪：《西西弗的神话——加缪荒谬与反抗论集》，杜小真译，天津：天津人民出版社，2007年，第7页。
④ 丹尼尔·罗杰斯：《行为糟糕的哲学家》，北京：新星出版社，2010年，第3页。
⑤ 钱锺书：《谈艺录》，北京：中华书局，1998年，第161—166页。
⑥ 郭绍虞主编：《中国历代文论选》第二册，第449页。

也。声画形,君子小人见矣”而发,郭绍虞认为元好问的这首诗是“主张真诚,反对伪饰”,他说:“元氏除从诗歌艺术的角度,分析其正伪清浊之外,特别重视作诗的根本关键。他感慨地指出‘心画心声总失真,文章宁复见为人’的伪饰。而对陶诗的肯定,恰正是因为它的‘真淳’。正面主张‘心声只要传心’了,出于真诚的才是好诗。元氏在《杨叔能小亨集引》中说:‘何谓本?诚是也。……故由心而诚,由诚而言,由言而诗也。三者居相为一。……夫唯不诚,故言无所主,心口别为二物。’正是这诗的最好注脚。”[①]由此看来,元诗并不是反对诗歌应该真实地反映诗人的内心情感,而是认为客观地存在很多诗歌并没有真实地反映诗人的真实内心世界,读者应该看到这个问题,不应该被作家虚情假意的伪饰所迷惑,而应该结合作家的作品及他的人格,也就是他现实生活中的行为来判断作家的真实人格。既然潘岳为谄媚贾谧竟望其车尘而拜,这样的人还写出了《闲居赋》,明阮大铖为魏忠贤奸党,却在自己的《咏怀堂诗集》里模仿陶渊明的《园居诗》自比清高之人,奸相严嵩在《钤山堂集》中却自称晚节冰霜,所以《庄子·列御寇》中孔子讲:“凡人心险于山川,难于知天;天犹有春秋冬夏旦暮之期,人者厚貌深情,故有貌愿而益,有长若不肖,有顺懁而达,有坚而缦,有缓而钎。故其就义若渴者,其去义若热。故君子远使之而观其忠,近使之而观其敬,烦使之而观其能,卒然问焉而观其知,急与之期而观其信,委之以财而观其仁,告之以危而观其节,醉之以酒而观其则,杂之以处而观其色。九征至,不肖人得矣。”[②]人心比山川还要凶险,他的期望比天还高,而且往往厚貌深情,无法测量,更重要的是人还往往表里不一,外貌憨厚而内心奸诈,外貌柔顺而内心刚直,外貌美善而内心残忍,外貌清高而内心贪婪等等,不一而足,因此读者仅仅靠简单的“言为心声”来判断人,判断作家的人品及人格是远远不够的,应该像孔子这样综合地深入分析作家的人品与文品的关系。所以钱锺书说:“‘心声心画’,本为成事之说,实尠先见之明。所言之物,可以饰伪:巨奸为忧国语,热中人作冰雪文,是也。”也就是钱文所引魏叔子《日录》卷二所谓文章“古人能事已备,有格可肖,有法可学,忠孝仁义有其文,智能勇功有其文。日夕揣摩,大奸能为大忠之文,至拙能袭至巧之语。虽孟子知言,亦不能以文章观人。”由此看来,写文章不仅仅是一种内心世界的直接抒发,还有写的方法与技术,这就是历代八股文屡禁不绝的根本原因,写文章是有很多地方可以学习模仿的,不仅是思想内容,语言风格都是如此,所谓“日夕揣摩”,正如演员的演出一样,它们仅仅是一种外在的形式上的相似,而内在却有着根本的差别,所以钱锺书又说:“其言之格调,则往往流露本相:狷急人之作风,不能尽变为澄淡,豪迈人之笔性,不能尽变为谨严。文如其人,在此不在彼也。譬如子云欲为圣人之言,而节省助词,代换熟字,口吻娇揉,全失孔子‘混混若川’之度。柳子厚《答韦珩》谓子云措辞,颇病‘居滞’。……阮圆海欲作上水清音,而其诗格矜涩纤仄,望可知为深心密虑,非真闲适人寄意于诗者。”虽然作品不能完全反映一个作者的真实品格,但要完全掩盖也是不可能的,

① 郭绍虞主编:《中国历代文论选》第二册,第463页。
② 陈鼓应:《庄子今注今译》(下),北京:中华书局,2001年,第843—844页。

其揭示的程度也是作家极力掩盖与读者尽力探究互相博弈的结果。但有时候文中所表达的作者与真实的作者不同,并不仅仅是作者欲掩盖真实的自己,而是要表达自己的愿望,也就是自己所想,甚至是梦想成为的样子。一个是作者的真实人格,一个是作者羡慕梦想成为的理想人格,这是两个根本不同的问题,作家的真实人格始终和他自己创作的艺术世界所体现的人格相游离。所以钱锺书对这种所谓的言行不符现象说:"文如其人,老生常谈,而亦谈何容易哉!虽然,观文章顾未能灼见作者平生为人行事之真,却颇足征其可为愿为何如人,与夫其自负为及欲人视己为何如人。""人之言行不符,未必即为'心声失真'。常有言出于至诚,而行牵于流俗。蓬随风转,沙与泥黑;执笔尚有夜气,临时遂失初心。不由衷者,岂唯言哉?行亦有之。安知此必真而彼必伪乎?见于文者,往往为与我周旋之我;见于行事者,往往为随众俯仰之我。皆真我也。身心言动,可为平行各面,如明珠舍利,随转异色,无所谓此真彼伪;亦可为表里两层,如胡桃泥笋,去壳乃能得肉。……亦见知人则哲之难矣。故遗山、冰叔之论,只道着一半。"这就是指人的内在矛盾性,人格的多重性。钱锺书评嵇康说:"以文观人,自古所难;嵇叔夜之《家戒》,何尝不挫锐和光,直与《绝交》二书,如出两手。"嵇康的《家戒》和《与山巨源绝交书》都是嵇康性格的真实表现,是嵇康真实的不同侧面,没有所谓真假之别。所以鲁迅在《魏晋风度及文章与药及酒之关系》中就嵇康的这种双重性格说:"我看他做给他的儿子看的《家诫》——当嵇康被杀时,其子方十岁,算来当他做这篇文章的时候,他的儿子是未满十岁的——就觉得宛然是两个人。他在《家诫》中教他的儿子做人要小心,还有一条一条的教训。有一条是说长官处不可常去,亦不可住宿;长官送人们出来时,你不要在后面,因为恐怕将来官长惩办坏人时,你有暗中密告的嫌疑。又有一条是说宴饮时候有人争论,你可立刻走开,免得在旁批评,因为两者之间必有对与不对,不批评则不像样,一批评就总要是甲非乙,不免受一方见怪。还有人要你饮酒,即使不愿饮也不要坚决地推辞,必须和和气气的拿着杯子。我们就此看来,实在觉得很稀奇:嵇康是那样高傲的人,而他教子就要他这样庸碌。因此我们知道,嵇康自己对于他自己的举动也是不满足的。所以批评一个人的言行实在难,社会上对于儿子不像父亲,称为'不肖',以为是坏事,殊不知世上正有不愿意他的儿子像他自己的父亲哩。试看阮籍嵇康,就是如此。这是因为他们生于乱世,不得已,才有这样的行为,并非他们的本态。但又于此可见魏晋的破坏礼教者,实在是相信礼教到固执之极的。"[①]无论怎样,作品总是能从不同的角度给读者提供作者真实而丰富的人生及个性,这种性格及人格的复杂性直接来自生活与现实的复杂性,这种复杂性与通常所谓的"言不由衷"、"口是心非"、"言行不一"的自我夸耀和靠修辞革命来自我炒作的手段根本不同。

中国传统文化复杂的现实直接造成了中国传统知识分子复杂的心态。徐复观关于中国传统知识分子复杂的个性与心态说:"在上述的现实面与理想面的历史条件中,一般知识分子,多实在两者之间摇摆不定。即是有的为了现实而抛弃理想;亦有的因理想而牺牲

① 鲁迅:《鲁迅全集》第3卷,第537页。

现实，或者想改变现实。不过自隋唐科举制度出现后，知识分子集团的由现实下坠，直下坠到只有个人的功名利禄，不复知有人格，不复知有学问，不复知有社会国家的‘人欲的深渊’里去了。……科举遗毒，深中于中国知识分子的心髓；其最显著的形态是：一不择手段以争取个人升官发财的私利，而毫不顾惜公是公非。口头上可以讲各种学说，但在私人厉害上绝不相信任何学说。”以此，他举出了一个例子：“在两个月前，我收到汉密顿(G. H. Hamilton)老博士为大英百科全书一九六八年版写的熊先生小传时，引起我许多复杂地感想。熊先生在学术界，一直受到胡适派的压力，始终处于冷落寂寞的地位。谁能想到大英百科全书的编辑部，请年届八十五岁高龄的汉密顿博士，为熊先生写此小传，承认熊先生的哲学是‘佛学、儒家与西方三方面要义之独创性的综合’，是中国最杰出的哲学家。由此可以了解西方人的学术良心，实远非中国西化派所能模拟于万一。”所以他又说：“我国知识分子，抑压于专制政治之下，非旷代大儒，即不能完成人格精神之独立自主；而政治主动性之被完全剥夺，更无论矣。才智之士，依附于一二悍鸷阴滑之夫，以成其所谓功名事业，则饰其所主者曰‘圣君’，而自饰曰‘贤相’；圣君贤相，乃中国历史中最理想之政治格局，固不知此种格局之背后，实际藏有无限之悲剧。中山先生年少上述李鸿章，其内容姑不论，要其时之精神尚未脱离传统之政治羁绊，则彰彰甚明。……中国知识分子，必先有此一精神解放，乃足以进而正视中国之问题，担负国家之使命。”①徐复观一针见血地指出了中国封建传统文化的专制体制直接造成了中国传统知识分子人格的畸形化，顺势者飞黄腾达，逆势者则处江湖之远，还有如屈原、司马迁、刘勰等甚或自杀、甚或出家、甚或忍辱负重以待来世。即使如勇斗智斗者鲁迅，也逃不过此种命运，所以他三次被通缉，晚年还被国民党特务列入严厉制裁的黑名单。至于他的译、著作品被反复禁、删更是常事。② 鲁迅生前发生过无数次的文坛之争，以至于他在《三闲集 · 序言》中说：“现在我将那时所做的文字的错的和至今还有可取之处的，都收纳在这一本里。至于对手的文字呢，《鲁迅论》和《中国文艺论战》中虽然也有一些，但那都是峨冠博带的礼堂上的阳面的大文，并不足以窥见全体，我想另外收集也是‘杂感’一流的作品，编成一本，谓之《围剿集》。如果和我的这一本对比起来，不但可以增加读者的趣味，也更能明白别一面的，即阴面的战法的五花八门。”③然而一直到鲁迅去世半个多世纪，这样的书都没有成功问世。④ 特别是郭沫若以笔名杜荃等发表的攻击鲁迅的文章更是中国现代文坛的一大景观，正如孙郁所说的：“在攻击鲁迅的文章里，郭沫若是最锋芒毕露的。他在这一年《创造月刊》二卷一期上，以杜荃的笔名，发表了《文艺战线上的封建余孽》。这篇文风极不友好、笔触相当刻薄的文章，对鲁迅的思想进行了全面的批判，并且试图以此宣判鲁迅在中国文坛上的‘死刑’。……郭沫若以诗人的浪漫情绪代替了政治意识，他对鲁迅的著作所看甚少，仅凭一点印象，就信口

① 徐复观：《中国知识分子精神》，上海：华东师范大学出版社，2005 年，第 7、45、55 页。
② 倪墨炎：《现代文坛灾祸录》，上海：上海书店出版社，1996 年，第 79—107 页。
③ 鲁迅：《鲁迅全集》第 4 卷，第 5 页。
④ 孙郁：《被亵渎的鲁迅 · 序》，北京：群言出版社，1995 年，第 1 页。

开河，这完全是一种非科学的武断的批评态度。在政治生活中，支撑郭沫若的有时是某些非理性的情绪和直觉，他的缺少理性的直率之作，客观地说，对后来中国文学批评的发展，起到了很不好的作用。”[①]鲁迅是由于现实的斗争教育了他对中国文化的历史及现实，特别是知识分子的品格的深刻认识，所以他应《京报副刊》的征求讨论“青年必读书”时直接说：“我以为要少——或者竟不——看中国书，多看外国书。”[②]鲁迅认为儒家，至少是当时很多主张儒家学说的人有很多是虚假的主张，所以便劝人不读中国书，但难道儒家书中就没有可取之处了吗？这是鲁迅极而言之，是气话，但这种气话在现实的生活中也许比仅仅从纯粹的理论角度出发得出的结论更有合理性，这是一个生活在现实之中的思想者得出的结论。正如罗宗强指出的：“我国自汉代以来，儒家思想是历代治国的思想主流。我国古代士人出仕入仕，与政局有千丝万缕之联系，一部分士人既是文学作品的作者，又是负有重要责任的官员，定儒学于一尊之后，宗经致用的思想为他们之所共同遵从，工具论的文学观为他们所接受，并且成为公开场合论文时之主流话语，这是很自然的事。”[③]传统知识分子极力追求权力就在于他们欲把自己的知识与权力密切结合以彻底控制社会，知识分子在文章中所极力美化的人品与文品合一的观念就直接来自中国传统的知识与权力密切结合的传统。正如罗宗强所说：“大多数文体的产生，皆出于功利之目的。刘勰论及81种文体之产生，多归结为实用。文之工具性质，在汉代定儒术于一尊之后得到进一步加强。这与圣人崇拜、内圣外王的观念的建立有关。与此一种观念之联结，促使文与政教形成更为紧密的关系。黄侃就曾说过：‘夫六艺所载，政教学艺耳。文章之用，降之于能载政教学艺而止。’文的政教之用是儒家思想的产物，它与内圣外王的观念是不可分的。”当然内圣外王的思想也并不是一开始就统治中国政坛与文坛的，自从孟子之后，圣人就被儒家所占有。罗宗强说：“圣人专指儒家，从孟子始。孟子才提出从尧、舜、禹、汤、文、武、周公到孔子的圣人统系，这是特指一个行仁政、施仁义的圣人系统。他甚至把伯夷、伊尹、柳下惠也列入圣者的系列，因为他们的道德品格、他们的行为属于‘仁’。到了荀子，就把圣与王联系在一起了：‘圣人也者，道之管也。天下之道管是矣，百王之道一是矣。’到了董仲舒的《春秋繁露》和班固的《白虎通德论》，圣人与经书、与治道便成了三位一体，崇圣宗经、内圣外王，成了后来文的工具角色的思想观念的源头。”[④]而这也是《文心雕龙》的根本宗旨。但在我国文化的早期百家争鸣的时期，儒家还必须经过艰苦的辩论与斗争来争夺地盘，为自身绝对的合法性寻找论据，那时关于人的道德理想的圣人还不仅仅为儒家所专有，老子、庄子的圣人就不可能是儒家，因为他们的争论从未断绝过，看看《庄子·盗跖》篇对孔子的讽刺与打击就可明白了，虽然很多理论家把老子当作一个表里不一的人，一个阴谋家，因为老子《道德经》三十六章中讲：“将欲歙之，必固张之；将欲弱之，必固强之；将欲废

---

① 孙郁：《被亵渎的鲁迅》，第12页。
② 鲁迅：《鲁迅全集》第3卷，第12页。
③ 罗宗强：《读文心雕龙手记》，北京：三联书店，2007年，第218页。
④ 罗宗强：《读文心雕龙手记》，第208、209页。

之,必固兴之;将欲夺之,必固与之。是谓微明。"其大意是:要收敛的必先扩张,要衰弱的必先强盛,要废弃的必先兴旺,要夺回的必先给出。不仅是按照道家的哲理,即使是按照常理也是这样:不先扩张又怎么收敛呢?不先强盛又怎么衰弱呢?不先兴旺又怎么废弃呢?不先给予又怎么夺回?看似高深不测的哲理又怎么会遭到古人及今人反复的误读呢?正如陈鼓应所说的:"本章第一段乃是老子对于事态发展的一个分析,亦即是老子'物极必反','势强必弱'观念的一种说明。不幸这段文字普遍被误解为含有阴谋的意思,而韩非是造成曲解的第一个大罪人,后来的注释家也很少能把这段讲解得清楚。然前人如董思靖、范应元、释德清等对于这段话都曾有精确的解说,下面引录董思靖与释德清的解说以供参考。董思靖说:'夫张极必歙,兴甚必夺,理之必然。所谓"必固"云者,犹言物之将歙,必是本来已张,然后歙者随之。此消息盈虚相因之理也。其机虽甚微隐而理实明者。'(《道德真经集解》)释德清说:'此言物势之自然,而人不能察,天下之物,势极则反。譬夫日之将昃,必盛赫;月之将缺,比极盈;灯之将灭,必炽明。斯皆物势之自然也。故固张者,翕之象也;固强者,弱之萌也;固兴者,废之机也;固兴者,夺之兆也。天时人事,物理自然。第人所遇而不测识,故曰微明。'(《老子道德经解》)"①他们两者都直接从老庄的思想来解释老庄,然而问题的关键是他们并没有解释清楚"欲"是什么意义?"欲"是谁的"欲",是道的"欲",是自然界的"欲",是作者老子的"欲",还是人的"欲"?而人的"欲"在读者解读时可以随时解读为自己的"欲"。无论"欲"是解释为"欲望"、"爱好"、"想要"、"应该",还是"将要"都无法回避"欲"的主体是谁的问题:如果主体是人,那"阴谋"的意味是可以理解的,如果是"自然"与"道",那万事万物自我兴衰的过程就呈现出来了。当然,自然虽然没有阴谋诡计,但人可以利用自然规律来达到自己的目的,所谓"人法地,地法天,天法道,道法自然",人最终还是要法自然,自然的兴衰,人不仅可以自己利用,也可用来征服对手,何况人类的竞争历来就如同自然界的竞争一样无法摆脱,就《老子》的接受与效用来看,被阴谋家所偏爱也是他自身的特点所造成的。所以刘笑敢在《老子古今——五种对勘与析评引论》说:"朱熹也说:'老氏之学最忍,它闲时似个虚无卑弱底人,莫教紧要处发出来,更教你支吾不知,如张子房是也。子房皆老氏之学。如峣关之战,与秦将连合了,忽乘其懈击之;鸿沟之约,与项羽讲和了,忽回军杀之,这个便是他柔弱之发处。可畏,可畏。'这都是以历史上的政治和军事谋略来解释老子以反求正的思想,这种解释自然有它一定的合理性,但却很容易把人误导到阴谋诡计的歧路上去。对老子思想的这种解释一方面忽略了老子讲以反求正的历史环境,另一方面也把以反求正的一般性方法局限到了政治军事争斗之中,把丰富生动的老子哲学引入了狭窄的政治、军事阴谋之途。以反求正的辩证方法与阴谋诡计有没有关系呢?我们说,以反求正的方法有可能成为阴谋诡计的工具或被理解运用成狡诈的阴谋,但老子的以反求正的思想本身决不是阴谋诡计,而只是根据客观事物辩证运动总结出来的一般性方法。这种方法好像是为弱者设计的,实际上

---

① 陈鼓应:《老子译注及评价》,北京:中华书局,2001年,第205、207页。

可能对强者更有意义，这就是'知其雄，守其雌'的道理。老子哲学有可能被利用成阴谋诡计，老子要不要对此负责呢？一般说来，我们是不应该为此而责备老子的。正如科学家可以发明原子能并用来发电，战争狂人却可以用原子能来制造大规模毁灭性的杀人武器；发明刀子可以用来做饭做手术，歹徒则可以用刀子做谋杀的凶器。我们怎能因此而责备发明家呢？"[①]可见，刘笑敢把老子表达的哲理当作一种中性的知识，对正反双方都可使用，正如智慧都可被坏人与好人同样使用一样。但如果他们没有内在的一致性，又如何被使用呢？阴谋家与军事家是否可以用苏格拉底、释迦牟尼、耶稣的理论来谋一己之私呢？正像孔孟之道也被经常当作工具来使一样。哪个人，特别是阴谋家，不宣称自己的动机是高尚的呢？所以韩非对老子的解读虽然与众不同，遭到了道家学派的不满，但司马迁在《史记》中还是把老子与韩非放在一起，称为《韩非老子列传》，并指出韩非："喜刑名法术之学，而其本归于黄老。"[②]可见司马迁是看到了韩非与老子的内在一致性的，虽然老子在司马迁看来也是"隐君子也"，可见老子也有他内在的不一致性。所以鲁迅在《汉文学史纲要》中区分老庄之别时说："故自史迁以来，均谓周之要本，归于老子之言。然老子尚欲言有无，别修短，知白黑，而措意于天下；周则欲并有无修短白黑而一之，以大归于'混沌'，其'不谴是非'，'外死生'，'无终始'，胥此意也。中国出世之说，至此乃始圆备。"[③]鲁迅也同样看到了老子内在的矛盾性，也就是老子在贯穿自己的道的哲学时，在自然的道与人间的道之间所无法统一的矛盾性。总之，老子的哲学也常常为那些追求外圣内王的人提供理论根据的，但庄子却是坚决反对所谓内圣外王的，我们在《庄子·列御寇》中对权势的挖苦与痛斥就可看出。庄子讲宋人曹商为王出使秦国，开始只有几辆车，后来得到秦王的喜欢便获得了百辆车。因此便到庄子那里来炫耀自己的成功。他说："夫处穷闾阨巷，困窘织屦，槁项黄馘者，商之所短也；一悟万乘之主而从车百乘者，商之所长也。"处在穷街陋巷靠织鞋为生，面黄肌瘦，忍饥挨饿，苦不堪言，自己不如庄子，但能得到君王的欢喜，有百辆之重的随从车马，这也是庄子所不及的。其对庄子清高自居，坚忍不出的高洁的蔑视是可想而知的，然而庄子却并不以为然，他说："秦王有病召医，破痈溃痤者得车一乘，舐痔者得车五乘，所治愈下，得车愈多。子岂治其痔邪，何得车之多也？"秦王有病请医生，破除脓疮的得车一乘，舔治痔疮的得车五乘，谁治的病低下，谁得的车就多，你大概是添治痔疮的吧，不然怎么会得到这么多的车呢？[④] 古今中外对权势之批评，无有比此更为激烈的。由此可见，庄子之圣人根本就不是什么内圣外王之人。

康德在《实践理性批判》的《结论》中说："有两样东西，我们愈经常愈持久地加以思索，它们就愈使心灵充满日新月异、有加无已的景仰和敬畏：在我之上的星空和据我心中的

① 刘笑敢：《老子古今——五种对勘与析评引论》(上)，北京：中国社会科学出版社，2006年，第379—380页。

② 司马迁：《史记》第三册，李零等译，北京：新世界出版社，2009年，第865页。

③ 鲁迅：《鲁迅全集》第9卷，第377页。

④ 陈鼓应：《庄子今注今译》(下)，第839—840页。

道德法则。"[①]然而康德并没指出所谓艺术家所苦心经营的艺术世界给我产生这样一种崇高的美感。无论艺术家创造了怎样的艺术世界,他都无法回避一个问题,艺术不仅仅能带来直接的审美快感,它最后还必然导向人的行为世界。正如康德在《判断力批判》中指出的:"真正的崇高必须只在判断者的内心中,而不是在自然客体中去寻求,对后者的评判是引起判断者的这种情调。谁会愿意把这些不成形的、乱七八糟堆在一起的山峦和它们那些冰峰,或是那阴森汹涌的大海等等称之为崇高的呢?但人心感到在他自己的评判中被提高了。"崇高的真正根源还是在观赏者自身的道德感之中,所以无数的人在看到高山大海时并没有什么崇高之感。所以康德后来又强调:"所以崇高不在任何自然物中,而只是包含在我们内心里,如果我们能够意识到我们对我们心中的自然、并因此也对我们之外的自然(只要它影响到我们)处于优势的话。这样一来,一切在我们心中激起这种情感——为此就需要那召唤着我们种种能力的自然强力——的东西,都称之为(尽管不是本来意义上的)崇高。"[②]根本意义上的崇高乃是自然与人类伟大的道德行为。正如卡莱尔在《论英雄、英雄崇拜和历史上的英雄业绩》中所说的:"在我看来,真诚是伟人和他的一切言行的根基。如果不以真诚作为首要条件,不是我所说的真诚的人,就不会有米拉波、拿破仑、彭斯和克伦威尔,就没有能够有所成就的人。应该说,真诚,即一种深沉的、崇高的而纯粹的真诚,是各种不同英雄人物的首要特征。……我希望大家把这作为我关于伟人的首要定义。"[③]这与《易经》中孔子所说"君子进德修业。忠信所以进德也,修辞立其诚,所以居业也。"[④]进德修业中外都是一致的。释迦牟尼、苏格拉底、耶稣、孔子、庄子,哪一个不是进德修业、言行如一的人呢?只不过区别在进谁的德,修谁的业,忠信于谁罢了。那些仅仅依靠所谓智慧为一己之私尽力打造的虚假艺术与虚幻人生又能在世人持久的注目与反复审视中坚持多少呢,而这也正是刘勰《程器》篇所讨论的根本出发点与最终归宿。

---

① 康德:《实践理性批判》,韩水法译,北京:商务印书馆,2000年,第177页。

② 康德:《判断力批判》,邓晓芒译,北京:人民出版社,2002年,第95、103页。

③ 卡莱尔:《论英雄、英雄崇拜和历史上的英雄业绩》,周祖达译,北京:商务印书馆,2005年,第50—51页。

④ 陈鼓应、赵建伟:《周易今注今译》,第13页。

论刘勰的“读者意识”[*]

陈士部[**]

摘　要：刘勰顺应时代的文化发展，表现出独特的读者观念，这种读者观念不仅体现在《文心雕龙》的《知音》篇中，也体现在其他篇章中。刘勰的“读者意识”表明：情感是沟通读者与作者间的纽带；“博观”与“识见”等方法是批评的途径；读者应当辩证地看待刘勰的文艺思想。刘勰的“读者意识”可以同西方的接受美学、解释学文论展开有限度的对话，它对于当前的文艺批评建设仍具有重大的启示意义。

关键词：刘勰；知音；读者意识

在魏晋六朝时期，我国的文学批评呈现出空前繁盛的局面，刘勰的《文心雕龙》堪称最具典型的文学批评巨制。它总结了前人的创作经验，针砭了当时不良的创作倾向，汇总了以往的文学理论成就。《知音》是《文心雕龙》中的第四十八篇，也是论述文章鉴赏和批评的专篇。

《知音》篇的篇名已昭示出刘勰的理论意图。“知音”这一概念最早见于《吕氏春秋·本味》，钟子期与伯牙的“知音”典故可谓家喻户晓。由音乐欣赏推而广之，文学鉴赏中的知音，其实就是欣赏者对被欣赏者的作品的认知和体察作者文心所引起的强烈的感情共鸣，而欣赏者与被欣赏者的即时性互动共在关系实质上就是读者与作者的情感认同关系。刘勰正是对这一典故的解读而用“知音”作篇名，其用意在于强调读者即接受主体的重要性。如果说，“读者包含三个方面：作家作为读者、隐含的读者和现实的读者”①，那么，“读者意识”便表述了三种含义：一是作为读者的作家在作品中再现自己作为人类生产生活阅读者的感受；二是存在于作者头脑中的“隐含读者”的需求或审美期待，亦即作者心中的

* 基金项目：教育部人文社科规划基金项目“西方主体间性美学与中国古典美学的对话关系研究”（项目号：11YJA751005）、国家社科基金重大项目“新时期文艺理论建设与文艺批评研究”（项目号：12&ZD013）阶段性成果。

** 作者简介：陈士部，东南大学艺术学院博士后科研人员，淮北师范大学文学院副教授。

① 郭久麟：《文学理论与鉴赏》，北京：北京师范大学出版社，2010年，第190页。

一种"意识";三是现实读者对作品的客观的实在的认知。本文综合这三种含义,以《文心雕龙·知音》篇为线索,对刘勰的"读者意识"作具体的阐述。

一

《知音》是关于文章鉴赏、批评的专论。刘勰在文章开篇感叹了"知音之难"后,针对接受主体——读者提出了一些正确评论的方法,为文学评论树立了客观标准。其实,在刘勰之前,古代文论中已有一些有关文章鉴赏批评的内容。如曹丕的《典论·论文》、曹植的《与杨德祖书》以及刘勰同时代的江淹所作的《杂体诗序》等,都曾发表过一些相关见解。

曹丕《典论·论文》开篇叹曰"文人相轻,自古而然",说人们批评文章常常"贵远贱近,向声背实",往往"暗于自见,谓己为贤",只看到自己的长处,看不到自己的缺点。他披露了文人之间存在的这些陋习和弊端,指出了文人在批评时错误的态度,要求文人应持一种客观实际的态度去批评文学,既要看到别人的长处,又要看到自己的短处,而且对别人不应过分苛求。这有利于当时批评文坛的良性发展。"文人相轻"和"贵远贱近"等观点与刘勰在《知音》开篇谈"知音之难"原因时提到的"贵古贱今"和"崇己抑人"正相吻合,可见刘勰的思想一定程度上是借鉴于曹丕的。

曹植的《与杨德祖书》强调读者只有具备良好的专业素养和创作能力,才有资格评论别人的作品。他说:"盖有南威之容,乃可以论于淑媛;有龙渊之利,乃可以议于割断。"这就好比一位女子,有了"南威"那样的容貌才有资格谈论美丽;又犹如一位剑客,拥有"龙渊"那样锋利的宝剑才有资格议论断割。曹植突出了读者自身修养的重要性,这与刘勰《知音》中"博观"的批评方法和"识见"的要求明显相合。但是,曹植要求读者达到和作家一样水平未免有些苛刻,而且要求批评家与作家平等对话会导致批评成为创作的附庸。同时,曹植还指出人的好恶不同,对文章的审美也各不相同:"人各有好尚。兰茝荪蕙之芳,众人之所好,而海畔有逐臭之夫;《咸池》、《六茎》之发,众人所共乐,而墨翟有非之之论:岂可同哉?"关于批评的态度,曹植主张尊重他人的作品,如"夫文章之难,非独今也;古之君子,犹亦病诸。"(《与吴季重书》)这就是说批评要正确地看待自己和别人。针对以上两点,刘勰在《知音》篇中也有所强调。

江淹《杂体诗序》同样有对读者批评方面的论述:"世之诸贤,各滞所迷,莫不论甘而忌辛,好丹而非素,岂所谓通方广恕,好远兼爱者哉?……又贵远贱近,人之常情;重耳轻目,俗之恒弊。"这里提到读者评论文章存在一些弊病:一是"贵远贱近",一是读者局于一隅,趣味偏狭,对于丰富多彩的作品不能兼收并蓄。这与《知音》中所说的"会己则嗟讽,异我则沮弃;各执一隅之见,欲拟万端之变",有着相通之处。此外,刘勰的感叹与江淹要求的"兼爱"精神也是相通的。

总的看来,魏晋时代是"文的自觉"的时代,甚或说"人的自觉"。《文心雕龙》正是在魏晋南北朝这个大的时代背景下写作的,这一时期文学艺术受到普遍重视,文学批评也逐渐成熟，形成了具体的批评方法和批评标准。刘勰《文心雕龙》的出现是其时代文化发展的必然，并表现出更为丰赡的理论内涵。

《文心雕龙》中有关“批评论”有五篇，“按《序志》的说法，从《时序》到《程器》的五篇，属批评论”[①]。除了我们提到的《知音》是文学批评的专篇，刘勰在文章中对读者接受主体作了多方面阐述，此外，其他四篇也涵盖了“读者意识”的相关内容。如果说，《时序》是对各时代文学的概述；《物色》主要是论述自然景物与文学创作的关系，那么，《才略》则主要是评论历代作家的才性，《知音》是文学批评的态度和方法，而《程器》是作家的品德论。这五篇看似没有什么关系，实则有千丝万缕的联系。除《物色》篇外，其他四篇主要是对作家作品的品评，并在对众多作家作品品评之后，刘勰发现了“知音难逢”这一文艺现象。因此，我们在认识批评论时，应把《物色》、《知音》这两篇放在核心位置。我们知道，《知音》中重视情感的作用，“缀文者情动而辞发，观文者披文以入情”，“文情难鉴，谁曰易分”，情感是沟通读者与作者之间的纽带。而《物色》中刘勰提到“岁有其物，物有其容；情以物迁，辞以情发”，“写气图貌，既随物以宛转；属采附声，亦与心而徘徊”，他强调“情由景生”，“情景交融”，这些都充分强调“情”的作用。“批评论”的其他篇亦是如此。总之，刘勰的“批评论”各篇之间是相互渗透、相互联系的。刘勰在其他篇章中对“读者意识”也有或多或少的涉及。

在《知音》中，谈到接受者正确批评的方法时，其中就说到接受者需要主观上的“博观”：“故圆照之象，务先博观。”强调接受主体的审美经验以及自身的审美修养。而在《神思》篇中，“机敏故造次而成功，虑疑故愈久而致绩；难易虽殊，并资博练。……是以临篇缀虑，必有二患：理郁者苦贫，辞溺者伤乱。然则博见为馈贫之粮，贯一为拯乱之药”，体现了创作中“博练”和“博见”的重要性。同时在《事类》篇中也涉及“博观”：“将赡才力，务在博见。狐腋非一皮能温，鸡蹠必数千而饱矣。是以综学在博，取事贵约，校练务精，据理须核：众美辐辏，表里发挥”，阅读越丰富，视野就越开阔，最后达到众美辐辏。由此，我们知道刘勰是十分强调“博观”的，他在多篇中对此都有涉及。从这也反映出《文心雕龙》是各部分紧密联系的一个完整体系。

《知音》篇还提到批评的具体方法“六观”：一观位体，二观置辞，三观通变，四观奇正，五观事义，六观宫商。我们先看“一观位体”。“位体”是指作品采用的体裁。这在《熔裁》篇中有提到“设情以位体”以及“夫才量学文，宜正体制”（《附会》），这里的“体制”指文章的形式，它须依附于内容“情”。“我们在批评某种文章是否有真正的价值，第一步先要看它有无真实的内容”[②]，由此得知读者在观位体时还得看文章有无丰富的内容。“二观置辞”：“置辞”即文辞。如“以辞采为肌肤”（《附会》），就强调文辞的地位和作用，“文辞若不精确，虽有情感，亦不能通之他人，便要失去感染人们的力量”[③]。“三观通变”：也就是继

① 陆侃如、牟世金：《文心雕龙译注》，济南：齐鲁书社，1996年，第82页。
② 黄章海：《中国文学批评简史》，广州：广东人民出版社，1981年，第64页。
③ 黄章海：《中国文学批评简史》，第25页。

承与创新的内涵。《通变》篇中说:"变则可久,通则不乏"。能变,所以能通;能通,所以能久。能变,所以能多姿多彩;能通,所以能有所继承,有所创造。"四观奇正":"奇正"是艺术表现的基本法则和具体变化的对立统一。所谓"设文之体有常,变文之数无方"(《通变》),"望今制奇,参古定法"(《定势》),刘勰憎恶齐梁文士只从辞藻声律方面刻意求新,"竞一句之奇,争一字之巧",就表现出刘勰对当时那种文气的批判和讽刺。"五观事义":这里是说考察作品用典的标准。"据事以类义,援古以证今","明理引乎成辞,征义举乎人事"(《事类》),从《事类》篇可以看到刘勰是推崇用典的。不过,刘勰虽肯定文章用典,但并不赞同堆砌典故,而是看它是否用得简约而精要。"六观宫商":"宫商"是指音韵声律。"音律所始……以制乐歌"(《声律》),刘勰要求文章应该合乎节奏,读起来琅琅上口。对读者批评的六种方法的解读中,我们看到,它们并非孤立地存在,每种方法在其他篇章中都有相应文句对其进行诠释,它们彼此联系。

因此,从"博观"和"六观"的具体展开中,我们看到:对"读者意识"的涵括,不仅仅于《知音》篇中,其他篇章都有不同程度的涉及。因此,刘勰在写作整部《文心雕龙》的过程中是纵观全篇的,各篇之间都有一定的内在关联性。

二

就《文心雕龙·知音》来说,其中的"读者意识"主要体现在以下几个方面:

1. "音实难知,知实难逢":情感是沟通读者与作者的纽带

《知音》的篇名取名为"知音",开篇谈论的也是"知音":"知音其难哉!音实难知,知实难逢,逢其知音,千载其一乎!""知音"一词对俞伯牙来说是指能听懂自己琴音的钟子期,在刘勰的论述里,"缀文者情动而辞发,观文者披文以入情,沿波讨源,虽幽必显","知音"则是能够"披文入情"并"沿波讨源"的观文者。这里,"知音"是指在文艺接受活动中,读者作为接受主体,要在对作品的"奥府"、"异采"之处的解读过程中全面而真切地理解作品的原意,依据自己的审美经验对文本进行深入的妙悟、体验,以逼近作者即创作主体原初的"神思",与作者的灵魂相知相通,达到与作者的精神交流和情感共鸣。

文学活动是从生活、作家、作品到读者的一个完整并循环往复的过程。对于文学活动而言,没有作家,作品无法生成,没有作品,创作还只处于构思阶段。但是文学活动并不终止于作家创作作品的完成,还要延伸到读者的接受。"没有读者的领悟、解释和鉴赏,文学就没有实现自己的价值,也就失去了存在的理由。所以,读者在文学接受活动过程中的地位和作用是最核心最具有决定性的。"[①]从这句话中,我们也能看到读者在文学活动中的重要地位。前面说到,知音是读者在接受作品时与作者情感达到共鸣而产生,因此我们首先强调读者的重要性。而在《知音》篇中,刘勰却感叹"知音之难"!感叹"音实难知,知实

---

① 郭久麟:《文学理论与鉴赏》,第189页。

难逢”！究其原因，刘勰做了以下总结：对“知实难逢”的原因，他概括有三：“贵古贱今”，“崇己抑人”，“信伪迷真”。而对于“音实难知”，刘勰则从主客观两方面分析其原因：客观上的“文情难鉴”和主观上的“知多偏好”与“人莫圆该”。接受主体的这几种艺术接受上的问题是导致知音之难的根本原因。那读者如何能成为作者的知音呢？首先，读者只有先阅读了作品，他才可能成为知音；读者要成为作者的知音，应当摒弃上述的心理偏向，以客观的心态去看待作品。

除此之外，《知音》中同样重视作者的作用，读者在接受时需以作者与作品为前提，实现现实读者与作者心中“隐含读者”的高度统一。作家“为情而造文”，知音读者应“披文以入情”。“披文以入情”，实质上就是要求接受者必须把注意力集中到作品审美性的文本内涵上，必须以对作品的深层审美意蕴的探求为旨归。海德格尔曾说过，“文本是人与历史发生的最直接的存在上的联系”①，读者的接受活动不能抛开文本，要尊重文本，尊重作者的创作。“世远莫见其面，觇文辄见其心”，唯有如此，接受者才可能成为作家艺术家真正的知音。其中，“情”是贯穿于读者与作者间的纽带，是两者得以跨时空来对话并最终达到情感高度一致的基础。“缀文者情动而辞发”，作家在作品中寄予了自己丰富的思想感情，读者在接受过程中，必须“披文入情”、“沿波讨源”，尽可能地还原作者本意，品味作者的思想感情，并融合自己的情感，与作者进行跨时空对话。“情”这一媒介让读者和作者通过文本达到情感上的共鸣，这是整个文学活动最终完成并使读者得以提升的最高境界，也使得现实读者与作者头脑中的“隐含读者”最终达到了情感的一致。

2. “音实可知，知实可逢”：“博观”与“识见”等方法是批评的途径

刘勰说“音实难知，知实难逢”，但并不是说“音不可知，知不可逢”。刘勰认识到了接受主体即读者的重要性，看到了读者的心理偏向给接受活动带来的不良影响。为了尽可能减少这种心理偏向所带来的弊端，他在《知音》篇中提出了一系列试图解决的方略。

首先，刘勰认为接受主体必须拥有“博观”的精神涵养。在中国传统文化的语境中，古代文人往往既是文艺作品的创作者，又是文艺作品的鉴赏家。传统文人的赏评不是对作品本意的简单肤浅的还原，而是对作品意蕴的深度挖掘与再创造。“凡操千曲而后晓声，观千剑而后识器”，接受主体只有通过“观千剑”和“操千曲”这些审美实践，才能积累丰富的审美经验，提高自身的审美修养和审美能力，以达到“晓声”与“识器”，才能体味作品的深层审美意蕴。

其次，他又提到接受主体需要“无私于轻重，不偏于憎爱”，接受者只有摒弃自己的偏见，才能“平理若衡，照辞如镜”，公平公正地去评论作品。当然，要做到绝对的客观与公正着实不易，或说根本不可能。在阶级社会中，绝对公平的评论家是没有的，即使是刘勰自己的评论，也往往对“熔式经诰，方轨儒门者”有明显的偏爱。因此，接受主体在接受中只有尽可能地去还原作者本意，以领悟作者的深意。

① 王岳川：《接受反映文论》，济南：山东教育出版社，2002年，第121页。

再次,接受者在克服自身的偏见、提高自我修养与能力后,刘勰又提出了一些具体的评论方法,即"六观":"一观位体,二观置辞,三观通变,四观奇正,五观事义,六观宫商"。这些方法是为了解决"文情难鉴"而提出,"文情难鉴",并非不可见,刘勰指出,"是以将阅文情,先标六观",接受者如果从这六个方面着手,就可以深入地探求作家寄托在作品中的思想与感情了。从这个意义上看,"六观"既是文学接受的具体方法,也是保证文学接受活动沿着审美的轨道正常运行的有效手段。

最后,《知音》中对接受主体还作出了"识见"的要求。"夫缀文者情动而辞发,观文者披文以入情;沿波讨源,虽幽必显。世远莫见其面,觇文辄见其心。岂成篇之足深?患识照之自浅耳。夫志在山水,琴表其情,况形之笔端,理将焉匿?故心之照理,譬目之照形。目瞭则形无不分,心敏则理无不达。"显然,刘勰在这里暗示了读者要真正领悟作品的意蕴、真正体会作者的情感,必须达到"识照"这一要求。赖力行在《中国古代文学批评史》中说:"批评家要研究处理文学的艺术本质问题,文学问题的复杂性("成篇之足深")必然要求批评家具备'目瞭'、'心敏'的识照能力。"[①]批评作为文学活动的一翼,要求主体有"识"。作家有识见,才能富于独创性,批评家有识见,才能辨别美丑、判断是非。《知音》中"昔屈平有言:'文质疏内,众不知余之异采。'见异,唯知音耳",这里的"见异"就是要求赏评者从文质两方面深入考察作品,反复玩味,从而发现作家作品在思想艺术上的个体风格和不同于其他作家作品的独特性。

3. "良书盈箧,妙鉴乃定":读者应辩证地看待刘勰的文艺思想

《知音》中,刘勰指出了"知音之难"的原因并介绍了正确评论的一些方法和途径。在文章的最后,刘勰又提出"知音"应以夔旷为榜样,"赞曰:洪钟万钧,夔、旷所定",夔、旷是知音,正因为他们有着深厚的审美鉴赏能力,所以才会有万钧的洪钟;"良书盈箧,妙鉴乃定",因为有妙鉴的知音,才有了盈箧的良书。真正的知音在断定文艺高低方面具有举足轻重的作用。在刘勰看来,只有像夔、旷这样的大家才有资格进行文艺批评,也只有他们,那些好的作品才有了遇到知音的可能。

《知音》的结尾处"流郑淫人,无或失听。独有此律,不谬蹊径",刘勰认为知音在纠正不良倾向方面有着引导的作用。儒家的正统思想,把郑声斥为淫声,可如今我们知道,郑声是《诗经》中最光辉的篇章。可见,刘勰的这种观念是有其时代局限性的。从严格意义上说,没有一个批评家可以完全公正地批评所有作品,总是会受到批评家个人偏好和当时社会思潮的影响。

刘勰十分推崇儒家文化,但他把评定一切作品的好坏以是否"征圣"、"宗经"为标准,这无形中让评论陷入教条,无法公正地进行。因而,"良书盈箧,妙鉴乃定",对于真正的、有艺术涵养的读者来说,应当辩证客观地进行批评。换言之,理想的文学批评,应该是读者、批评家在自身拥有较高文学素养的基础上,对作者、作品进行全面的、透彻的、辩证的

---

① 赖力行、李清良:《中国文学批评史》,长沙:湖南教育出版社,2003年,第47页。

分析，真正领悟作品中作者表现出的深层含义和丰富的情感。

三

刘勰《文心雕龙》创作于魏晋南北朝时期，这一时期的文学活动逐渐走向“自觉”，批评家的自我意识初步形成，开始为文学批评建立相应标准。《知音》作为鉴赏批评的专论，树立了文学批评客观标准，为我国批评理论的形成和发展奠定了基础。如果从西方接受美学的视角进行观照，那么，“知音”理论与接受美学在某种意义上说都是以读者为核心建立起来的批评理论。在西方，“长期以来，西方文论忽视读者及其阅读接受对文学研究的意义，这一意义在20世纪解释学文论和接受理论那里得到了明确的揭示与强调，此外，这两种文论也富有启示性地尝试了从读者理解与接受的角度研究文学的方法，建立了一套新型理论，实现了西方文论研究从所谓‘作者中心’向‘文本中心’再向‘读者中心’的转向。”①饶有趣味也发人深思的是，中国文学观念的发展也呈现出一种由注重文本对象到关注读者对象的隐约的嬗变过程。有研究者指出：“从先秦到隋唐，文学观念由早期的教化观念逐渐演变为对文学典范和创作法则的注意，古典艺术精神开始形成……到了明清时期诸家，文学经典逐渐从可以学习的典范变成了只可神悟而不可效法的神圣境界，创作与鉴赏拉开了距离，对文学经典的学习日渐变成个人化的体验，对古典艺术精神的认识也日渐走向更高的概括与抽象，经典作品由实际的创作范式变成意蕴精微的欣赏对象，意味着中国文学传统中的古典艺术精神走到了发展成熟的最后阶段。”②如此，尝试对刘勰的“知音”观与西方相关美学思想作比较分析也是有其可行性的。

从《知音》篇名的选定以及刘勰对“知音之难”的由衷感叹，我们知道刘勰是十分重视读者的作用的。“见异，唯知音耳”，只有真正的知音才能识见作品的“异采”之处；“良书盈箧，妙鉴乃定”，只能经由读者高超的赏识力，“良书”才得以成为“良书”，并由此列出“六观”的法式。至此，西方接受理论、接受美学可以为我们全面地理解刘勰的“知音”观提供若干路径。众所周知，接受美学是以读者及其接受活动为研究重点的，其最重要的特征就是确立了读者在文学接受中的中心地位，强调读者在文学活动中的不可或缺性，读者的接受使作品的意义得以完成。读者对作品的接受过程其实就是对作品的再创造过程。解释学的代表人物伽达默尔在阐释作品存在问题时引入了“游戏”这一概念，他的观点被描述为“一件艺术品要求一个解释者，艺术品并非一个固定不变的存在物，它本身并不会实现自己，只有进入审美理解中，文本才会变成活生生的意象，产生富有生命力的意义”③。也就是说，作品的存在以及实现的意义必须有读者的参与。作家创作出来的作品只有经过读者阅读接受才算完成。由此可知，刘勰的“读者意识”与西方接受美学可以在一定的理

① 朱立元：《当代西方文艺理论》，上海：华东师范大学出版社，2010年，第271页。
② 高小康：《中国古典艺术精神的形成》，《中国社会科学》2001年第1期。
③ 王岳川：《现象学与解释学》，济南：山东教育出版社，1999年，第222页。

论境域中展开对话。文艺作品成为"活生生的意象"问题在包括《知音》篇在内的《文心雕龙》诸篇中表征为对"情感"因素的强调上,借用杜夫海纳审美现象学术语来说,文本自身就是一个"准主体"而不是一个"固定不变的存在物",诚如梅洛-庞蒂所说:"现象学的世界不属于纯粹的存在,而是通过我的体验的相互作用,通过我的体验和他人的体验的相互作用,通过体验对体验的相互作用显现的意义,因此,主体性和主体间性是不可分离的,它们通过我过去的体验在我现在的体验中的再现,他人的体验在我的体验中的再现形成它们的统一性。"[①]文本意象是可以交互体验的有情有义的"准主体",它才能够成为彼此的"知音"。按我的理解,这正是刘勰"知音"说的精义之所在。

尽管学界一直以来都在关注刘勰的"知音"理论乃至中国古代文论中的主体意识同西方接受美学、解释学之间的理论关联,但这里必须指出,中西文化、中西文论有其不能漠视的异质性,借助其中的某些思想关联而生搬硬套甚或削足适履是没有出路的。就本文的论题来说,质言之,刘勰《知音》篇强调的是读者的接受使作品的意义得以实现,而接受美学强调读者的接受是使作品意义得以完成。《知音》篇中的"缀文者情动而辞发,观文者披文以入情"的深意在于,作者在写作过程中寄予了自己的思想感情,已经赋予了作品本身的意义,而读者在接受时要做的是"以文入情"、"沿波讨源",领悟作品的旨意。《知音》篇中刘勰焦灼呼告"知音难逢",是因为接受者不能真正理解作品的含义,不能与作者达到情感的共鸣。所以,《知音》中注重的是读者对作品的阐释与理解。

西方对话理论的创始人伽达默尔指出,读者并不是被动接受的个体,读者与文本之间应该是一种主体与主体之间的关系,读者对文本的理解应该是一种对话的形式,读者的接受是一种主体性的积极能动的接受。伽达默尔把读者与文本视为并列关系,突出了读者在文学活动中的重要地位。伽达默尔认为,作品的存在不仅是艺术家所创作出的"原作",而且是指由"原作"与参与者共同完成的、新的"构成物"。他曾经指出:"游戏的人好像只有通过把自己行为的目的转化到单纯的游戏任务中去,才能使自己进入表现自身的自由之中。"[②]从中我们了解到,作品的存在是取决于解释者与文本的相遇,参与者与历史流传物的攀谈所构成的新的存在着的作品整体。伽达默尔把文学活动看成是一个统一的整体,重视作者与文本,更重视读者的作用。必须强调,在西方阐释学、接受美学的视域中,读者及其阅读活动已参与了文学意义的建构,读者的地位与作者齐等甚或超过了后者。从"六观"、"博观"与"识见"等处看,刘勰的"知音"是在对作者原意的追随、解读中得以确认的,"知音"雅号的获取仍要参照作家作品本身来定夺。这是中西方有关读者接受观念的重要的区别。

从理论的源出语境上说,刘勰的"读者意识"衍生于中国传统文化中的古典素朴的主体意识,它在物我交融、身心一体的诗性逻辑中生发开去,而接受美学、解释学则是在西方

① 梅洛-庞蒂:《知觉现象学》,姜志辉译,北京:商务印书馆,2001年,第8页。
② 伽达默尔:《真理与方法》(上),洪汉鼎译,上海:上海译文出版社,1992年,第138页。

传统主客体二元对立的思维模式走入困境而有意识谋求理论突破的产物，它们仍然留有理性主义的思想倾向。但同时不能漠视的是，在谋求超越主客二元对立思维模式的审美现代性进程中，注重物我冥合、身心交融的中国古典美学日益引起国内外学者的普遍重视，审美主体间性带来了中西文艺美学比较的新契机。在这种学术理论的背景下，有待于进一步研讨刘勰的“读者意识”及其当代启示意义。

近世日本《杜甫诗集》阅读史考

［日本］静永健著　［日本］陈　翀译*

一、9—10世纪：《杜甫诗集》初传日本之痕迹

现存《杜甫诗集》传入日本最原始的数据记录在入唐留学僧圆仁（794—864）留下的《入唐新求圣教目录》之中。《入唐新求圣教目录》是圆仁于开成三年（838）至开成四年（839）在扬州所收集的书籍目录，其中包括了一个二卷本的《杜员外集》。当然，这个卷子本现已不再存世，但我们还是可以大致推测出这是润州刺史樊晃（大约于大历五到六年，即770—771年在润州任）所编六卷本《杜工部小集》的转抄系统本。也就是说，在樊晃编成《杜工部小集》仅仅六十年之后，其转抄本就已经被传入了日本，传播速度之迅速，不能不令人叹为观止！

在圆仁之后，我们则可以在10世纪日本平安时代的贵族文人大江维时（888—963）编撰的唐诗佳句集《千载佳句》中找到杜诗传入日本的确凿证据。《千载佳句》一共收入了六联的杜甫佳句，全文如下：

秦城楼阁莺花里，汉主山河锦绣中。〔清明〕
林花着雨燕脂落，水荇牵风翠带长。〔曲江遇雨〕
蓝水远从千涧落，玉山高对两峰寒。〔（九日）蓝田崔氏庄〕
五夜漏声催晓箭，九天春色醉仙桃。〔早朝大明宫〕
鱼吹细浪摇歌扇，燕蹴飞花落舞筵。〔城西（陂）泛舟〕
数茎白发那抛得，百罚深杯也不辞。〔陪阳傅贺兰长史会乐游原〕

---

* 作者简介：静永健，日本九州大学文学部教授。陈翀，日本广岛大学文学研究科副教授。

通过与现存各种杜集的对校，可知以上诗文及诗题均存在着一些比较明显的文字异同，例如第六句之《陪阳傅贺兰长史会乐游原》，今日通行本作《乐游园歌》。从时间来看，大江维时编撰《千载佳句》时所使用杜诗底本应该早于现存最早的北宋王洙编集本，因此，其所录杜甫诗句虽然只有六句，但文献价值却不容忽视。此外，再稍后一点，大江维时的后裔大江匡房（1041—1111）还在其言行语录《江谈抄》中提到了一部《注杜工部集》。由此可以看出，在日本的平安时代，杜诗已经的确有了一定范围的传播。

然而，我们也不得不承认，杜甫在日本平安时期的贵族文人之中的知名度并不高，最多不过只能算是为数众多的唐代诗人中的一位而已。他的诗歌也还没有被平安贵族文人予以特别地赞赏推崇。本来在当时日本能够有能力且有兴趣去广泛阅读大量唐诗的贵族文人就极为有限，因此《杜甫诗集》的传播范围应该也不会超出平安宫廷贵族的这一文化小沙龙的圈子。

另外，从现有史料来看，可知随着时间的推移，《杜甫诗集》不但没有进一步扩大影响，反而逐渐淡出了平安文人的视野，彻底失去了读者。在煌煌众多的平安史料之中，没有留下谈及用平安古抄本与北宋王洙以后诸刊本进行对校的任何文字记载，这就是证明平安中后期文人基本没有关心过杜诗的最好证据。这种冷漠的受容态度与白居易的《白氏文集》恰好相反，可以说是这两部文集正好可以被看作是东亚汉籍传播中的截然不同的两个典型。

由此可知，随着平安贵族文化的衰退，最早传入日本的《杜甫诗集》也逐渐退出了历史的舞台。杜甫的诗文，宛如神龙一现，就又立即消失得无影无踪了。

二、14—15世纪：《杜甫诗集》之日本再传与五山禅林

杜甫的诗文再次出现在日本文人的视野之中，要后推到中国的元末明初，也就是日本的镰仓末期与室町时代。

在这一时期，杜甫诗歌最初开始流行于一些禅僧，特别是代表了京都禅林寺院的五山僧侣之间。与中国大陆的诗僧一样，五山僧侣们在佛道修行的同时也热衷于讽咏汉诗，通过各种"文会"与禅林之外的文人贵族进行诗歌唱和，具有非常高的文学欣赏水平。在享受杜诗的同时，他们往往还从一种禅僧所独具有的视角来尝试对杜甫诗文进行诠释与讲义。这些杜诗讲义中的一部分随后被弟子整理成书，流传至今。其中比较著名的有江西龙派（1375—1446）的《杜诗续翠抄》、雪岭永瑾（1447—1537）《杜诗抄》等。此外，对于杜诗的议论还散见于禅僧们的各类文集之中，如虎关师炼（1278—1346）的诗文集《济北集》二十卷之第十一卷中收入的对《登岳阳楼》、《巳上人茅斋》、《别赞上人》、《秋日夔府咏怀奉寄郑监李宾客一百韵》四首诗的笺注。

也就是在这一时期，日本本土开始对中国大陆所传杜诗笺注本进行覆刻。现存奈良

天理图书馆《集千家注杜工部诗集》(诗集二十卷/文集二卷),可以确认为元时高崇兰所编纂的宋末元初文人刘辰翁集注批点本之忠实的覆刻本。但尽管杜诗以及《杜甫诗集》的传播已经有了一定的规模,但我们还是有必要认识到,这一时期对杜诗仍然没有像白居易诗文一样被吸收融入日本文化之中。其实,即使是在五山禅僧之中,最受欢迎的还是苏东坡与黄山谷,而非杜甫。而且我们还必须进一步清楚地认识到,此一时期对杜甫诗的关心并非源于杜甫诗歌本身的魅力,亦与之前平安文人对杜诗享受无甚关联,只是五山禅林宋诗崇拜的一个间接的产物。说明白一点,五山禅林对杜甫诗歌的认识不外是建立在是苏、黄等宋代大诗人对杜诗的评论之上,属于一种爱屋及乌的现象。且以五山为中心的禅林文化本身也并没有延续多久,到了15世纪后半期,因为连绵不断的战乱(诸如1467—1477年的应仁之乱),其文化也迅速走向衰退,不久就退出了历史舞台。同时,由五山禅僧所传来的《杜甫诗集》,也再次淡出了人们的阅读视野。

另外,这一时期的杜诗享受还有一个非常独特的地方,就是杜甫形象曾一度出现在了日本绘画(画赞)之中。与日本遣明使一起入明,继承了以宁波为中心的大陆江南一带画风的雪舟等杨(1420—1506)的作品目录中有一幅题为《杜甫骑驴图》的绘画。这种以杜甫骑驴为题材的绘画不可能完全出于雪舟的独创,应该是对大陆江南绘画的一个继承。不过,从现有史料来看,这个画题在17世纪以后的日本文人绘画之中基本没有得到因袭。当然,雪舟的这幅画其后并不乏好事者予以模拟,但有趣的是,这些模仿之人却基本上都没有将画中之人与杜甫联系起来。由此也可以看出,五山文化退潮之后杜甫知名度在日本文化阶层中基本降到了冰点,几可戏称之为日本杜诗受容的第二个的冰冻期。杜甫有幸两次进入日本的主流文化,但不幸的是两次都没能逃脱被遗忘的悲剧命运。

再附言一句,《杜甫骑驴图》之所以没有能够在日本扎下根来,极有可能还与一些看似与文化传播本身无关的外在因素有着比较密切的联系。日本自古以来就没有饲养驴马的习惯,因此日本本土文人基本上没有见过驴马的实际形象,也就谈不上将其演变为绘画的一个主要题材了。

三、17—18世纪:《杜甫诗集》之第三次传入日本与明代古文辞派的诗学

可以说,直到17世纪以后的江户时代,杜诗在日本才真正地得到广泛的阅读与受容。不过出人意料的是,直接导致杜诗大流行的,不是平安时期的古抄本,也不是室町时期的五山版本,竟然是明万历年间刊刻于福建的一部不起眼的杜诗通俗选本!

邵傅(字梦弼)撰、明万历十六年(1588)陈学乐(字以成)序刊六卷本《杜律集解》,是一部由388首五言律诗(四卷)与135首七言律诗(二卷)构成的杜诗选集,注释极为简洁,在中国大陆现在已经基本上找不到此书的原刻本了。然而,正是这部分量不重的小书,被京都书肆风月宗智加以训读(和训)出版(1643年·日本宽永二十年)之后,如燎原之火,立

即成为当时的一大畅销书。在此后的半个世纪之中，又不断有各种覆刻本以及增订本问世。以下是我对日本各个机关图书馆所调查的《杜律集解》的部分版本目录，附于下，以供大家参考：

明刊本……明万历十六年刊本，国立公文书馆·国会图书馆所藏：

1. 宽永二十年(1643)京都·风月宗智刊本，东洋文库·国会·东北大·九州大等。

2. 万治二年(1659)京都·丸屋庄三郎刊本，二松学舍大等；另有万治3年刊本、田中庄兵卫覆刻本。

3. 万治二年(1659)京都·前川茂右卫门刊本，九州大。

4. 宽文五年(1665)上村次郎右卫门刊本(小本)，九州大。

5. 宽文五年(1665)书肆不明。书名《杜律集解大全》12卷，立命馆大。

6. 宽文十年(1670)丸屋庄三郎刊本(鳌头注本)，东北大等；另有前川茂右卫门刊本(鳌头注本)，九州大。

7. 宽文十三年(1673)油屋市郎右卫门刊本，滋贺大·东北大等。

8. 天和三年(1683)书肆不明(旁训本)，宫城县立图书馆。

9. 贞享二年(1685)井上忠兵卫刊本(新版改正)，国会·九州大等；另有书肆无记名本。

10. 贞享三年(1686)京都西村市郎兵卫·江户西村半兵卫刊本，二松学舍大等。

11. 元禄七年(1694)西村市郎右卫门刊本(音注)，广岛大。

12. 元禄九年(1696)美浓屋彦兵卫刊本(鳌头增广)，各地多数；《杜律集解详说》无刊记(和训本)，九州大。

那么，为何日本17世纪后半期杜诗能风靡整个江户呢？我想，其最根本原因还是要将其归溯到明代后期中国诗学思想的嬗变，即以李攀龙(1514—1570)、王世贞(1526—1590)等为代表所提倡的古文辞派思想的流行。也许最初看到明版《杜律集解》的京都书肆店主并没有过分在意到这部书的诗学背景，但邵傅在编撰此书时，一扫宋元时代积累下来的繁杂而难信的旧注，这明显就是在古文辞派思想影响之下而形成的一种新的文学观。在这部小书之中，邵傅有意选取了一大批初学者比较容易理解的律诗并附以简单的诠释，使得其易懂好读。更重要的是，这一时代的日本人虽然不懂中国语，但训读文化的确立，已经逐渐使得一般的市民阶层也已经开始能够读懂诸如《论语》、《史记》这类经典的古文作品，汉籍的需求市场(这一时期的书籍主要受容阶层，不是贵族，亦非僧侣，已经扩大到了中下阶层的士人以及一般的庶民)得到了明显的扩大。在日本出版的杜甫诗集之中，也毫无例外地被附上了和训，也正是为了迎合这一庞大读者群体的需要。而《杜律集解》六卷本这种不多不少的分量，价廉物美，又正暗合了普通读者层的价格要求！也就是说，如果不是专门或特别爱好杜诗的学者,已经失去了究读数量繁多的宋元古注(出典、语例以及训诂)之必要了。一般的读者,完全可以通过简单的和训来对杜甫的诗歌进行自由的享受。要之,这部在中国大陆基本上没有引起多大反响的闽本杜诗集,之所以能在日本成为风靡一时的一大畅销书,乃是因为被加上了简单的和训符号的《杜律集解》覆刻本,正赶上了17世纪后期日本的这一时期文化转型的时代潮流。因为《杜律集解》的流行,杜甫也因此一跃为这一时期的一个文化偶像,终于在日本知识阶层中得到了一定的地位。

另外,《杜甫诗集》会在中国与日本呈现出如此不同的受容面貌,还有一个重要原因就是与日本没有实行科举制度不无关联。中国之所以会编撰出如此数量繁多的杜诗笺注,其中很大的一部分是被当作科举士人的参考书。而在日本,科举制度本身并不存在,日本人也就完全没有必要对宋元时代超过百家之多的杜诗笺注予以关心,因此难懂的杜诗也就很难在日本得到流行。直到明代万历之后,在中国大陆庶民文化得到进一步扩张的文化背景之中,开始出现了一批直接与科举考试本身没有多大联系、为一般庶民家庭之幼学儿童的古文学习课本,而这些通俗易懂的古文读本也迅速地传入了日本得以流行。和刻本《杜律集解》在日本的滥觞与这一时代东亚汉文化圈的大背景亦有密切的联系。

然而,有花开就有花落。虽然杜诗在18世纪以后依旧受到日本读者的欢迎,但《杜律集解》之出版风潮却在17世纪末落下了帷幕,这是因为李攀龙《唐诗选》的传入日本,一跃成为日本阅读唐诗时最权威的选本。《唐诗选》对日本近世影响之深远已是一个众人周知的事实了,相关研究甚多,于此就不再赘言了。

明代文化对于日本近世文化的形成产生过巨大的影响。本文所提到的《杜律集解》只不过是其第一波浪潮的肇端。沿袭着这股潮流,日本之后还相继出现了不少本土编撰的杜诗选本。日本正德四年(1714)度会末茂撰《杜律评丛》三卷就是其中最有特色的一本。这部书是由京都书肆奎文堂濑尾源兵卫出版发行,选入了133首杜甫的七言律诗以及相关汇评,大量引用了《瀛奎律髓》、《石林诗话》、《诗薮》、《艺苑卮言》、《冰川诗式》等宋明诗话笔记中的记载。由此可知当时日本还传入了大量的宋明随笔书籍,其中一部分还被日本书肆予以覆刻。度会末茂对这些随笔书籍予以通读,汇集其中有关杜诗的评论,从而编撰出这部独具特色的《杜律评丛》。

此外,在《杜律评丛》刊刻的一年之前,京都书肆白松堂唐本屋佐兵卫还出版了一部二卷本的《杜律诗话》。《杜律诗话》的作者为清初大儒陈廷敬(1639—1712),由其门人林佶最终汇总而成。非常有趣的是,这部书在中国大陆并没有被单行版刻。日本出版的《杜律诗话》,是京都市井文人松冈玄达(1672—1746)将陈廷敬全集《午亭文编》五十卷之该当部分之最末二卷抽出加上和训编纂而成的。《午亭文编》刊刻于清康熙四十七年(1708),现在还不清楚这部书籍是何时被舶到长崎的。但此书在出版之短短五年之后就已经受到了日本文人的瞩目,估计这是陈廷敬本人不曾想到过的吧！还要强调一点的是,松冈玄达并非专业文人,其本职乃是医生,他从《午亭文编》将《杜律诗话》抽出编辑成和刻本,这无疑是证明这一时代杜诗流行之广、影响之深远的最好的一则证例。

此外，在这一时期日本还先后出版了好几部和刻《杜甫诗集》，此处就不再一一枚举。但要引起我们注意的是，此时中国大陆已经出版了被誉为杜甫诗注集大成的仇兆鳌二十五卷本《杜诗详注》(1714 年刊)及浦起龙六卷本《读杜心解》(1725 年刊)，然而日本的书肆却对这两部大著没有显示出任何兴趣，这两部诗集最终也没能在日本得到翻刻刊行。当然，我们不否认这两部书籍在中国大陆出版不久之后就已经舶至日本，但是其传播范围极为狭窄，数量也极为有限，只限流传于一部分有名的藏书家以及学者之中。

19 世纪初，乾隆帝之侍读沈德潜(1673—1769)所编撰的四卷本《杜诗偶评》被覆刻成了和刻本(底本为乾隆十二年/1747 年序本)。第一次覆刻于享和三年(1803)，由江户幕府之官学昌平黉刻版刊行(此后又出现了不少此本之再覆刻本)。第二次覆刻于文化六年(1809)，由江户千钟房须原屋茂兵卫刊行。第三次覆刻于文政六年(1823)，由江户的堀野屋仪助与冈田屋嘉七共同出版。直到明治时期，这部书还被改名为《杜诗评钞》附上鳌头注被京都文求堂田中治兵卫再次刊刻(明治三十年/1897)。与以往的和刻《杜诗诗集》不一样，沈德潜编撰的这部《杜诗偶评》并没有被附加上和训。由此可以看出此时日本人的汉文读解水平已经达到了一个非常高的水平了，即使是中低阶层的知识分子，也不用借助和训来阅读欣赏杜诗了。

如上所述，日本的杜诗传播，一波三折，最终还是借助了明清诗学思想之滥觞，才终于在日本确立了其作为中国古典文学之代表的经典地位。

四、结语：近代文艺与《杜甫诗集》

上文对日本杜甫受容及阅读史做了一个简单的概括与回顾。最后，让我再来谈谈明治维新(1868)以后日本近代知识分子对杜诗受容的情况。

时至近代日本，可以说杜诗已经占据了东亚汉文学鳌头之经典地位，因此有关杜诗的各种评注以及概说的书籍还不断地在日本被刊刻出版，参与这项活动的知识分子也覆盖了各个层面，如近代诗人之岛崎藤村(1872—1943)、小说家之堀达雄(1904—1953)、画家之小杉放庵(1881—1964)、和歌歌人之土岐善麿(1885—1980)等，都留下了不少有关杜诗的论著。甚至连当时的一些著名的西洋文学大家，如英文学者之斋藤勇(1887—1982)、法文学者之桑原武夫(1904—1988)、德文学者之田木繁(1907—1995)亦都涉及了这一领域。可以看出，近代日本之杜诗，在帮助日本知识分子理解、审视西洋文学这异文化接受的方面也发挥出了巨大的作用。或许正因如此，即使是在西风东渐的明治时期，杜诗在日本还是拥有着一大批忠实的读者。

总而言之，在明治时期，杜诗已经不再是纯粹的唐诗，而是被看成为明清诗学之集大成的一个重要象征。借助对杜诗的论评，明清诗学之精华也得到了进一步深化传播，对日本近代知识分子学术思想的形成以及文艺创作具有不可忽视的重要意义。正是在这种学术思潮的影响下，以毕生研究杜诗为大任的吉川幸次郎(1904—1980)，开创了日本的中国文学学科，也确立了日本研究中国文学独自的学术传承。对于这一问题，请允许我撰别稿予以详谈。

附录：伊藤东涯(1670—1736)《杜律诗话序》：

本朝延天以还，荐绅言诗者，多模白傅，户诵人习，尸而祝之。降及建元之后，丛林之徒，兄玉堂而弟豫章，治之殆如治经，解注之繁，几充栋宇。今也承平百年，文运丕阐，杜诗始盛于世矣。呜呼，白之稳实，苏之富赡，黄之奇巧，要亦非可废者也。然校之杜，则偏霸手段，不可谓之集大成矣。然则诗道之于今日，亦可谓渐于正欤。书铺刊《杜律诗话》，请序。此清相国午亭陈廷敬所著，其书虽略，亦足以补赵邵之阙，为序。(正德癸巳 1713 孟夏)

日本《文心雕龙》研究的新趋势

冯斯我*

一、引　　言

成书于南齐末期的《文心雕龙》是中国文学理论史上一部里程碑式巨著，在中国乃至世界文学理论史上占有重要地位，以至于形成了全球范围内的“龙学”。日本自古以来非常重视对《文心雕龙》的研究。早在唐代，日本高僧遍照金刚的《文镜秘府论》里就已提到《文心雕龙》，至镰仓、室町时代，书写本《五行大义》的附录中引用了《文心雕龙》里的一小段。而安土桃山、江户时代有学者藤原惺窝在其所著的《文章达德纲领》中引用了《文心雕龙》三个章节里的文字。[①] 可见当时日本学者已对《文心雕龙》有一定的认识。

18 世纪初，日本便有了“尚古堂木活字本”和“冈白驹校正句读本”这两种《文心雕龙》版本。20 世纪以来，以被称为日本近代“中国文学研究第一人”的铃木虎雄为开端[②]，日本龙学研究进入繁盛时期，涌现出一批致力于《文心雕龙》研究的学者，如斯波六郎、户田浩晓、吉川幸次郎、目加田诚等，在对《文心雕龙》的版本校勘、注疏、理论、译注以及索引研究等方面均取得重大成果。作为海外龙学研究的核心国家，日本《文心雕龙》研究已受到全世界瞩目。关于日本龙学研究，国内外已有诸多探讨。从国内学者王元化所编集的《日本研究文心雕龙论文集》中可以窥见我国对于日本龙学研究给予较多关注。然而，绝大多数论著探讨的是 21 世纪以前的日本龙学，至于 21 世纪初的则鲜有人研究。有些学者只是在论述其他问题时零星地提到相关问题，如门胁广文在《文心雕龙研究》末附有 1882 年至 2004 年间日本的《文心雕龙》相关著书论文目录。因此，严格来说，国内外缺乏对 21 世纪初日本龙学的研究。本论文立足新时期，试图从日本龙学发展史的角度，对 21 世纪初日本龙学，特别是对其新兴的比较文学、跨学科的研究方法等进行分析研究，以期有助于人们对海外龙学的认识。

---

* 作者简介：冯斯我，女，广东外语外贸大学东语系研究生。

① 即《指瑕》篇、《定势》篇和《才略》篇。参见门胁广文：《鎌倉室町时代・江户时代前半における〈文心雕龍〉受容の歴史》，《人文研究》第 5 号，2000 年 3 月 31 日。

② 参见《日本汉文学大事典》，明治书院，1985 年。

二、研究内容上之于前人的显著发展

进入21世纪以来,日本龙学研究更是全方位展开,既有专题性或相关性学术会议①、研究课题,也有大量论著。这些成果广泛涉及《文心雕龙》版本校勘、译注、概念术语、文学理论、研究史等方方面面。以下,拟从版本校勘、概念阐释以及翻译论著这三个方面,分析十多年来日本龙学研究在内容上的基本面貌。

1. 聚焦于历代版本中遗漏较多篇章的校勘

《文心雕龙》自产生以来,各种版本众多,有刊刻本和手抄本。人们在刊刻抄写的过程中,文字上的讹误、缺漏、增添、颠倒等情况在所难免,更何况在流传过程中,文字也可能有所不同。因此,校勘就成为《文心雕龙》研究中的一项最基础的工作。日本学者在这方面的研究起步很早而且成就显著。事实上,自20世纪初铃木虎雄的《敦煌本〈文心雕龙〉校勘记》和《黄叔琳本〈文心雕龙〉校勘记》诞生以来②,《文心雕龙》版本的校勘已成为日本龙学研究的传统。这种校勘不是简单地比较异同、纠讹补正,而是伴随着对《文心雕龙》的注疏和索引等。21世纪初,一些龙学经典著作在日本国内或中国再版,其中包括斯波六郎《六朝文学的思索》,全书第二章"文心雕龙研究"里的绝大多数论题都是与校勘有关的,其中最突出的是"《文心雕龙范注补正》"。该《补正》对中国学者范文澜《文心雕龙注》的补充订正共四百余处,其中典故部分的补正进一步完善了范注,有些补注对《文心雕龙》语句的解读具有重要作用,特别是在文字校勘方面比范注更为精当。冈村繁是日本著名的龙学研究家,他的《文心雕龙索引》于2008年再版③。该著作以清代学者黄叔琳《文心雕龙辑注》和纪昀的点评为底本,按字索引,分笔画和罗马字母两种检索方法检索,资料翔实、精细,对20世纪后半叶之前《文心雕龙》及其研究论著条分缕析,是研究者必不可少的一部工具书。

老一辈龙学者校勘著作的再版充分说明日本学者对这方面研究的重视。与20世纪铃木虎雄、斯波六郎和户田浩晓全面系统校勘《文心雕龙》不同,新时期以来,日本学者更注重对一些历代版本中遗漏较多篇章的校勘,如2009年6月14日,在日本六朝学术学会召开的"第13回六朝学术学会大会"上,日本筑波大学大学院的和久希和日本中部大学的竹泽英辉分别发表了题名为"刘勰隐秀论小考"与"《文心雕龙》关于'术'和'心'的探讨"的论文。两篇文章在吸收前人研究成果的基础上,或对《文心雕龙》里文字遗漏最多的篇章《隐秀》篇进行了再次补正,或对《文心雕龙》里两个重要概念"术"与"心"作了系统的梳理、校对。

---

① 例如:2005年4月4日至5日,日本福冈大学召开的"《文心雕龙》国际学术研讨会",会议结束后集有《日本福冈大学〈文心雕龙〉国际学术研讨会论文集》一书(台湾文史哲出版社,2007年);2009年10月10日至11日,日本文教大学越谷校区举办了"日本中国学会第61回大会"。

② 见《内藤博士还历支那学论丛》(1926)和《支那学研究》(1928)。

③ 参见《冈村繁全集》,上海古籍出版社,2010年。

2. 侧重对主要章节中的概念的阐释

《文心雕龙》是文学理论或文学批评方面的巨著，这一点是国内外学者的共识。然而，日本龙学界在这方面的研究，与《文心雕龙》版本校勘、注疏以及索引研究相比，向来比较薄弱。二战后，以斯波六郎《文心雕龙札记》为标志，日本龙学研究开始注重研究刘勰及其《文心雕龙》里所体现的文学理论或文学批评思想。如兴膳宏的"溯源《文心雕龙》之自然关照"和"《文心雕龙》隐秀篇之于文学理论史的地位"等[①]，主要探讨儒家思想对刘勰文学理论的影响，刘勰的创作理论和文学史观等。21世纪初，日本学者这方面的研究集中在对《文心雕龙》中"神思"、"心"、"术"、"情性"和"风骨"等重要概念的释义上。如竹泽英辉在"论《文心雕龙》总术篇与'术'"[②]一文里，以《总术》篇为核心对《文心雕龙》里所有"术"的概念进行详细释义。而安东谅历经数十载完成的"《文心雕龙》杂说"系列论文则是这方面研究的突出代表，其中撰写于21世纪初的有三篇，包括"杂说序志"、"杂说五"和"杂说六"[③]。第一篇结合《序志》篇主要探讨了刘勰"原道"、"征圣"、"宗经"的内涵及其对刘勰创作《文心雕龙》的意义，另两篇则从《神思》篇出发，结合整部《文心雕龙》，深入阐释了"神思"的内涵，明确了它在刘勰创作论思想中的地位。

3. 注重对中国学者研究论著的翻译

《文心雕龙》有三种全日译本，即1968年出版的兴膳宏译本、1974年出版的目加田诚译本以及1974年、1977年分上下两册出版的户田浩晓译本，均在世界龙学研究史上占有举足轻重的地位。《文心雕龙》日译不是一般的翻译而是一种研究。因为这些译本不仅把中文翻译成了日文，而是伴有详尽的注释、解说和评论。至于中日两国对有关《文心雕龙》研究论著的翻译更是龙学领域一种特殊的研究内容。中国学者在20世纪翻译出版了包括户田浩晓《文心雕龙研究》在内的不少论著。然而，日本龙学界却不翻译出版中国学者有关《文心雕龙》研究方面的论著。这种现象在21世纪初得到了根本改观。21世纪初，中日两国龙学界学术交流频繁。2000年4月5日至8日，冈村繁和兴膳宏参加了在中国镇江举办的《文心雕龙》国际学术研讨会，其弟子甲斐胜二翻译了王元化研究《文心雕龙》的两篇文章，即《文心雕龙创作论八说之〈情采篇〉情志说》和《文心雕龙创作论八说之〈比兴篇〉拟容取心说》，并被收录在冈村繁主编的龙学系列丛书《文心雕龙》第一卷里。[④]

总之，在版本、概念释义和翻译方面，21世纪日本龙学较之以前都有比较明显的进展。这既与日本学者对《文心雕龙》文本和理论思想的深入理解以及中日两国学术交流频繁分不开，也与他们所采用的研究方法有关。

---

① 即《〈文心雕竜〉の自然観照——その源流を求めて》(《白川静博士古稀记念中国文史论丛》) 和《〈文心雕龍〉隱秀篇の文学理論史上における位置》，参见兴膳宏《中国文学理論研究集成》，清文堂，2008年。

② 《六朝学术学会报》第10集，第51—67页，2009年3月。

③ 分别即"《文心雕龙》雑说(序志)"(中国中世文学研究，2004)、"《文心雕龙》雑说五(神思)"(言语文化研究，2002)和"《文心雕龙》雑说六(神思)"(言语文化研究，2004)

④ 汲古书院2005年4月出版。

三、跨学科研究方法的出现

从近代铃木虎雄开始,到20世纪的户田浩晓、目加田诚、斯波六郎,日本龙学研究聚焦于对《文心雕龙》文本的校勘,内容的训读、意译和注释以及刘勰身世的考证,因此,个案研究法、文献研究法和实证研究法广泛用于日本龙学研究中,从而形成了传统日本龙学研究精细、周详的特点。这种方法常按照定性定量的原则,对收集来的各种《文心雕龙》版本以及各种研究资料进行整理和考证,往往不对刘勰文学理论思想进行解读。20世纪后期尤其是进入21世纪以来,日本龙学研究中开始大量运用"交叉研究法",即把翻译学、历史学、宗教学、文化人类学和语言学等分析或阐释方法引入《文心雕龙》研究,从整体上对它进行综合研究。下面,我们对其中人们使用最多的几种方法进行举例分析。

1. 实证与翻译学、语言学相结合

刘勰是僧人,因此,关于他的佛教思想以及《文心雕龙》与佛教的关系,历来都是日本龙学研究的一个重要问题。很多龙学大家对此都有精到的论述,如兴膳宏的《〈文心雕龙〉与〈出三藏记集〉》等。新时期这方面的研究最有代表性的就是北村彰秀新近完成的论文《佛典汉译史上的刘勰与〈文心雕龙〉》。如果说兴膳宏从文本出发,主要采用实证方法,较为详尽地考察了《文心雕龙》与《出三藏记集》之间的相同之处,以大量确凿证据证明两者在思路、内容及其语言表述方面的一致性的话,那么,北村彰秀则在逐字逐句考证《文心雕龙》文本的基础上,综合采用翻译学和语言学的方法,追溯了佛经进入中国翻译话语的整个历史,分析考察了中国佛经翻译历史上一个悠久的、基于语义翻译和文学翻译之间的论争,说明刘勰及其研究文学作品的著作《文心雕龙》在其中的巨大作用,阐释了刘勰《文心雕龙》对佛经《出三藏记集》的出现有着显著影响。从方法论上来说,北村彰秀对《文心雕龙》与《出三藏记集》的研究比兴膳宏更加多元化,这不仅有助于我们深入理解文学与佛经语言及其写作上的特性,加深对两部文本的解读,而且丰富了佛经翻译理论。

2. 文献考据与历史文化相结合

日本龙学研究史历来为学者所关注。兴膳宏《日本对〈文学雕龙〉的接受与研究》、户田浩晓《文心雕龙小史》和门胁广文《日本〈文心雕龙〉研究史》是这方面的代表作,其中门胁广文另有三篇论述有关日本对《文心雕龙》的接受史方面的论文,均属21世纪之作。[①]若把它们同兴膳宏、户田浩晓的论著比较一番,我们会发现两者的显著不同突出体现在研究方法上。前两人主要采用文献考据的方法,通过对考证整理出来的、有关刘勰及《文心雕龙》研究方面大量历史事实资料的梳理,描述出了特定时期日本龙学研究的历史,考证

① 三篇分别为《鎌倉室町時代・江户時代前半における〈文心雕龍〉受容の歷史》(大东文化大学"人文科学"第5号第39—61页,2000年3月31日)、《江户时代后半における〈文心雕龍〉受容の歷史》(第6号第53—76页,2001年3月31日)以及《日本安土・桃山・江户时代的〈文心雕龙〉研究》(中国语)(《文心雕龙研究》第4辑第254—273页,2000年)。

严谨，立论确凿有据。门胁广文的论文在这一点上与他们二人相同，所不同的是他在描述分析《文心雕龙》在日本某一历史时期的传播和影响的基础上，采用历史学、文化学的方法，结合日本当时社会政治、经济和文化等各个方面的现状，以及人们文学创作上的风尚等，探讨了日本人接受、研究龙学的历史和文化因素，这种综合性研究方法对我们全方位把握《文心雕龙》在日本镰仓室町时代、安土桃山时代和江户时代的研究状况以及理解日本文化具有重要历史价值。

3. 比较文学与历史学相结合的方法

比较文学兴起于法国，19世纪后期广泛流行。日本龙学研究中也比较早地借鉴比较文学研究的方法，对《文心雕龙》进行了多方面的比较研究。这种研究主要体现在两个方面：一是把《文心雕龙》和中国其他文论著作相比较；二是把《文心雕龙》与日本文论或文学作品著作相比较。例如，青木正儿1943年在《中国文学思想史》一书中把《文心雕龙》与钟嵘《诗品》作比较，指出它们是"文学评论之双璧"。

进入21世纪以来，学者往往把比较方法与历史学方法结合起来，先找出不同国家或是不同作者的作品之间有何相似之处，即在明确比较点的基础上，从历史学的角度出发，结合作品的历史背景，探寻其思想主张产生的社会根源及客观性。以门胁广文"论《文心雕龙》对《古今和歌集》真名序的影响"一文为例，既对两部作品从内容、表述形式上进行了对比分析，又追根溯源，考证探究了《文心雕龙》影响日本《古今和歌集》的历史事实，具有很强的说服力。

如果说比较学使我们从跨文化、跨民族的广阔视角多方位地分析问题，那么历史学则是基于事件客观性的前提下，真实准确地把握问题的内涵。俞慰慈、陈秋萍"《文心雕龙》对日本近世汉学的影响"一文①，主要通过对江户时代初期藤原惺窝和刘勰生平的历史考证，说明他们相似的经历和文学观点是导致他们著作，也即《文章达德纲领》与《文心雕龙》相似性的根本原因。总之，比较文学与历史学相结合研究方法的自觉运用，在使得日本龙学研究具有历史客观性的同时，拥有了跨国度、跨文化、跨民族、跨语言的辽阔视野。

四、研究视角的多样化

《文心雕龙》是中国文艺理论的巅峰之作，更是一部文化巨著。除文学外，后人在哲学、文化、思想等领域频频论及它。尤其是21世纪以来，伴随着全球化带来的文化一体化的发展，自觉从跨语言、跨学科、跨文化视野重新审视《文心雕龙》是日本龙学研究领域里的一个突出动向。这突出体现在研究者研究视角的多样化上。下面，我们将对这一时期

① 俞慰慈、陈秋萍：《〈文心雕龙〉对日本近世汉学的影响》，《论刘勰及其文心雕龙》，北京：学苑出版社，2000年。

比较常见的一些研究视角进行分析。

1. 思想史

研究刘勰及《文心雕龙》里言语思想的论文非常多,但筑波大学人文社会科学研究科的特别研究员和久希 2010 年完成的课题"从玄学到空海——六朝语言哲学的东方视野"别具一格。① 与单纯从《文心雕龙》文本出发,分析刘勰言语思想的一般研究思路不同,该课题从整个中国思想史的角度,视《文心雕龙》为中国思想发展史上的一个特殊现象,把以王弼的语言学思想、形而上学思想为代表的魏晋玄学和以沈约的语言学思想、刘勰《文心雕龙》为代表的六朝文论同以《文镜秘府论》为代表的空海的语言学思想进行历史对比,深入探讨了空海语言学思想的具体内涵。其中关于《文心雕龙》的论述主要集中在对《隐秀》篇中"隐"的概念给予阐释,即论证所谓"隐"不单是指修辞上的隐喻,更是如同《周易》中交互操作的"互体"一般之于言语以外的体系性。②

2. 文章学

《文心雕龙》里有关如何作文方面的论述很多,诸如《比兴》、《熔裁》、《丽辞》、《隐秀》等,因此,无论是在中国还是日本,《文心雕龙》都被视为文章学巨著。然而,以往日本学者大都是从文学创作或文学理论角度探讨这方面的问题,专门从文章学角度研究的非常罕见。2000 年,大阪市立大学文学部教授中村圭尔完成的名为"魏晋南北朝时代公文书と文书行政的研究"的课题填补了这一空白。③ 该课题从文章学角度,以魏晋南北朝时期实用性的公文为专门研究对象,通过对《文心雕龙》里有关"章"、"奏"、"表"、"启"等的论述,剖析魏晋南北朝公文书的种类及其体系关系,阐明了它的性质、构造和写作方法,并在此基础上对魏晋南北朝时期的公文书有了一个整体把握。这种对《文心雕龙》所做的文章学研究,有助于人们更好地总结传统公文的写作实践和阅读经验。

3. 文学

日本从事龙学研究的学者绝大多数都是汉学家。他们精通汉语,知识渊博,对中国文字、文学、文化有着深刻认识。新时期龙学研究者也如此。他们中不少是主要研究中国古代文学或其他领域的学者,如门胁广文以对《二十四诗品》、《桃花源记》和唐诗的研究著称④,清水凯夫对《文选》、《梁书》、《晋书》和《诗品》的研究令中国学者惊叹⑤。但是,尽管《文心雕龙》是一部精美的骈文著作,从纯文学角度对它进行专题性研究的论著少之又少。

---

① 即"玄学から空海へ——六朝言語哲学の東方展開"(09J02731),和久希,2009—2010 年。

② 参考和久希的《隠:"文心雕龙"の言语思想》,《筑波中国文化论丛》(29),第 1—19 页,2010 年。

③ 即"魏晋南北朝における公文書と文書行政の研究"(10610356),中村圭尔,1998—2000 年。

④ 目前已发表相关论著如《二十四诗品》,明德出版社"中国古典新书続编"(全 230 页);陈尚君、汪涌豪《司空图〈二十四诗品〉の眞伪について》、《陶渊明〈桃花源记〉小考——"世俗"と"超俗"のあいだに—》、《李白〈静夜思〉小考——その诗的构成の分析を中心にして—》等。

⑤ 主要论著有《文选李善注的性质》(创文社"中国読书人の政治と文学"第 213—235 页,2002 年);《〈梁书〉"携少妹于华省、弃老母于下宅"考》,中国艺文研究会"学林"(艺文研究会 20 周年记念号)(36、37)第 232—251 页,2003 年;《新文选学——"文选"の新研究—》(研文出版,1999 年)、《唐修"晋书"の性质について(下)——王羲之傅を中心として——》("学林",1996 年)、《清水凯夫〈诗品〉〈文选〉论文集》(首都师范大学出版社,1995 年)。

21世纪初这种状况有了一定改善，不少学者在评论其他文学作品时涉及《文心雕龙》。例如柳川顺子在研究以班固和傅毅为代表的后汉前期文学中[①]，借用《文心雕龙》《明诗》篇和《乐府》篇中有关后汉郊庙歌的文辞及音律的论述，得出后汉时期的郊庙歌固然言辞文雅，却在韵律上已接近俗乐这一推论。有些学者则直接从文学角度谈及《文心雕龙》，如古馆绫子所著《大伴家持自然咏的生成》[②]，全书三章分别从《万叶集》仪礼歌与自然、后期万叶与自然以及大伴家持与自然三个方面论述了自然主义诗歌的产生背景及内在特性。而第二章集中论述《文心雕龙》，探讨了以家持的“兴”和《文心雕龙》中的“喻”为代表的自然主义诗歌的抒情性。从文学角度对《文心雕龙》的研究表明日本龙学研究开始探究《文心雕龙》自身存在的美学价值，这对我们更好地理解文本有重要意义。

4. 语言哲学

从语言哲学角度研究《文心雕龙》是新时期日本龙学研究比较突出的特点。这与全球化语境下，研究者广博的知识领域有关。如甲斐胜二除研究文学、文论、翻译外，还致力于语言学和民俗学。特别是进入21世纪以来，他先后对中国云南省白族的民间歌谣进行采集，并调查、整理了白族的语言汉字表记文献，进一步对汉语教育研究作了考察调研工作。新世纪研究者的这种广阔视域使得龙学研究的角度也趋于多元化，其中中岛隆博的著作《残留的中国哲学：语言和政治》即是语言哲学方面的典范。[③] 该作品结合《荀子》、《庄子》、朱子学以及胡适、鲁迅等人著作，探讨了语言的暴力、言尽意与言不尽意论、语言的透明度等方面，在第二章里，作者围绕《文心雕龙》，阐述了其作为文学言语的隐喻思想。

语言符号学也是21世纪的一大热门学科，日本龙学研究对于《文心雕龙》中所蕴含的语言符号学思想也颇有涉猎，京都外国语大学学者李正荣在其研究中对《文心雕龙》的语言符号体系作一初探[④]，先考察了中国语言传统中关于“符”的阐释，又结合文本分析了刘勰提出的“因内而符外”的符号学思想的具体内涵，从而得出《文心雕龙》中“符”的概念与西方符号学中“符号”的概念惊人的相似这一推论。可以说，语言哲学、符号学领域的研究对于开阔日本龙学研究视野，不断发掘《文心雕龙》的深层次内涵具有很大参考价值。

五、结　语

日本龙学兴盛不衰。短短十几年来，日本龙学取得了令人瞩目的发展。老一辈冈村繁、兴膳宏、清水凯夫、安东谅等虽已年近高龄，却仍活跃在龙学舞台上；后起的年轻之秀，如门胁广文、甲斐胜二、竹泽英辉、和久希等，成就卓著。无论是对《文心雕龙》版本的校

① 参见柳川顺子：《后汉前半期の文学的一侧面：班固の傅毅に对する对抗意识を通じて》第40页，九州岛大学中国文学会，2004年。

② 古馆绫子：《大伴家持自然咏の生成》，笠间书院，2007年。

③ 中岛隆博：《响の中国哲学：言语と政治》，东京大学出版会，2007年。

④ 参见李正荣：《〈文心雕龙〉的语言符号思想研究初论》，《研究论丛》(学校法人京都外国语大学创立60周年记念号)，2007年。

勘、刘勰文学理论概念和思想的阐发,还是在对中国学者龙学研究论著的翻译上,21 世纪初日本龙学都较之以前有不同程度的进展。而跨学科研究方法的自觉运用,则显示了日本龙学研究的走向多元化的一个趋势。思想史、文章学、文学和语言哲学等多种研究视角的开拓,都成为新时期日本龙学研究的显著特征。随着全球一体化进程的逐步深入,这种跨学科、跨语言、多角度的龙学综合研究将会愈来愈完善,并得到长足的发展。

《刘子》研究三十年

陈志平*

笔者是在2011年武汉大学举行的中国《文心雕龙》学会“百年龙学”国际学术研讨会上加入本学会的，在那次会议上，我和台湾的游志诚、山东的朱文民分在了一个讨论小组，游志成和朱文民提交的论文均和《刘子》有关，然其他入会代表均表示对此问题毫无研究，所以也无从讨论。对此，我感到十分的诧异，一方面，改革开放后《刘子》作者问题研究已经推进了一大步，越来越多的证据指向该书和刘勰有关联，这需要《文心雕龙》学者的积极回应；另一方面，《文心雕龙》研究的一些重要参考书如《文心雕龙学分类索引》在论文部分“刘勰生平和著作”和“专著”部分均附录有关《刘子》的研究成果①；作为《文心雕龙》研究的参考书之一，《刘子》也是研究《文心雕龙》时应该翻阅的，怎么能说毫无研究呢？会上游志诚妙语连珠，展示了学贯《文心雕龙》、《刘子》的深厚功力，引来入会代表的阵阵掌声，也让我见识了台湾学者的学术态度。相较而言，有的大陆学者的学术视野则略显狭隘。我觉得，无论是否承认《刘子》为刘勰创作，既然有历史记载，有学者举证，作为权威的中国《文心雕龙》学会的会员就应该有所了解和回应，这总比做学术上的“鸵鸟”要好。

当时很多代表以不熟悉、不了解回避了对《刘子》的讨论，说明《刘子》这部书对于学界还是很生僻的，其研究成果也不太为人注意，所以笔者想对改革开放以来大陆的《刘子》研究略作介绍(偶尔兼涉台湾)，一方面是应此次大会主题之景，另一方面也是想引起大家对此书的注意。

据《刘子集校合编》附录三《刘子研究论著索引》，自1984年至2011年，共发表与《刘子》有关的论文86篇，其中21篇是关于作者问题的讨论；硕士、博士论文5篇；出版专著10部，其中7部是文献整理。可见，在目前的《刘子》研究中，作者考证和文本整理占的比重很大；而在思想研究方面，则存在明显的不足。

---

* 作者简介：陈志平，湖北黄冈师范学院文学院副教授。

① 《文心雕龙学分类索引》，戚良德编，上海古籍出版社，2005年。

一、《刘子》作者研究论争激烈

《刘子》最早见录于《隋书·经籍志》,无撰者姓名。于是《刘子》的作者是谁,就成为《刘子》研究最重要的问题之一,也是争论最多、分歧最大的问题。从唐代至现在,共有九种说法:一、西汉末年刘歆作,二、东晋时人作,三、梁刘孝标作,四、刘勰作,五、刘昼作,六、袁孝政作,七、贞观以后人作,八、金人刘处玄作,九、明人伪撰说。唐张鷟《朝野佥载》和"最早"为《刘子》作注的"唐代"袁孝政认为是北齐刘昼著,两《唐书》著录为梁刘勰撰。此后,"刘昼撰"和"刘勰撰"两说成为最主要的看法,在后代争论不休。20世纪三四十年代,余嘉锡、杨明照等人认为该书是北齐刘昼作,此观点一度为人们所接受。改革开放后,林其锬、陈凤金和朱文民力主梁刘勰撰,程天祜、傅亚庶、陈应鸾则认为刘昼作,另外还有人提出刘遵撰,甚至有人提出"别有一刘姓"作者。诸人对《刘子》作者问题均发表了很好的意见,虽然至今看法还没有统一,却有力地推进了这一问题的研究。

1937年,杨明照在《文学年报》第三期上发表了《刘子理惑》[①],力排《刘子》为刘歆、刘孝标、刘勰、袁孝政作,认为是北齐刘昼作,证据有二:(1)《北齐书·刘昼传》载"昼每言使我数十卷书行于后世,不易齐景之千驷也"。杨认为"以昼自言数十卷书计之,《刘子》必在其中,于数始足(《高才不遇传》四卷、《帝道》若干卷、《金箱璧言》若干卷、《六合赋》若干卷,再益以《刘子》十卷,差足云数十卷书)"。(2)传称昼"恨不学属文,方复缉缀辞藻,言甚古拙"。今以《刘子》全书验之,其缉缀辞藻与言甚古拙,皆极为显著。

20世纪80年代,林其锬、陈凤金出版了《刘子集校》、《敦煌遗书刘子残卷集录》两书,均题刘勰撰,并撰文《论〈刘子〉作者问题》、《刘子作者考辨》详细论证《刘子》的作者为刘勰。

首先,林其锬、陈凤金认为四库馆臣的反对意见不足塙证《刘子》不出于刘勰之手。(1)针对前人提出《刘勰传》除《文心雕龙》,不见更载别书,林其锬、陈凤金认为"既然史载有'文集行于世',又有这么多未被本传列举现已证实是刘勰著作的书文例证,怎么不可以认为《刘子》五十五篇亦属其'文集'的一部分呢?"[②](2)关于"北音"问题,林其锬、陈凤金认为两部书谈问题的前提是不同的,《文心》谈的是"乐"的起源,《刘子》谈的是"淫乐"的起源,所以采取了不同来源的说法。(3)关于勰长于佛理,《刘子》末篇乃归心道教,与勰志趣迥殊问题,林其锬、陈凤金认为应该联系南朝的社会思潮、学术风气以及刘勰生平和思想变化来加以考察。南朝门阀等级制度森严和晋代以降,儒释道彼此对立,又互相渗透的时代特点给刘勰的思想打上了时代的烙印,在其著作中留下了痕迹。从《文心》看,刘勰只

---

① 《刘子理惑》、《再论刘子的作者》附于杨明照《刘子校注》书前,巴蜀书社,1988年。

② 游志诚曾以"互著"之例解释史传中为何只说文集,而不著录《刘子》。参《刘子新诠释》,收《"百年龙学"国际学术研讨会论文集》(武汉,2011年)。

是反对道教，不反对道家，并且有玄佛并用的色彩。①

其次，林其锬、陈凤金认为刘昼是不可能写出《刘子》的。(1) 今能直接见到的唐人著录，一致认为《刘子》的作者是刘勰。尤其是敦煌遗书《随身宝》中有"流子，刘协注"和《一切经音义》有刘勰著书四卷，名《刘子》的记载。(2)《刘子》的思想内容同刘昼的身世、思想不一致。刘昼是典型经生，没有政治、经济、军事等方面的社会实践经验，且文风古拙，而《刘子》内容涉及政治、经济、军事、文化等广泛领域，语言浅显轻倩，两者对不上号。刘昼性格孤高、不阿权贵，怎么能够设想会在《刘子》一书写出公然论证并鼓吹投靠权贵、攀附达官以成其事的篇章？刘昼诋佛，《刘子》找不到任何诋佛的思想言论；相反，后世佛徒释道反把《刘子》引为同调。(3) 更主要的是，十岁左右的刘昼无法写成《刘子》。《刘子》最早见录于《隋书·经籍志》，在《时务论》条下注云"梁有《刘子》十卷，亡"。《隋书·经籍志》参考了梁阮孝绪的《七录》，凡注"梁有今亡"，皆阮氏旧有。则《刘子》亦为《七录》所著录，《七录》序末署"有梁普通四年撰"，书当成于梁普通四年(523)，此时刘昼年方十岁或十一岁，是无法写出像《刘子》这样的书的。②

其三，《刘子》和《文心雕龙》，"从它们的思想方法、材料选用以及'分类铸词'等方面看，则雷同之处随处可见"③。如《刘子·审名》篇有"东郭吹竽，而不知音"；《文心雕龙·声律》篇也有"若长风之过籁，东郭之吹竽耳"。两书并用"东郭吹竽"，而一般书籍均作"南郭吹竽"。④

林其锬、陈凤金是迄今论证《刘子》作者为刘勰最详尽，主张最坚决的两位，其后杜黎均、张光年等都表示赞同，近年朱文民撰文《把〈刘子〉的著作权还给刘勰——〈刘子〉作者考辨补证》等，依然是呼应林其锬、陈凤金的观点⑤。《刘子》作者是刘勰，虽然没有为学界一致认同，却打破了当时"一统"的局面，使学界不得不重视这种观点。

在林其锬、陈凤金的文章发表后，杨明照也发表了《再论刘子的作者》，在旧文《刘子理惑》的基础上，进一步坚持《刘子》作者是刘昼，对林其锬、陈凤金的观点进行了商榷。

杨明照认为：(1)《隋志》梁有某书若干卷或梁有某书亡注语，并不是都指《七录》，因为《隋志》所据的底本是《大业正御书目录》，而不是《七录》，同时梁代书目不止《七录》一种。"因而对《刘子》的考辨只局限在《七录》一书上，似乎不够全面。"(2) 阮孝绪《七录序》中的"梁普通四年"，是《七录》开始撰写的时间，而不是《七录》完成的时间。(3) 梁代著录《刘子》的目录书，绝不是只有《七录》。⑥ (4)《随身宝》"流子刘协注"一则，"注"与"著"涵

① 详参林其锬、陈凤金：《论〈刘子〉作者问题》，《文献》1984年第2期。

② 详参林其锬、陈凤金：《论〈刘子〉作者问题》，《文献》1984年第2期。

③ 详参《刘子作者考辨·刘子与文心雕龙》，对两者思想内容、遣词造句有详细比较。《刘子集校》附，上海古籍出版社，1985年。

④ 详参林其锬、陈凤金：《论〈刘子〉作者问题》，《文献》1984年第2期。

⑤ 朱文民：《把〈刘子〉的著作权还给刘勰——〈刘子〉作者考辨补证》，《齐鲁文化研究》第五辑。

⑥ 周绍恒《刘子作者问题考辨——兼考〈隋志〉注存佚的依据有梁末目录书》，似乎也承袭了此观点。文见中国《文心雕龙》资料中心《信息交流》2012年第1期。

义既殊、音读亦异,不能等同,同时《随身宝》杂乱无章、错误很多。对其不能估计过高,只好存疑俟考。(5)《刘子》属于子部,不会是属集部的刘勰《文集》的一部分。(6)《刘子》与《文心雕龙》各有特色,不可能出自一人之手。从思想倾向看,《刘子》以道家为主,《文心雕龙》以儒家为主。从语言结构看,《刘子》的文笔整饬、平板,排句多,好缉缀成文;《文心雕龙》的文笔流畅、生动、俪句多,善自铸伟词。另外,两者字句上也有很大的不同,如《刘子》习用"由此观之"、"以此观之"、"以此而言"、"以夫"等,《文心雕龙》全书从未使用,而《文心雕龙》习用的"原夫"、"观夫"、"若乃"、"若夫"、"至于"、"盖"(句首)、"耳"(句末),《刘子》也不曾使用。所以"《刘子》绝非出自刘勰之手,刘昼才是《刘子》的作者"①。而周振甫也发表《刘子与文心雕龙思想差异》,对刘勰撰《刘子》提出怀疑。②

杨明照和林其锬、陈凤金对于《刘子》作者的有关材料作了详细的收集整理和考辨工作,为我们的进一步研究奠定了坚实的基础。他们将作者集中到刘勰、刘昼上和将证据集中在《七录》与《隋书·经籍志》关系的讨论上,也成为以后讨论《刘子》作者的两个关键问题③。

80年代,程天祜也是主张《刘子》作者为刘昼很坚决的一位,他认为"《刘子》和《文心雕龙》非出一人"。从体系上看,《文心雕龙》体系严密,条科分明,《刘子》根本没有构造理论体系的自觉要求;从思想倾向看,《刘子》主张儒道互补而倾向于道,《文心雕龙》崇儒轻道,强调"经子异流";《刘子》认为诸子的宗旨相同,《文心雕龙》认为诸子中有纯、驳之别。从袁孝政序、张鷟《朝野佥载》等文献记载和《刘子·惜时》篇透漏的信息分析,"刘昼说难以否定"。④ 傅亚庶在不少地方承袭了程天祜的观点。⑤

2008年,陈应鸾发表《刘子作者补正》⑥,认为"《刘子》之用典、用词显见北朝之特色"、"《刘子》中存在着许多错误,与史传所载刘昼的心性特征十分吻合",所以"《刘子》的作者应该是刘昼"。值得注意的,这篇文章是2000年代以来唯一一篇正面主张《刘子》作者为刘昼的文章,但文中诸多例证不久就遭到周绍恒的反驳。⑦

2012年,林其锬《刘子集校合编》由上海华东师范大学出版社出版,《刘子集校合编》的另一重要学术价值就是对《刘子》作者问题的重新考辨。在《刘子集校合编·前言》中除书名、篇名、卷帙、版本、研究概况等系统梳理之外,花了很大的篇幅集中于作者的考辨,对研究中十余个争议点考察,提出自己的看法。根据新的证据,林其锬更加坚定地认为《刘

① 详参杨明照:《再论刘子的作者》,《刘子校注》前载,巴蜀书社,1988年。

② 见《中华文史论丛》1986年第4期。此文和林其锬《文心雕龙与刘子思想比较》对照参阅,更有意味,后文收《文心雕龙研究荟萃》,上海书店,1992年。

③ 朱文民《把〈刘子〉的著作权还给刘勰——〈刘子〉作者考辨补证》,李政林《〈刘子〉作者为刘勰之说商榷》均承袭了这种思路,后文载《南昌大学学报》1999年第3期。

④ 程天祜:《〈刘子〉作者辨》,《吉林大学社会科学学报》1986年第6期;《〈刘子〉作者新证》,《吉林大学社会科学学报》1990年第6期。

⑤ 参《刘子校释》附录四《刘子作者辨证》,中华书局,1998年。

⑥ 见《文学遗产》2008年第3期,又见《增订刘子校注》,巴蜀书社,2008年。

⑦ 周绍恒:《关于〈刘子作者补考〉的一点商榷》,《文学遗产》2010年第3期。

子》作者为刘勰，而非刘昼。

在《前言》中，林其锬提出的所谓唐人袁孝政注序，完全是后人伪托，袁孝政根本不是唐人。研究者提出了五点新的证据：(一) 注者传记无凭，来历不明；(二) 迄至南宋初年，全无《袁注》记录；(三) 南宋初袁注出现之时即为目录学家质疑；(四) 袁注异体字与隋写本不成比例；(五) 袁注注书体裁和唐人注书体裁不相属。

袁孝政序言在《刘子》研究史上的影响是重大的。所有关于《刘子》"刘昼撰"的说法均以它为起点。历来学者对其身份知之甚少，却少有提出怀疑者，[①]如王叔岷曾推测："袁氏《新》、《旧唐书》无传，其为何时人，未可塙断。……袁《注》本讳至高宗，或即高宗时人邪？"[②]杨明照《刘子理惑》云："孝政注之前，诸书征引已众(《新》、《旧唐书》俱无孝政注，他书亦无论及者，故其生卒不可考。然非初唐人则可臆测也。敦煌两写本均无注，尤为确证)。"两人均无法判定袁孝政具体时代，但依然笃信袁孝政为唐人。现林其锬将袁孝政注序断为南宋人伪托唐人而作，此无异釜底抽薪，彻底打掉了支持"刘昼撰"说的证据。此观点更有待于《文心雕龙》研究者的积极回应。

也有学者认为刘勰、刘昼都不是《刘子》作者，如张严认为"《刘子》五十五篇，因不著撰人姓名，后人又勿之深考，以致张冠李戴，有此名实不符之嫌"[③]。曹道衡《关于〈刘子〉的作者问题》认为"《刘子》可能是另一位刘姓学者所作，归诸刘勰和刘昼都出于后人臆测，未必可从"[④]。更有甚者，以为《刘子》的作者是梁代的刘遵。[⑤] 这些论文猜测的成分多了一些。[⑥]

在此，笔者想说几句题外的话：

《刘子》作者为刘昼是被"假定"和考证出来的。《刘子》作者至南宋才有学者明确定为刘昼。南宋初年人吴曾读到了有袁孝政注的《刘子》，其《能改斋漫录》是最早提到袁孝政注的著作。稍后，陈振孙《直斋书录解题》明确记载该书"近出"，"终不知昼为何代人"。博学如陈振孙，此时都不知道刘昼是谁，足见学界对《刘子》和刘昼的陌生。随后晁公武《郡斋读书志》、黄震《黄氏日抄》中均有关于《刘子》的记载和讨论。而至王应麟(1223—1296)《玉海》时才明确知道《北齐书》和《北史》中有刘昼传，足见南宋人对刘昼的了解是逐步清晰的，所谓"《刘子》刘昼撰"的观点是在袁孝政注日益流行的过程中逐步建立起来的。而明清以来所谓的"刘勰撰"说和"刘昼撰"说之争，实发端于南宋出现的袁孝政注序，唯将陈振孙等尚存疑问的"刘昼"径直题曰"北齐刘昼"，曲解腰斩南宋人本意。如《四库总目提

---

① 唯清乾隆时人吴骞在世恩堂本《刘子》跋指出："《新论》(按：即《刘子》)昔人多疑其非刘昼所撰，其书至南宋始出，又《北齐书》及《北史》并不言昼有《新论》……作注之袁孝政亦无表见，其注更多芜陋，且不类唐人手笔，当更改之。"

② 王叔岷：《刘子集证·自序》，北京：中华书局，2007年。

③ 张严：《刘子五十五篇作者辨证》，《大陆杂志》二十七卷一期，转自郑良树编著《续伪书通考》，台湾学生书局1984年，第1674页。

④ 《关于〈刘子〉的作者问题》，《中国社会科学院研究生学报》1990年第2期。

⑤ 陈祥谦：《刘子作者问题新证》，《武汉科技大学学报》(社科版)2008年第5期。

⑥ 朱文民有《刘子作者问题研究述论》，可参阅。

要》宣称:"姑仍晁氏、陈氏二家之目,题昼之名,而附着其抵牾如右",一方面认为《刘子》作者存在争议,另一方面却仍然信从《郡斋读书志》和《直斋书录解题》,题《刘子》为刘昼。殊不知,晁氏、陈氏对《刘子》的作者也是存疑的,而题作刘昼者,是目录学家照实著录书籍的一种方式,而著录者自己的意见往往附于提要之中。四库馆臣置晁氏、陈氏二家之怀疑于不顾,径直截取其言之前半截从之,故题《刘子》作者为北齐刘昼。今人置四库馆臣之怀疑于不顾,径直截取其言之后半截从之,真的以《刘子》作者为北齐刘昼。正所谓"世人传言,皆以小成大,以非为是。传弥广,理逾乖;名弥假,实逾反"(《刘子·审名》篇)。真相反而遮蔽不出。下面这段文字取自《四库全书简明目录》,读后,四库馆臣之意见当一目了然,以《四库总目提要》而定《刘子》作者为刘昼者可以休矣!

> 是书或题刘歆,或题刘勰,或题刘孝标,惟袁孝政序定为刘昼。然其书晚出,至《唐志》始著录,九流一篇,全袭《隋书经籍志》之文,疑即孝政所伪作,而自为之注也。然杂采古籍,融贯成篇,虽风格稍卑,而辞采秀倩,即出孝政之手,亦唐代古书也。①

可见,所谓《四库全书》题作"刘昼",是一种"假定"。

20世纪三四十年代,杨明照、余嘉锡考证《刘子》作者为刘昼。杨明照的观点前已经介绍,而余嘉锡《四库提要辨正·刘子》认为张鷟《朝野佥载》中已经记载此书为刘昼所作,对比刘昼生平和《刘子》思想,多相符合。对于袁孝政《刘子》注序中提到"天下陵迟,播迁江表"与刘昼传记中未曾提到他流落江南的矛盾,余嘉锡解释为刘昼视江南为衣冠文物存焉,而"齐自高洋之后,皆昏暴之君,行同禽兽,昼既不遇于时,自憾生于夷狄之邦,不及睹衣冠文物之盛,而揖让于其间","孝政推知其意,故曰伤己不遇,天下陵迟,播迁江表也。特孝政文理不通,不免词不达意耳"。余氏随意替古人改文章以合己意,其证据的勉强不用多说。

学界轻易接受四库馆臣的"假定"和杨明照、余嘉锡并不完美的"考证",反而对《刘子》作者为刘勰的观点不闻不问,既不重视古人两《唐书》的记载,也不注意今人不断提出的新证据,让人颇感意外。

二、《刘子》文本整理成绩斐然

早在唐代的时候,袁孝政就对《刘子》进行了注释,该注现仍保存在《道藏》本《刘子》中,宋代奚克让有《刘子音释》三卷和《音义》三卷,今不见存。清孙星衍、黄丕烈、卢文弨、孙诒让、陈昌济、民国孙楷第等均曾对《刘子》进行过校勘,其中黄丕烈尤为用力②。清末

① 《四库全书简明目录》,上海:上海古籍出版社,1985年,第468页。

② 孙星衍曾发现《刘子》南宋刊本;黄丕烈一生数校此书,留下校本多种和序跋多篇;卢文弨有《群书拾补·刘子校正》;王俊仁有《经籍佚文·刘子佚文》一卷;陈昌济撰《刘子正误》六十一条;孙诒让撰《札迻·新论》。民国时孙楷第曾撰《刘子新论校释》,收《西苑丛书》第一辑。

敦煌藏经洞被发现,在敦煌遗书中发现《刘子》残卷多种,罗振玉、傅增湘、王重民均曾参与整理,校勘成果颇丰①。

当代《刘子》整理、注释本有多种。杨明照《刘子校注》,题刘昼撰,巴蜀书社1988年版;林其锬、陈凤金《刘子集校》,题刘勰撰,上海古籍出版社1985年版;台湾王叔岷《刘子集证》,刊于1961年台湾中央研究院历史语言研究所专刊之四十四,大陆中华书局2007年9月重版。1998年中华书局出版傅亚庶《刘子校释》,后附"历代《刘子》序跋"等资料。台湾古籍出版有限公司2001年又出版了江建俊《新编刘子新论》,并附有资料五种。2008年,林琳出版《刘子译注》。2012年,林其锬出版《刘子集校合编》,是《刘子》文献整理的最新成果。

有感于唐袁孝政《刘子》注的疏漏纰缪,1938年,杨明照在《文学年报》第四期上发表了《刘子校注》,除对《刘子》诸版本文字异同作出校勘外,更对《刘子》作了全面注释。"词求所祖,事探其原;诸本之异同,类书之援引,皆迻录如不及。"②此书1988年由巴蜀书社重版,书前附录了《刘子理惑》、《再论刘子的作者》两文。王叔岷认为杨明照的《刘子校注》也存在一定的问题:"杨氏长于陈言故实之考证。然考证陈言故实,当留意直接来源,或间接来源。同一成言故实,见于数书,其最相合者为直接来源。某书虽晚出,而为直接来源,当以晚出之书为主,早出之书为辅。杨氏往往忽之。"③因此,王叔岷"发扬幽光,从吾所好,因缀辑诸家之说,修正补苴,写成《集证》十卷"④。这就是《刘子集证》。该书备旧说、审取舍、多创见,使《刘子》注释益臻完善。1998年傅亚庶出版《刘子校释》,该书博采众家之精华,参以己见。在版本方面,搜罗不同版本29种,在校勘方面,全面吸收了清孙星衍、陈昌济、孙诒让,近代傅增湘、罗振玉和今人孙楷第、王重民、杨明照、王叔岷、林其锬、陈凤金等人的成果;在注释方面,采纳了唐袁孝政注,明程荣、孙鑛、钟惺等评注和杨明照、王叔岷的注释成果。同时援引类书、子书,拾遗补缺,加以自己的论断,既全面反映了前人的研究成果,又体现了作者自己的观点。该书还附有《刘子》主要版本序跋14种,校注诸家序跋5种,全书集众说为一,资料翔实,是一部集成式的著作。⑤ 而2001年,92岁高龄的杨明照先生准备以涵芬楼影印道藏本为底本,详细校注《刘子》五十五篇,预计字数在四十余万字⑥。惜2003年,先生归于道山,其后陈应鸾继续整理,于2008年出版了《增订刘子校注》。全书60万字,改以《道藏》本为底本,参校42种版本,且注解也增加不少。

---

① 今发现《刘子》敦煌残卷共七种。罗振玉依江阴何氏(何穆忞)藏唐卷子撰《刘子残卷校记》,收《永丰乡人杂著续编》;傅增湘有《校录刘幼云藏刘希亮影写唐卷子刘子》。以前认为此两部唐卷子原件已不见存,今人荣新江访其下落,知一藏日本,一藏国家图书馆,见荣氏"两种流散的敦煌《刘子》写本下落",《书窗》1993年第1期。王重民《敦煌古籍叙录》有敦煌残卷录《刘子》叙录4则,校记1篇。

② 杨明照:《刘子校注》1938年自序。

③ 王叔岷:《刘子集证·自序》。

④ 王叔岷:《刘子集证·自序》。

⑤ 详参任朝霞书评:《〈刘子集校〉简评》,《古籍整理研究学刊》2000年第5期。

⑥ 详参杨明照:《增订刘子校注前言》,《四川大学学报》2001年第4期。在文中,杨明照计划"拟以四年(五年)时间,按原订计划完成较有质量的一部专著——《增订刘子校注》(55篇正文,皆详为校注,择优选定涵芬楼影印本道藏本为底本,可能有四十余万字)"。

林其锬、陈凤金是当代对《刘子》版本用力最勤的学者。他们不仅著有《论〈刘子〉作者问题》、《〈刘子〉作者考辨》等论文,力主《刘子》为"刘勰撰"。同时,他们出版了《刘子集校》和《敦煌遗书刘子残卷集录》两书。《刘子集校》广收《刘子》版本和名家校勘,书中列有抄本、刻本和前人校勘记共45种,囊括了现存的所有善本。校勘底本为乾隆重刊《汉魏丛书》本,诸家异文逐条附于篇后。"如此广泛的校勘工作,不仅使原著中的许多疑点得以冰释,还可使读者从中看到一批珍贵版本的面貌。"[①]孙楷第给林其锬、陈凤金写信赞道:"此书校勘时所据本之多,用力之勤,度越前人,为《刘子新论》的校勘学立下了一个十分巩固的基础,是以辛苦换来的极有价值的著作。"今人清理《刘子》版本,是必须参考他们的研究成果的。

2012年,林其锬又出版《刘子集校合编》,是作者30年研究《刘子》的心血之作,该《刘子集校合编》分上、下篇和附篇。书首有序、前言、目录,书末有后记。上篇:《敦煌西域〈刘子〉九残卷集校》,内容包括敦煌遗书伯三五六二卷、伯二五四六卷、伯三七〇四卷、伯三六三六卷、斯六〇二九卷、斯一二〇四二卷、何穆忞旧藏唐卷子、刘幼云旧藏唐卷子、新疆塔里木盆地麻札塔格遗址出土M. T. 〇六二五卷等原本影印、文字标校。篇前有著名版本目录学家、原上海图书馆馆长顾廷龙手书《敦煌遗书刘子残卷集录序》;篇后六个附录:(一)敦煌遗书《刘子》著录资料;(二)敦煌西域遗书《刘子》残卷校跋叙录;(三)敦煌西域遗书《刘子》残卷、宋本、宝历本常见异体字;(四)敦煌西域遗书《刘子》残卷存篇示意图;(五)、(六)敦煌西域遗书《刘子》九残卷、宋本、宝历本异文对照表(一)、(二)。下篇:《日本宝历本〈刘子〉集校》,内容包括日本宝历新雕《刘子》原本影印、文字标校。篇前有《集校所用版本及主要书目提要》,附《〈刘子〉主要版本卷帙分合一览表》。附篇:(一)历代《刘子》序跋;(二)《刘子》作者考辨;(三)《刘子》研究论著索引;(四)承教录:题录、书简。《刘子集校合编》乃校编者费三十年之功积渐而成的力作,不仅囊括了《刘子》今存所有善本,包括多种敦煌西域残卷、宋刻、明、清钞本、刻本等四十多种,而且对版本真伪、作者谁属都作了深入考证。国务院古籍整理出版规划小组曾有"搜罗广博,考校详审,所取得的成果大大超过前人"之评。因此本书具有重要的学术价值和文献价值。[②] 1985年,林其锬先生出版了《刘子集校》;[③]1988年,又出版《敦煌遗书刘子残卷集录》[④]。《刘子集校合编》正是在前期扎实丰富的研究成果基础上,又不断收集新资料,同时对《刘子》作者等有关问题进行深入思考而形成的集大成式整理著作。

敦煌残卷《刘子》是校勘文本的宝贵资料,自发现以来,罗振玉、王重民均参与了整理;而林其锬、陈凤金集录敦煌遗书中的《刘子》资料和前人校勘成果,汇为《敦煌遗书刘子残卷集录》一书,题刘勰著,上海书店1988年出版。敦煌残卷多不易得,此书影印敦煌残卷

---

① 参李山书评:《介绍刘勰著〈刘子〉的集大成校本》,《文献》1985年第3期。

② 此节内容介绍摘自《刘子集校合编》封套上之"内容简介"。

③ 林其锬、陈凤金:《刘子集校》,上海古籍出版社,1985年。

④ 林其锬、陈凤金:《敦煌遗书刘子残卷集录》,上海书店,1988年。

《刘子》六种，同时著录相关资料五种，省减了研究者的劳碌之苦，颇有益于学林。对敦煌本《刘子》进行过研究的还有许建平，他发表了《敦煌本〈刘子〉残卷举善》、《敦煌遗书〈刘子〉残卷校证》、《敦煌遗书〈刘子〉残卷校证补》等论文[①]，校勘了敦煌本《刘子》的文字，同时对残卷的时代考证也提出了很好的意见。如对于伯 2546，王重民认为此卷"于唐讳'世'之字为'代'，'治'之字为'理'，则写于开、天之世也。字小行密，然颇清秀"[②]，许建平则认为"中宗至宪宗时才出祧不讳，则此卷当非开天写本。愚以为作于高宗、武后时期，即公元 650—705 年"[③]。

2008 年吉林人民出版社出版了林琳的《刘子译注》，这是目前唯一的一本《刘子》译著。在《刘子》文本普及方面，还需要学界的努力。

可以说，今人对《刘子》的研究，文本校释是取得成就最多，也是最大的一个领域。

三、《刘子》研究的思想"缺席"

相对于《刘子》文献整理的"热闹"，思想在《刘子》研究中"缺席"了。20 世纪八九十年代只零碎出现了一些研究刘子美学、文艺、教育、人才思想的论文，如《试论刘昼的美学思想》[④]、《〈刘子新论〉的正名逻辑思想》[⑤]、《刘昼文艺观初探》[⑥]、《〈刘子〉人才思想初探》[⑦]，这些数量有限的论文均只涉及《刘子》思想某一方面，没有深入研究《刘子》的思想体系，更没有对其思想史地位进行定位。

林其锬的《刘子思想初探》认为："此书不失为今天研究南北朝时期的哲学、政治、经济、文化等思想的宝贵史料，具有重大的历史价值和学术价值。"该书中，体现了作者：(1) 因时而变的社会历史观和与时竞驰的人生观；(2) 从农本出发的富民经济思想；(3) 从民本出发的清明政治思想；(4) 知人、均任的人才管理思想；(5)"文质并重"、"各像勋德应时之变"的文艺思想。[⑧] 此是一篇比较全面概括《刘子》思想的论文。傅亚庶《刘子的思想及史料价值》则认为："《刘子》全帙内容丰富，涉及社会生活各个方面，以儒学为纲，吸收各家所长，其言修身治国之要，可总括为治身、治人、治农、治军四个方面。"[⑨]

林其锬的《"适才""均任"是用人之道的主要内容》主要是谈《刘子》的人才思想，作者认为："《刘子》作者立足于魏晋南北朝森严的门阀制度的现实，继承和发展了先秦诸子的

① 《敦煌本〈刘子残卷〉举善》，《敦煌研究》1989 年第 3 期；《敦煌遗书〈刘子〉残卷校证》，《杭州师范学院学报》1989 年第 5 期；《敦煌遗书〈刘子〉残卷校证补》，《杭州师范学院学报》1992 年第 1 期。

② 王重民：《敦煌古籍叙录》，北京：商务印书馆，1958 年，第 185 页。

③ 许建平：《敦煌遗书〈刘子〉残卷校证》，《杭州师范大学学报》1989 年第 5 期。

④ 皮朝纲、詹杭伦：《试论刘昼的美学思想》，《西南师范学院学报》1984 年第 4 期。

⑤ 李建钊：《〈刘子新论〉的正名逻辑思想》，《徐州师范学院学报》1985 年第 2 期。

⑥ 张辰、曹俊英：《刘昼文艺观初探》，《内蒙古大学学报》1989 年第 3 期。

⑦ 程有为：《〈刘子〉人才思想初探》，《许昌师专学报》2000 年第 4 期。

⑧ 林其锬、陈凤金：《刘子思想初探》，《文史哲》1987 年第 6 期。

⑨ 《古籍整理与研究》1989 年第 6 期。

用人思想的许多精华,大胆地提出了冲破凭靠‘华裔世胄’唯亲是荐的门阀制度,要求‘因事施用,因便效才’和‘量才而授任,量任而授爵’,它反映了广大处于受压抑,被摧残的寒门知识分子的愿望和要求,在历史上是有积极意义的。"①

皮朝纲、詹杭伦的《试论刘昼的美学思想》是一篇讨论《刘子》美学思想的论文,作者认为"刘昼在书中杂取九流,融汇儒道,表述了自己的美学思想。他对美的本质、美丑的具体性和相对性、美感的普遍性和差异性、审美标准及其赏评态度、文质关系等美学问题,都在前人基础上形成了一些自己独到的见解"。文章从"行象为美,美于顺也","物有美恶,施用有宜","美丑无定形,爱憎无正分","情实、理真"几方面进行了分析。

张辰、曹俊英《刘昼文艺观初探》从文情与文用,文质与文德,文道论,刘子与刘勰、钟嵘之比较,刘子文艺观的思想基础五方面就刘昼的文艺思想作了探讨,"概括地说,刘昼的文艺观是以儒、道思想为核心,以‘中和’、‘适用’为美学思想基础,以维护封建统治为最终目的的一个整体系统"。

李军的《刘昼的教育思想》则从生平和著作、教育价值论、道德修养论、论学习心理及相应教学原则等方面讨论了《刘子》的教育思想。作者认为:"实际上,刘昼的《刘子》是通过讨论教育问题来讨论治国之要的。我们可以把它称作‘教育政治学’。他广泛吸收儒、道、法、农、纵横、兵、杂等各家的传统理论作为思想资料,根据时代的发展变化,结合自己的人生境遇和社会现实,提出了以儒家的伦理道德问题为核心的、体大虑周的、理想的教育理论,不时体现出辩证的、科学的思想火花,有着重要的时代意义和历史价值。"②

燕国材在《中国心理学史》中辟有专节讨论《刘子新论》的心理思想,他认为:"其中《清神》、《防欲》、《去情》、《崇学》、《专学》、《知人》、《心隐》、《和性》、《殊好》、《观量》诸篇,包含有颇为丰富的心理思想。"作者分"形"、"心"、"神","情"、"欲"、"性",注意问题和学习问题四个方面进行了论述。③

这些论文或概述了《刘子》的思想,或深入论述某一方面的内容,但都尚未触及《刘子》作为杂家著作的思想体系和哲学概念、范畴等。

王叔岷说"惜其作者不明,讨治者不多",道出了思想研究"缺席"的部分原因。知人论世是中国古典文学、历史和哲学思想研究的重要基石之一。一部著作的写作时代能为研究者提供一个参照的坐标,有效地对研究对象的价值和意义定位,而作者的生平是发现写作动机和追寻思想渊源的重要资料。但《刘子》成了"反面典型",有关它的评论材料为它提供了一个上至汉代,下至唐代可能出现的漫长时间段和刘歆、刘孝标、刘勰、刘昼、袁孝政等数个可能的作者,其时间长达近四百年。在这么长的时间里,朝代几经替换,南北合而又分,分而又合;思想学术也是风云变幻,经历了数次变化,如章太炎认为"汉晋间,学术

① 《兰州学刊》1986年第3期。
② 《华东师范大学学报》(教育科学版)1994年第3期。
③ 浙江教育出版社,1998年。

则五变"[1]。如果将《刘子》模糊定位在如此长的时间段里会大大降低它的思想学术价值。尽管当代研究者们通过敦煌残卷伯 3562 和《北堂书钞》的引用以及该书中引用的典故涉及曹操和刘备,从而将讨论的时间范围缩小到了魏晋至隋之间,又依据对历代目录和史传、笔记等记载材料的分析,将作者"嫌疑"重点放在了刘勰和刘昼身上,但支持双方的材料势均力敌,仍很难判断谁才是真正的作者。且二人的思想和生平经历均同《刘子》有不相容之处。在这种既不知道写作时代又无法确定作者的情况下进行思想研究,很是有些冒险。

当然,从研究策略上讲,大可不必等作者问题完全弄清楚之后再进行思想研究。揭橥哲学著作的思想体系,揭示并阐释它的重要哲学命题,为它在哲学、思想史上定位都是研究者可以从事的工作。冯友兰说"哲学家必有其自己之'见',以树立其自己之系统"[2]。但面对《刘子》,这样的期待又会落空。《刘子》篇幅不长,涉及的内容却很多,颇显庞杂;而且分为五十五篇,最多的一篇字数为 1 000 多字,最少的为 300 多字,全书平均每篇不到六百字,给人一种简洁浅显,缺乏思想深意之感。更让人沮丧的是《刘子》的写作方法难脱"抄袭"的嫌疑。《刘子》有很多观点和近四分之一的段落、语句袭自《吕氏春秋》、《淮南子》等书,有的是稍稍改写化用,有的则是原原本本袭用。《黄氏日钞》卷五十五称:"《刘子》之文类俳,而又避唐时国讳,以'世'为'代',往往杂取九流百家之说,引类援事,随篇为证,皆会粹而成之,不能自有所发明,不足预诸子立言之列。""会粹而成之",是批评《刘子》一书创造性太少,无法自成一家之说,人们想要在书中寻找新意的想法很难实现。正所谓"《清神》、《防欲》、《去情》三篇,道家之说也。《崇学》、《专学》二篇,荀卿、王符以降所同之说也。《贵农》一篇,王符、仲长统以降所同之说也。《法术》则慎、申之说,《审名》、《鄙名》则尹文之说,《知人》、《荐贤》又王符以下之说也。《因显》、《托附》、《通塞》、《遇不遇》、《命相》、《妄瑕》、《适才》、《均任》、《伤谗》,则王充、王符、葛洪之所同衍也。《诫盈》、《明谦》、《大质》、《兵术》、《阅武》、《祸福》,则《吕览》、《淮南》之所同衍也。略举其近已如此,若一义片言莫不本于周、秦,则不可胜数也。"[3]

作者的不确定,内容的浅显,使思想界对《刘子》不太重视,一般思想史、哲学史著作根本不提及它。

尽管《刘子》思想研究有种种困难,依然有学者在做这方面的尝试,如陈志平的《刘子研究》,曾勾勒过《刘子》的五十五篇的思想结构图,并对《刘子》学派归属和思想体系进行了分析。作者借用了思想史"问天"与"问心"理论的传承转变,以为《刘子》正处在两种理论的交接点上,体现了思想史转型时期的典型特点。[4] 而林其锬《魏晋玄学与刘勰思

① 参傅杰编校《章太炎学术史论集》之《学变》、《五朝学》,中国社会科学出版社,1997 年。

② 冯友兰:《中国哲学史》,上海:华东师范大学出版社,2000 年,第 16 页。

③ 黄曙辉编校:《刘咸炘学术论集·子学编》,桂林:广西师范大学出版社,2007 年,第 459 页。刘氏甚至认为"后世诸子之书,理不能过乎周、秦,徒能引申比类,衍而长之耳"。

④ 吉林人民出版社,2008 年。

想——兼论〈文心雕龙〉与〈刘子〉的体用观》[①]，则认为：“刘勰不仅是个杰出的文论家，而且也是个杰出的思想家。刘勰生活的时代正是社会大变动由分裂走向统一的时代，以哲学为骨干的学术思潮也正从析同为异诸子分流到合异为同诸家互融的玄学主导时期。”玄学对刘勰影响颇深，这在《文心雕龙》和《刘子》中有着共同的反映。该文为从哲学的角度为《文心雕龙》和《刘子》寻找共同的思想基础，是一篇值得注意的论文。近年，涂光社也在《诸子学刊》上发表了有关《刘子》思想研究的论文。这些，都透漏出一种新的信息，《刘子》思想研究正在突破简单的人才、心理、教育等社会学“断章取义”式的研究，而回归了它作为诸子著作的本质。诸子学著作，应该有其自己的研究方法，一批学者正以《刘子》为研究对象，在探索诸子学著作的研究方法，这也许是《刘子》研究的又一新领域。

① 《许昌学院学报》2008年第4期。

赋“龙学”二首

韩湖初*

一

水调歌头

济南龙学盛会

1982年10月在济南召开全国第一次《文心雕龙》学术研讨会，推举王元化、牟世金等五人组成学会筹备组，以山东大学为学会基地，筹备学会成立；并由王元化、王运熙、王达津、周振甫、徐中玉、詹锳等十五位同志联合发起向中央有关部门申请成立《文心雕龙》学会；编辑《文心雕龙学刊》(由齐鲁书社出版发行)。[①] 1983年8月，中国《文心雕龙》学会成立大会在青岛召开，会址就设在山东大学中文系。2013年9月14—16日在济南山东大学召开“纪念中国《文心雕龙》学会成立三十周年国际学术研讨会暨中国《文心雕龙》学术第十二次年会”。参加本次会议的代表一百三十多人，张少康、刘文忠、张可礼、缪俊杰等学会创办时期的老一辈龙学家均到会发言，令人感动。大会收到论文一百零九篇，为历代龙学会议之最，可谓盛况空前。感赋。

气爽秋高日，齐鲁艳阳天。四方八面齐聚，欢庆卅周年。忆昔群贤毕至，学会大旗擎起，山大成龙潭[②]。宝典放光彩，合力谱新篇。

---

* 作者简介：韩湖初，华南师范大学中文系教授。

① 见《开创〈文心雕龙〉研究新局面的一次重要会议》，《文心雕龙学刊》第一辑，齐鲁书社，1983年。

② 山大为学会发祥地，牟世金先生长期任学会秘书长，主持学会的会务工作，当时山大被称为“龙潭”。

勤稽考[①],全译注[②],溯流源。中西双璧称绝[③],意蕴待详笺。文史哲学横跨,老少雄心奋发,接力勇登攀。走向全环宇,挥汗再加鞭!

(2013 年 11 月)

二

水调歌头

百年龙学盛会

自二十世纪初以来,“《文心雕龙》研究”(简称“龙学”)已经成为当代一门“显学”。2011 年 3 月 25—26 日百年龙学国际学术研讨会暨中国《文心雕龙》学会第十一次年会在武汉大学珞珈山宾馆召开。到会代表百余人,既有已至耄年(八九十岁)的老一辈的学者、当年学会筹备组成员的蔡厚示教授,以及已至耋年(七八十岁)的蒋凡等近十位教授,更有近百位中、青年学者,还有多位台湾学者,可谓济济一堂,斯为盛矣!大会收到论文约 80 篇,内容丰富多彩,会议期间代表们就“龙学”各方面议题进行热烈讨论,取得完满成功,顺利闭幕。其后代表们游览武汉市容、江岸公园,乘船游览长江。夜幕降临,但见两岸高楼排比,灯火辉煌;江水浩荡,滚滚东流。次日再上武当山,登山顶金殿。感赋。

才览黄山景[④],又到珞珈山。樱花灿烂开放,春意满人间[⑤]!中老青年齐聚,释义辨析考证,字字非等闲。共贺百年庆,盛况喜空前。

游三镇,观柳堤[⑥],驾游船。楚天放眼辽阔,美景更联翩。两岸辉煌灯火,江水滔滔不绝,笑我两鬓斑[⑦]。再上武当顶,“龙”友尽开颜!

(2011 年 3 月武汉)

---

① 指杨明照先生的《文心雕龙校注拾遗》(后续有《补正》)。

② 牟世金先生首次全部译著《文心雕龙》并在此基础上首次揭示其理论体系由“枢纽”即总论、文体论和创作论三大块构成,功不可没。

③ 鲁迅先生称誉《文心雕龙》与西方古希腊亚里士多德的《诗学》“解析神质,包举洪纤,开源发流,为世楷式”。王元化同志指出:像《文心雕龙》这部体大虑周的巨制,在西方中世纪“还找不到可以与之比肩的对手”,并在《文心雕龙创作论》中把它与近代西方美学大师黑格尔比较,从而肯定这部著作在世界美学上的地位。

④ 2009 年 11 月在安徽芜湖安徽师大召开第十次年会,会后游览黄山。

⑤ 会议期间适逢樱花盛开,每天约有 20 多万人前来武汉大学珞珈山观赏。

⑥ 江岸公园多柳树,故云。

⑦ 大会组织乘坐游船游览长江两岸风光,饭后自由演唱,“龙”友各显神通,有演唱“妹妹岸上走”及“上海滩”,歌声洪亮,江水滚滚东流,两岸灯火璀璨,高楼排比,与开阔的夜空交融成为无比壮丽的夜景,令人浮想联翩,难以忘怀。

赋“刘子”二首

林其锬[*]　韩湖初

一

浪 淘 沙

步湖初先生韵

林其锬

挚友赠诗篇，同道比肩。辩诬解惑清龙坛。《刘子》蒙尘越千载，应雪沉冤。
任岁月流年，协力攻坚。艰难险阻万万千。一朝学林心归總，龙马加鞭。

（癸巳初冬）

二

浪 淘 沙

谢林其锬、陈凤金先生寄赠《刘子集校合编》

韩湖初

林其锬、陈凤金伉俪寄赠《刘子集校合编》，感赋。

* 作者简介：林其锬，上海社科院五缘文化研究所研究员。

《刘子》谱新篇[①],伉俪比肩,一双玉璧献龙坛[②]。泉下彦和应含笑,得雪沉冤[③]。
求索数十年,历久弥坚,遍查典册逾三千[④]。功在学林人赞颂[⑤],老骥挥鞭。

(2013 年 10 月)

① 《刘子集校合编》,华东师范大学出版社,2012 年,130 万字。该书乃编者费三十年之功力,不仅囊括了《刘子》今存所有善本,包括多种敦煌西域残卷、宋刻、明清钞本、刻本等四十多种,而且对刻本真伪、作者谁属都作了深入考证。国务院古籍整理出版规划小组曾有"搜罗广博,考校详审,所取得的成果大大超过前人"的评语。

② 2002 年已出版先生的《增订文心雕龙集校合编》(含唐写本、宋《御览》和元刊本,台湾暨南出版社),90 万字。二书共计 220 万字,可谓双璧。

③ 此句乃是林、陈与笔者的观点,学术研究自当继续争鸣。

④ 《刘子》一书两《唐志》均题刘勰撰。至宋晁公武和陈振孙有"刘昼孔昭撰"的题署,后人误为肯定刘昼撰。其实两者下文均有存疑的说明,而非确认。《宋史·艺文志》著录"《刘子》三卷,题刘昼撰"亦然,为证明此点:林、陈遍查《宋史·艺文志》所录"九千八百十九部"书目,发现加"题"字者只有十六部,"细察这十六处'题'字的含义,均为照录所见书或原目上的题署,均为《宋志》编者未能确定其真伪,姑仍其旧以存疑的意思"。又:为了证明"袁注遗存异体字与隋、唐《刘子》古本不成比例",林、陈统计了伯三五五二等十种文献中的异体字,共处理异体字五百八二七个;为了证明"袁注体裁与唐人注书体裁不相同",林、陈逐一统计了日本宝历本《刘子》袁孝政注,共计四百二十九条,如果加上取样对比的唐人和宋人注释样本,共计处理了一千二百四十条数据,其中《帝范注》和《刘子》注均是穷尽式取样。可见刘昼说的始作俑者袁序及注乃宋人伪造。引自涂光社文:《刘勰研究的一个里程碑——评〈增订文心雕龙集校合编〉〈刘子集校合编〉的出版》,镇江:《信息交流》2013 年第 1 期,第 15 页。"三千",言其多也。

⑤ 已有涂光社、林中明、杨明、戚良德、朱文民、陈志平等等诸位先生撰文赞扬。

中华文脉与民族精神

——读余秋雨《中国文脉》

赵亦雅*

"这是除《文化苦旅》之外，我最重要的作品"①，余秋雨对其《中国文脉》一书如此评价。他所认为的中国文脉是指中国文学几千年发展中最高等级的生命潜流和审美潜流。在这本书中，他以自己的眼光和品味，对古代文学作品大作减法，重新梳理了中国古代文学精华的脉络。他强调古代典范，重启文脉之思，不仅是对现在鱼龙混杂的文化乱象深感忧虑，对"文化改写"、"文学民粹主义"的喧哗纷扰表示不满，更是为当下中华文化的复兴提供一种历史的参考。

全书共有23篇文章，其中位于开篇的《中国文脉》和《笔墨历史》两篇文章，分别从文学的内容和工具两个方面，对中国古代文学史和中国书法艺术史进行了一次宏观性的梳理和概括，实为全书枢纽。接着以历史朝代为轴，从黄帝和神话传说讲起，伴随着先秦稷下学宫百家争鸣、魏晋乱世硝烟、唐代审美大爆发、宋代高雅的文明生态和明清文脉衰落一路走来，以独特的眼光讲述了一些与文脉相关的人物和事件。《十万进士》和《大地小人》作为全书结束的两篇，从中国文化的负面入手，反观文化的障碍、文脉的天敌，给人们以启迪和反思。

余秋雨的散文向来被称为文化散文，因其包含有浓厚的文化气息和人文情怀。在本书中，他一如既往地延续了这种风格。书中不乏学术研究和考证，却又丝毫没有说教，春雨润物般化入行文，融抒情与议论于一炉，兼浪漫感悟与理性思考于一体。他的写作对象是文学史上的精品，故而他的文笔，因援引经典而雍容，因描写唐宋而诗意，因概括历史而蕴藉。

开篇的《中国文脉》一文以历史为轴串联了历代的文学高峰，连成了一条文学的天际线：《诗经》、先秦诸子（其中首推庄子和孟子）、屈原、司马迁和《史记》、陶渊明、唐代诗文、李煜、苏东坡、曹雪芹。他由现代"文脉既隐，小丘称峰；健翅已远，残羽充鹏"②的状况出

---

* 作者简介：赵亦雅，女，山东大学儒学高等研究院文艺学研究生。

① 余秋雨：《古代至文，以汉为极》，读我网 http://readmeok.com/2013-1/29_24023.html，2013。

② 余秋雨：《中国文脉》，武汉：长江文艺出版社，2013年，第3页。

发,认为文化等级的倒错和文脉的失落在当今已经是一个严重的问题,所以他欲为挽回文学等级的尊严做出自己的努力,从而重新建立人们对于文学精品的思考和认识。

在概括总结历代优秀文学作品的过程中,余秋雨表现了鲜明的取舍褒贬。他毫不吝惜,对司马迁给予了多次赞美,评其为古代"第一支笔":"惊人的是,他在汉赋的包围中,居然不用整齐的形容、排比、对仗,更不用词藻的铺陈,而只以从容真切的朴素笔触、错落有致的自然文句,做到了这一切。于是,他也就告诉人们:能把千钧历史撬动起来浸润到万民心中的,只有最本色的文学力量"[①]。他赞叹陶渊明"以自己的诗句展示了鲜明的文学主张,那就是戒色彩,戒夸饰,戒繁复,戒典故,戒精巧,戒黏滞。把他前前后后一切看上去'最文学'的架势全推翻了,呈现出一种完整的审美系统"[②]。

同时他对一些文体和风格进行了批评,他认为魏晋时的骈体文"以工整、华丽的'假大空'为其基本特征"[③],唐代古文运动前,骈体文"藻荇蔓草,缠得中国文学步履蹒跚"。但同时"古文运动让文章重新载道,迎来了太多观念性因素。这些因素,与文学不亲"[④]。他认为中国文学有"最能闻风而动、见隙而钻的骈俪、虚靡、炫学、装扮"的旧习[⑤]。

他说现代兴起了一种不伦不类的新式骈文——"一味追求空洞套话的整齐排列,文采不及古代骈体,却也总是不怕重复地朗朗上口"。故而,他有点矫枉过正地认为今天人们在写作的时候,应当"少用成语、形容词、对偶句和排比句,回归质朴叙事"[⑥]。

余秋雨从自己的文学观念出发,对文学史上的人物和作品给予了重新思考,这种思考是一种极具判断力的新思考,给读者以较大启发。如评论诸葛亮的《出师表》——"任何一部《中国文学史》,遗漏了曹操是难于想象的,而加入了诸葛亮也是难于想象的"[⑦];"历来对中国文脉有一种最表面、最通俗的文体概括,叫做:楚辞、汉赋、唐诗、宋词、元曲、明清小说。在这个概括中,最弱的是汉赋,原因是缺少第一流的人物和作品"[⑧]。讲到明清小说,他这样评价四大名著——"我们中国人喜欢集体打包,其实这四部小说完全没有理由以相同的等级放在一起。真正的杰作只有一部;红楼梦。其他三部,完全不能望其项背"[⑨]。

许多观点看似已成"定论",但余秋雨却对这些已经传承多代的总结性观点发出了不同的声音,体现了他作为一个文化人独立思考的能力。当然,有些读来不免显得稍嫌武断,还值得商榷,比如他认为曹丕"就文笔论,在数千年中国帝王也能排到第二"[⑩],曹操

① 余秋雨:《中国文脉》,第16页。
② 余秋雨:《中国文脉》,第19页。
③ 余秋雨:《中国文脉》,第20页。
④ 余秋雨:《中国文脉》,第27—28页。
⑤ 余秋雨:《中国文脉》,第39页。
⑥ 余秋雨:《中国文脉》,第187页。
⑦ 余秋雨:《中国文脉》,第17页。
⑧ 余秋雨:《中国文脉》,第14页。
⑨ 余秋雨:《中国文脉》,第36页。
⑩ 余秋雨:《中国文脉》,第17页。

“不太辛苦地成了文化巨人”①，散文的“最高境界一定与历史有关”②，等等。

《中国文脉》一书并不是一般意义上总结性的学术著作，而是有很强的现实意义。作者创作的出发点和目的地，都是立足当下。无论是文脉的评定，优秀文学作品的标准、还是对于人格的褒扬，都有相对应的当代思索。这体现在余秋雨在书中各处不断地说到对今人今时文学文化现象的不满——“文化信号很多，而文化实绩很少；文化激情很多，而文化理性很少；文化言论很多，而文化思考很少；文化名人很多，而文化巨匠很少；文化破坏很多，而文化创造很少”③，“从近代到现代，偌大中国，没出过一个近似于王阳明的哲学家，也没有出过一个近似于曹雪芹的小说家”④。

他因为对文脉等级的失落、文化改写现象的不满，故有对历代文学的评论定位；因为对现代写作风气和流行文体的诸多不满，所以他指出优秀作品的特点和价值所在，饱含着对当代作品的期望；因为对现代评定结果现状的不满，故而他以自己的批判性思维创新思考；他更希望以人格的思考为文学史类的著作带入一种新鲜的血液。

显然，由其文学品味而决定的这部“余氏评文脉”，其立意与旁人大不相同。他十分推崇荣格“一切文化都会沉淀为人格”⑤的观点，因此，他认为深刻意义上的文化史也就是集体人格史。“文学只从人格出发，不从理念出发；只以形式为终点，不以教化为目的”⑥。所以他谈文学，不仅仅是从文学本身入手，视角反而很宽很大，以人格为高瞻，那么万物皆可收入眼中。

从这样的角度出发，他的选择点和切入点有时显得出人意料。

比如他居然用与谈论孔老相近的篇幅，极高地赞扬了历史文化中受到排挤的墨子。因他认为墨家有感人至深的精神力量，渗透民间从而形成了“任侠”精神，身处卑位却心忧天下，展现的精神高度是值得后世瞻仰学习的。

讲到元代，他不讲元好问，也不多提文脉上重要的杂剧，反而以极长的篇幅写了一个历史人物——耶律楚材。通过余秋雨的讲述，我们知晓了这个被历史剧、小说、野史层层包围下的一个辽人。至于为何要这么长篇幅地说一个非文学家，甚至连艺术家也称不上的人呢？从身份背景来看，“这位契丹皇族后裔，无论对于金国的女真人、成吉思汗的蒙古人，还是对于宋朝的汉人来说，都是陌生人。他好像完全没有我们历来重视的所谓‘民族气节’，可以为任何一个民族服务，包括曾经战胜过自己家族的民族，简直算得上是‘数典忘祖’了”，但从文化选择来看，“他在成吉思汗时代呼吁护生爱民，在窝阔台时代实施理性管理”，在历史风云中“展示了自己的文化良知而不是背景身份，以终极人性扭转历史的进

① 余秋雨：《中国文脉》，第196页。
② 余秋雨：《中国文脉》，第185页。
③ 余秋雨：《中国文脉》，第363页。
④ 余秋雨：《中国文脉》，第38页。
⑤ 余秋雨：《中国文脉》，第227页。
⑥ 余秋雨：《中国文脉》，第24页。

程”[①],他闪耀的人性光辉比任何历史头衔都震动世人。

也是在元代,他又提到了一个画家,这个画家恐怕还只是因 2011 年两岸合璧展出的《富春山居图》才被世人广泛得知。为何又将一个画家列入讲述文脉的作品中？一生坎坷的黄公望孤独寂寥,他沉浸于自然山水中,以荒寒、天真、水墨的笔法求得“精神解放,这种被解放的自然山水,就是当时文人遗世而立的精神痕迹”[②],而他自由的人格,只能让后代画家仰望。

值得注意的是,与其说余秋雨是在梳理文脉,评定文苑精华,不如说他是在弘扬人格,赞颂人性的光辉。大多文学史类著作都是传承孟子“知人论世”的方法,由文及人,而他在行文中拨开文的外表,抒写人格和人性的光辉。这一系列的高尚人格风范之光照亮了中华大地,点点人格之美汇集,逐渐积累,进而形成了中华民族的民族精神。伴随着文脉之旅仰观俯拾,我们其实是在欣赏和体悟中华民族精神的注脚。

在追忆黄帝和炎帝的同时,我们的民族身份获得了认定,那是由血统决定的华夏后裔;在补天、奔月的神话感受里,我们的民族气质由此奠定,那是鸿蒙而壮阔的诗意情怀。殷人的刀笔刻画出的甲骨文开始了民族精神的书写:孔子的朴实端庄的君子之风、老子铿锵有力的微言大义、孟子浩然慷慨的大丈夫格调、庄子周游无碍的自由精神、稷下学宫百家争鸣的文化和谐、诗人屈原以心灵思考生命、司马迁开启的以人为本的历史观念以及如云似海的文笔气度、曹操抒发的天地洪荒的豪情、魏晋士人高洁傲岸的情操、陶渊明恬淡自若的安静、唐诗清醇又高迈的大美、苏轼“快乐而可爱的人格形象”[③]、李清照韧如金石的贵族女性气质、曹雪芹具有哲学思考高度的浓厚诗情……他们作为文化的创造者,为民族精神写下浓墨重彩的一页页篇章。

中国文脉,是我们祖先遗留给我们的精神血液,是一种内在的文化基因,余秋雨在《猜测皇帝》一文中,认为历史遗迹“决定了中国人之所以成为中国人”[④]。而从文化层面,正是因为文脉传承,那些不可磨灭的文化基因汇集形成的民族精神,从而决定了我们是中国人。他认为“无法选择的是血统,必须选择的是文化。正因为血统无法选择,也就加重了文化选择的责任。正因文化是自己选择的,当然也就比先天给予的血统更关及生命本质”[⑤]。文脉不仅是一件件作品,作为精神食粮,它淬砺了中华民族的精神,从历史的长度改变了我们的思想、风格、动作、气质甚至眼神,正是这些文化遗迹,使中华民族以独立姿态屹立于世界文明之林。

在赞颂过中国文脉的辉煌美丽后,书的最后谈到了中国文脉的负面问题。《十万进士》、《大地小人》两篇,分别从科举症候群和小人症候群两个角度谈论中国文脉的天敌和

① 余秋雨:《中国文脉》,第 338—339 页。
② 余秋雨:《中国文脉》,第 348 页。
③ 余秋雨:《中国文脉》,第 30 页。
④ 余秋雨:《中国文脉》,第 80 页。
⑤ 余秋雨:《中国文脉》,第 338 页。

中国文化的障碍。它们不光对文学、文化有极大的伤害,“使中国文脉渐渐失去魂魄”,它们“败坏了整个民族的集体文化人格”①,在更深层次上,它们削弱、损害了中华民族的民族精神。

余秋雨在本书中一再强调人格的培养和塑造。他从文学出发,最终却落脚在人格的领域内,对高尚人格大加赞颂,对小人人格入骨鞭挞,这不是一种简单的文学思考,而是一种深刻的文化思考。书中时时体现出的对现代问题的探索和批判,对于文脉的重建、人性的思考以及民族精神的弘扬,都是很有益处的。

章培恒先生在《中国文学史·序》中曾提出一个大命题:“文学发展过程实在是与人性发展的过程同步的”②,“作品感动读者的程度。越是能在漫长的世代、广袤的地域,给予众多读者以巨大的感动的,其成就也就越高”③,“作品越是能体现出人类本性,也就越能与读者的感情相通”④。中国文脉,也就是中国民族精神之脉。文脉能与民族精神相关就是因为文脉的背后显现了高尚的人格影像。《中国文脉》体现出来的文学观点实与章先生观点一脉相通。

余秋雨在最后一篇文章《大地小人》中点明“文脉之根,在于魂魄,即人格之脉、精神之脉”⑤。回顾我国壮阔灿烂的文脉高峰,它们以遗世独立的姿态闪现着动人的人格之光,一路蜿蜒而来,形成了民族性格与民族精神。从文学的意义上,这本书意在重建文脉等级,在文风低靡的今天重温经典的光辉;在更深刻的层面,意在重温民族精神的光辉,呼吁文明人格的建立,给现代社会的精神文化建设以高度和生命。

① 余秋雨:《中国文脉》,第 404 页。

② 章培恒、骆玉明主编:《中国文学史》,上海:复旦大学出版社,2004 年,第 19 页。

③ 章培恒、骆玉明主编:《中国文学史》,第 14 页。

④ 章培恒、骆玉明主编:《中国文学史》,第 26 页。

⑤ 余秋雨:《中国文脉》,第 405 页。

历久弥新的《文话》

陈家婷*

著名语文教育大师夏丏尊、叶圣陶先生的《文话七十二讲》[①]，是中华书局“跟大师学语文系列丛书”收录的五本关于文章写作的名著之一，其源自于20世纪30年代两位先生编的《国文百八课》，可惜因抗日战争爆发，《国文百八课》只出版了四册，成七十二课。该书用七十二个主题，分别结合阅读，主要讲解文章的写作方法。

纵观中国文学发展史，对“文”的定义与源流说法不一，因此对于“文”的解读也是仁者见仁，智者见智。无论是文学思想、文学现象以及文化的不同种类，大都是通过不同的文字形态呈现，并且这些文字有着其各自成文的规律和准则。信息时代的到来严重冲击着传统的文章观，现代意义上以迅速、便捷为目标的观念无疑逐渐淡化了诸多传统观念对文章的意义和作用的定义，甚至某些文体面临岌岌可危的境况。在国学复兴的今天，人们已经开始认识到国学在现实社会中的重要性，由此，“国学”统辖下的各个分支需要被重新认识和解读。文章的写作是每一个运用文字的人不可轻忽的技能，而今大多的学子仍旧会主观臆断地认为文章的写作是信手拈来，尤其是对于大部分已在中学教育中普及到的常用文体，一个普遍存在的现象是：人往往会被那些容易忽视的困难所羁绊。由此，《文话七十二讲》在文章写作中的指导作用就会愈发地历久弥新。

或许大部分人会说，自小学开始我们就学习写作，《文话》的内容只不过是重复一些耳熟能详的内容，不值得一读；或许会有人说《文话》每个主题内容过于简短，重要部分没有做出过多的阐释；或许还会有人说，《文话》不过是用理论讲写作的又一部文章作法而已。

初识《文话》，有这样的想法亦属正常，但仔细研读，自然别有会心。

《文话》由记叙文、论说文、文选三大部分组成，七十二讲主要包括前两个部分。《文话》将传统认知上的记叙文细分为记叙文和叙说文；同时论说文部分也是将其区分为说明文和议论文两种来展开讲解。在每一种文体的讲解中都是通过两个视角去完成，即“文”的视角和“人”的视角。所谓“文”的视角即是针对不同文体的写作要点来具体阐释的，这

---

* 作者简介：陈家婷，女，山东大学儒学高等研究院文艺学研究生。

① 夏丏尊、叶圣陶：《文话七十二讲》，北京：中华书局，2012年。

也是为文的最基本要求。在书中讲到关于记叙文和叙说文的顺序，应用文、普通文的体式与礼仪，说明文、议论文的方法以及具体体式等一系列为文的基本准则与要求。

第二个视角，即“人”的视角，在谈到叙述文时，《文话》涉及关于叙述的快慢、倒错及观点的一致与移动等一系列以情感的层次性和传递性为依据的解析方式。这些常常在为文过程中被我们忽视，却又在文中充当着不可或缺的角色的叙事方法，犹如被寒冬肆虐的大地，经过一夜春风的吹拂，更是滋润、更是柔软了。更犹如第二十七讲、二十八讲、二十九讲中关于叙述的场面、事物与心情、情感的流露等章节，并不是从如何写好文章的角度去谈论，而是站在“人”的角度设身处地去商榷如何真挚地讲述一个故事、描述一个场景、表达一段真情，这样的方式或许使我们更加容易接受，更愿意去接受。

一般来讲，一本教你如何写作的书，难免会硬性地强迫你去识记某一部分的理论，六要素、三方面等，这往往让我们丧失了对学习写作的兴趣。鲁迅认为：“不应相信《小说作法》之类的话”[①]，“作文并无秘诀，假使有，每个作家一定是传给子孙的了，然而祖传的作家很少见。自然，作家的孩子们，从小看惯书籍纸笔，眼格也许比较的可以大一点罢，不过不见得就会做”[②]。他还指出：“创造的基础是生活经验；而所谓生活经验是在‘所作’以外也包括了‘所遇、所见、所闻’的。作者写出创作来，对于其中的事情，虽然不必亲历过，最好是经历过。”[③]冰心也谈到：“当由一个人物，一桩事迹，一幅画面而发生的真情实感，向你袭来的时候，它就像一根扎到你心尖上的长针，一阵卷到你面前的怒潮，你只能用最真切、最简练的文字，才能描画出你心尖上的那一阵剧痛和你面前的那一霎惊惶！”[④]叶圣陶先生也曾说过：“我们知道有了优美的原料可以制成美好的器物，不曾见空恃技巧却造出好的器物来。所以必须探到根本，讨究思想、情感的事，我们这工作才得圆满。”[⑤]

由此可知，写作的真正目的在于将自己所见、所闻、所感、所想记录下来，在这个过程中如果说形式重于内容的话就会显得本末倒置。这也是我们历来对于指导写作的理论性书籍产生恐惧感的原因。然而《文话》整部书的写作是以轻松讲述的口吻将理论条理化、生动化，不再是之前刻板印象里严肃的先生，硬性地教你识记，而仿佛儿时母亲的睡前故事，清新、明亮，带你融入故事里，看似轻描淡写，却永远记忆深刻。如书中第四十讲关于“诗的本质”的讲解，不是用大段理论告诉你什么是诗，诗的本质是什么，而是通过诗文与应用文的对比教你去感知。你或许会问，那到底什么是诗？为什么书中最后也并未给出答案？这也正是《文话》的妙处。它教你去感知，带你去体会，教你用感觉统辖你所习得的基础认知，好比《诗的本质》一讲最后说道“……可以知道含有情绪、情操、想象的语言、文字就含有诗的本质”，“……必须是一个含有诗的本质的意思，用精粹的语言表达出来，那

① 鲁迅：《鲁迅全集》第三卷，北京：中国画报出版社，2013 年，第 612 页。
② 鲁迅：《鲁迅全集》第三卷，第 718 页。
③ 鲁迅：《鲁迅全集》第四卷，第 1084 页。
④ 冰心：《冰心全集》第七册，福州：海峡文艺出版社，2012 年，第 125 页。
⑤ 叶圣陶：《怎样写作》，北京：中华书局，2007 年，第 2 页。

才是诗”[①]。这些结语都不能看作是对“什么是诗”、“诗的本质是什么”的标准答案，但是或许这样，我们才可以调动自身的各种感知和体验，进而从“人”的角度去深层次认知。文学不同于自然科学，它本身就没有一个标准的答案。《文话》全书大都采取这样的角度，完全以读者为主体，既可以激发你阅读的主动性，同时也不会给你重重的压迫感。也正因如此，当读完《文话》时，内心充满了惊喜与诧异。

中华文化博大精深，流传于后世的不朽著作是一座巨大的宝库，这其中有以文章为载体传道的，有以文章表达情思的，而文章本身所体现出的审美属性亦是不容置疑的财富。如《文心雕龙》，且不说其在文艺学、美学等领域的卓越识见，就其本身的写作也为世人所惊叹，它是后世文章写作的极好典范。《文话七十二讲》也是这样，吕叔湘先生在《谈国文百八课》中讲到：“《文话七十二讲》有系统而又不拘泥于形式上的整齐，既有联系，又不呆板，给读者的整个印象是生动活泼的，本身就可以作为文章来学习。”[②]如第二十八讲“事物与心情”中说：“生性缜密的人常常喜欢写事物优美的部分；生性阔大的人喜欢写事物壮伟的部分；一个闲适的人听了烦嚣的蝉声也会说它寂静；一个忧愁的人看了娇艳的春花也会感到凄凉。事物还是客观的事物，一经主观的心情照射上去，所现出来的就花样繁多了”[③]，第十四讲和三十讲中有言：“仅只有荆棘中的‘铜驼’，可以表现出国家的灭亡；仅只有镜中的‘白发’可以表出衰老的光景……”[④]，“明显的方式比较强烈，好像一阵急风猛雨，逼得读者没有法子不立刻感受。含蓄的方式比较柔和，好像风中的柳丝或者月光下的池塘，读者要慢慢的凝想，才能辨出它的情味来。”[⑤]再如第三十一讲说：“喜有轻喜和狂喜，怒有微怒和大怒，狂喜和大怒固然人己共觉，轻喜和微怒也决不会绝不自知。这种感情在我们心里激荡的时候，好比江河涌来了潮水；等到激荡的力量消退了，心境就仍旧回复到平静……”[⑥]《文话》中如此生动优美的论说比比皆是，确实是可以作为文章来学习的。以此而言，《文话》之作，可谓深得《文心雕龙》之三昧。

读完这本书，或许有很大一部分读者甚至包括我自己都会问：“对于接受过高等教育的大学生，是否有必要从写作的最基础学起?”是的，我们从义务教育到高等教育，语文的学习从未间断过，这就说明如何写文章，写好文章，一直是相伴我们左右的话题，即使是没有认真学习，课堂中的耳濡目染，生活中的经历已经教会我们如何讲话、如何为文；经历过高考模式化的训练，我们积累了无数的素材，识记了无数的名言警句；再加上我们有机会接受高等教育，写文章的水平应是不会太差。但是实际上，我们的写作水平可能远远未尽人意，一个重要的问题恰恰是我们的文章被重重程式化所包围，时常局限于一种狭隘的思维方式，从而忽略了大千世界的多面形态，也失去了基本的真情实感。戚良德老师在批改

① 夏丏尊、叶圣陶：《文话七十二讲》，第83页。
② 夏丏尊、叶圣陶：《文话七十二讲》，第170页。
③ 夏丏尊、叶圣陶：《文话七十二讲》，第56页。
④ 夏丏尊、叶圣陶：《文话七十二讲》，第28页。
⑤ 夏丏尊、叶圣陶：《文话七十二讲》，第60页。
⑥ 夏丏尊、叶圣陶：《文话七十二讲》，第61页。

笔者的习作时说："不要时时想着如何'作文'，否则文章便会显得拘谨。无论何种文章，首先是如实地传达自己的思考，写出自己真实的思想和感情。"《文话七十二讲》的最终目的，亦正是如此。所谓"心生而言立，言立而文明，自然之道也"①。文章的写作并不仅仅是那些华丽的辞藻与唯美生动的素材，有时候拥有一颗"复得返自然"的心，真正用心去体验、用心去感知，以情为本，才能真正实现"绚烂之极，归于平淡"的至高境界。

文章之作，关乎军国大政、社稷苍生，所谓"盖文章，经国之大业，不朽之盛事"②，所谓"写天地之辉光，晓生民之耳目矣"③，所以《文心雕龙》开篇即言："文之为德矣，大也！"④诗圣杜甫亦告诫我们："文章千古事。"⑤也许正因如此，语文大师们才用心良苦地跟我们讲解如何作文；实际上，《文话七十二讲》既是作文之理，亦为人生之道。因为文"与天地并生"⑥，亦必将与人生相伴左右；《文话》之历久弥新者，良有以也。

---

① [梁] 刘勰：《文心雕龙·原道》，戚良德：《文心雕龙校注通译》，上海：上海古籍出版社，2008年，第1页。
② [魏] 曹丕：《典论·论文》，郭绍虞、王文生：《中国历代文论选》，上海：上海古籍出版社，2001年，第159页。
③ [梁] 刘勰：《文心雕龙·原道》，戚良德：《文心雕龙校注通译》，第6页。
④ [梁] 刘勰：《文心雕龙·原道》，戚良德：《文心雕龙校注通译》，第1页。
⑤ [唐] 杜甫：《偶题》，[清] 仇兆鳌：《杜诗详注》，北京：中华书局，1999年，第1541页。
⑥ [梁] 刘勰：《文心雕龙·原道》，戚良德：《文心雕龙校注通译》，第1页。

编　后　记

在2013年9月份举办的纪念中国《文心雕龙》学会成立三十周年国际学术研讨会上，创办《中国文论》丛刊的动议得到了与会专家学者的高度赞扬和支持，与会的会长、副会长、秘书长以及老一辈著名龙学家悉数成为丛刊编委，同时未能与会的一些国内外著名中国文论专家也大都愉快地接受了担任编委的邀请。本刊第一辑的大部分论文即是从提交会议的109篇论文中选出的，虽然多数涉及《文心雕龙》研究，但视野均较为宏阔，质量均为上乘，且有不少极富创见性的佳作。

本刊既致力于中国文论话语的回归和还原，故栏目的设置亦尝试体现中国文论的特点，特别是《文心雕龙》建构的中国文论话语体系。是否可行还有待各位读者专家的鉴定和检验。

在"文心雕龙"的栏目下，我们刊登了四篇各有特点的文章。首先特别需要提出的是第一篇论文《意境论研究的中外融通之路》，该文乃龙学前辈张长青先生的新作，并非本次龙学会议的提交论文，却也与这次会议相关。望八之年的张先生不辞辛劳，从两千里之外的湘水之滨赶赴泉城济南参加这次龙学盛会，甫一落座，未及歇息片刻，便向笔者抱出一大摞厚厚的手写文稿。这是电子时代的人们已经极少见到的三百字方格稿纸，由于年代久远，稿纸泛黄，既薄且脆，拿在手里不免小心翼翼，但上面遒劲的字体显然是新写的，让人一下子体会到什么是力透纸背。厚厚一摞文稿用白线装订，封面页工工整整写着题目：《意境论的现代文化阐释》。我下意识地看了一下最后的页码：323，显然约有10万字的篇幅。张先生告诉我，这部文稿的写作，缘于《文史哲》的一篇文章。张先生随后把复印的那篇文章也交给了我，这篇文章发表于《文史哲》2012年第一期，题目是《学说的神话——评"中国古代意境说"》，作者是清华大学中文系教授罗钢先生。令笔者感到惭愧的是，笔者虽就在《文史哲》的"身边"，却没有拜读过这篇大作。张先生简单介绍说，这篇文章基本上否定了中国古代的意境说，因而他是不同意的。但意境论的研究确实存在很大问题，需要从文化思想根源入手，特别是中国古代的"天人合一"思想，乃是意境论之思想根本。张先生把这部文稿交给我，是希望我能沿着这个思路前进，把这个课题做下去。但我深知自己的理论功底有限，未必能完成先生的宏愿。当我读完这部书稿的"导论"之时，我觉得，其实张先生已经有清晰的思路和论述，我只需要做一些资料的注释和技术性的加工就可以了。于是，我让我的研究生帮忙把张先生的稿件打印出来，进行了简单的加工和整理，这就是这篇“导论”的由来。

陈允锋教授的《〈文心雕龙〉与汉译〈诗镜〉之相通性初探》一文，第一次将古印度的《诗镜》与《文心雕龙》进行专门比较研究，给我们提出了许多值得深思的问题，如谓：“虽然檀丁《诗镜》较《文心雕龙》晚出，但其思想渊源有自，且在思想方法上与佛教典籍一样，长于分析，体现了‘着重分析和计数以及类推比喻作说理的证明’这一古代印度的传统习惯，由此返观《文心雕龙》，则有助于更深入探讨刘勰论文方法与佛教思维方式之关系。”又说：“魏晋南朝时期，虽然注重藻饰蔚然成风，但专力总结修辞方法与理论者，唯长期受佛门熏染之刘勰一人而已，因而，《文心雕龙》又被视为一部修辞学著作，这与《诗镜》中所反映出来的古印度以修辞学为专门学问之传统，是否存在一定的关联性?”这确乎是值得我们思考的问题。

闫月珍教授的《器物之喻与中国文学批评》一文，可以说抓住了研究者极少关注的中国文论的一个重要特色，论述则精到细致而别开生面，让人颇有耳目一新之感。如谓：“器物制作与文章写作一样，是材料形式化的过程，它们都是通向‘道’的途径。因此，《文心雕龙》的器物之喻不仅具有制作层面的意义，更具有观念层面的意义。以器物之喻论文章写作，正源于两者在人文层面的共同性。”又说：“刘勰以器物制作喻文章写作，其实质在于‘礼’。……文章的原义是错杂的色彩或花纹，又引申为礼乐制度……乐包括器物和制度两个系统的规则和等级。以器物及其制作经验喻文，正源于文学和器物都归属于作为人文的礼乐。它们的完形都是人为的结果，它们在制作方面，都要实现材质与形构的统一，形构和规则的协调。由此，《文心雕龙》中渗透着关于文学的礼乐观念。”闫教授指出：“由器物及其制作经验引申出自然与人工两端，主人工而追求入于自然，主自然而又落实于人工，执两端而不偏，把写作最终置于有迹可循的轨道。而在艺术创作中，对法度的遵循与对法度的超越融为一体，工匠和艺术家、技术与艺术的界限被超越，日常生活与精神生活的界限被消解，这即所谓化境。”因此，“器物及其制作经验揭示了中国文学批评一系列命题和范畴的秘密，规定了中国美学形态的分别。以器物为入口，从发生学的角度检讨中国文学批评，我们会发现，它是超越文学领域的”。从而，“以器物之喻考察中国文学思想的言说方式，为我们解开中国文学批评方式之秘密提供了视角，也为我们解读西方诗学之逻辑提供了线索，更为我们分析当前文学艺术的态势提供了借鉴。器物之喻是一种穿透力极强的言说方式，因而成为了一种普遍的文学经验”。

姚爱斌教授的《六朝文体内涵重释与刘勰、钟嵘论“奇”关系再辨》的长文不仅对六朝文论的重要概念“文体”进行了新的诠释，而且对刘勰与钟嵘文学观的比较提出了新的思路。姚先生认为：“中国古代文论中的‘文体’概念的基本内涵是指具有内在完整构成与丰富特征的文章整体存在，而且这一基本内涵无关乎人们对‘文体’的分类。”他说：“观六朝论文篇章著作可知，‘文体’概念应该是六朝文论中除‘文章’（或‘文’）概念外的一个最基本、最关键的文论概念。如果说六朝文论的研究对象是‘文章’，那么就可以说‘文体’是六朝文论研究文章的‘平台’，尤其是理解文章自身关系的平台。”在此认识的基础上，姚先生指出:“如果说《文心》建构的是一个以‘逐奇而失正’所导致的文体解散的历时衰变之维与以‘执正以驭奇’所致力恢复的文体完整统一的共时结构之维构成的二维批评体系,那么《诗品》是在其基础之上又增加了一个度量和标示作者文体优劣高下的第三维度。也就是说,《文心》与《诗品》文体批评维度呈现的是一种互补关系,这种互补关系综合反映了六朝文论家对文体认识的广度(各类型文体的历史)、深度(文体的内在规定)和精度(作者文体的品鉴)。”因此,他提醒“我们不能仅根据两书中‘奇’概念所表现的价值倾向,判断两者的文学观是对立还是相同。合理的比较思路不应该是先抽出两个概念比较然后推及整体,而应该先把握比较双方的基本理论内涵和概念关系,再据此辨析某两个具体概念之间的关系。尤其是涉及像‘奇’这样一个主要由具体语境和概念关系规定其内涵和价值的概念,更需整体把握,耐心梳理,细心分辨”。

在“文之枢纽”的栏目下,我们刊登了三篇大作。首先是陶礼天教授的《刘勰“江山之助”论与文学地理学》,该文不仅资料极为丰富和详赡,而且其对《楚辞》景观美学的研究,值得我们注意和重视。胡海教授的文章则从文学本体论的角度对《文心雕龙》进行了深入思考,指出:“《文心雕龙》是内部研究和外部研究结合的,就其‘文’的概念相当于一切文化载体来说,可以说有着文化研究的视野。”林怡教授的文章融古今中外于一炉,从刘勰和钱锺书的不同思考论及卡尔·波普尔的文艺观,指出:“作为一部‘体大思精’的文艺理论专著,《文心雕龙》已经同时关注到了‘文学的外部’和‘文学的内部’,这是刘勰思辨的过人之处。他对诗赋颂赞等各种文体的辨别、对‘熔裁’、‘声律’、‘章句’、‘丽辞’、‘比兴’、‘夸饰’、‘事类’、‘练字’、‘隐秀’等的阐述,都是试图揭示文学自身的‘客观规则’。因此,今人对《文心雕龙》的研究,应该更加关注其对文学自身进行研究的部分。”

“论文叙笔”栏目下的三篇文章,首先是林中明先生对刘勰与“刘子”的比较研究,林先生的大作既有委曲婉转的细致思辨,又有高屋建瓴的宏观概括,体现出行云流水的才华横溢,令人赏心悦目。其次是游志诚教授对《文心雕龙·议对》篇的细读,游先生不仅学问淹博,而且文风旷达潇洒,令人向往。其论曰:“一言以蔽之,《文心雕龙》是一部子书,而刘勰根本就是一位彻头彻尾皆未变本质的‘子学家’。《文心》所以曾经一度而降为‘论文’之专书,弊端全出在后人之不详查,尤不能详读文心文本早已内涵子学之故也。因此,文心学界若要认真反省当前研究新一步进展,首先要辨明《文心》此书的子学内涵,重探刘勰一生学术思想的真实‘本色’。”再次是吕玉华教授对中国古代多种小说概念的辨析,也是一篇资料翔实而辨析细致之作。

“剖情析采”栏目下的三篇文章,主要着眼《文心雕龙》的论文特色,皆各有专精而新人耳目。首先是王毓红教授对《文心雕龙》语句间主要关系及其结构方式的研究,可以说也是对《文心雕龙》文本的一种细读,同时又注意研究和概括其言语特点和话语方式,为我们深入刘勰及其《文心雕龙》的言语世界提供了一把钥匙。其次是罗积勇等先生对《文心雕龙》之对偶的研究,可以说与王教授的研究有异曲同工之妙。再次是张坤教授对珠玉与文章审美关系的探索,他指出:“刘勰所处的六朝正是玉的雕琢工艺相当发达的时期,相比于清代'精刻',此时的特征是'巧',这正和六朝时期形式追求愈演愈烈的风尚息息相关,刘大同'工艺之关乎文化,岂曰小补而已哉',正说出了时代风尚对珠玉雕刻技艺的深远影响,玉雕工艺又进而影响刘勰的美学思想。如此便可想象:修饰文章时达到的精美巧妙的境界,一如美玉经雕琢而达到的美好状态。玉的雕刻美是视觉观感层面的,在刘勰眼里,它可以跟创作文章达致的审美效果相互融通:'雕画'即'修饰','雕蔚'、'雕采'即艳丽的文采。"

"知音君子"栏目下的三篇文章,首先是高文强教授《"批评意象"刍议》一文,高先生指出:"长期以来,古代文论研究从整体上看,较偏重思想、观念、范畴等内容层面的研究,而较忽略批评文体、批评风格、批评语言等形式层面的研究,或许这也正是'批评意象'研究被长期忽视的一个重要原因。因此,对'批评意象'的深入研究,也可补古代文论形式研究之不足。"其次是邹广胜教授从《文心雕龙·程器》篇解读文品与人品之争,邹先生以开阔的思路,对中国文论中"文如其人"的传统命题进行了新的思考。再次是陈士部教授《论刘勰的"读者意识"》一文,文章指出:"必须强调,在西方阐释学、接受美学的视域中,读者及其阅读活动已参与了文学意义的建构,读者的地位与作者齐等甚或超过了后者。从'六观'、'博观'与'识见'等处看,刘勰的'知音'是在对作者原意的追随、解读中得以确认的,'知音'雅号的获取仍要参照作家作品本身来定夺。这是中西方有关读者接受观念的重要的区别。"陈先生说:"从理论的源出语境上说,刘勰的'读者意识'衍生于中国传统文化中的古典素朴的主体意识,它在物我交融、身心一体的诗性逻辑中生发开去,而接受美学、解释学则是在西方传统主客体二元对立的思维模式走入困境而有意识谋求理论突破的产物,它们仍然留有理性主义的思想倾向。但同时不能漠视的是,在谋求超越主客二元对立思维模式的审美现代性进程中,注重物我冥合、身心交融的中国古典美学日益引起国内外学者的普遍重视,审美主体间性带来了中西文艺美学比较的新契机。在这种学术理论的背景下,有待于进一步研讨刘勰的'读者意识'及其当代启示意义。"

除了按照《文心雕龙》的文论体系设置的上述栏目,我们还设置了"学科纵横"和"文场笔苑"两个栏目。"学科纵横"栏目下,首先是日本学者静永健教授的《近世日本〈杜甫诗集〉阅读史考》,该文资料翔实而要言不烦,对我们了解日本的杜诗接受史颇有助益。其次是尚在攻读研究生的冯斯我同学的《日本〈文心雕龙〉研究的新趋势》,对日本龙学在21世纪的研究情况进行了不少颇有价值的介绍。再次是陈志平先生的《〈刘子〉研究三十年》,较为详细地梳理了近三十年来《刘子》一书的研究概况。"文场笔苑"栏目下,我们特别刊登了林其锬教授和韩湖初教授的几首诗词作品,内容论及"刘子"与龙学,颇有中国古代论诗诗的风范。此外,还刊登了两篇文笔较为轻松的读书随笔。

最后,笔者要特别感谢著名语言文字学家和书法家、山东大学书法研究中心主任徐超教授为本刊题写了刊名。

戚良德

记于甲午新正

本刊稿约

《中国文论》为山东大学儒学高等研究院主办丛刊，暂定每年出版1—2辑，欢迎各位同仁赐稿。兹就有关问题说明如下：

一、来稿字数不限，既欢迎短小精悍的佳作，亦不拒洋洋洒洒的长篇；然无论长短，均需作者独立创获，严禁抄袭剽窃之作，文责自负。

二、来稿请在文前加500字以内摘要和5个以内关键词，并欢迎提供文章的英文题目、摘要和关键词(如不能提供亦可)。

三、来稿请用WORD排版，简体横排，正文用五号宋体，独立分段引文用五号楷体，单倍行距。

四、来稿请采用脚注(即页下注)，每页重新编码，用①②③……。注释的要素和格式，示例如下：

①［唐］姚思廉：《梁书》，北京：中华书局，1982年，第712页。(文中再次引用本书则可省略出版信息，简化为：［唐］姚思廉：《梁书》，第713页。下同。)

②［唐］杜甫：《偶题》，［清］仇兆鳌：《杜诗详注》，北京：中华书局，1999年，第1541页。

③［宋］晁公武撰、孙猛校证：《郡斋读书志校证》，上海：上海古籍出版社，1990年，第517页。

④［梁］刘勰：《文心雕龙·原道》，范文澜：《文心雕龙注》，北京：人民文学出版社，1958年，第1页。

⑤王重民：《中国目录学史论丛》，北京：中华书局，1984年，第134页。

⑥［美］勒内·韦勒克、奥斯汀·沃伦：《文学理论》，刘象愚等译，南京：江苏教育出版社，2005年，第158页。

⑦王运熙：《〈文心雕龙〉的宗旨、结构和基本思想》，《复旦学报》1981年第5期。

⑧庞朴：《一分为二，二合为三——浅介刘咸炘的哲学方法论》，《国学研究》第11卷，北京：北京大学出版社，2003年，第123页。

⑨曹顺庆：《〈价值理性与中国文论〉序》，刘文勇：《价值理性与中国文论》，成都：巴蜀书社，2006年，序，第3页。

⑩ 余秋雨：《古代至文，以汉为极》，读我网 http：//readmeok. com/2013 - 1/29_24023. html，2013。

五、来稿请提供作者详细通讯地址、邮政编码、联系电话以及电子邮箱。

六、来稿一个月内即决定刊用与否并作出回复，除作者特别要求外，一般不退稿，请自留底稿。

七、本刊拟用稿件，编辑有删改权，不同意删改者，请来稿时申明。

八、来稿一经采用，即奉薄酬，并寄赠样刊两册。

九、本刊联系方式：

电子邮箱：zgwlck@163. com，zgwlck@126. com

通讯地址：山东省济南市山大南路 27 号

山东大学儒学高等研究院《中国文论》编辑部

邮　　编：250100

图书在版编目(CIP)数据

中国文论. 第1辑／戚良德主编. —上海：上海古籍出版社，2014.9

ISBN 978-7-5325-7300-4

Ⅰ.①中… Ⅱ.①戚… Ⅲ.①中国文学—文学理论—研究 Ⅳ.①I206

中国版本图书馆CIP数据核字(2014)第127140号

中国文论(第一辑)

戚良德 主编

上海世纪出版股份有限公司
上 海 古 籍 出 版 社 出版

(上海瑞金二路272号 邮政编码200020)

(1)网址:www.guji.com.cn

(2)E-mail:guji1@guji.com.cn

(3)易文网网址:www.ewen.co

上海世纪出版股份有限公司发行中心发行经销

南京展望文化发展有限公司排版 启东人民印刷厂印刷

开本787×1092 1/16 印张16 插页2 字数350,000

2014年9月第1版 2014年9月第1次印刷

印数：1—1,050

ISBN 978-7-5325-7300-4

I·2832 定价：68.00元

如发生质量问题，读者可向工厂调换